지도 속(북송시대) 양산박의 위치

《수호지》를 읽기 전에

《수호지》는 시대적 배경이 북송 말기로, 송강을 비롯한 양산박 호걸 108명의 활약상을 허구로 풀어낸 소설로 오늘날까지 꾸준히 사랑받고 있다. 일종의 장편 무협소설이며, 입으로만 전해져 오던 양산박 영웅들의 전설을 모아서 시내암이 썼는데 나중에 나관중이 손질했다는 말도 있다. '수호水滸'는 물가란 뜻이다. 송강의 무리가 양산박이라는 호수를 근거지로 삼은 데서 제목이 유래한다.

먼저 나온《선화유사宣和遺事》(작자 미상)라는 역사소설에는 이미 송강과 양산박 도적단이 등장하고 있어 여기에서 수호지의 원형을 찾아볼 수 있다. 또한 송나라 역사서인《송사宋史》에는 "휘종 때 송강이 휘하 장수 35명과 합세하여 양산박에 틀어박혀 그 군세가 10만에 이르자, 천자가 군사를 보냈으나 보내는 즉시 격파되니 결국 칙서를 내려 항복하게 하였다"는 말이 있다. 이것으로 보아 실제로 송강은 존재했던 인물이라는 점을 알 수 있다.

송강은 1121년 회남淮南에서 농민 반란을 일으켜 35명의 부하를 이끌고 한때 상당한 기세를 올렸으나, 그후 항복했다. 이러한 송강의 난은 민중이 주축이 된 반란이었기 때문에 많은 사람들의 입에 오르내리며 영웅 이야기로 발전하여 커다란 공감대를 형성했다. 여기에 조정의 부패 세력과 탐관오리들에 대한 민중의 증오와 원망이 더해져 오늘의《수호지》가 탄생한 것으로 보인다. 작품의 주요 무대인 양산박은 지금의 중국 산둥성 황허 강 하류지역이며, 현재 농경지로 변했기 때문에 물이 있는 곳은 보이지 않는다. 이곳은 1997년 산둥성의 주요 명승지로 지정되기도 했다.

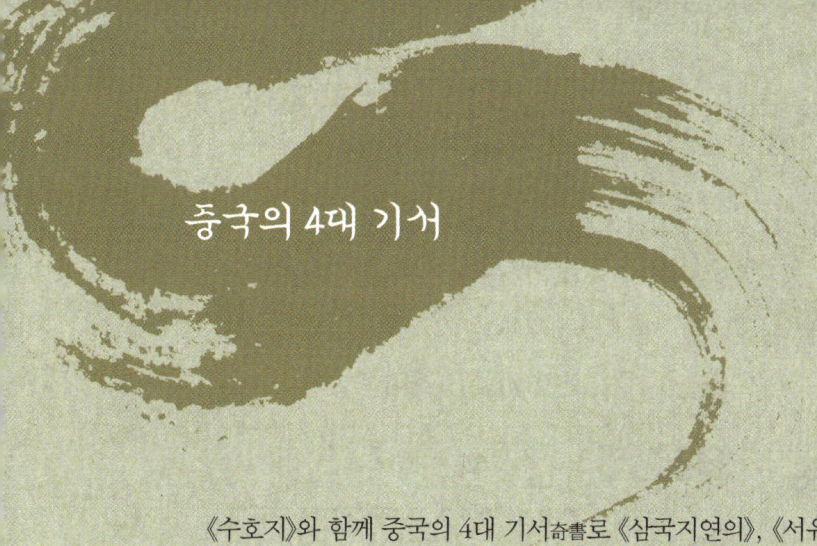

중국의 4대 기서

《수호지》와 함께 중국의 4대 기서奇書로 《삼국지연의》, 《서유기》, 《금병매》를 꼽는다. '기서'는 말 그대로 내용이 기이한 책을 말한다. 중국 명나라(1368~1644) 때는 도시 경제가 크게 발달하고 서민의 생활수준이 향상되면서 문화와 예술에 대한 관심이 높았는데, 특히 장편소설이 유행했다. 4대 기서는 모두 이러한 때에 출간된 것이며, 등장인물의 행동과 심리가 명확하게 묘사되어 있어 서민층에서 사랑을 받았다.

《삼국지연의》는 진수陳壽(233~297)의 정사正史 《삼국지》를 토대로 나관중이 쓴 역사소설이다. 후한 말부터 위·촉·오의 삼국시대까지 영웅들의 의리과 야망을 그리고 있으며, 어지러운 시대에 끊이지 않는 전쟁 속에서 펼쳐지는 다양한 지략과 병법 등을 뛰어난 기법으로 서술하고 있다.

오승은吳承恩의 작품으로 알려진 《서유기》는 당나라 현장 스님의 인도 구법求法 여행을 소재로 했다. 요괴가 등장하고 등장인물들이 갖가지 도술을 부려 환상과 긴장감을 동시에 줄 뿐만 아니라 풍자와 해학을 통해 지배계급을 비판하고 있다.

《금병매》는 《수호지》의 등장인물인 서문경과 반금련의 이야기에 살을 붙인 것으로 지은이는 확실치 않다. 남의 재산을 가로채고 권력과 결탁해 자신의 사업을 늘리는 서문경과, 돈 많고 잘생긴 남자와 재혼하려고 남편을 독살하는 반금련을 통해 명나라 때의 부도덕한 시대상을 적나라하게 보여 준다.

양산박 주요 호걸

송강
급시우及時雨 급한 가뭄에 내리는 비

볼품없는 외모에 무예도 뛰어나지 않지만, 어려운 지경에 처한 사람을 보면 반드시 도와 주는 성품 덕분에 많은 사람들이 따랐다. 의형제인 조개의 목숨을 구해 주고 살인죄와 반역시를 쓴 죄로 떠돌다가 양산박에 들어갔으며 조개가 죽은 뒤 총두령이 되었다.

노준의
옥기린玉麒麟 옥으로 만든 기린

북경의 소문난 명문가 사람으로 무예와 지략이 모두 뛰어난 호걸이다. 오용의 계략에 속아 양산박의 일원이 되었으며 조개의 원수인 사문공을 잡은 공으로 단숨에 부두령의 자리에 올랐다.

오용
지다성智多星 지혜가 많은 별

얼굴이 희고 수염이 길며, 지혜가 제갈량보다 뛰어나다 하여 가량선생이라고 불렸다. 조개, 공손승, 원소이 형제 등과 함께 태사의 생일 선물을 강탈한 것이 들통이 나 양산박으로 피신했다. 왕륜 대신 조개를 우두머리로 삼는 일에 가담했으며 양산박의 책사가 되었다.

공손승
입운룡入雲龍 구름에 들어간 용

오용과 함께 양산박의 책사이다. 바람과 비를 부르고 구름과 안개를 움직일 정도로 도술에 능해 일청선생이라 불렸다. 도술을 이용해 양산박의 두령들을 위기에서 여러 번 구해냈다.

임충
표자두豹子頭 표범의 머리

동경의 80만 금군 교두였던 인물로 무예 솜씨가 무척 뛰어났다. 고구의 계략에 빠져 모함을 당해 쫓겨 다니다 양산박으로 들어갔다. 경계심이 많은 우두머리 왕륜을 죽이고 조개를 총두령으로 삼은 뒤 자신은 여섯 번째 두령이 되었다.

시진
소선풍小旋風 작은 회오리

후주 시세종의 직계 후손으로 송 태조가 내린 서서철권을 갖고 있어 누구도 함부로 하지 못하는 신분이다. 호걸들과 어울리기를 좋아하여 그들이 쫓기는 신세가 되면 기꺼이 도왔다. 양산박에서는 식량과 재물을 관리하는 일을 맡았다.

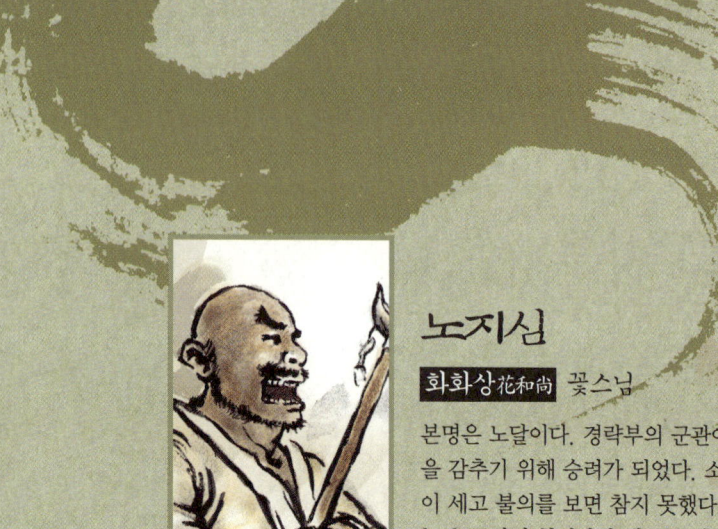

노지심
화화상花和尚 꽃스님

본명은 노달이다. 경략부의 군관이었는데 사람을 죽이고 신분을 감추기 위해 승려가 되었다. 소나무를 뽑을 정도로 무척 힘이 세고 불의를 보면 참지 못했다. 등에 꽃문신이 있고 무기로는 60근짜리 철선장과 계도를 썼다.

무송
행자行者 불도를 닦는 사람

형의 원수를 갚기 위해 살인을 하고 떠돌다가 양산박에 들어갔다. 호랑이를 때려잡을 정도로 힘이 세고 계도를 잘 다루었다. 노지심과 함께 다니며 양산박의 보병 두령으로 활약했다.

장청
몰우전沒羽箭 깃털이 없는 화살

동창부의 장수로 양산박 두령들과 싸웠지만, 사로잡혀 투항했다. 돌멩이를 던지는 솜씨가 백발백중이라 양산박 두령을 15명이나 쓰러뜨릴 정도였다.

대종
신행태보神行太保 신의 걸음

송강이 귀양을 간 곳의 관리였는데 송강을 돕다가 반역죄로 처형될 뻔한 것을 양산박 두령들이 구해 주었다. 축지법에 능해 하루에 8백 리를 갈 정도여서 주로 정보를 전달하는 일을 맡았다.

이규
흑선풍黑旋風 검은 회오리

단순하고 과격하며 살인을 밥 먹듯이 하여 사람들이 모두 두려워했다. 살인을 저지르고 대종에게 몸을 의지하고 있다가 사형당할 위기에 놓인 송강과 대종을 구출하고 함께 양산박에 들어갔다. 송강을 특히 따랐으며 무기로 쌍도끼를 사용했다.

사진
구문룡九紋龍 아홉 마리의 용 문신

사가촌의 지주로 몸에 아홉 마리 용 문신이 있다. 소화산 도적들과 친분을 쌓은 것이 죄가 되어 집에 불을 지르고 도망했다. 소화산의 두목이 되어 산적질을 하다가 양산박에 가담했다.

《수호지》 108호걸

● ─── '천강성'은 하늘의 별 이름이고, '지살성'은 땅의 별 이름이다. 양산박에 모인 108호걸 중 36명은 천강성, 72명은 지살성의 운명을 타고났다. 다음은 각 인물의 별명과 이름이다.

【천강성天罡星 호걸 36인】

급시우 송강, 옥기린 노준의, 지다성 오용, 입운룡 공손승, 대도 관승, 표자두 임충, 벽력화 진명, 쌍편 호연작, 소이광 화영, 소선풍 시진, 박천조 이응, 미염공 주동, 화화상 노지심, 행자 무송, 쌍창장 동평, 몰우전 장청, 청면수 양지, 금창수 서녕, 급선봉 삭초, 신행태보 대종, 적발귀 유당, 흑선풍 이규, 구문룡 사진, 몰차란 목홍, 삽시호 뇌횡, 혼강룡 이준, 입지태세 원소이, 선화아 장횡, 단명이랑 원소오, 낭리백도 장순, 활염라 원소칠, 병관삭 양웅, 반명삼랑 석수, 양두사 해진, 쌍미갈 해보, 낭자 연청

【지살성地煞星 호걸 72인】

신기군사 주무, 진삼산 황신, 병울지 손립, 추군마 선찬, 정목안 학사문, 백승장 한도, 천목장 팽기, 성수장군 단정규, 신화장군 위정국, 성수서생 소양, 철면공목 배선, 마운금시 구붕, 화안산예 등비, 금모호 연순, 금표자 양림, 굉천뢰 능진, 신산자 장경, 소온후 여방, 새인귀 곽성, 신의 안도전, 자염백 황보단, 왜각호 왕영, 일장청 호삼랑, 상문신 포욱, 혼세마왕 번서, 모두성 공명, 독화성 공량, 팔비나타 항충, 비천대성 이곤, 옥비장 김대견, 철적선 마린, 출동교 동위, 번강신 동맹, 옥번간 맹강, 통비원 후건, 도간호 진달, 백화사 양춘, 백면낭군 정천수, 구미구 도종왕, 철선자 송청, 철규자 악화, 화항호 공왕, 중전호 정득손, 소차란 목춘, 조도귀 조정, 운리금강 송만, 모착천 두천, 병대충 설영, 타호장 이충, 소패왕 주통, 금전표자 탕륭, 귀검아 두흥, 출림룡 추연, 독강룡 추윤, 한지홀률 주귀, 소면호 주부, 금안표 시은, 철비박 채복, 일지화 채경, 최명판관 이립, 청안호 이운, 몰면목 초정, 석장군 석용, 소울지 손신, 모대충 고대수, 채원자 장청, 모야차 손이랑, 활섬파 왕정륙, 험도신 욱보사, 백일서 백승, 고상조 시천, 금모견 단경주

청소년을 위한
수호지

청소년을 위한
수호지

믿음이 없는 나라는 망하고, 예의가 없는 자는 죽고, 의리가 없는 자는 패한다.

[시내암 지음 | 이상인 편역 | 최정주 그림]

평단

차례

떠도는 영웅들

왕진의 삼십육계 ◆ 011
아홉 마리 용을 새긴 사진 ◆ 016
주먹 세 방으로 살인을 하고 ◆ 029
노지심, 오대산을 어지럽히다 ◆ 039
함정에 빠진 임충 ◆ 048
소선풍 시진의 은혜 ◆ 059
산신묘에 부는 피바람 ◆ 075

영웅들 양산박에 모여들다

표자두 임충, 양산박으로 ◆ 087
얼굴이 푸른 양지 ◆ 104

조개, 꿈에 북두칠성을 보다 ✤ 115
대추장수인가, 도적인가 ✤ 130
단비 같은 사람, 송강 ✤ 143
양산박의 주인이 바뀌다 ✤ 151

영웅들 송강을 구하다

무송, 급시우를 만나다 ✤ 167
호랑이를 잡고 출세하다 ✤ 176
무대와 반금련 ✤ 187
무대의 억울한 죽음 ✤ 198
형을 위해 살인을 하다 ✤ 205
시은의 쾌활림 ✤ 219
세 으뜸을 만난 송강 ✤ 227
신행태보와 흑선풍 ✤ 247

심양루에서 반역시를 읊다 ✽ 256
양산박의 가짜 편지 ✽ 264
양산박, 송강을 구하다 ✽ 270
어머니의 원수, 호랑이 ✽ 289
대종, 양림을 만나다 ✽ 305
양웅과 석수의 인연 ✽ 313
양산박을 향하여 ✽ 321

제4편 양산박 영웅들 적을 물리치다

송강, 축가장을 치다 ✽ 335
옥에 갇힌 해진과 해보 ✽ 360
무너지는 축가장 ✽ 368
돌아온 도사 공손승 ✽ 375
뜻을 함께한 호연작 ✽ 381
사진과 노지심을 구출하라 ✽ 386

조천왕의 최후 ✤ 402

영웅들 모여 하늘의 뜻을 받들다

양산박에 속은 옥기린 ✤ 421
불타는 취운루 ✤ 433
수화장군을 얻은 판승 ✤ 447
사문공을 사로잡은 노준의 ✤ 460
쌍창장 동평을 얻다 ✤ 480
돌팔매의 명수, 장청 ✤ 493
양산박 영웅들, 자리를 정하다 ✤ 505

제1편

떠도는 영웅들

사진은 안뜰로 달려가자마자 왕사의 목을 베었다. 그리고 하인을 시켜 값진 물건들부터 챙기고 횃불을 준비하라 일렀다. 사진도 갑옷으로 무장을 하고, 세 두령도 무기를 들었다. 이제 살 길은 하나뿐이었다. 사진은 자신의 집에 불을 질렀다. 그리고 대문을 활짝 열어젖히고는 함성을 지르며 관군들을 치고 나갔다. 그의 용맹에 감히 맞설 자는 없었다. 타오르는 불길을 등지고 달려 나오는 사진의 기세에 관군들도 놀라 흩어졌고, 이길도 얼른 도망치려 했다. 그러나 사진이 내리치는 창에 이길의 몸뚱이는 두 쪽이 나고 말았다. 이를 바라본 현위는 혼비백산하여 있는 힘을 다해 줄행랑을 쳤다.

　　　　　　　　　　송나라 철종 황제 때였다. 늘 창이나 몽둥이를 휘
두르는 망나니가 있었는데, 그가 바로 고이였다. 그래도 공 차는 솜씨만은 뛰어
나서 사람들은 그를 '고구高毬'라고 불렀다. 고구는 동경 안팎을 돌아다니며 닥치
는 대로 일을 적당히 해 주는 체하고 사람들에게 돈을 요구했다. 그러나 이는 거
의 돈을 빼앗는 것이나 다름없었다. 얼마 후 그는 그렇게 해서 번 돈으로 기생집
을 드나들다가 결국 사고를 쳐서 태형 20대를 맞고 도성에서 추방당했다.
　고구는 회주의 건달인 유태랑을 찾아갔다. 유태랑은 고구에게 자신의 친척인
동장사를 찾아가 보라고 소개장을 써 주었다. 그러나 친척들이 모두 고구를 꺼려
서 여러 번 거절당한 끝에 황제의 사위인 소왕 도 태위를 찾게 되었다. 풍류를 좋

아하던 소왕 도 태위는 두말 않고 고구를 받아들였다.
 어느 날 소왕 도 태위는 금을 입힌 작은 함을 비단 보자기에 싸서 고구에게 주며 황제의 동생인 단왕에게 전하라고 했다. 함에는 옥으로 된 사자 모양의 문진文鎭(책장이나 종이가 바람에 날리지 않도록 눌러두는 물건)과 옥룡 붓걸이가 들어 있었는데, 전날 생일잔치 때 단왕이 눈독을 들이던 물건이었다. 고구는 곧장 단왕의 궁으로 달려갔다. 문지기가 말했다.
 "전하께서는 지금 뜰에서 신하들과 공을 차고 계시오."
 "전하께 드릴 소중한 것을 갖고 왔소. 안내해 주시겠소?"
 문지기의 안내를 받으며 고구는 뜰로 들어섰다. 과연 단왕은 사당건에 곤룡포 차림으로 여러 신하들과 어울려서 공을 차고 있었다. 그러나 고구는 자신의 재주에는 한참 미치지 않는다고 생각하고 있었다. 마침 단왕이 받아 차려던 공이 빗나가 고구의 머리 위로 떨어지려 할 때였다. 순간 고구는 허리를 굽혀 두 무릎을 모았다가 발을 놀려 공을 찼다. 그의 몸놀림에 단왕은 크게 놀라 입이 딱 벌어졌다.
 "그대는 누구인가?"
 "왕도위 대감의 분부로 전하께 이 세공품들을 바치러 온 고구라 하옵니다."
 "너의 공 차는 재주가 비상하구나. 내게 그 솜씨를 보여 주겠느냐?"
 "미천한 몸으로 어찌 감히 전하의 상대를 하겠나이까?"
 "그런 염려는 말고 어서 솜씨나 보여 다오."
 어쩔 수 없이 고구는 뜰로 내려갔다. 이제야말로 평소의 실력을 뽐낼 절호의 기회다 싶었다. 고구는 자신의 재주를 다해 단왕 앞에서 공을 찼다. 마치 공이 다리에 붙은 듯 고구의 몸놀림은 매우 날렵했다. 단왕은 고구의 비상한 재주에 크게 감탄하여 그를 그대로 궁중에 머물도록 했다.

그로부터 두 달도 안 된 어느 날 철종이 세상을 떠났다. 철종의 뒤를 이을 태자가 없었기 때문에 군신들은 단왕을 황제로 받들었다. 바로 이 사람이 송나라 8대 황제인 휘종이었다. 휘종은 고구를 아껴 여러 차례 승진시켰고, 1년도 못 가서 고구는 전수부 태위의 자리에 오르게 되었다.

고 태위가 전수부에 나간 첫날이었다. 전수부의 모든 벼슬아치들을 일일이 확인하던 고 태위는 80만 금군 교두 왕진이 보이지 않자 버럭 화를 냈다.

"이 자리에 없는 사람이 있으니 어찌된 일이냐? 나를 우습게 여기는 그놈을 당장 잡아들여라!"

그러자 왕진의 부하 하나가 아뢰었다.

"교두 왕진은 보름 전에 병이 나서 휴가를 냈는데 차도가 없어 아직 집에서 몸조리를 하고 있는 중이옵니다."

고 태위는 그 말을 듣고 더욱 화가 났다.

"꾀병을 앓고 있음이 분명하다. 그놈을 당장 불러들여라!"

태위의 명을 받고 관원이 급히 왕진의 집으로 달려갔다. 처자도 없이 노모와 단둘이 살고 있던 왕진은 할 수 없이 아픈 몸을 일으켜 고 태위에게 갔다.

고 태위는 예를 갖추고 서 있는 왕진의 얼굴을 물끄러미 바라보았다.

"네 아비가 교두 왕승이 아니더냐?"

"그렇습니다."

"네 이놈! 네 아비가 본래 거리에서 봉술로 약이나 팔아먹던 작자인데, 네가 무슨 무예가 있어 교두 노릇을 한단 말이냐? 전임 관리가 보는 눈이 없어 교두로 삼

은 것이로구나. 그래, 누구의 힘을 믿고 감히 나를 업신여기느냐?"

왕진이 허리를 굽히며 대답했다.

"병이 든 것은 정말입니다."

"네가 정말 병이 들었다면 지금은 어떻게 왔느냐? 여봐라, 저놈을 끌어내어 매우 쳐라!"

그러나 모두 왕진과 친분이 있는 터라 머뭇거렸다. 군정사가 아뢰었다.

"오늘은 태위께서 처음으로 부임하시는 특별한 날이오니, 훗날 죄를 다스림이 어떠하실는지요?"

결국 고 태위는 분을 삭인 채 왕진을 벌하는 것을 나중으로 미루기로 했다. 왕진은 자리를 물러나며 한탄했다.

'목숨을 보전하기 어렵겠구나. 고 태위라기에 누구인가 했더니 동경 성 밖의 부랑자였던 고구일 줄이야. 예전에 창봉을 좀 하는 척하다가 아버지에게 맞고 석 달을 일어나지 못하더니 그 원수를 내게 갚으려고 하는구나. 아, 저놈의 부하가 되었으니 내가 어찌 무사할 수 있으랴!'

왕진은 얼른 집으로 가서 이 사실을 알렸다. 왕진의 노모가 걱정스레 말했다.

"얘야, 일이 이렇게 되었지만 달아날 곳이 마땅치 않구나."

"연안부의 경략사 노 상공을 찾아갈까 합니다. 그곳 군관들과는 만난 적이 있으니 설마 모른 척하지는 않을 것입니다."

밤이 되자 왕진은 노모와 함께 뒷문을 빠져나와 준비해 둔 말에 올랐다. 오늘의 분함을 꼭 되갚아 주리라 생각하며 왕진은 연안부를 향해 길을 재촉했다.

갖은 고생을 하며 길을 떠난 왕진 모자는 동경을 떠난 지 한 달 만에 마침내 연안부 근처에 다다랐다. 날이 어두워질 때까지 머무를 주막을 찾지 못하고 산길을 헤매다가 멀리서 반짝이는 등불을 발견하고 따라가 보니 제법 큰 집이 보였다. 왕진은 대문을 두드리고 하룻밤 묵어 가기를 청했다. 그 집의 하인이 두 사람을 주인에게 데리고 갔다. 주인은 나이가 60세쯤 되어 보였으며 겨울 모자를 쓰고 가죽 신발을 신고 있었다. 왕진이 절하며 예를 갖추자 주인이 자리를 청했다.

"오시는 길에 많이 힘드셨을 텐데 얼른 앉으시오. 그런데 어디서 오셨길래 이리 늦도록 다니시오?"

"제 성은 장으로, 원래 동경 사람입니다. 장사를 하다가 망하고 살 길이 없어 연안부로 친척을 찾아가는 길이었는데, 그만 길을 잃었습니다. 폐를 끼치게 되어 죄송합니다."

"무슨 말을 그리 하시오? 아직 두 분은 저녁도 안 드신 듯한데."

주인은 하인을 시켜 저녁상을 차려 주었다. 왕진은 고마워서 어쩔 줄 몰라 했다.

"재워 주시는 것도 고마운데 식사까지 대접해 주시다니……. 이 은혜를 어찌 다 갚겠습니까?"

이튿날 아침 왕진의 처소에서 신음소리가 새어 나왔다. 왕진의 노모가 오랜 여행길에 피로가 쌓인 탓이었다. 주인은 안타까운 마음에 자신의 집에서 며칠 더 쉬다 가라고 권하며 약을 준비해 주었다. 왕진은 어머니의 노독이 풀릴 때까지 더 머물기로 했다.

아홉 마리 용을 새긴 사진

　　　　　　며칠 후 어머니의 몸 상태가 매우 좋아진 것을 알고 왕진은 짐을 꾸려 떠날 채비를 했다. 마구간에서 말을 끌어 오다 보니 한 젊은이가 봉을 들고 무예를 닦고 있었다. 윗옷을 벗은 그의 몸에서 문신으로 새긴 용이 꿈틀거렸다. 왕진은 젊은이를 한참 보다가 중얼거리듯 말을 던졌다.

"솜씨는 좋지만 아직 빈틈이 많구나."

"웬 놈인데 감히 남의 재주를 두고 말이 많으냐!"

젊은이가 버럭 소리를 질렀다. 이때 주인이 나와 이를 보고 젊은이를 꾸짖었다.

"무례하게 굴지 말아라!"

"아버지, 저 자가 제 봉술을 깔보았습니다. 그러니 제가 화가 날 수밖에요."

주인은 젊은이의 말에는 대꾸도 않고 왕진에게 물었다.

"손님도 봉술을 아시는 모양이오."

"조금 익히기는 했습니다만, 저 젊은이가 태공의 자제분입니까?"

"그렇소."

"그럼 제가 한 수 가르쳐 줄까 합니다만……."

태공이 이 말에 크게 기뻐하며 아들을 불러 왕진에게 절을 하라고 일렀다. 젊은이는 더욱 화가 치밀어 오르는 것을 참으며 말했다.

"저 자의 말을 믿으시는 겁니까? 만일 소자가 저 자와 겨루어서 지면 그때는 저 자에게 절을 하고 스승으로 삼을 것입니다."

이에 왕진이 껄껄 웃었다.

"자, 먼저 공격해 보아라."

젊은이는 봉을 들고 앞으로 나섰다.

"네 까짓 놈을 두려워하면 내가 어찌 호걸이 될 수 있으랴!"

왕진은 웃기만 하고 움직이지 않았다. 태공이 물었다.

"가르치려고 한다면서 어찌 가만히 계시오?"

"귀한 아드님이 다칠까 두렵습니다."

"무예를 겨루다가 다리나 팔이 부러진들 누구를 탓하겠소?"

왕진은 그 말을 듣고서야 봉을 들었다. 젊은이가 먼저 왕진을 향해 달려들자 왕진은 몸을 돌려 봉을 피하며 순식간에 자신의 봉으로 젊은이의 가슴팍을 치고 들어갔다. 젊은이는 봉을 놓치고 그만 땅에 나뒹굴었다. 왕진이 봉을 내려놓고 젊은이를 붙들어 일으키자, 젊은이는 황급히 일어나 절을 올리며 말했다.

"몰라뵈었습니다. 앞으로 사부님으로 모실 테니 헛배운 저를 많이 가르쳐 주십시오."

"저희가 그동안 폐를 많이 끼쳤으니 그 은혜를 갚기 위해서라도 힘껏 가르쳐 보겠습니다."

젊은이는 기뻐 어쩔 줄을 몰랐다. 태공도 기뻐하며 왕진에게 물었다.

"봉술 솜씨를 보니 도저히 장사하시는 분 같지 않소."

"실은 동경 80만 금군의 교두 왕진이라 합니다. 이번에 새로 부임한 고 태위와 이런저런 원한이 있어 연안부로 경략사 노 상공을 찾아가는 길에 마침 태공께 이런 은혜를 입게 된 것입니다."

"아, 그러셨군요. 이 늙은 사람의 성은 사史입니다. 대대로 화음현에서 살고 있지요. 이 동네 사람들이 모두 사씨 집안 사람들이라 여기를 사가촌史家村이라 합니다."

태공은 자신의 아들이 농사일보다 무예를 더 좋아하는 것을 알고 여러 고수들을 불러 아들에게 무예를 가르쳐 왔다. 그리고 솜씨 좋은 장인을 시켜 아들의 몸에 아홉 마리의 용을 새겨 주어 사람들이 젊은이를 구문룡九紋龍 사진이라고 불렀다. 왕진은 사진에게 권법, 검법, 창법 등의 18가지 무예를 일컫는 십팔반무예十八般武藝를 빠짐없이 전수해 주었고, 사진은 스승을 따라 무예를 닦는 데 전념했다.

어느덧 세월은 흘러 1년이 지났다. 사진은 십팔반무예를 모두 익혀, 80만 금군 교두 왕진으로서도 더이상 가르칠 게 없어졌다. 왕진도 더는 머물러 있을 수만은 없었다. 어느 날 태공과 사진에게 그만 떠나야겠다고 말하자 태공 부자는 그를 만류하고 나섰다.

"이곳에서 평생을 계셔도 괜찮지 않으십니까? 제가 모시겠습니다, 사부님."

"뜻은 고맙지만 고 태위가 분명 날 잡으러 올 걸세. 그렇게 되면 이곳까지 화가 미칠 것은 불 보듯 뻔한 일이니, 그만 연안부로 떠나는 것이 옳을 듯하네."

태공이 더이상 말리지 못하고 이별의 잔치를 베풀어 왕진에게 술을 권하고 여비로 은 백 냥과 비단 두 필을 주었다.

마침내 왕진은 짐을 챙겨 노모와 함께 말을 타고 연안부로 떠났다. 사진은 멀리까지 따라 나와 눈물로 스승을 배웅했다.

왕진과 작별한 뒤 활쏘기와 말타기로 하루를 보내고 있던 사진은 반년도 못 되어 병으로 아버지를 잃고 말았다. 사진은 예를 갖춰 장사를 지낸 뒤 집안일은 다른 사람에게 맡긴 채 오로지 무예 수련에만 힘썼다.

한여름 어느 날, 사진이 수양버들 그늘에서 시원한 바람을 쐬고 있는데 담 밖의 나무 뒤에서 사람의 기척이 느껴졌다.

"어떤 놈이 감히 남의 집 안을 엿보느냐!"

사진이 쫓아가 보니 사냥꾼 이길이었다. 이길이 꾸벅 절을 했다.

"예전에는 들짐승을 잡아다 내 집에 와 자주 팔더니 요즘에는 뜸하군. 내가 언제 고기 값을 주지 않던가?"

"나리, 그럴 리가 있겠습니까? 요즘에는 통 짐승을 잡을 수가 없어 못 가지고 오는 것입니다."

"저렇게 넓은 소화산에서 어찌 짐승을 못 잡는단 말인가?"

"나리께서 모르고 하시는 말씀입니다. 산속에 도적이 수백이나 있어 누구도 얼씬거리지 못하고 있지요. 화음현 관가에서 상금 3천 관을 걸어 놓았지만 누가 감

히 산에 들어가 그 도적들을 잡으려 하겠습니까?"

이길이 돌아가고 나서 사진은 곰곰이 생각에 잠겼다.

'손 놓고 있다가 언제 도적 떼한테 당할지 모를 일이야.'

생각 끝에 사진은 소를 잡고 좋은 술을 내어 크게 잔치를 벌인 다음 집집마다 장정들을 모조리 불러 모았다.

"소문을 들어 모두 알고 있겠지만 소화산에 들어앉은 도적들의 행세가 대단하오. 그놈들이 언제고 한 번은 우리를 공격하고 말 것이니 미리 의논을 해야 할 것 같아 모이자고 했소. 집집마다 목탁을 하나씩 준비해 두어 도적들이 쳐들어오거든 그것을 두드려 서로에게 알리고, 함께 창과 봉으로 그놈들을 막아내기로 합시다. 힘센 놈들은 내가 모조리 맡을 테니. 어떻소?"

"잘 알겠습니다. 그렇게 준비를 한다면 무슨 문제가 있겠습니까?"

대략 의논이 마무리되자 사람들은 흥겹게 술을 마시고 밤이 깊어서야 집으로 돌아갔다.

이때 소화산의 세 두령도 역시 의논을 하고 있던 중이었다. 첫째 두령 주무는 정원 사람으로 쌍칼을 잘 쓰고 진법에도 능통했다. 둘째 두령 진달은 업성 사람으로 창을 잘 쓰고, 셋째 두령 양춘은 해량현 사람으로 큰 칼을 쓰기로 유명했다. 먼저 주무가 말했다.

"들어 보니 화음현에서 우리를 두고 3천 관을 상금으로 걸었다고 하오. 관군이 쳐들어올 것을 대비하여 어떻게 식량을 보충해 놓으면 좋겠는가?"

진달이 대답했다.

"우리가 먼저 화음현에 가서 식량을 가져오는 게 좋겠소."

이 말을 들은 양춘이 고개를 저었다.

"포성현은 사람이 적어 식량이 많지 않으니 화음현을 치는 것이 낫긴 하지만, 사가촌을 지나가야 하는데 구문룡 사진이 가만히 있을지 걱정이오."

진달은 화가 났다.

"자네, 그게 무슨 소리인가? 한낱 마을 하나를 지나가지 못한다면 어떻게 관군을 대적하겠는가?"

이때 주무가 나섰다.

"나도 사가촌의 구문룡 사진이 무척 영리하고 용맹하다고 들었소. 그쪽으로는 가지 않는 것이 나을 것 같소."

그래도 진달은 큰 소리를 쳤다.

"어찌 남을 두려워하기만 하고 자신의 위엄을 죽이려고만 드는가? 모두 겁이 나거든 나 혼자 가겠네. 말을 가져오너라!"

주무와 양춘의 만류에도 진달은 백 명이 넘는 부하를 데리고 산을 내려와 사가촌으로 향했다.

이 일을 안 장객莊客이 사진에게 알리자 사진은 목탁을 두드려 사람들을 급히 모았다. 그리고 머리에 두건을 쓰고 주홍 갑옷을 입은 뒤, 허리에는 활대를 차고 손에는 세 갈래로 칼날이 나누어진 팔환도를 든 채 말을 타고 선두에 섰다. 저 멀리서 소화

중국 고대 무기

삼첨양인도 三尖兩刃刀
베는 데 시용한다. 칼날이 세 갈래로 나누어져 있어 찌를 수도 있다. 전체 길이가 3미터로 '손잡이가 긴 검'이라고 보면 된다. 사진과 팽기가 잘 쓴다.

산 도적 진달이 부하들을 거느리고 나는 듯이 달려오고 있었다.

자세히 보니 진달은 백마를 타고 장팔점강창을 들고 있었다. 그는 사가촌 사람들과 가까워지자 말에서 내려 예를 갖추었다.

"우리 산채에 식량이 모자라 화음현에 가서 얻어 오려고 하니 길을 열어 주시오. 그러면 절대 해를 끼치지 않을 것이며 돌아오는 길에 넉넉히 사례할 것이오."

그 소리를 듣고 사진이 꾸짖었다.

"나라에서 너희들을 잡으려고 하는 걸 알고 있다! 어찌 그냥 보내겠느냐!"

진달이 말했다.

"세상의 모든 사람이 형제라 했소.⊛ 한낱 길을 빌리자는 것인데 뭐가 그리 어렵단 말이오?"

"쓸데없는 소리 마라. 내가 혹시 허락하더라도 이곳에 있는 사람이면 어느 누구도 그리하지 않을 것이다. 여기에다 물어보아라."

"누구한테 물어보라고 하는 것이오?"

"내 칼에게 물어보라고 했다!"

"뭐라고? 네 이놈!"

진달이 크게 노하여 사진에게 달려들었다. 10여 합쯤을 싸웠을까. 사진이 팔을 길게 뻗어 진달을 잡아 땅에 던지자 장객이 밧줄로 꽁꽁 묶었다. 두목이 사로잡히는 것을 본 부하들은 걸음아 날 살려라 하고 뿔뿔이 도망쳤다.

사진은 집으로 돌아와 진달을 들보에 매달아 놓았다. 나머지 도적들까지 모두 잡아서 관가에 바칠

고사성어 엿보기

⊛ **사해 형제** 四海兄弟
세상 사람들은 모두 형제와 같다는 말로, 모든 사람들이 형제와 같이 친하게 지내야 한다는 뜻이다.

생각이었다. 지켜보던 사람들은 모두 사진의 무예 솜씨를 칭찬하기 바빴다. 그때였다. 장객이 허겁지겁 달려와 숨 고를 사이도 없이 말했다.

"소, 소화산의 다른 두령인 주무, 양춘이 이, 이곳으로 오고 있습니다."

사진은 다시 칼을 집어 들고 말에 올라 문 밖으로 내달렸다. 그러나 사진과 마주친 주무와 양춘은 말에서 내려와 두 무릎을 꿇고 눈물을 비 오듯이 흘렸다. 뜻밖의 광경에 사진은 의아해 했다.

"저희 셋은 본래 간악한 관리들의 핍박을 견디다 못해 부득이 산에 들어가 도적이 된 것입니다. 저희는 죽고 사는 것을 함께하자고 맹세한 사이입니다. 비록 유비, 관우, 장비의 도원결의에는 미치지 못하나 그 마음만은 같습니다. 아우 진달이 말을 듣지 않고 경솔하게 행동하여 대인에게 사로잡혔으니, 저희들도 함께 잡아 관가에 보내십시오. 절대 죽어도 원망하지 않겠습니다."

사진이 이 말을 듣고 생각했다.

'비록 도적이기는 하나 의리를 목숨과 같이 하니, 내가 만일 잡아서 관가에다 바치면 천하의 호걸들이 반드시 비웃으리라.'

이에 사진은 진달의 결박을 풀어 주고 세 사람을 술자리로 청해 후히 대접했다. 세 두령은 사진에게 고맙다고 말하고 산채로 돌아갔다. 그리고 생각할수록 자신들을 살려 돌려보내 준 사진이 고마웠다. 곰곰이 생각한 끝에 세 두령은 졸개를 시켜 답례로 금 30냥을 사가장에 보냈다. 사진은 처음에는 받지 않으려 하다가 그들의 호의를 생각하여 받기로 하고, 졸개에게 밥과 술을 먹인 뒤 돈 몇 푼을 주어 보냈다.

반달 후 주무 일행이 산에서 행인을 털었는데, 야광 구슬을 얻었다고 또 사진에게 보냈다. 사진도 그들이 자신을 이렇게까지 대우해 주는 게 고마워서 비단으로 전포戰袍(장수가 입는 윗옷)를 만들고 염소 세 마리를 삶아 장객을 시켜 산으로 보냈다. 이렇게 사진과 소화산 도적패는 자주 왕래하게 되었다.

어느덧 추석이 다가왔다. 사진이 왕사를 산채로 보내 주무, 진달, 양춘을 초대한다는 편지를 전했다. 사진의 편지를 본 세 사람은 크게 기뻐하며 즉시 답장을 써서 은 닷 냥과 함께 왕사에게 주었다. 그런데 산을 내려가던 왕사는 알고 지내던 소화산 졸개들을 만나 술집에서 한 잔 하고 돌아가다가 취기로 쓰러져 잠이 들고 말았다.

그때 마침 사냥꾼 이길이 그 곁을 지나가고 있었다. 왕사와는 이미 아는 사이라서 일으켜 주려고 다가갔더니 주머니 속에서 은자 닷 냥이 반짝였다. 이길은 왕사의 주머니를 뒤져 보았다. 그런데 은전만 있는 것이 아니었다. 웬 편지가 함께 있었는데, 그것은 뜻밖에도 소화산 도적들이 사진에게 보내는 편지였다.

'사냥만 해서 언제 출세할 수 있으랴? 이제 상금 3천 관은 내 것이로구나!'

이길은 돈과 편지를 챙겨 곧장 화음현 관가로 달려갔다.

한편 잠에서 깨어난 왕사는 주머니가 가벼워진 것을 알고 깜짝 놀랐다. 돈도 편지도 없었다. 정말 큰일이었다. 편지를 잃어버린 것을 알면 돌아가 혼쭐이 날 것도 뻔했다. 왕사는 이리저리 고민하다가 차라리 소화산에서 답장을 주지 않아 받지 못했다고 말하기로 했다. 왕사가 집으로 돌아오자 사진이 물었다.

"어째서 이제야 돌아온 것이냐?"

"나리, 산채 두령님들이 늦게까지 붙들고 놓아주지 않아서 금방 돌아올 수가 없었습니다."

"답장은?"

"술을 마신 데다 늦은 밤이라, 혹 무슨 일이라도 생겨서 편지를 잃어버릴까봐 제가 답장 대신 직접 말로 전하겠다고 했습니다. 두령님들도 제 말이 옳다고 하시더니 나리의 초대에 기꺼이 응한다고 했습니다."

사진은 왕사의 말을 듣고는 안심했다.

"그래? 그럼 손님 맞을 준비를 슬슬 해야겠구나."

마침내 8월 보름 추석이 되었다. 구름 한 점 없이 맑은 날씨였다. 사진은 손님 맞을 준비를 하나하나 살피고 염소며 닭이며 거위 등을 준비했다. 얼마 후 주무, 진달, 양춘이 부하 몇 명을 대동하고 찾아왔다.

이들이 사진이 준비한 잔칫상에 앉아 한창 흥에 겨워하고 있을 때였다. 갑자기 담 밖에서 횃불이 번쩍이며 함성이 울려 퍼졌다. 사진이 무슨 일인가 싶어 급하게 밖을 살펴보라 하니, 화음현의 현위縣尉가 수백의 관군을 이끌고 집을 포위하고 있다는 보고가 들려왔다.

"이 일을 어떻게 한단 말인가?"

이에 주무 일행이 무릎을 꿇고 말했다.

"나리, 저희들 때문에 죄를 지으실 필요는 없습니다. 지금이라도 저희들을 묶어 관가에 바쳐서 상금을 타도록 하십시오. 그러면 나리는 무사하실 것입니다."

"그렇게 할 수는 없소. 상금을 타기 위해 자네들을 묶는다면 내 체면은 뭐가 되겠소? 이렇게 된 이상 살아도 같이 살고 죽어도 같이 죽을 수밖에 없네. 그런데 어쩌다 이런 일이 일어났단 말인가?"

사진은 밖을 향해 소리쳤다.

"무슨 일로 이 밤에 우리 집을 포위한 것이오?"

"그걸 몰라서 묻소? 여기 이길에게 직접 물어보시구려."

사진이 자신을 쳐다보자 이길은 말했다.

"저는 왕사가 길바닥에 떨어뜨린 편지를 주워 관가로 넘겼을 뿐입니다."

사진은 모든 상황이 짐작이 가자 당황스러웠지만 어쩔 수 없었다.

"사실은 내가 상금이 탐나서 그랬으니 좀 기다려 주시오. 곧 죄인들을 묶어 바치겠소."

사진은 안뜰로 달려가자마자 왕사의 목을 베었다. 그리고 하인을 시켜 값진 물건들부터 챙기고 횃불을 준비하라 일렀다. 사진도 갑옷으로 무장을 하고, 세 두령도 무기를 들었다. 이제 살 길은 하나뿐이었다.

사진은 자신의 집에 불을 질렀다. 그리고 대문을 활짝 열어젖히고는 함성을 지르며 관군들을 치고 나갔다. 그의 용맹에 감히 맞설 자는 없었다. 타오르는 불길을 등지고 달려 나오는 사진의 기세에 관군들도 놀라 흩어졌고, 이길도 얼른 도망치려 했다. 그러나 사진이 내리치는 창에 이길의 몸뚱이는 두 쪽이 나고 말았다. 이를 바라본 현위는 혼비백산하여 있는 힘을 다해 줄행랑을 쳤다.

사진과 세 두령은 관군들을 가까스로 따돌리고 소화산에 이르렀다. 주무가 졸개를 시켜 소와 말을 잡아 여러 날 동안 잔치를 베풀어 주었다. 사진은 집도 불타고 쫓기는 신세가 된 자신의 처지를 곰곰이 생각해 보았다. 아무리 생각해도 스승 왕 교두를 찾아가는 길밖에는 없었다. 다음날 이별을 서운해 하는 도적들을 뒤로 하고 사진은 혼자 길을 떠났다.

27 • 아홉 마리 용을 새긴 사진

고사성어 엿보기

사해형제 四海兄弟

세상 사람들이 모두 형제이다

사마우가 공자의 제자 자하를 찾아와 괴로워하며 말했다.

"남들은 다 형제가 있는데, 나만 혼자입니다."

사실 사마우에게는 형 사마환퇴가 있었으나 천하의 악한으로 송나라에서 역모를 꾀하다가 실패하고 도망을 다니는 중이었다. 괴로워하는 그를 보며 자하는 말했다.

"죽고 사는 것은 운명에 달려 있고, 부귀는 하늘에 달려 있다고 했습니다. 군자가 조심하여 실수하는 일이 없고 남을 사귀는 데 공손하고 예의를 다하면 온 세상 사람들이 모두 형제가 되니 군자가 어찌 형제가 없음을 걱정하겠습니까?"

자하의 말이 담긴 원문은 이러하다.

"死生有命 富貴在天 君子敬而無失 四海之內 皆兄弟也 君子何患乎無兄弟也."

여기서 '사해四海'는 '온 세상'을 의미한다.

四: 넉 (사), 海: 바다(해), 兄: 형(형), 弟: 아우(제)

세상 사람들은 모두 형제와 같다는 말로, 모든 사람들이 형제와 같이 친하게 지내야 한다는 뜻이다. 같은 말로 '사해동포四海同胞'가 있다.

[출전] 《논어論語》〈안연편顔淵篇〉

《주먹 세 방으로 살인을 하고》

얼마 뒤 위주에 도착한 사진은 왕 교두의 행방을 알기 위해 한 찻집에 들어갔다.

"혹시 동경에서 오신 왕 교두란 분을 아시오?"

"왕가 성을 가진 교두는 여럿이라 어떤 분인지 잘 모릅니다."

이때 어떤 사나이가 찻집으로 들어섰다. 키가 훤칠하고 덩치가 컸으며 수염이 덥수룩했다. 보아 하니 군관인 듯했다. 사나이가 자리에 앉는 것을 보고 주인은 그에게 가서 물어보라고 말했다. 사진은 사나이에게 공손히 인사부터 했다. 사나이 또한 사진의 생김새가 범상치 않은 호걸인 것을 짐작하고 황망히 말했다.

"제 성은 노요, 이름은 달이라 합니다. 지금 경략부의 제할提轄(관아의 포도대장)로 있습니다. 그대는 누구시오?"

"저는 화음현에서 온 사진이라 합니다. 제 사부가 동경 80만 금군의 교두 왕진이라 하온데, 혹시 왕 교두를 아십니까?"

노달은 그 말을 듣고 있다가 깜짝 놀랐다.

"그럼 그대가 사가촌의 구문룡 사대랑이오?"

"그렇습니다."

"이름을 듣는 것이 얼굴을 보는 것만 못하다 하더니, 그대가 정말 사대랑이오? 정말 반갑구려. 그런데 그대가 찾고 있는 왕 교두란 분이 혹시 동경의 고 태위와 원수진 그 왕진이 아니오?"

"맞습니다. 바로 그 분입니다."

"아, 나도 그 분에 관해 많이 들었는데 만나 보지는 못하였소. 우리 그냥 헤어지면 섭섭하니 어디 가서 한 잔 합시다."

노달이 사진을 데리고 술집을 향해 한 50걸음을 옮겼을까. 사람들이 떼 지어 둘러서서 무엇인가를 구경하고 있었다. 좌중 한가운데 어떤 사람이 봉 10여 개를 땅에 놓고 그 옆에는 수십 첩의 고약을 쟁반에 담아 놓았는데, 원래 봉술이나 창술로 약을 파는 사람이었다. 그를 보던 사진이 갑자기 눈이 휘둥그레졌다. 그 사람은 바로 예전에 자신에게 무예를 가르쳐 주던 이충이었다. 사진은 너무 반가워서 사람들을 헤치고 앞으로 나아갔다.

"사부님, 이런 곳에서 뵙게 되는군요."

"아니, 자네는 사진이 아닌가? 어떻게 여길······."

이충 역시 깜짝 놀라며 반가워했다.

사진과 노달, 이충은 함께 다리 모퉁이의 어느 술집을 찾아갔다. 분위기가 한창 무르익을 무렵, 갑자기 한쪽 구석에서 한 여인의 슬피 우는 소리가 들렸다. 주흥이 깨지자 노달은 화가 나서 술잔을 집어던졌다. 주인이 놀라 다가왔다.

"아, 안주를 더 드릴까요?"

"이게 대체 무슨 소리냐? 우리 형제가 저렇게 처량한 소리를 들으며 술을 먹어서야 되겠느냐?"

"나리, 죄송합니다. 저기 우는 사람은 노래를 불러서 먹고사는 부녀지간인데, 나리께서 계신 것을 모르고 그만 제 설움에 겨워 우나 봅니다."

"그렇다면 저들을 이리로 데려오너라."

주인이 그들을 데려왔다. 젊은 여인의 이름은 취련이고, 그 아비의 이름은 김로라 했다.

"그대들은 어디서 온 사람들이오?"

노달이 묻자 여인이 대답했다.

"저희는 원래 동경 사람입니다. 어미는 병이 들어 세상을 떠나고 저희 둘만 남았지요. 이곳 재주 진관서 정 대관인大官人(벼슬아치)이 돈 3천 관을 주겠다며 저를 첩으로 데려갔는데, 문서만 받고 돈은 구경도 못했습니다. 그 집에 들어가 서너 달 정도 살다가 본처의 질투가 너무 심해서 쫓겨나고 말았지요. 그런데 저를 내쫓은 것도 모자라 받지도 않은 3천 관을 내놓으라고 하지 뭡니까? 억울하지만 술집에서 노래를 팔아 근근이 돈을 갚아 왔는데, 요즘 손님이 없어 저도 모르게 슬피 울었습니다. 용서해 주십시오."

"그래, 진관서 정 대관인이 누구냐?"

노달이 묻자 늙은 아비가 대답했다.

"장원교 아래에서 고기를 파는 정도이며 별호가 진관서입니다."

노달이 코웃음을 치며 말했다.

"뭐라고? 돼지 잡는 놈이 대관인이라? 허허, 자기 세력을 믿고 남을 업신여기다니! 잠깐만 기다리시오. 내가 그놈을 요절내고 올 테니."

그러자 사진이 일어나 말렸다.

"잠시 노여움을 그치시고 내일 다시 의논하시지요."

노달은 분을 삭이고 김로에게 말했다.

"노자를 줄 테니 딴 곳에 가서 살 수 있겠소?"

김로와 취련은 노달의 마음에 감격하여 연거푸 고맙다는 말을 했다. 그리고 거처로 돌아가 몰래 짐을 꾸렸다.

날이 밝자 노달은 정도의 푸줏간으로 향했다. 정도는 하인들이 일하는 것을 감독하고 있다가 노달을 보고 황급히 자리에서 일어섰다.

"경략 상공께서 살코기 열 근으로 회를 쳐서 가져오라 하셨네. 비계가 한 점이라도 있어서는 안 될 것이네."

"알겠습니다. 이봐, 살코기로 열 근을 잘게 썰어 드려라."

"아니, 자네가 직접 해 주게나."

"그러지요. 제가 손수 썰겠습니다."

정도가 회를 다 쳐서 싸 놓고 말했다.

"다 됐습니다. 사람을 시켜 보내 드릴까요?"

노달이 말했다.

"일이 더 있네. 이번에는 비계만 골라서 열 근만 회를 쳐 주게. 살코기가 조금이라도 섞이면 안 되네."

"비계는 별로 쓸데가 없는 것인데요?"

그러자 노달이 눈을 부릅뜨고 말했다.

"상공의 명을 거역하려 하는가?"

"그, 그러지요. 분부대로 하겠습니다."

정도는 비계만 가려서 다시 회를 친 다음 연잎에 쌌다. 이 일에 꼬박 한나절이 걸렸다.

"사람을 시켜 상공께 보내겠습니다."

노달이 손을 저으며 또 말했다.

"이번에는 뼈만 골라서 열 근만 회를 치게."

정도가 땀을 닦고 웃으며 말했다.

"나리께서 심심하셔서 제게 장난을 치시는 겁니까?"

노달은 의자에서 벌떡 일어났다.

"내가 할 일이 없어서 너 같은 놈한테 장난을 한단 말이냐!"

그리고는 연잎에 싸 놓은 고기 열 근과 비계 열 근을 집어서 정도의 얼굴에 던졌다. 비록 자신이 고기를 팔고 있으나 남에게 대관인 소리를 듣고 있는 처지인데 제할 따위에게 이런 욕을 당하자, 정도는 씩씩거리며 식칼을 집어 들었다. 정도가 노달을 찌르려고 하자 노달은 비웃으며 오른쪽 다리를 들어 정도의 아랫배를 걷어찼다. 뒤로 벌렁 자빠진 정도를 깔고 앉아 노달은 꾸짖기 시작했다.

"한낱 칼을 쥐고 소를 잡는 백정 주제에 감히 진관서라고 불리며 김취련 같은

약한 여자를 돈으로 못살게 굴다니. 너 같은 놈을 어찌 용서한단 말이냐!"

노달이 주먹으로 정도의 얼굴을 한 번 치니 코에서 붉은 피가 솟아 나왔다. 정도가 코를 잡고 눈물을 찔끔 흘리고 있는데 이번에는 미간으로 커다란 주먹이 달려들었다. 정도는 너무 아파서 정신이 혼미했다.

"도저히 너를 살려 두지 못하겠다!"

노달이 세 번째로 주먹을 들어 정도의 가슴을 후려치니 더이상 정도는 숨을 쉬지 않았다. 설마 주먹질 세 방에 사람이 죽을까 싶었으나 노달은 여기서 얼른 피해야겠다는 생각이 들었다. 그는 주위에 모여든 사람들에게 보란 듯이 큰 소리로 외쳤다.

"이놈, 죽은 척하지 말고 내일 다시 만나자!"

노달은 부랴부랴 그 자리를 떠났다. 구경하던 사람은 많았으나 감히 나서서 그를 잡으려 하지는 않았다.

정도의 아내와 이웃 사람들이 함께 노달을 관아에 고발했다. 그러나 제할의 신분인지라 함부로 체포할 수가 없어 부윤은 경략사를 찾았다. 자초지종을 들은 경략사도 달리 방법이 없었다.

"노달은 원래 가친家親(남에게 자기 아버지를 높여 부르는 말)이 데리고 있던 무관이었소. 손이 모자라 가친께 허락을 얻어 제할직을 맡아보게 했던 거요. 그러나 살인죄를 저지른 이상 어쩌겠소. 죄상이 밝혀지고 판결이 나면 연락이라도 해 주오."

"명심하겠습니다. 조사하여 죄상이 드러나면 경략 상공님께 연락을 드린 후 죄를 다스리도록 하겠나이다."

경략부를 나온 부윤은 정도의 장사를 지내게 하고, 각처에 문서를 돌려 살인범 노달을 잡는 자에게는 현상금 1천 관을 준다고 알렸다. 곧 노달을 수배하는 벽보가 도처에 붙었다.

한편 위주를 떠난 노달은 도망친 지 여러 날 만에 한 고을에 도착했다. 사람들이 둘러서서 벽에 붙여진 방을 구경하고 있었다. 그때 누군가가 뒤에서 노달의 허리를 잡으며 말을 걸었다.

"장 대가大哥는 어찌 이곳에 와서 계시오?"

노달이 돌아보니 위주에서 구하여 보낸 취련의 아비 김로였다. 김로는 인적이 없는 곳으로 노달을 이끌고 가서 말했다.

"나리께 현상금이 붙었는데 그리 태평하게 서 계시면 어쩝니까?"

"대체 영감은 동경으로 가지 않고 왜 여기에 있소?"

"처음에는 동경으로 돌아가려고 하였지요. 그런데 다시 생각해 보니 정도가 나중에 쫓아온다면 큰일일 것 같아 이리로 왔습니다. 다행히 예전에 이웃에 살던 사람을 만났는데, 그 사람이 소개해 주어 딸년이 조원외라는 이곳 부자의 소실이 되었습니다. 저희 부녀가 이렇게 아무 걱정 없이 잘 살고 있는 것은 결국 나리의 은덕입니다. 딸년이 자기 남편에게 나리의 의기를 말하니 조원외도 한번 만나 뵙기를 원하더군요. 나리, 어서 저와 함께 가시지요."

노달이 김로가 이끄는 대로 그 집을 찾아가자 취련이 달려 나와 반가워하며 방으로 안내했다. 그리고 조금 후 한 상 가득 음식을 차려 가지고 왔다. 김로가 술을 부어 노달에게 권했다. 노달도 기분이 좋아 술잔을 기울였다.

그때 갑자기 밖이 떠들썩했다. 몰래 밖을 내다보니 몽둥이를 든 수십 명의 장정들이 주위를 에워싸고 있었다. 그중 말을 탄 자가 명령했다.

"끌어내라!"

노달이 다급해 하자 김로가 손을 들어 말했다.

"나리는 가만히 계십시오."

김로가 말을 탄 자에게 가까이 가서 뭐라고 말을 하자, 그 사람이 젊은 장정들을 돌려보내고 들어와서는 노달에게 절을 했다. 노달이 김로를 보고 물었다.

"저 사람이 누구인데 내게 절을 한단 말이오?"

"아까 말씀드렸던 조원외입니다. 혹시 취련이 새 서방을 불러들여 술을 먹는 것은 아닌가 하고 의심을 했답니다. 제가 오해를 풀어 주었으니 걱정 마십시오."

노달이 사정을 듣고 조원외에게 말했다.

"나는 그저 그런 사람일 뿐이오. 게다가 죽을죄마저 저질렀소. 만일 이 몸이 쓸모가 있다면 그대를 위해 죽어도 후회하지 않을 것이오."

이 말에 원외가 기뻐하며 말했다.

"이곳은 편하지 않으실 테니 저희 시골집으로 가서 묵으시는 것이 어떻습니까? 여기서 한 10리쯤 되는 칠보촌이라는 곳입니다."

이튿날 노달은 말을 타고 칠보촌에 가서 며칠을 보냈으나 지난번 소동이 관가에까지 소문이 난 모양이었다. 조원외가 다급히 찾아와서 말했다.

"어제는 관가에서 나온 어떤 사람들이 이웃에 와서 그 일을 묻고 갔다 하니, 아무래도 나리의 소재가 탄로난 것 같습니다. 여기서 30리쯤 가면 오대

회회상 노지심
살인을 저지르고 신분을 위장하기 위해 승려가 되었다. 성미가 급하고 불의를 보면 잘 참지 못했다.

산이 있는데 거기에 문수원이라는 절이 있습니다. 그곳의 지진장로와 제가 형제처럼 지내는 사이니, 노 제할께서 괜찮으시다면 그 절의 중이 되어 몸을 피하는 게 어떻겠습니까?"

노달은 이제 마땅히 갈 곳도 없었다. 조원외의 말이 옳다고 여기고 기꺼이 오대산으로 가기로 결심했다.

노지심, 오대산을 어지럽히다

이튿날 노달은 조원외와 함께 오대산으로 갔다. 문수원은 5백 명이 넘는 승려가 수도하는 곳이었다. 산문山門(절의 바깥문)에 푸른 봉우리가 높이 솟았고, 불전은 구름을 찌를 듯 우뚝 솟아 있었다. 예를 갖추며 조원외 일행을 맞은 지진장로는 조원외의 뜻을 받아들였다. 그러나 다른 승려들은 노달의 우락부락한 생김새뿐만 아니라 그 무서운 눈매도 내키질 않아 자기들끼리 수군댔다. 틀림없이 절에 화를 미칠 인물임이 분명해 보였다. 지진장로는 한동안 참선에 들었다가 말문을 열었다.

"성미가 거칠기는 하지만 머지않아 청정한 마음으로 돌아가 깨달음을 얻을 인물이로다. 내 말을 깊이 명심하고 더이상 이 문제를 거론하지 마라."

그리고 길일을 택하여 삭발식을 엄숙하게 거행하고 지심이라는 법명을 내렸다. 노지심이 오대산에 들어와 승려가 된 지 이럭저럭 반년이나 흘렀다. 어느 날 노지심은 마음이 뒤숭숭하고 답답해서 오랜만에 정자가 있는 산 중턱까지 내려가 보았다. 불현듯 떠오른 술과 고기 생각에 한탄을 하고 있는데, 마침 산 아래에서 한 사나이가 어깨에 통을 메고 콧노래를 부르며 올라오고 있었다.

"여보시오, 그 통 속에 뭐가 들었소?"

"술입니다요, 스님."

"술이라……. 잘됐군. 한 통에 얼마요?"

"값을 알아서 뭘 하시게요?"

"필요하니까 묻지 않겠나?"

"이 술은 절에 올라간 화공도인들에게 팔 것입니다. 지진장로님이 워낙 엄하셔서 스님들에게 술을 팔았다가는 장사는커녕 본전까지 빼앗겨 쫓겨납니다."

"그러면 정말 안 팔겠다는 말이지?"

"저를 죽인다 해도 팔지 못합니다."

"누가 죽인다고 했나? 술을 팔라는 게지. 어디, 네가 파나 안 파나 두고 보자."

사나이는 노지심의 말에 통을 메고 달아나려고 했다. 그러나 노지심은 정자에서 내려와 술통은 붙잡고 사나이만 발로 걷어차 쓰러뜨렸다. 지심이 얼른 술통을 내려놓고 표주박으로 한 모금 떠서 먹어 보니 감로수가 이보다 달까. 노지심은 안주도 없이 눈 깜짝할 사이에 술 한 통을 다 마셔 버리고 소매로 입가를 닦았다.

"술값은 내일 절에 와서 받아 가게."

사나이는 지진장로가 알까 두려워 아무 소리도 못하고 산을 내려갔다.

점점 취기가 오른 노지심은 윗옷을 벗어젖힌 채 비틀거리며 산을 올라갔다. 산문의 문지기들이 엎어질 듯 자빠질 듯하며 걸어오고 있는 지심을 발견했다. 곧 대막대기를 휘두르며 그가 들어오지 못하게 앞을 막아섰다.

"어찌 불가의 제자로서 이렇게 술을 마시고 산문에 발을 들여놓으려고 하느냐? 술에 취한 중은 이 대막대기로 40장을 맞아야 하는 것도 모르느냐?"

아무리 절의 규칙이라도 맞고만 있을 노지심이 아니었다. 크게 노한 노지심은 문지기의 뺨을 때려 그 자리에 쓰러뜨렸다. 그리고 다시 주먹을 들어 치니 다른 문지기도 땅에 나가떨어졌다. 이 상황을 본 화공도인과 승려들이 모두 몽둥이를 들고 뛰어나왔다. 그러나 노지심이 오히려 큰 소리를 치며 그들을 때려눕히자, 지심의 광기 어린 행동을 본 승려들은 이내 창고로 숨어 버렸다. 이때 감사승에게 이야기를 전해 듣고 장로가 모습을 드러냈다.

"네 이놈! 무슨 무례한 짓이냐?"

노지심은 취한 와중에도 지진장로를 알아보고는 막대를 버리고 무릎을 꿇었다.

"소승이 두어 잔 마셨습니다만, 먼저 저들이 몰려와 마구 치려 하였습니다."

"취한 모양이니 어서 들어가 자거라. 잘잘못은 내일 가릴 것이다."

장로는 시자侍者(장로를 모시고 시중드는 사람)에게 지심을 부축하여 선상에 데리고 가라고 말했다. 노지심은 투덜거리며 비틀비틀 선불장으로 들어가서 선상 위에 눕자마자 드르렁드르렁 코를 골았다. 이튿날 지진장로가 지심을 불렀다.

"지심아, 네가 비록 사내 대장부이나 이미 조원외의 청으로 출가한 몸이 되었다. 스스로 경계하여 술을 탐하지 말라고 했는데 어째서 그런 짓을 했느냐?"

노지심이 꿇어앉고 잘못을 빌었다.

41 • 노지심, 오대산을 어지럽히다

"다시는 그러지 않겠습니다."

"조원외가 아니었다면 절대 너를 용서하지 않았을 것이다. 한 번은 용서할 테니 앞으로는 조심하거라."

그로부터 대여섯 달이 지나 겨울이 가고 산에도 마침내 봄이 찾아들었다. 하루는 날씨가 좋아 지심은 저도 모르게 밖으로 나섰다. 오대산의 아름다운 경치에 이끌려 정자에까지 이르렀는데, 정자에 앉아 있으려니까 산 아래에서 무슨 소리가 들렸다. 은은히 울려 퍼지는 것이 쇠를 치는 소리였다. 소리를 따라 산을 내려와 보니 꽤 큰 마을이 자리하고 있었다. 그곳에는 고깃집, 반찬가게, 술집 등 없는 것이 없었다. 지심은 우선 쇠 치는 소리를 따라 대장간에 갔다. 대장간 주인은 지심의 험상궂은 얼굴을 보고 긴장한 목소리로 물었다.

"무엇이 필요하십니까?"

"선장과 계도戒刀를 한 자루씩 맞추고 싶소만."

"선장은 몇 근짜리로 하시렵니까?"

"한 백 근짜리로 할까 하는데."

"옛날 관운장이 쓰던 청룡언월도도 80근밖에 안 됩니다."

"내가 관운장만 못할 것 같은가? 여러 말 말고,

중국 고대 무기

산鏟
선장禪杖이라고도 한다. 삽처럼 생긴 칼날과 초승달처럼 생긴 칼날을 양 끝에 부착하여 적을 찌르거나 벨 수 있다. 주로 승려들이 사용한 것으로, 칼날에 철로 된 링이 달려 있는 것이 특징이다. 노지심이 아끼는 무기이다.

그럼 80근짜리로 부탁하겠네."

"80근도 보통 사람이 들기에 너무 무겁습니다. 게다가 그 무게로는 모양도 잘 안 나오지요. 스님, 한 60근으로 하시지요."

사실 60근도 보통 사람이 휘두르기 힘든 무게였다. 결국 노지심은 대장간 주인의 말을 따르기로 했다.

대장간을 나온 노지심은 술집을 찾아갔다. 자리부터 잡고 앉아 술을 청하니, 주인이 출가한 사람에게는 술을 팔지 않는다며 거절했다.

"흥! 다른 데 가서 먹으면 될 것 아닌가. 술집이 어디 여기뿐이냐!"

그러나 다른 가게도 대답은 마찬가지여서 이래서는 술을 못 먹을 것 같아 꾀를 냈다. 그는 향화촌 어귀의 으슥한 곳에 있는 술집 하나를 발견하고는 들어갔다.

"주인, 지나가는 중이오. 술 한 잔 마시게 해 주시오."

주인이 나와 노지심을 자세히 살피더니 말했다.

"오대산 스님이라면 술을 드릴 수 없습니다."

"아니오. 정처 없이 떠도는 승려인데 먼 길에 목이 말라 그러오."

주인이 얼핏 보니 몸차림이나 말투가 보통 승려와는 달라서 별 의심 없이 술을 가져다주었다. 노지심은 사발로 열 잔이나 벌컥벌컥 들이켜고 나서 이번에는 고기를 달라고 했다.

"지금은 다 팔리고 없습니다."

주인의 말에도 아랑곳하지 않고 노지심은 고기 냄새가 나는 듯하여 그쪽으로 따라가 보았다. 마침 가마솥을 걸고 개 한 마리를 삶고 있었다.

"개고기가 있는데 왜 팔지 않는 거요?"

"스님께서 잡숫지 않으실 것 같아 여쭙지도 않았습니다."

"돈은 여기 얼마든지 있으니 고기를 가져오시오."

주인이 거절하지 못하고 삶은 개고기를 내놓자 노지심은 좋아서 어쩔 줄 몰라 하며 잠깐 사이에 술 두 통을 다 마셔 버렸다. 한참 후에 노지심은 먹다 남은 개 다리 하나를 품에 넣고는 자리에서 비틀거리며 일어났다.

산을 오를수록 취기가 올랐다. 정자까지 온 노지심은 잠깐 쉬어 가기로 하고 앉았는데 솟아오르는 힘을 어떻게 할 수가 없었다. 한동안 주먹도 쓰지 못해서 온몸이 쑤시는 것 같았다. 노지심은 소매를 걷어올리고 정자의 기둥을 주먹으로 쳤다. 그러자 기둥이 부러지며 정자가 그대로 와르르 무너져 내렸다. 마치 산이 무너지는 듯한 소리가 울려 퍼졌다.

이때 문수원에 있던 문지기들이 그 소리에 놀라 밖으로 뛰쳐나왔다. 자세히 보니 노지심이 자빠지며 엎어지며 또 다시 술에 취해 오고 있는 것이 아닌가. 문지기들은 아예 문을 닫아 빗장을 질러 버렸다.

노지심이 문을 두드렸지만 안에서는 대꾸가 없었다. 한참을 두드리다가 왼편을 보니 금강신장金剛神將이 두 눈을 부릅뜨고 자기를 내려다보고 있었다. 노지심은 불같이 화가 치밀었다.

"너는 왜 문을 열어 주지는 않으면서 오히려 주먹만 불끈 쥐고 나를 노려보고 있느냐? 그런다고 내가 겁먹을 것 같더냐!"

노지심은 문설주를 뽑아 금강신의 다리를 후려쳤다. 금강신장이 무너지는 것을 보고 소스라치게 놀란 문지기들은 허겁지겁 지진장로에게 달려갔다. 노지심은 다시 오른쪽 금강신장을 꾸짖으며 주먹으로 내려쳤다. 금강신장은 산천을 진동

45 • 노지심, 오대산을 어지럽히다

하듯 큰 소리를 내며 이번에도 무너져 내렸다. 그것을 본 노지심은 크게 웃었다.

지진장로가 말했다.

"너희들은 취한 사람을 상대하지 마라."

"저 돼지 같은 놈이 오늘도 술을 마셔 놓고 정자와 금강신장까지 다 부숴 버렸으니, 이 일을 어찌합니까?"

"천자도 취한 자를 피한다고 했다. 하물며 난들 어쩌겠느냐? 정자와 금강신장은 나중에 조원외가 와서 수리해 줄 것이니 걱정하지 마라."

"금강신은 산문의 주인이온데 그 주인을 새로 세우시다니요?"

"금강신뿐만 아니라 천상의 삼세 부처가 상한들 어쩌겠느냐? 피하는 것이 상책이니라. 너희들은 저번 일을 벌써 잊었느냐? 절대 문을 열어 주지 마라."

그때 문 밖에서 노지심이 큰 소리로 외쳐댔다.

"머리를 밀어 버린 나귀놈들이 문을 닫고 나를 들어가지 못하게 하는구나! 문을 열지 않으면 불을 질러 버릴 테다!"

그 말에 승려들이 겁을 먹고 문지기들에게 말했다.

"나가서 문을 열어 주어라. 저놈이 안에 들어와서 어떻게 하는지 보자!"

문지기는 가만히 빗장을 열고 돌아와 숨었다. 노지심은 문을 열어 주지 않는 것에 화가 나서 있는 힘껏 문을 밀쳤다. 그러자 문이 활짝 열리면서 그는 앞으로 나뒹굴고 말았다.

노지심은 다시 일어나서 곧장 선당으로 향했는데, 트림을 한 번 하니 그 냄새가 코를 찔렀다. 그때 그의 품에서 고깃덩이가 툭 떨어졌다. 선당에서 경문을 읽고 있던 수도승들은 기겁하며 놀라 뒤로 물러섰고, 노지심은 고깃덩이를 들어 맨 위에 앉은 수도승에게 내밀었다.

"너, 이 고기를 먹어 보아라."

수도승은 손으로 입을 가리며 있는 힘을 다해 피했고, 지심은 고기를 그의 입에 대고 문질러댔다. 주위에 여러 승려들이 몰려들자 화가 난 노지심은 승려들의 머리를 북치듯 두들겼다. 노지심의 이러한 난동 때문에 이내 선당 안은 비명소리로 가득했고, 수도승들이 서둘러 몸을 피하느라고 북새통이었다. 밖에 있던 사람들이 몽둥이를 들고 노지심에게 대항했으나 도저히 당해낼 방법이 없었다. 이때였다.

"네 이놈! 여기가 어디인 줄 알고 이러는 것이냐!"

지진장로가 나와 크게 꾸짖자 지심이 취중에도 장로를 알아보고 황망히 엎드렸다. 장로는 다시 꾸짖었다.

"네놈을 그냥 둘 수가 없겠구나. 이제 어쩔 수 없이 널 다른 곳으로 보내야겠으니 따라오너라!"

노지심이 용서를 빌었으나 이번만은 장로도 용서할 수가 없었다. 장로는 동경 대상국사의 주지인 지청선사에게 쓴 편지를 주면서 노지심에게 네 개의 구절로 부처님의 공덕을 빌어 주었다.

"숲을 만나면 일어나고, 산을 만나면 부유해지며, 물을 만나면 흥하고, 강을 만나면 머무르리라."

이에 노지심은 지진장로에게 아홉 번 절을 하고 하직한 다음 짐을 꾸려 오대산을 내려갔다. 하산한 노지심은 대장간에 맡긴 선장이 다 만들어질 때까지 기다렸다가 그것을 들고 다시 길을 떠났다.

"오대산에서 왔습니다. 지진장로께서 지청선사를 찾아뵈라고 하면서 편지를 써 주셨습니다."

우여곡절 끝에 대상국사에 도착한 노지심은 서찰을 꺼내 보이며 말했다. 지청장로가 서찰을 뜯어보니, 노지심이 출가하게 된 경위와 오대산을 떠나 대상국사를 찾아오게 된 곡절이 자세히 적혀 있었다. 자비를 베풀어 직사승 자리라도 하나 주었으면 한다는 부탁과 함께 부족한 점은 많지만 나중에는 반드시 큰 깨달음을 얻을 것이라는 간곡한 말도 담겨 있었다.

그러나 몇 차례의 소동을 일으켜 승려들을 위협하던 인물이니 섣불리 받아들일 수는 없었다. 그렇다고 지진장로에 대한 체면을 생각하면 거절하기 어려운 일이었다. 지청선사는 직책을 가진 승려들과 의논한 끝에 인근의 불량배 때문에 골치를 앓고 있던 채원菜園(전문적으로 채소를 가꾸는 큰 밭)으로 보내기로 했다.

"지진장로께서는 직사승 자리를 부탁하라 하셨는데 무작정 채원이나 관리하라고 하시다니, 이게 어찌된 영문이옵니까?"

노지심의 투덜거리는 소리를 듣고 옆에 있던 수좌가 큰소리로 꾸짖었다.

"채원을 관리하는 것도 보통 무거운 직책이 아니오. 거기서 1년만 무사히 지낸다면 감사가 될 수도 있단 말이오."

"정말입니까? 그렇다면 내일이라도 당장 채원 관리 일을 맡겠습니다."

이튿날 채원에는 대상국사의 글이 붙었다.

"절에서 새로 노지심이란 중을 보내 채원을 지킨다고? 우리가 처음부터 버릇을 고쳐 줘야 하지 않겠나?"

채원 근처에 있던 불량배들이 그 글을 보며 말했다.

"이 방법이 어떤가? 그놈이 오거든 인사하는 척하고 유인하여 똥구덩이에 처박아 버리는 거야. 그 꼴을 당하면 앞으로 우리를 바로 보지 못할 테니까."

노지심은 한숨 돌릴 겸 채원이나 한 바퀴 돌아볼 작정으로 나섰다. 그때 불량배 수십 명이 과일과 술을 준비해 가지고 싱글벙글 웃으며 다가왔다.

"새로 이 채원을 지키러 오셨다기에 인사를 드리러 왔습니다."

노지심은 아무것도 모르고 기뻐했다. 그들이 똥구덩이 옆에 엎드려 인사를 하고 일어나지 않자, 노지심은 곁에 내려가 그들을 일으키려고 했다. 그러자 그들은 계획한 대로 여럿이서 일시에 달려들며 노지심의 다리를 들어 구덩이 속으로 밀어 버리려 했다. 그러나 힘깨나 쓴다는 장사들이었는데도 노지심은 꿈쩍도 하

49 • 함정에 빠진 임충

지 않았다. 오히려 그가 왼쪽 다리를 날려 한 번 차니 불량배들이 똥구덩이로 떠밀려 빠져 버리고 말았다. 허우적거리며 살려 달라는 그들을 향해 노지심은 꾸짖었다.

"구더기에 똥 맛이 어떠냐? 어떤 놈들인데 감히 나를 희롱하려 드는 것이냐?"

한참 만에 그들을 구해 주니 온몸에 구더기가 달라붙어 차마 눈 뜨고 볼 수가 없었다. 냄새까지 코를 찔렀다. 불량배들은 모두 무릎을 꿇고 머리를 조아렸다.

"소인들은 이곳에서 얻은 채소로 도박장에 드나드는데, 맡으신 분이 새로 바뀌었다고 하여 저지른 일입니다. 앞으로는 사부로 모실 테니 용서해 주십시오."

이튿날 그들은 술과 음식을 차려 놓고 노지심을 초대했다. 노지심은 크게 기뻐하며 한참 동안 술을 마셨다. 담 밖의 버드나무 위에서 까마귀가 시끄럽게 울어댔다.

"담 밖에 버드나무가 있는데, 그 위에 까마귀가 새끼를 치고 지저귀니 저렇게 시끄럽습니다. 우리들이 사다리를 놓고 올라가 나뭇가지를 꺾어 버립시다."

"그렇다면 아예 뿌리째 뽑아 버려야지."

노지심은 술기운이 올라 웃통을 벗어젖히고 기둥만 한 큰 나무를 통째로 뽑아 가볍게 던져 버렸다. 이 광경을 지켜본 불량배들이 다시 한 번 노지심 앞에 무릎을 꿇었다.

"사부는 보통 사람이 아니십니다. 천백 근 기력을 가진 나한이 아니라면 어찌 그 나무가 뽑히겠습니까?"

이튿날은 노지심이 그들을 불러 느티나무 아래에서 술을 마시고 있었다.

"사부의 병기를 구경하게 해 주십시오."

"보고 싶으냐? 그렇다면 보여 줘야지."

노지심이 방으로 들어가 선장을 가져오니, 그 무게가 60근은 족히 되는지라 사람들이 칭송하여 말했다.

"물소 같은 팔 힘이 아니라면 어떻게 저 선장을 쓰겠습니까?"

노지심이 받아 들고 한참 무예 솜씨를 보여주고 있었다. 그때 담 밖에서 감탄하는 소리가 들렸다.

"저 스님의 선장 쓰는 실력이 정말 대단하구나!"

노지심이 그 말을 듣고 선장을 거둔 후 담 밖을 보니 한 관인이 서서 자기 쪽을 보고 있었다. 그는 두건을 쓰고 갑옷을 입었는데, 표범처럼 생긴 얼굴에 수염을 길게 기른 40대 남자였다.

"저 관인은 누구신가?"

"80만 금군의 창봉교두 임충이라 하옵니다."

임충은 담을 뛰어넘어 노지심에게 가서 예의를 갖추며 인사를 했다.

"나는 관서 사람으로 노달이라 합니다. 지금은 출가하여 중이 되었소."

그러고 보니 노지심이 어릴 적에 임충의 아버지인 임 제할을 만난 적이 있었다. 임충이 그 사실을 알고 크게 기뻐하며 노지심과 형제의 의를 맺었다.

"임 교두, 오늘 무슨 일이 있어 이곳에 오셨소?"

"아내와 함께 오악묘에 분향하러 왔다가 사형의 선장 솜씨를 구경하느라 아내는 먼저 보냈지요."

두 사람이 이야기를 하며 술을 마신 지 얼마 후, 임충의 시종인 금아가 얼굴이 벌개져서 달려왔다.

"나리, 오악루에서 어떤 놈들이 마님을 붙들고 놓아주지 않습니다."

임충은 노지심에게 먼저 자리를 떠나 미안하다며 황급히 오악루로 향했다.

"다시 와서 뵙겠습니다. 사형은 섭섭히 여기지 마십시오."

금아를 앞세우고 급히 오악루에 이른 임충은 두세 사람이 난간에 지키고 서 있고, 그 앞에서 한 젊은이가 부인 장씨의 길을 막으며 희롱하고 있는 것을 보았다. 장씨는 얼굴을 붉히며 비명을 질렀다.

임충은 눈을 부릅뜨고 달려들어 젊은이의 어깨를 잡고 꾸짖었다.

"발칙한 놈! 이런 대낮에 남의 아내를 괴롭히다니!"

주먹을 들어 후려치려고 하다가 임충은 머뭇거렸다. 그 젊은이는 바로 자신의 상관인 고 태위의 양자 고아내였던 것이다. 고구는 본래 휘종의 총애를 받아 벼락 승진을 한 몸으로 변변히 장가도 못 가고 고아내를 양자로 들였는데, 이놈 역시 부녀자나 희롱하며 돌아다니는 난봉꾼이었다. 그러나 고 태위의 권세를 아는 사람들은 감히 그를 건드리지 못하고 있던 터였다.

임충은 높이 쳐들었던 주먹을 거두었고, 이를 본 고아내는 눈을 부라리며 소리를 질렀다.

"임충, 네놈이 무슨 상관이냐? 나서지 마라!"

고아내와 함께 있던 여러 건달들이 임충을 알아보고 아뢰었다.

"교두님, 언짢게 생각지 마십시오. 저희 서방님께서 뉘댁 부인이신지도 모르고 그만……."

임충은 노기가 가시지 않은 눈으로 고아내를 노려보았다. 임충의 눈빛이 사나운 것을 보고 그들은 서둘러 고아내를 데리고 돌아가 버렸다.

임충이 아내를 데리고 길을 나서려 할 때 노지심이 선장을 끌고 수십 명을 거느

53 • 함정에 빠진 임충

린 채 오악묘로 오고 있는 것이 보였다.

"사형은 어딜 가십니까?"

"그대를 도와 간사한 무리를 치려고 왔소."

"고 태위의 아들이 내 아내인 줄 모르고 무례를 범했으나 태위의 얼굴을 보아 한 번 용서해 주었습니다."

"만일 나와 마주쳤으면 한바탕 혼을 내주었을 텐데."

한편 고아내는 임충의 아름다운 부인의 모습이 머릿속을 떠나지 않아 견딜 수가 없었다. 하루 종일 멍해 있는 고아내의 사정을 알고 부안이라는 자가 찾아왔다.

"임충 같은 자가 뭐 그리 대단하겠습니까? 제게 좋은 방법이 있습니다."

그 좋은 방법이란, 임충과 친분이 있는 육겸이라는 사람을 시켜 임충을 밖으로 불러낸 다음 몰래 그의 부인을 꾀어내자는 것이었다. 육겸은 고아내의 환심을 사려고 노력하던 차에 마침 잘됐다 싶어 부안의 제안에 선뜻 응했다.

어느 날 임충이 답답한 마음으로 집 안을 서성이고 있는데 시종이 육겸이 찾아왔다고 전했다.

"요새 통 얼굴을 볼 수가 없어서 왔네."

"마음이 괴로워서 밖에는 나가지 않고 있네."

"우리, 나가서 술이나 마시며 이야기하세. 괴로울 때는 술이 최고 아닌가?"

임충은 육겸의 꼬임에 넘어가 술집으로 갔다. 한참 술을 마시는데 임충의 입에서 한숨이 흘러나왔다. 육겸이 물었다.

"왜 그러는가?"

"자네는 모를 것이네. 대장부가 되어 일신의 재주를 품고 총명한 주인은커녕 소인배의 밑에서 치욕만 당하니, 어찌 한숨이 안 나오겠는가!"

임충이 전날의 일을 자세히 이야기하자 육겸이 말했다.

"그것은 고아내가 모르고 저지른 일이지 않은가? 그런 얘기는 그만하고 즐겁게 술이나 들자고. 자, 들게."

술잔을 기울인 지 시간이 얼마나 흘렀을까. 임충이 밖에 나와 소변을 보는데 금아가 급히 부르는 소리가 들렸다.

"나리, 큰일 났습니다."

"무슨 일이냐?"

"나리께서 나가신 뒤에 얼마 되지 않아서 어떤 사람이 찾아왔는데, 나리께서 약주를 드시다가 그만 혼절하셨다고 하여 마님이 그 사람을 따라 황급히 나가셨습니다. 그런데 육 대인의 집에 가 보니 나리는 안 계시고 웬 술상만 차려져 있어 마님께서 도로 나오시려 하는데, 전날 오악루를 막던 그 사내가 또 나타났지 뭡니까? 그래서 저는 얼른 나리를 모셔 가려고 이곳저곳을 뛰어다녔습니다."

임충이 이 말을 듣고 깜짝 놀라 급히 육겸의 집으로 달려갔다. 어디선가 꾸짖는 소리가 들렸는데 아내의 목소리였다.

"이런 대낮에 아녀자한테 어찌 이런 짓을 하시오! 어서 나를 내보내 주시오!"

임충이 대경실색하여 소리를 질러 문을 열라 하자 부인이 남편의 음성을 듣고 문을 열어젖혔다. 고아내는 임충을 보자 허둥지둥 뒷문으로 나가 담을 넘어 달아나 버렸다. 임충은 주위를 둘러보고는 닥치는 대로 세간을 부숴 버렸다.

이튿날 임충은 작은 칼을 몸에 감추고 육겸을 찾아갔으나 그는 이미 전수부로 몸을 숨긴 뒤였다. 그의 가족조차 보이질 않았다. 임충은 부득부득 이를 갈면서 집으로 돌아왔으나 분이 풀리지 않았다. 그러자 부인이 나서서 남편을 위로했다.

"욕은 면하였으니 구태여 남과 원수가 되지는 마십시오."

"육겸이 나와 형제같이 지내는 척하고 속였으니 반드시 내 손으로 그놈을 죽이고야 말 것이오."

임충은 며칠 동안 그렇게 육겸의 집을 찾았으나 제 속만 상했을 뿐이다. 단지 노지심과 어울리면서 술로 심사를 달래는 일밖에 할 수가 없었다.

그러던 어느 날 길을 가던 임충은 문득 탄식하는 소리가 나서 돌아보았다. 머리에 두건을 썼으며 낡은 전포를 입고 칼을 든 사람이 있었다.

"알아보는 사람을 만나지 못하여 이 좋은 칼을 팔지 못하는구나!"

임충이 못 들은 척하였더니 그 사람이 뒤를 쫓아오며 탄식했다.

"이 넓은 천지에 보물 같은 칼을 아는 사람이 없으니 가히 애석하다!"

임충은 발걸음을 멈추었다. 그 사람이 가진 칼을 보니 서릿발 같은 칼날에서 빛이 나고 있었다.

"좋은 보검이오. 값을 얼마나 쳐 줘야 파시겠소?"

"이런 보검에 값이 따로 있겠습니까? 돈이 급해서 그러니 2천 관만 내시오."

"2천 관이 아니라 3천 관이라 해도 비싸다고는 않겠지만 지금 가진 돈이 별로 없으니 1천 관에 파시오."

"여보시오, 이 보검이 고작 1천 관밖에 안 된단 말이오? 내가 급해서 그러니 5백 관은 더 내셔야 하오."

"1천 관뿐이니 어쩌겠소. 그 값에 팔지 않으면 나도 살 수가 없소."

사내는 어쩔 수 없다는 듯 1천 관만 받았다. 임충이 돈을 치르며 사내에게 물

었다.

"이 보검은 도대체 어디서 구한 것이오?"

"조상 대대로 내려오던 것인데 갑자기 집안이 쪼들려 팔아 버리는 것이오."

사내를 보내고 난 임충은 다시 칼을 찬찬히 살펴보았다.

'참 좋은 칼이로다! 고 태위의 부중에 있는 보검도 사람들에게 잘 내보이지 않는 귀한 것이라고 하던데, 언젠가 틈을 봐서 한번 비교해 보아야겠다.'

임충은 칼을 벽에다 걸어 놓고 자식처럼 아꼈다.

다음날 전수부에서 관리 두 사람이 찾아왔다.

"태위께서 그대가 보검을 구했다는 것을 들으시더니 그 칼을 갖고 들어와 태위님의 것과 비교해 보자 하십니다. 칼을 갖고 함께 가시지요."

'어떤 말 많은 사람이 말했을꼬?' 하고 임충이 생각하는데 두 관리가 재촉했다.

"태위께서 기다리고 계시니 빨리 가십시오."

임충은 칼을 들고 따라가며 말했다.

"너희들은 못 보던 얼굴들이구나."

"소인들은 며칠 전에 새로 들어와서 오늘 교두님을 처음 뵙습니다."

이윽고 전수부에 이르렀다. 임충이 대청 앞에 서서 더는 들어가지 않으려고 하자 두 사람이 다시 재촉했다.

중국 고대 무기

검 劍
자르고, 베고, 찌르고, 꿰뚫는 데 쓴다. 양날로 되어 있고 주로 한 손으로 사용한다. 중국에서 가장 오래된 무기이다.

"태위께서 함께 들어오라고 분부하셨습니다. 아무 염려 마십시오."

그런데 임충이 칼을 들고 서서 한참을 기다려도 소식이 없었다. 왠지 불길한 생각이 들어 살펴보니 처마 밑에 '백호절당白虎節堂'이라는 푸른 글자가 박힌 현판이 눈에 띄었다. 임충은 깜짝 놀라지 않을 수 없었다. 이곳은 바로 군사상의 중요한 비밀을 논의하는 곳이라 함부로 들어올 수 없는 곳이었다.

급히 몸을 일으켜 나가려고 하는데 홀연 신발 끄는 소리가 들렸다. 눈을 들어 보니 본관 고 태위였다. 임충이 칼을 든 채로 급히 나아가 예를 갖추자 고 태위가 말했다.

"너는 임충이 아니냐? 부른 일이 없는데 어찌 감히 백호절당에 들어왔느냐? 너도 법도를 알거늘 칼까지 들고 발을 들여놓았단 말이더냐? 나를 죽이려고 하느냐? 소문을 들으니 네가 칼을 품고 마을을 다니면서 반역을 꾀한다고?"

임충이 몸을 굽혀 조아렸다.

"태위께서 아랫사람을 시켜 절더러 칼을 가지고 와서 비교하라 하셨기에 왔습니다."

고 태위가 크게 소리쳐 말했다.

"무슨 잔말을 하느냐? 감히 이 안으로 칼을 가지고 들어오다니. 여봐라, 저놈을 잡아들여라!"

고 태위의 서릿발 같은 영이 떨어지자 양쪽에서 수십 명이 쫓아 나와 임충을 꽁꽁 묶어 버렸다.

소선풍 시진의 은혜

자신을 없애고 아들 고아내를 위로하려는 고 태위의 모략에 휘말린 임충은 목숨만은 간신히 건졌다. 그러나 7근이나 되는 칼을 쓰고 이마에 자자刺字(살을 파서 먹물로 죄명을 찍어 넣는 형벌)까지 넣어서 창주의 뇌성으로 귀양을 떠나게 되었다. 임충의 호송을 맡은 사람은 동초와 설패라는 자였다. 그들이 임충을 이끌고 동경을 나서자 임충의 장인인 장 교두가 기다리고 있었다.

"제가 장인어른께 좋은 모습은 보여 드리지 못할망정 이마에 자자까지 넣고 귀양 가는 죄인이 되고 말았습니다. 이제 떠나면 생사마저 기약할 길이 없는데, 제 처가 눈물로 세월을 보낼 것을 생각하니 마음이 무거워 발걸음이 떨어지질 않습니다. 게다가 고아내의 핍박과 유혹도 그칠 날이 없을 터이니, 처가 개가할 수 있도록 이연장離緣狀(일종의 이혼 증서)을 써야겠습니다."

"그게 무슨 소리인가? 자네가 비록 뜻밖의 불행을 겪어 귀양을 간다고는 하지만 진실로 죄가 없다는 것은 다 알고 있으니 결국에는 풀려나 집으로 돌아올 것이네. 그동안 내가 자네의 처와 금아를 데려다 같이 지낼 테니 걱정하지 말고 부디 몸이나 성히 지내 주게나. 나도 힘을 써 볼 테니 너무 심약하게 굴지 말고."

"장인어른의 은혜는 죽어서도 잊지 않고 갚겠습니다.⊛ 하지만 처를 그대로 두고 떠날 수는 없습니다. 제발 허락해 주십시오."

결국 임충은 장 교두에게 이연장을 써 바쳤다. 그때 돌연 밖에서 여인의 구슬픈 울음소리가 들려왔다. 임충의 아내인 장씨가 머리를 풀어 산발하고 옷깃도 헝클어뜨린 채 대성통곡하고 있었다.

"여보, 내 말을 잘 들으시오. 나는 이미 생사를 알 수 없는 죄인이고, 당신은 아직 젊으니 얼마든지 개가를 할 수 있는 몸이오. 문서를 만들어 이미 장인께 드렸으니 그리 알고 너무 슬퍼하지 마오."

"그런 말씀 마세요. 죽어 귀신이 된다 해도 당신 옆을 떠나지 않을 거예요."

장씨는 얼굴을 감싸고 슬피 울다가 이내 혼절하고 말았다. 잠시 후 장씨가 간신히 정신을 차리는 것을 보고 임충은 귀양 길에 올랐다.

때는 6월이라 임충이 매를 맞은 자리가 덧나서 세 걸음에 두 번씩 엎어지며 가자, 동초와 설패가 꾸짖으며 호령했다.

"여기서 창주가 2천여 리나 되는데 그렇게 걸어서 언제 가려고!"

고사성어 엿보기

⊛ **결초보은** 結草報恩
풀을 묶어 은혜를 갚는다는 말로, 은혜가 사무쳐 죽어서도 절대 잊지 않고 꼭 갚는다는 뜻이다.

"장독이 올라 걷기 어려워서 그렇소."

"우리들이 무슨 죄로 저놈을 맡아서 가게 되었는고!"

동초가 원망하며 욕설을 퍼부었으나 임충은 감히 말 한 마디 하지 못했다. 동초와 설패는 그저 날이 저물면 눈 좀 붙였다가 새벽에 일찍 일어나 손수 밥을 지어 먹고 다시 임충을 재촉하여 길을 떠났다.

어느 날 숲이 우거져 골이 깊은 곳에 이르렀다. 창주로 가는 길에서 제일 험악한 곳으로, 귀양 가는 사람이 만일 원수진 사람이면 이곳에서 많이 죽인다는 야저림野猪林이었다. 세 사람이 숲 속으로 들어서자 동초가 말했다.

"잠깐 이곳에서 쉬었다 갑시다."

"안 되겠다. 저놈이 달아날까 두려워 편히 쉬지를 못하겠다."

설패는 허리춤의 끈을 풀더니 임충의 손과 발을 큰 칼과 함께 꽁꽁 묶어서 나무에다 묶어 버렸다. 그리고 동초와 함께 벌떡 일어나서 수화곤을 움켜잡더니 임충을 노려보며 소리쳤다.

"우리들이 네놈에게 사심이 있어 처치하려는 것이 아니다. 이건 고 태위님의 명령이니 어쩔 도리가 없구나. 네놈은 결국 죽어야만 될 신세이니 우리 두 사람을 원망하지는 말아라!"

설패가 수화곤을 움켜쥐고 임충의 머리를 내리치려고 팔을 번쩍 들었다. 바로 그 순간 소나무 숲에서 괴성이 울리며 난데없는 철선장이 날아들어 설패의 수화곤을 떨어뜨렸다. 이어서 기골이 장대하고 두 눈이 찢어진 중 하나가 쏜살같이 튀어나왔다.

"아까부터 네놈들이 하는 소리를 다 듣고 있었다!"

두 사람이 놀라 그 화상을 보니 검은 선장을 들어 자신들을 막 치려 하고 있었다. 임충이 비로소 눈을 들어 보니 바로 노지심이었다.

"사형은 성급해 하지 말고 잠깐만 내 말을 들으십시오."

노지심이 선장을 거두고 말했다.

"저놈들을 죽이지 않고 무엇에 쓰겠소!"

임충이 말했다.

"고 태위와 육겸이 나를 죽이라고 하였으니 저들도 별 도리가 없지요."

설패와 동초가 벌벌 떨며 임충을 보며 간청했다.

"교두님, 우리를 구해 주십시오."

"형님이 저를 구해 주셨으니 이왕이면 저 둘도 살려 주십시오. 어차피 창주 뇌성까지 같이 가야 할 처지이니까요."

노지심은 그제야 선장을 내려놓으며 두 사람을 보고 눈을 무섭게 부릅뜬 채 호통쳤다.

"네놈들의 죄로 친다면 당장 목을 베어야겠지만 내 아우의 청을 들어 이번만은 살려 줄 것이다! 그러니 내 아우를 차례로 등에 업고 나를 따르거라!"

노지심은 앞장을 섰다. 그의 걸음이 얼마나 빠르던지 임충을 업은 사람은 거의 뛰다시피 해야 했다.

야저림을 빠져나오자 마을과 술집이 보였다. 네 사람은 술집에 들어가 술과 음식을 시켰다.

"스님께서는 어느 절에 계시는 분이신가요?"

이제는 설패와 동초가 간사한 목소리로 물었다.

"이놈들아, 그게 너희들하고 무슨 상관이더냐! 내가 어느 절에 있는지 알아 두었다가 나중에 고 태위에게 일러바치기라도 하려고 하느냐? 이놈들아, 내가 고 태위 알기를 강아지쯤으로 여기고 있다는 것만 알아 두어라."

두 사람은 겁이 나서 감히 나설 수가 없었다. 노지심의 뜻에 따라 걷고 쉴 뿐이었다. 노지심은 길에서 술과 고기를 사서 임충에게 주었으며, 주막을 만나면 일찍 들어가 쉬고 아침 늦게 나왔다. 호송인들은 밥을 지으며 숙덕거렸다.

"저 화상 때문에 육겸의 부탁대로 못하였으니 돌아가면 뭐라고 할 것인가?"

설패가 말했다.

"소문을 들으니 대상국사 채원에 사람이 새로 왔는데 이름이 노지심이라 하더이다. 저 사람이 그 사람인가 보오. 가서 빨리 알려야겠소."

마침내 보름이 조금 넘어 창주 근처에 이르렀다. 노지심은 주위를 자세히 살피고 나서 솔밭에 앉아 임충을 마주 보고 말했다.

"이제 한 70리쯤 남았으나 마을이 있어 흉한 곳은 없을 터이니 여기서 헤어져야겠소."

노지심이 은자 20냥을 꺼내어 임충의 짐에 넣어 주고, 서너 냥을 더 꺼내 설패와 동초에게 주며 말했다.

"머리를 벨 수도 있었으나 내 아우가 하도 부탁하여 살려 주는 것이니, 만일 내가 없다고 엉뚱한 생각을 품었다가는 어떻게 될지 잘 알 것이다. 네놈들의 머리는 저 소나무와 다를 것이 없으리라."

동초와 설패가 물었다.

"소인들의 머리가 어찌 저 소나무와 같습니까?"

소선풍 시진의 은혜

노지심이 이 말을 듣고 선장을 들어 소나무를 내리치자 소나무가 우지끈 소리를 내며 두 동강이 났다. 노지심은 부러진 소나무를 가리키며 눈알을 부라렸다.

"똑똑히 보았겠지? 너희들이 만일 엉뚱한 생각을 품는 순간에는 저렇게 될 것임을 명심해야 할 것이다. 알겠느냐?"

두 사람은 넋을 잃고 소나무를 바라보다가 서로 마주보며 혀를 내둘렀다.

솔밭을 떠나 반나절이나 가다 바라보니 길가에 한 술집이 있었다. 동초와 설패가 자리를 차지하고 앉아 임충과 함께 한참 기다리고 있는데, 주인이 술을 가져오지 않자 임충이 탁자를 두드리며 말했다.

"여보게, 우리가 귀양 가는 사람이라 업신여겨 술을 주지 않는 것인가?"

"우리는 좋은 뜻으로 그대들에게 술을 안 파는 것이오."

"술을 팔지 않는 것이 무슨 좋은 뜻이란 말이오?"

"이 마을에 큰 재주를 가진 사람이 있는데 성은 시요, 이름은 진이라 하오. 이곳 사람들은 시 대관인이라 하지만 강호에서는 그를 소선풍小旋風 시진이라 부르기도 하오. 그 사람은 주나라 시세종 황제의 직계자손인데, 태조 무덕 황제가 내리신 서서철권誓書鐵券(후주後周 시세종의 후예를 해치지 않겠다는 약속을 적은 철관)을 가지고 있는 까닭에 사람들이 감히 업신여기지 못하고 있소. 또 천하의 호걸들을 사귀기를 즐겨 항상 집에 있는 사람이 50명이 넘지요. 시 대관인이 우리들에게 분부하기를, 귀양 가는 사람 중에 호걸이 많으니 만일 자기 집으로 보내면 언제든지 대접하신다고 하셨소. 그러나 술을 마시고 얼굴이 붉으면 노자 한 푼 주지 않을 것이오."

임충이 듣고 말했다.

"내가 관군일 적에 사람들에게서 시 대관인이 천하에 의협이라는 말을 들었소. 이왕 지나가는 길이니 같이 가서 만나는 게 어떻겠소?"

동초와 설패도 기뻐하며 바랑과 짐을 챙겼다. 임충이 술집 주인에게 물었다.

"시 대관인 댁이 어디 있소?"

"요 앞으로 2리쯤 가면 큰 돌다리가 나오지요. 거기서 바로 건너다보이는 집이 바로 시 대관인 댁이오."

임충이 주막에서 나와 2리쯤 가니 과연 큰 돌다리가 보였다. 건너편 수양버들 숲에 큰 집 한 채가 있었는데, 집 앞의 나무 다리 위에서 네댓 명의 장객이 앉아 더위를 피하고 있었다. 세 사람이 나아가 장객들에게 예를 갖춘 뒤 물었다.

"소인은 창주 뇌성으로 귀양 가는 임가라는 죄인이옵니다. 소문을 듣자 하니 시 대관인께서 여러 죄인들과 담소하기를 즐기신다기에 이렇게 찾아왔습니다. 시 대관인께 말씀을 올려 주십시오."

한 장객이 대답했다.

"대관인이 집에 계셨으면 식량과 노자를 보태어 주셨을 것인데, 오늘 아침에 사냥을 나가셨으니 안됐구려."

"그러면 언제 돌아오십니까?"

"때를 어떻게 알겠소?"

"우리들이 복이 없어 만나질 못하는구려."

임충이 우울한 마음으로 되돌아오고 있을 때 숲 속에서 인마人馬가 나는 듯이 오고 있었다.

'저기 오는 사람이 시 대관인인가 보다.'

임충이 주저하며 감히 묻지를 못하는데, 말을 탄 사람이 앞으로 나오며 먼저 말을 건넸다.

"저기 칼을 쓰고 있는 사람은 뉘신지요?"

임충이 몸을 굽혀 말했다.

"소인은 성은 임이요, 이름은 충입니다. 동경의 금군 교두였다가 고 태위와 원수가 되어 창주로 귀양 가는 길입니다. 저 술집 주인이 이곳에 어질고 현명하신 대관인이 계시다고 하기에 찾아왔다가 연분이 없어 만나지 못하고 돌아가는 길입니다."

그러자 시진은 급히 말에서 내려 임충에게 절하며 예를 갖추었다.

"교두를 일찍이 만나지 못한 죄를 용서해 주십시오."

시진은 임충의 손을 이끌고 자신의 장원莊園으로 갔다.

"오래전부터 교두의 높은 명성을 들어 알고 있었는데, 오늘 이렇게 만나 뵈오니 평생 소원이 풀렸습니다."

"대관인의 높은 명성 또한 천하에 가득하더니, 저 역시 오늘에야 뵙게 되어 천만다행입니다."

시진이 거듭 양보하고 임충을 붙들어 주빈석에 앉혔다. 또 동초와 설패는 그 아래 자리에 앉힌 후 장객에게 명하여 술과 밥을 가지고 오라 했다. 장객이 소반에 백미와 돈 10관을 내어다가 탁자 위에 놓았다. 시진이 그것을 보고는 크게 꾸짖으며 말했다.

"이놈들아! 너희들이 손님을 알아보지 못하는구나! 빨리 들어가서 과일과 술을 가져오고, 양과 돼지를 잡아서 잔치를 준비하여라!"

임충이 몸을 일으켜 말했다.

"너무 지나치게 차리지 마십시오. 이만하면 족합니다."

"어찌 그럴 수가 있겠습니까? 이곳에 오시는 것이 쉽지 않았을 터인데 소홀히 대접해야 되겠습니까?"

두 사람이 서로 술을 권하며 여러 잔을 마셨을 때였다. 장객이 와서 알렸다.

"홍 교두께서 오십니다."

시진이 장객에게 명하여 교의交椅를 가져다가 홍 교두를 청했다.

"한자리에서 술을 먹는 것이 좋겠습니다."

홍 교두는 머리에 두건을 비껴쓰고 가슴을 드러낸 채 교의에 앉았다. 대관인의 스승인 모양이었다. 임충은 자리에서 일어나 몸을 굽혀 절하며 말했다.

"임충이 삼가 뵈옵니다."

그러나 그는 전혀 본 체도 들은 체도 하지 않았다. 임충이 무안하여 감히 얼굴을 들지 못하자 시진이 임충을 가리키며 말했다.

"홍 교두님, 저 분은 동경 금군의 창봉 교두이십니다."

임충이 그 말을 듣고 다시 절하자 홍 교두가 말했다.

"절하지 마시오."

시진은 이를 보고 불쾌한 생각이 들었다. 홍 교두가 말했다.

"대관인은 무슨 연고로 귀양 가는 무리에게 후한 대접을 하시오?"

"임 교두는 다른 사람과 비교하지 못합니다. 금군 교두까지 지낸 분이니 사부는 소홀히 대접하지 마십시오."

"대관인이 창봉 쓰기를 좋아하시니 저런 귀양 가는 무리들이 모두 창봉 교두라

소선풍 시진의 은혜

하고 장상莊上에 찾아와 술을 얻어먹고 돈과 쌀을 받아 가지요. 왜 대관인은 항상 속으십니까?"

임충이 듣고도 감히 입을 열지 못하니 시진이 말했다.

"너무 교만한 태도로 남을 업신여기지 마십시오."

홍 교두가 시진의 말을 듣고 화를 내며 일어섰다.

"나는 저 사람을 믿지 못하겠으니 만일 나와 싸워 1합을 능히 견디면 그때는 정말 교두라고 믿어 주겠소."

시진이 껄껄 웃으며 말했다.

"참 좋은 생각입니다. 임 교두의 뜻은 어떠하십니까?"

임충이 겸손히 말했다.

"소인이 어찌 거절하겠습니까?"

홍 교두가 비웃으며 더욱 잘난 체했다. 시진은 임충의 무예를 보고 싶은 마음도 있었지만 한편으로는 홍 교두의 콧대를 꺾고 싶었다.

어느덧 달이 솟아 대청이 대낮과 같았다. 시진이 몸을 일으키며 말했다.

"두 분 교두께서는 한번 서로의 재주를 시험해 보십시오."

임충은 곰곰이 생각했다.

'저 홍 교두는 시 대관인의 사부인데, 만일 막대

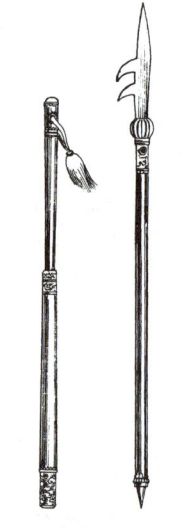

중국 고대 무기

봉棒
나무로 된 봉에 철을 씌워 강도를 높인 가리봉과 봉 끝에 칼날을 부착한 구봉이 있다. 특히 구봉은 적을 타격할 수도 있고 칼날로 찌를 수도 있다.

68

로 한 번 쳐서 물리치면 시 대관인이 허망할 것이 아닌가?'

시진이 임충의 주저하는 모습을 보고 그 뜻을 짐작하여 임충에게 말했다.

"홍 교두는 이곳에 온 지 오래되지 않았고 아직 적수도 없으니, 임 교두는 어려워 말고 시험해 보십시오. 저는 두 분 사부 중에서 어느 분이 높고 낮은지를 보려고 합니다."

임충은 시진의 말을 듣자 비로소 마음 놓고 겨루어 보기로 했다. 홍 교두가 먼저 몸을 일으키며 소매를 걷고 막대를 들어 임충을 공격했다. 임충이 시진을 향해 말했다.

"대관인은 웃지 마십시오."

임충은 막대를 들고 달 밝은 뜰에서 홍 교두와 5합쯤 싸우다가 밖으로 나오며 말했다.

"잠깐 쉬겠습니다."

시진이 의아해 하며 물었다.

"교두는 어찌 힘을 다하지 않으십니까?"

"소인이 졌습니다."

"두 분이 미처 겨루어 보지도 않았는데 어찌 지셨다고 하십니까?"

임충이 목에 있는 칼을 가리키며 말했다.

"이것 때문에 지는 것이 당연합니다."

"제가 깜박 잊었습니다."

시진은 장객에게 은자를 갖고 오라고 하여 탁자에 놓고 동초와 설패에게 말했다.

"두 분은 교두의 칼을 벗겨 주시오. 내일 뇌성영에서 뭐라고 하면 내가 책임을 지겠소."

홍 교두는 임충이 스스로 졌다고 하는 말을 듣고 깔보는 마음이 생겨 다시 마음 놓고 겨루어 보려고 했다. 시진은 장객에게 명하여 큰 두레(밑바닥은 좁고 주둥이는 넓게 하여 물을 퍼붓기 위해 만든 그릇으로 두서너 말이 들어간다)에 은을 내어 오라고 하여 상에 올려놓았다.

"두 분 중 이기는 분께 이것을 상으로 드리겠습니다."

이것은 아무쪼록 임충더러 재주를 다하여 이기도록 함이었다. 홍 교두가 임충을 업신여기고 은자에도 욕심이 생겨 막대를 들고 다시 공격했다.

'대관인이 내가 이기는 것을 보고자 하니 어찌 죄를 돌보리오.'

임충은 마치 돌을 헤치고 뱀을 찾는 형상으로 나섰다. 그러다 잠깐 뒤로 물러나니 홍 교두가 따라 들어오며 막대로 치려고 했다. 홍 교두의 막대 쓰는 법이 산만한 것을 보고 문득 임충이 막대를 들어 내리치자, 홍 교두는 피하지 못하고 뒤로 자빠지고 말았다.

시진은 크게 기뻐했고, 장객들도 모두 크게 웃었다. 장객의 부축을 받고 일어난 홍 교두는 얼굴에 부끄러운 빛이 가득하여 밖으로 나가 버렸다.

시진이 임충의 손을 잡아 이끌고 후당에 들어가 술을 마시며 장객에게 은을 가지고 오라고 시켰다. 그러나 임충은 받지 않았다.

임충은 시진의 집에서 융숭한 대접을 받으며 일주일을 머문 후에야 창주 뇌성으로 향했다. 시진이 술을 대접하고 서찰을 만들어 주며 일렀다.

"창주 대윤도 나와 친한 사이고 뇌성영의 관영과 차발도 나와 친하니, 이 서찰을 갖다 주면 많이 도와 줄 것입니다."

그리고 20냥짜리 은덩어리를 내어 임충에게 주고 두 호송인에게도 약간의 노자를 주었다. 이튿날 날이 밝자 임충은 아침을 먹은 후 다시 칼을 썼다. 시진이 다가와 말했다.

"며칠 후에 제가 겨울옷을 보내 드리겠습니다."

"대관인의 은혜를 어떻게 다 갚겠습니까?"

시진과 작별하고, 한낮에 이르러 창주성에 도착하자 두 호송인은 공문을 바쳤다. 임충은 창주 대윤을 만난 후 뇌성영으로 보내졌고, 호송인들은 문서를 받아 가지고 동경으로 돌아갔다.

임충이 뇌성영 방에 앉아 기다리는데 한 죄수가 임충을 보고 말했다.

"그대가 모를 것 같아 일러 드리겠소. 이곳에 있는 관영과 차발이 뇌물을 무척 좋아하오. 만일 뇌물이 없으면 옥에 갇혀서 살려고 해도 살지 못하고 죽으려 해도 죽지 못하오. 또 첫 번째 점고點考(명부에 일일이 점을 찍어 사람의 수를 조사하는 것) 시에 뇌물이 없는 사람은 1백 대를 맞소. 이 매를 맞으면 열에 일곱, 여덟은 죽기도 하오. 하지만 뇌물을 주면 길에서 병들었다고 하여 때리지 않는다오."

"그대들이 일러 주는 것은 고맙소만, 뇌물은 얼마나 주어야 하오?"

"은자 닷 냥이면 충분할 것이외다."

그때 차발이 와서 물었다.

"누가 새로 들어온 죄수놈이냐?"

임충이 나와 절하며 말했다.

"소인이올시다."

자신에게 줄 돈을 안 가져온 것 같자 차발은 낯빛이 변하며 임충에게 호령했다.

"네놈이 이토록 거만하니 동경에서 일을 저질렀지! 네가 나를 무시하고 있지만 너는 내 손 안에 있는 물건이나 다를 바 없다!"

모든 죄수들이 차발이 화내는 것을 보고 하나 둘 흩어졌다. 임충은 허리에서 은자 닷 냥을 꺼내 들고 웃는 낯으로 말했다.

"화를 푸시오. 비록 적지만 소인의 성의입니다."

차발이 그제야 얼굴을 펴고 말했다.

"이것은 관영께 갖다 드리라는 것이냐?"

"관영께 드리는 것은 따로 은자 열 냥이 있습니다."

차발이 그제야 웃으며 말했다.

"임 교두의 명성을 들은 지 오래지만 이제 보니 정말로 호걸이외다. 아무 죄도 없는데 고 태위의 모함에 빠져 여기까지 온 것이니 괴로움은 잠시일 뿐, 나중에는 널리 이름을 떨치고 높은 자리에 오를 수 있을 것이오. 아무쪼록 내가 뒤를 봐 줄 터이니 염려하지 마시오."

"어찌 그러기를 바라겠습니까?"

임충이 웃으며 시진의 서신을 꺼내어 은자 열 냥과 함께 차발에게 주며 말했다.

"관영께 전해 주시오."

"시 대관인의 서신이라면 내가 갖다 드리리다. 이따가 그대에게 만일 매를 치려고 하거든 그대는 길에서 병이 들었다고만 하시오. 뒷일은 내가 적당히 책임질 테니……."

차발이 서신과 은자를 가지고 자리를 뜨자 임충은 홀로 탄식했다.

'돈이 있으면 귀신도 부린다 하더니 그 말이 틀린 말이 아니었구나!'

차발은 열 냥에서 반을 떼어 은자 닷 냥만 서신과 함께 관영에게 전해 주고 임충에 대한 좋은 말들을 건넸다.

"이 사람은 호걸일뿐더러 고 태위의 모함 때문에 죄를 얻었습니다. 그리고 시 대관인의 서신에도 필경 저 사람을 돌보라는 부탁이 있을 듯합니다."

관영이 점고 시에 임충을 불러들였다.

"너는 태조 무덕 황제가 지으신 법에 따라 1백 살위봉을 맞아야 하느니라."

이에 임충이 말했다.

"소인은 길에서 병이 들어 아직 낫지 못하였습니다."

차발이 옆에서 거들었다.

"저 사람의 얼굴에 병색이 완연하니 후일에 치는 것이 좋을까 합니다."

임충은 매 맞을 위기를 모면하고, 나중에는 천왕당을 지키는 일까지 맡게 되었다. 차발이 다가와 말했다.

"내가 주선하여 교두에게 이 소임을 주었소. 다른 죄수들은 일찍 일어나 늦게까지 잠시도 쉬지 못하지. 그중에도 재물을 바치지 않은 사람은 옥에 갇혀 살아나기 힘들다오."

임충이 사례로 은자 서너 냥을 주며 말했다.

"윗분께 주선하여 나의 칼을 좀 벗겨 주십시오."

차발이 은자를 가지고 관영에게 갔다 오더니 역시 칼을 벗겨 주었다.

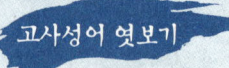

결초보은 結草報恩

풀을 묶어 은혜를 갚다

춘추시대 때 진晉나라에 위무자라는 사람이 있었다. 중병에 걸린 그는 어느 날 아들 위과에게 자기가 죽으면 자신의 후처를 개가시키라고 말했다. 그러나 막상 죽을 때가 가까워지자 그는 자신이 죽으면 무덤에다 그녀를 함께 묻어 달라는 정반대의 유언을 남겼다. 위무자가 죽은 후 위과는 그 유언을 따르지 않고 서모庶母를 다른 남자와 결혼하게 했다.

얼마 후 전쟁터에 나간 위과는 적진의 장수인 두회와 마주치게 되었다. 대세가 불리해져 그만 쫓기는 처지가 되어 한시가 급한 상황이었는데, 갑자기 두회가 타고 있던 말이 넘어지고 말았다. 자세히 보니 뜻밖에도 근처의 풀들이 모두 묶여 있어 거기에 말이 걸려 넘어진 것이었다. 위과는 그를 사로잡아 공을 세우고 목숨도 부지할 수 있었다.

그날 밤 위과의 꿈에 한 노인이 나타나서 말했다. 그 노인은 위과의 서모였던 여인의 아버지였다.

"제 딸을 살려 주셔서 고맙습니다. 제가 그 은혜에 보답하기 위해 풀을 엮어 두회의 말이 걸려 넘어지게 한 것입니다."

結: 맺을(결), **草**: 풀(초), **報**: 갚을(보), **恩**: 은혜(은)

풀을 묶어 은혜를 갚는다는 말로, 은혜가 사무쳐 죽어서도 절대 잊지 않고 꼭 갚는다는 뜻이다. 비슷한 말로 '백골난망白骨難忘'이 있다.

[출전] 《춘추좌씨전春秋左氏傳》

산신묘에 부는 피바람

　　　　　　　　임충이 천왕당에 있으며 한가롭게 지낸 지 어느덧 겨울이 되었다. 하는 일이라고는 향을 피우고 마당을 쓰는 일이 전부였다. 그날도 일을 끝낸 뒤 천왕당 밖에서 산보를 하고 있었다.

"아니, 임 교두님이 아니세요?"

　임충은 깜짝 놀랐다. 이곳에서 자기를 알아볼 사람은 없었다. 얼른 몸을 돌려보니 동경에서 알고 지내던 이소이가 아닌가. 술집에서 일하던 이소이가 돈을 훔친 적이 있었는데, 그때 임충이 훔친 돈을 물어주고 노자까지 주어 동경을 떠나도록 도와 주었던 것이다.

"아니, 자네야말로 여기는 어떻게 왔는가?"

"교두께서는 그동안 별고 없으셨는지요? 소인은 그때 구해 주신 덕분에 여기저기를 떠돌아다니며 남의 집에 얹혀 살았습니다. 그러다가 우연히 이곳 창주까지 오게 되어 왕씨가 경영하는 술집에서 일하게 되었지요. 제 요리 솜씨에 술집이 잘 되자 주인은 급기야 제게 딸을 주고 사위로 삼았어요. 그렇게 술집을 돕다가 장인 장모가 돌아가시고 제가 가게를 맡았지요. 오늘은 한가로워서 산보나 나온 것인데, 여기서 이렇게 교두님을 뵙게 되다니요."

임충은 이소이에게 자신의 처지에 대해 말해 주었다. 이소이는 다시 절을 하고 나더니 임충을 자기 집으로 데리고 가서 융숭한 대접을 하였다.

"다시는 은인을 뵙지 못할 것 같았는데 천우신조가 따로 없습니다."

"자네를 만나서 나도 반갑기 그지없네. 그런데 이렇게 죄수의 몸이니 자네 내외한테 폐나 끼치지 않을까 걱정이구먼."

"그런 말씀 마십시오. 교두님의 존함을 모르는 사람이 어디 있겠습니까? 오히려 저희들이 은인을 잘 모실지 그저 송구할 따름입니다. 앞으로는 바느질이며 빨래는 모두 저희가 맡아서 할 것입니다."

이날부터 임충과 이소이는 서로 번갈아 찾아다니며 지내게 되었다. 임충의 의복을 빨래하고 바느질하는 것은 모조리 이소이의 내외가 맡아 해 주었다.

그러던 어느 날 이소이가 임충에게 허겁지겁 달려왔다.

"왜, 무슨 급한 일이라도 있는가?"

"아까 저녁 때쯤 해서 웬 손님 둘이 저희 집에 들어왔는데 그들의 말투가 동경 말투였어요. 그런데 그들이 저에게 관영과 차발을 불러 달라기에 그렇게 해 주었더니 뭐라고 숙덕거리며 하는 이야기가 하도 이상해서 이렇게 말씀드리려고요."

"동경에서 온 사람이라……. 어떻게 생겼던가? 혹시 작은 키에 얼굴이 희고 수염을 기른 것이 한 서른 살쯤 되어 보이지 않던가?"

"예, 바로 보셨습니다. 그들이 관영과 차발에게 돈 자루와 서류를 주면서 고 태위님 어쩌고 하더니, 차발이 '그까짓 거 제게 맡기십시오' 하는 것이 아닙니까? 쥐도 새도 모르게 없애 버린다고……. 아무래도 나리께 해가 되는 일이 아닐까 싶어 허겁지겁 달려온 것입니다."

임충은 직감적으로 육겸임을 알아차렸다. 다시 이를 뿌드득 갈며 이내 육겸이 있을 만한 곳을 찾기 시작했다. 그러나 그의 모습은 어디에서도 찾을 수가 없었다. 다음날에도 임충은 그렇게 육겸을 찾았으나 허사였다.

'아무래도 동경으로 떠난 모양이군.'

임충은 이렇게 생각하고 얼마 동안은 천왕당에서 성내로 내려가지 않았다. 하루는 뇌성의 관영이 임충을 불렀다.

"네가 여기 온 지가 여러 달이 되었는데 그동안 바빠서 널 돌봐줄 기회가 없었구나. 마침 동문 밖에 있는 초료장을 네게 맡기려고 한다. 그곳에서는 달마다 말에게 먹일 풀을 조금씩 뇌성에 바치면 될 테고, 또 남는 것은 네가 팔아서 적당히 써도 된다. 그럼 오늘 당장 차발을 따라 그곳으로 가도록 하라."

임충은 천왕당보다 초료장이 한결 나은 곳이라고 이소이에게 들은 적이 있었다. 그러나 육겸이 왔다 간 후라 그마저도 의심스러웠다.

임충은 관영에게 인사를 마친 후 차발과 함께 초료장을 향해 길을 떠났다. 때는 엄동설한인지라 바람이 차갑고 매서웠다. 설상가상으로 눈까지 내리기 시작하니 걷기조차 고통스러웠다. 넓디넓은 들판 한가운데 황토로 빙 돌려 담장이 쳐져 있

는 초가 한 채가 보였다. 그 안에는 마초가 산같이 쌓여 있었고 한쪽 구석에는 마루방이 달려 있었다. 화롯불을 쬐고 있던 죄수 하나가 임충에게 열쇠를 내밀며 초료장에 관해 설명해 주었다.

"이 열쇠는 하나밖에 없으니 잘 간수해야 하오. 그리고 헛간에 쌓여 있는 저 마초 더미가 몇 개인지 궤짝 속에 있는 문서와 대조해 보아야 하오. 술 생각이 나거들랑 이 술병을 가지고 장터와 주막으로 가면 된다오."

인수인계를 마치고 나서 늙은 죄수와 차발은 임충을 남겨 놓고 돌아가 버렸다. 임충은 늙은 죄수처럼 화롯불을 쬐고 앉았다. 그러나 벽 틈으로 새어 드는 찬바람에 허리와 등이 시려 견딜 수가 없었다. 생각다 못해 침상 위로 올라가 이불 속에 몸을 파묻어 보았으나 그것도 역시 헛일이었다. 사방을 황토로 바른 방이어도 구석마다 틈이 벌어져 찬바람을 막을 길이 없었다. 임충은 이런 곳에서 겨울을 지낼 생각을 하니 앞날이 캄캄하기만 했다.

밤이 되어도 임충은 잠을 이룰 수가 없었다. 그때 늙은 죄수가 일러 주던 주막 생각이 나서 그는 그 길로 술병을 들고 눈길을 헤치며 한 마장 가량 걸었다. 앞에 낡고 퇴락한 사당이 하나 보였다. 그는 잠깐 쉴 겸 해서 안으로 들어가 치성을 드리고는 다시 걸었다. 과연 주막이 눈에 들어왔다. 술집 주인은 임충의 술병을 보고는 그가 초료장에서 온 사람임을 대번에 알아차렸다.

"이런 추운 날씨에는 술이라도 몇 잔 해야 추위가 가시지요."

"맞소. 초료장으로 가지고 가게 고기 한 접시만 따로 싸 주고, 이 병에도 술을 하나 가득 넣어 주시오."

"그렇게 하지요. 오늘같이 추운 날에는 무엇보다 술이 최고이니까요."

임충이 초료장에 도착해 보니 초가가 눈에 묻혀 납작하게 쓰러져 있었다. 임충은 체념하며 당장 의지할 데라고는 아까 갔던 그 사당뿐이라 생각했다. 겨우 서까래를 들추고 침상 위의 이불을 꺼내어 둘둘 말아서 창대 끝에 매달고 초가를 나섰다.

　사당 안으로 들어간 임충은 창을 한편에 놓고 겉옷을 벗어 눈을 털었다. 옷이 모두 젖어 있었다. 이불을 펴고 몸을 기대어 찬 술과 고기를 먹는데, 갑자기 밖에서 무엇인가가 바짝바짝 타는 소리가 들렸다. 이상한 생각이 들어 뚫린 벽 틈으로 밖을 보니 초료장 안에서 불길이 활활 일어나고 있는 것이 아닌가.

　'저게 웬일인가?'

　한편으로 이상하고 한편으로 의아해 하며 임충이 곧 일어나 불을 끄러 나가려 할 때였다. 문 밖에서 사람의 기척이 나기에 임충은 가만히 몸을 숨겼다. 누군가가 사당 문을 열려고 했으나 돌로 막아 놓았기에 문은 열리지 않았다. 밖에서 한 놈이 말했다.

　"내 계교가 어떠하오?"

　또 한 놈이 대답했다.

　"전부 관영과 차발이 힘써 주신 덕이오니, 우리가 동경에 가서 태위께 고하면 그대 두 사람은 반드시 대관으로 봉해질 것입니다."

　다른 한 놈이 웃으며 대답했다.

　"이번에는 장 교두도 어쩔 수 없을 것입니다."

　또 한 놈이 말했다.

　"고아내의 병이 이제는 나았겠지요?"

　또 한 놈이 말했다.

"수십 군데에 불을 질러 놓았는데 임충 제가 어디로 도망치겠습니까?"

"그놈이 비록 목숨을 보전한다 하여도 대군 초료를 다 태웠으니 어떻게 죽기를 면하겠습니까?"

"우리는 그만 돌아갑시다."

그때 한 놈이 말했다.

"까맣게 탄 저놈의 뼈 한 덩이를 가져다가 태위께 드려 우리들의 진실함을 표하는 것이 어떻겠소?"

임충이 가만히 들어 보니 한 놈은 육겸이요, 또 한 놈은 부안이요, 나머지 한 놈은 차발이었다.

'하늘이 도우셔서 집을 무너뜨린 덕분에 내가 살았다. 그렇지 않았으면 불에 타 죽기를 면하지 못했을 것이다!'

임충이 가만히 돌을 치우고 문을 열어젖히며 나와 크게 꾸짖었다.

"이놈들아, 어디로 달아나려고 하느냐?"

세 사람이 깜짝 놀라 움직이지 못하는데, 임충이 창을 들어 먼저 차발을 찔러 넘어뜨렸다. 그러자 육겸이 살려 달라고 비는 것을 왼발로 차니 그도 나가떨어졌다. 부안이 엉겁결에 달아나는 것을 보고 임충이 따라가 창 한 번 휘두르니 그 역시 나뒹굴었다. 다시 몸을 돌려 보니 육겸이 기어 달아나고 있었다. 임충이 크게 소리치며 달려들었다.

"이놈, 육겸아! 내가 너와 원수진 일이 없는데, 어찌 나를 해하려고 하느냐? 내 너를 어찌 살려 두리오!"

육겸은 손이 발이 되도록 빌었다.

 • 산신묘에 부는 피바람

"이 일은 태위께서 시키신 일이라 감히 거역하지 못했다네. 누구는 하고 싶어 했겠나? 살려 주기만 한다면 다시는 그러지 않을 것이네."

"이놈, 간적奸賊아! 내가 너와 어려서부터 이웃에서 자라났는데, 나를 죽이러 와서 감히 모른다고 하느냐? 오늘 나의 창 맛을 좀 보아라!"

임충이 크게 호령하며 창을 들어 내리쳤다. 옆을 보니 이번에는 차발이 기겁하여 달아나려고 하고 있었다.

"네놈은 본시 불량하여 못된 놈이니 살려 두지 못하겠다!"

임충은 다시 창을 들어 그의 머리를 베고 부안의 머리까지 벤 다음 세 사람의 머리털을 한데 묶어 산신묘에 매달았다. 그러고 나서 전립을 쓰고 남은 술을 마저 마시고는 동쪽을 향해 달아나기 시작했다. 인근 마을에서 사람들이 물통을 메고 불을 끄러 온 것은 얼마 지나지 않아서였다.

"빨리 가서 불을 끄시오! 나는 관가에 알려야겠소!"

임충은 눈보라 속을 헤집으며 한참을 내달렸다. 문득 앞쪽 숲 속에 인가가 있어 불빛이 새어 나오는 것이 보였다. 임충은 문을 밀치고 들어섰다. 화로에 둘러앉아 불을 쬐던 대여섯 명의 장객들의 눈길이 임충에게 쏠렸다.

"소인은 뇌성영의 군인인데 일을 보러 갔다가 그만 눈에 옷이 젖었지 뭡니까? 미안합니다만, 좀 말려 입고 가려고 하니 허락해 주십시오."

늙은 장객이 대답했다.

"좋소. 이 앞에 와서 말려 입도록 하시오."

임충이 젖은 옷을 말리는데 화롯가에 술병이 놓여 있는 것이 보였다.

"소인이 은자가 조금 있는데 술 두어 잔만 나누어 주십시오."

그러자 무리들이 말했다.

"우리는 밤마다 야경을 돌면서 노적露積(집 마당이나 넓은 터에 쌓아 두는 곡식단)을 지키고 있소. 날씨가 이렇게 추워서 우리들끼리도 먹기 부족한데 나누어 줄 게 어디 있겠소?"

"조금만 주시지요. 나누어 준다고 무슨 큰 상관이 있겠습니까?"

장객이 노하여 말했다.

"우리들이 좋은 뜻으로 옷을 말려 입고 가라고 한 것인데, 어찌 도리어 보챈단 말이오?"

"이놈들, 무례하구나!"

화가 난 임충이 손에 들었던 창으로 화로의 불을 떠 던졌다. 불꽃이 흩어지자 장객들이 막대를 들어 임충에게 대들었다. 임충이 창을 들어 대적하니 장객들이 어찌 당할 것인가. 모두 꽁지가 빠지게 달아나 버렸다.

"참 좋다!"

임충은 혼자 술을 따라 마음껏 먹고 창을 끌며 나섰다. 그러나 너무 급하게 마신 술이라 금방 취해 비틀거렸다. 끝내 두어 마장을 못 가서 시냇가에 쓰러지고 말았다. 찬바람까지 얼굴을 때려 더욱 술이 취했기 때문이다. 이때 다시 온 장객들이 임충을 잡아 어느 큰 장원에 데리고 갔다.

"대관인이 아직 일어나지 않으셨으니 저놈을 문 위에 높이 달아 두어라."

수선풍 시진
호걸이라면 귀양 가는 사람에게도 넉넉한 인심을 베푸는 사람이다. 송 태조가 하사한 서서철권의 비호를 받고 있다.

날이 훤히 밝을 무렵, 임충이 술이 깨어 눈을 떠 보니 몸이 꽁꽁 묶여 있었다.

"무슨 일로 나를 이렇게 매달았느냐!"

임충이 소리를 지르자 장객 20여 명이 몰려들었다. 자세히 보니 지난밤 화롯불 앞에 모여 있던 장객들이었다.

"여기가 어디라고 감히 소리를 지른단 말이냐!"

"매운맛을 보여 주고 대관인이 일어나시거든 관가에 보내어 죄를 물읍시다."

그들은 일시에 몽둥이를 들어 임충에게 내리쳤다. 그때 한 사람이 뒷짐을 지고 나오며 물었다.

"웬 사람을 그리들 치느냐?"

그 사람이 가까이 다가가 보더니 급히 장객들을 꾸짖어 물리치고 묶여 있는 사람을 풀어 주며 물었다.

"임 교두께서 대체 무슨 연고로 이 욕을 보십니까?"

임충이 고개를 들어 보니 시진이었다. 임충은 간밤에 있었던 일을 모두 이야기했다. 시진은 저도 모르게 한숨을 푹 쉬며 말했다.

"교두님의 운명도 참 기구합니다. 그래도 이렇게 제 집으로 오시게 되어 다행입니다. 이곳은 제 별장이니 앞으로 며칠 머무시면서 다시 의논합시다."

시진은 장객에게 새 옷을 가져오라 명하고 술과 밥을 차려 대접했다. 임충은 시진의 두터운 정의에 깊이 감사하며 그의 별장에서 5, 6일이 지나도록 푹 쉬었다.

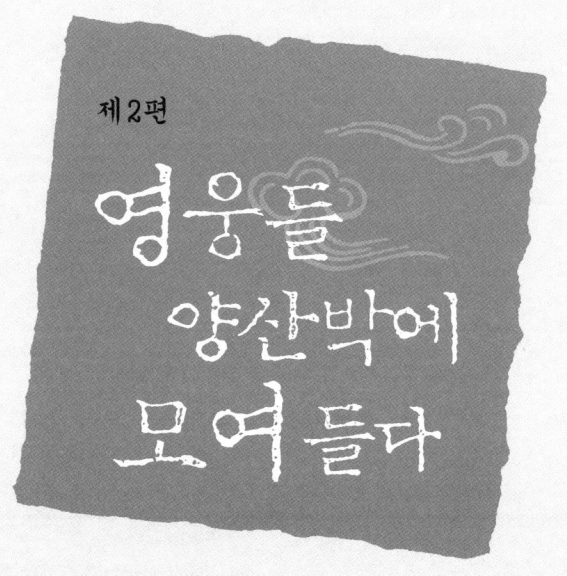

제2편

영웅들
양산박에
모여들다

두 사람이 양산박 두령들이 있다는 취의청에 올라갈 때였다. 양쪽으로 아름드리 나무가 총총한 가운데 단금정이라는 정자가 보였고, 그 정자를 지나자 좌우에 창, 도, 검, 극, 궁, 노, 모 등 여러 무기들이 죽 늘어서 있었다. 또 주위에는 전쟁에 쓰일 뇌목포석이 산같이 쌓여 있는 게 보였다. 양쪽 좁은 길에 깃발이 세워져 있었고, 관문 두 개를 지나니 비로소 산채가 보였다. 그곳은 사면이 높은 산이요, 골짜기가 웅장하고 중간 지대가 평평하여 그 넓이만도 상당했다.

표자두 임충, 양산박으로

창주 뇌성의 관영은 충주부에 가서 임충이 차발과 육겸, 부안을 죽이고 대군 초료장까지 불태웠다고 보고했다. 부윤이 깜짝 놀라 급히 이를 공문첩에 올린 다음 관원을 보냈다. 또 임충의 얼굴을 그리게 하여 3천 관을 상금으로 내걸고 각처 촌락까지 임충을 잡으라고 영을 내렸다. 이런 상황이 되자 임충은 시진을 보며 걱정스럽게 말했다.

"관에서 저를 잡으려고 저렇게 혈안이 되었으니, 만일 제가 이곳에 있는 것이 들키게 된다면 대관인까지 화를 입게 될 것입니다. 저는 이만 떠나겠습니다."

"교두께서 가실 만한 곳이 있습니다. 제가 서찰을 드릴 테니 지니고 가십시오."

"그곳이 어디입니까?"

"그곳은 산동 제주 관하에 있는 양산박이라는 곳입니다. 주위가 8백 리요, 중간에 완자성과 요아애라는 땅이 있지요. 거기서 호걸 셋이 무리를 이루고 있는데 제1두령은 왕륜이고, 제2두령은 두천이며, 제3두령은 송만이라 합니다. 그 수하에 졸개들이 8백 명이나 있어 집을 부수고 마을을 노략하며 사는데, 천하에 죽을 죄를 저지른 사람은 모두 그곳으로 들어가 화를 피하고 있습니다. 세 호걸과 제가 가까운 사이니 교두께서는 그곳에 가셔서 의지하는 것이 좋을 듯합니다."

"정말 그곳에 가면 얼마나 좋겠습니까?"

"지금 관가에서 방을 붙이고 관군 두 사람씩 길어귀를 지킨다는데, 어떻게 가야 하나?"

시진은 머리를 숙이고 곰곰이 생각하다가 무릎을 탁 치며 말했다.

"아하, 좋은 생각이 있습니다. 길목을 지날 좋은 방도 말입니다."

"그렇게만 해 주신다면 죽어도 은혜는 잊지 못할 것입니다."

시진은 임충의 행장을 꾸려 장객에게 들게 하여 관 밖에 나가 기다리라고 했다. 그리고 말 30필을 준비하여 사냥 무기들과 매, 사냥개를 앞세우고 모두 사냥하러 가는 양 일시에 길을 나서도록 했다. 임충은 그 사냥꾼들 사이에 끼여 있었다.

일행이 관문에 닿았으나 조사를 맡은 군관들이

중국 고대 무기

박도 朴刀
손잡이는 짧지만 강철 칼날은 길고 폭이 넓다. 흔히 양손으로 잡고 사용하는데 가까이 있는 적을 상대할 때 좋다.

보니 그들은 시 대관인의 일행으로 가끔 있는 사냥 행차를 나선 것이 틀림없었다. 더구나 군관 한 사람은 일찍이 시진에게 신세를 진 일도 있었다.

"대관인 어른께서 또 사냥을 즐기러 나가시는 모양이군요?"

"수고가 많소."

시진이 말에서 내려 정중하게 인사를 했다.

"창주 대윤께서 죄인 임충을 잡으려고 이렇게 일일이 조사를 하고 있습니다. 오가는 장사꾼들까지 검문을 하고 있지요."

그러자 시진은 너털웃음을 터뜨렸다.

"하하, 그 임충이 우리 일행 속에 있는데 헛수고를 하고 계신 모양이오."

"대관인께서 법도에 밝은 분이신데 그럴 리가 있겠습니까?"

군관들도 덩달아 웃으며 전혀 의심하는 기색이 없었다.

"그리 나를 믿어 주시니 돌아오는 길에 사냥한 짐승이나 선물로 드려야겠군."

시진은 또 한 번 웃으며 인사를 하고는 말에 올라탔다. 그렇게 검문을 벗어난 후 시진은 임충의 사냥꾼 복장 대신 장사꾼 차림으로 갈아입혀서 얼른 길을 떠나게 했다. 요도腰刀를 차고, 벙거지를 쓰고, 등에 짐을 지고, 손에 박도까지 든 임충은 시진에게 작별 인사를 하고 산동을 향해 길을 재촉했다.

임충이 길에 오른 지 열흘이 훨씬 넘은 어느 날, 하늘에 붉은 구름이 잔뜩 깔리고 큰 눈이 내릴 듯 눈발이 날리기 시작했다. 눈을 밟아 가다 보니 술집이 있어 들어가 자리를 잡고 앉았다. 임충이 박도를 세우고 행장을 풀어놓자 주인이 물었다.

"손님은 술을 얼마나 드시렵니까?"

"먼저 두 통만 가져오시오."

표자두 임충, 양산박으로

주인이 탁자에 술통을 가져다가 놓으니 임충이 물었다.

"안주는 무엇이 있소?"

"쇠고기와 닭고기가 있습니다."

"그러면 먼저 쇠고기 두 근을 가져오시오."

임충은 쇠고기 한 접시와 큰 사발을 앞에 놓고 술을 마시고 있었다. 서너 잔 마셨을까. 그때 술집 안에서 한 사람이 뒷짐 지고 나와 눈이 오는 것을 구경하며 주인에게 물었다.

"술을 먹는 저 사람은 누구요?"

임충이 그 사람을 보니, 머리에 방한용 모자를 쓰고 양피 갑옷을 입었으며 노루 가죽으로 만든 신발을 신었는데 덩치가 크고 골격이 장대했다. 임충이 들은 체하지 않고 술을 마시며 주인에게 물었다.

"양산박은 어디로 가야 하오?"

"양산박이라면 요 앞에 있습니다만, 길이 없어서 배를 타고 물을 건너야만 하지요. 하지만 눈이 이렇게 퍼붓는데 누가 배를 띄우겠습니까?"

"돈은 많이 드릴 테니 건너가게 해 주실 수 없겠소?"

"날씨가 이럴 때는 배를 얻을래야 얻을 수가 없지요."

임충이 난감한 표정으로 한숨을 내쉬었다. 지난날을 생각하니 울적한 심사를 달랠 길이 없었다. 그는 주인에게 붓과 벼루를 빌려 하얀 벽에 글을 써 내려갔다.

임충이 아는 것은 오로지 의리뿐

위인이 가장 순박하고 충성스럽도다.

강호에 이름을 날리고

경국에 영웅을 나타내도다.

지금 떠도는 신세를 슬퍼하니

공명은 마른 쑥만 같도다.

후일 뜻을 얻는다면

위엄이 태산 동쪽에 진동하리라.

다 쓰고 나자 임충은 붓을 던지고 술을 벌컥벌컥 들이켰다. 그때 갑옷을 입은 호걸이 들어와서 임충을 붙들고 말했다.

"참 담도 크구나! 창주에서 하늘에 가득한 죄를 짓고 이곳에 앉아 있다니. 지금 관가에서 3천 관이라는 상금을 걸어 그대를 잡으려 하고 있는데 어찌 이리 태평한고?"

"그대는 내가 누구인 줄 알고 그런 말을 하시오?"

"임충이 아니오?"

임충이 짐짓 껄껄 웃었다.

"내 성은 장가인데, 어째서 나를 보고 임가라 하시오?"

호걸이 웃으며 말했다.

"자기 이름을 벽에다 써 놓고 이마에 자자까지 새겼으면서 거짓말을 할 테요?"

"그러면 당신이 나를 잡기라도 하겠단 말이오?"

"내가 그대를 잡아다가 뭐하겠소? 자, 이쪽으로 오시오."

호걸은 뒤뜰 정자에 들어가 등촉을 밝히고 예를 갖춘 뒤 물었다.

• 표자두 임충, 양산박으로

"아까 그대가 양산박으로 가는 길을 묻던데, 산적들의 산채에는 뭐하러 가시려 하오?"

"아시다시피 쫓기는 몸이라 산채에 가서 의지하려고 하오."

"산채에 의지하려면 천거하는 사람이 있어야 하는데……."

"시 대관인의 글을 가지고 있소."

"소선풍 시진 말씀이오?"

"그분을 어찌 아십니까?"

"시 대관인은 산채의 두령들과 정의가 각별하오. 두천과 송만도 시 대관인의 천거로 들어간 것이오."

임충이 이 말을 듣고 절하며 말했다.

"제가 비록 눈이 있으나 태산을 몰라보았습니다. 존함이 무엇입니까?"

그 사람이 황망히 인사를 받으며 말했다.

"나는 왕 두령의 수하인데 성은 주, 이름은 귀라 하오. 이곳에서 주점을 하면서 행인들이 재물을 가지고 있으면 산채에 알리지요. 혼자의 몸으로 재물을 지니고 다니는 사람에게는 몽한약을 먹여 재물을 빼았고, 때로는 아예 처치해 버리기도 한답니다."

"그럼 나도 큰일 날 뻔했소."

"아까 그대가 양산박에 가는 길을 묻기에 약을 쓰지 않았소. 또 벽에 시를 쓰는 것을 보고 보통 장사꾼은 아니라고 생각했지요. 시 대관인이 천거하는 글을 가지고 오셨으니 누가 그대를 업신여기겠습니까? 왕 두령이 반드시 중하게 대접할 것입니다."

주귀는 어육과 과실을 내어 권하며 밤이 깊도록 임충과 함께 술을 마셨다. 오경 五更(새벽 3~5시)이 되자 주귀는 창문을 열고 작화궁鵲畫弓에 화살을 놓아 건너편 갈대숲을 향해 쏘았다.

"그게 무슨 뜻이오?"

"이것은 산채의 암호입니다. 오래지 않아 저쪽에서 소식이 있을 것이니 기다려 보십시오."

"암호라……."

과연 주귀의 말대로 금사탄이라고 불리는 갈대숲에서 네댓 명의 졸개가 배 한 척을 저으며 왔다. 주귀는 임충과 함께 칼과 행장을 수습하여 배를 타고 양산박으로 향했다.

배는 어느덧 갈대숲에 이르렀다. 주귀와 함께 임충이 내리니 졸개가 행장을 받아 지고 뒤따랐다. 두 사람이 양산박 두령들이 있다는 취의청에 올라갈 때였다. 양쪽으로 아름드리 나무가 총총한 가운데 단금정이라는 정자가 보였고, 그 정자를 지나자 좌우에 창槍, 도刀, 검劍, 극戟, 궁弓, 노弩, 모矛 등 여러 무기들이 죽 늘어서 있었다. 또 주위에는 전쟁에 쓰일 뇌목포석擂木砲石(내리굴리는 나무토막과 던지는 돌)이 산같이 쌓여 있는 게 보였다. 양쪽 좁은 길에 깃발이 세워져 있었고, 관문 두 개를 지나니 비로소 산채가 보였다. 그곳은 사면이 높은 산이요, 골짜기가 웅장하고 중간 지대가 평평하여 그 넓이만도 상당했다.

주귀가 임충을 인도하여 취의청에 올라가니 청상의 중앙에 왕륜이 앉았고, 왼편에는 두천, 오른편에는 송만이 앉아 있었다. 주귀의 안내를 받으며 세 두령에게 다가간 임충은 정중히 절을 올리고 말했다.

 95 • 표자두 임충, 양산박으로

"저는 동경 80만 금군 교두 임충이옵니다. 표범의 머리를 닮았다 하여 남들이 표자두豹子頭라 합니다. 고 태위의 모함을 받고 창주로 귀양 왔다가 사람 셋을 죽이고 시 대관인의 댁에 숨었으나 대관인께 혹시 누를 끼칠까 하여 이곳으로 찾아왔습니다. 시 대관인의 친필 글을 갖고 산채에 의지하기를 청합니다."

임충은 품에서 시 대관인의 글을 꺼내어 보여 주었다. 왕륜이 글을 받아 보고 임충에게 명하여 네 번째 교의에 앉히고, 주귀는 다섯 번째 교의에 앉혔다. 곧 손님을 대접하는 잔치가 벌어졌다. 왕륜이 술을 마시며 임충에게 시진의 안부를 물었다.

"시 대관인께서는 안녕하신지요?"

"대관인은 요즘 사냥으로 소일하십니다."

그때 왕륜은 얼굴에 웃음을 띠고 있었으나 속마음은 그렇지 않았다.

'나는 급제도 못하고 낙방한 처지요, 저놈은 교두라 하니 필경 무예가 상당히 셀 것이다. 어찌 내가 저놈을 휘어잡고 부릴 수 있단 말인가? 트집을 잡아 쫓아 버리는 게 상책이다.'

한창 잔치가 흥을 돋우자 왕륜은 은자 50냥과 비단 두 필을 내오라고 명을 내리고 임충 앞에 그것을 내놓았다.

"시 대관인의 천거로 교두가 여기까지 오셨는데, 산채가 좁고 방이 부족하니 어찌합니까? 저희들의 정성이 부족하여 예의에 어긋나게 대접해 죄송합니다. 변변치 못한 예물이나마 받으시고 다른 곳을 찾으셔서 몸을 편하게 하십시오. 부디 저를 이상하게 여기지는 마십시오."

임충이 이 말을 듣고 기가 막혀 세 두령에게 애원을 했다.

"소인이 천 리 길을 멀다 않고 시 대관인의 천거에 힘입어 이곳에 의지하려고 왔습니다. 비록 재주는 없으나 한 번 죽기로 은혜를 갚을 것입니다. 간사한 일은 조금도 하지 않겠습니다. 제 평생 소원이오니 은자는 거두십시오."

"교두의 말씀은 옳으나 정말 이런 작은 곳에서 어떻게 머무르시겠습니까?"

그러자 주귀가 간했다.

"산채에 비록 양식은 적으나 가깝고 먼 촌에 가서 얻어 올 수 있습니다. 또 산채에 나무와 돌이 많으니 조만간 집을 더 지을 것입니다. 시 대관인이 천거하셔서 왔는데 어찌 다른 곳으로 보내겠습니까? 만일 시 대관인이 사람을 받지 않은 것을 뒷날에라도 아시면 서로 좋은 낯으로 대하기가 어려울 것입니다."

두천도 말했다.

"우리 산채에 한 사람 더 둔다고 무엇이 좁으며 뒷날 시 대관인이 물으시면 무엇이라고 대답하겠습니까? 배은망덕하다고 하지 않겠습니까?"

송만도 역시 임충을 받아들이자는 투였다.

"저분을 받아들이지 않는다면 우리 무리들이 의기가 없다 하여 천하의 호걸들이 비웃을 것입니다."

그러자 왕륜이 웃으며 말했다.

"그대들은 아무것도 모르는 소리를 하는구려. 저 사람이 창주에서 큰 죄를 진 데다 뱃속에 무슨 생각이 있는지는 아무도 모르는 일이라 그것이 걱정이오."

임충이 말했다.

"소인이 큰 죄를 짓고 의지하고자 왔는데 어찌 의심하십니까?"

"그대가 진심으로 우리 형제의 틈에 끼고 싶다면 투명장投名狀을 쓰겠소?"

"글씨쯤은 쓸 줄 아니 붓을 주시면 당장 이 자리에서 쓰겠습니다."

그러자 주귀가 웃으며 말했다.

"교두님, 그런 게 아닙니다. 호걸들의 틈에 낄 때 필요한 투명장이란 산 아래로 내려가서 사람을 하나 죽여 그 목을 바치는 것입니다. 그래야만 의심이 풀린다는 것이지요."

"사흘의 말미를 주겠소. 만일 사흘 동안에 투명장이 들어오면 우리들의 틈에 끼도록 승낙하겠소. 그렇지 않으면 어쩔 도리가 없으니 그때는 섭섭히 생각지 마시오."

임충은 흔쾌히 약속했다.

그날 밤 술자리에서 헤어진 주귀는 두령들과 작별하고 산을 내려와 평소와 같이 자기 술집을 지키러 갔고, 임충은 칼과 보따리를 가지고 졸개의 안내를 받아 객방에서 하룻밤을 쉬었다.

이튿날 임충은 아침을 먹고 나서 허리에 요도를 차고 졸개의 길 안내를 받으며 산을 내려와 강을 건넜다. 으슥한 산기슭에 자리를 정하고 행인이 지나가기만을 기다리고 있는데, 날이 저물도록 사람을 한 명도 만날 수가 없었다. 할 수 없이 빈손으로 돌아가자 왕륜이 물었다.

"투명장을 얻었소?"

"오늘은 사람을 하나도 만나지 못해 그냥 돌아왔습니다."

"남은 이틀 동안 얻지 못하면 이곳에 있기가 어렵습니다."

임충은 대답도 하지 못하고 자기 방으로 돌아갔다. 이튿날 임충이 일찍 산을 내려가니 졸개가 말했다.

"오늘은 남쪽 길로 가십시오."

다시 두 사람은 숲 속에 엎드려 사람의 기척을 살폈다. 한낮까지는 아무 기척이 없더니 드디어 한 떼의 장사꾼이 지나갔다. 그러나 그 수가 3백 명이 넘어 감히 나설 수가 없어 다시 기다리기로 했으나 더이상 지나가는 사람은 없었다. 임충은 산채로 돌아가며 뒤늦게 한탄했다.

"이렇듯 내 운명이 기구하여 이틀씩이나 사람 하나 만나지 못했으니, 왕 두령이 물으면 뭐라고 대답하겠는가?"

"교두님, 마음 놓으십시오. 내일이 또 있으니 돌아가서 다시 의논합시다."

임충은 뜬눈으로 밤을 새우고 이튿날 다시 행장을 수습하여 졸개를 데리고 산을 내려왔다.

'오늘도 투명장을 얻지 못하면 다른 곳으로 가서 몸을 피할 수밖에 없겠구나!'

임충은 탄식하며 동산에 이르러서는 숲 속에 엎드려 기다렸다. 한낮이 되어도 사람의 기척이 없자 이제 다 틀린 일이다 싶었다. 임충이 졸개를 보며 길게 한숨을 내쉬었다.

"오늘도 글렀으니 일찍이 다른 곳으로 가는 것이 좋을 것 같다."

그때 졸개가 손을 들어 가리키며 말했다.

"저기 누가 오고 있습니다."

임충이 크게 기뻐하며 보니 어떤 사람이 등에 큰 짐을 지고 걸어오고 있었다. 임충은 이렇다 저렇다 말도 없이 박도를 들어 그를 향해 매섭게 쳤다. 그러나 그 사람은 깜짝 놀라 짐을 팽개치고 나는 듯이 달아나 버렸다. 임충은 쫓지 못하고 탄식했다.

"어찌 이다지도 운이 없을꼬? 사흘을 기다려서 겨우 한 사람을 만났는데 또 잡지 못했으니 어쩌면 좋은가!"

졸개가 말했다.

"비록 사람은 잡지 못했어도 큰 짐을 얻었으니, 이 물건은 먼저 산으로 올려 보내고 다시 기다리는 것이 좋을까 합니다."

임충은 졸개를 산으로 올려 보냈다. 그때 산 아래에서 한 사람이 뛰어왔다. 자세히 보니 조금 전에 달아났던 그 사람이 박도를 끌고 소리를 지르며 뛰어오고 있었다. 일곱 자 대여섯 치 가량 되는 큰 키에, 얼굴에는 커다란 푸른 점이 있고 귀밑에는 붉은 수염이 나 있어 참 괴이하게 생긴 사내였다.

"이 강도놈아! 감히 내 짐을 어디로 가져갔느냐? 이놈아, 범의 수염을 건드리면 죽는다는 것을 모르더냐!"

그는 박도를 힘주어 들고 다시 꾸짖으며 호령했다.

"내 짐을 어디로 가져갔느냐? 빨리 내놓지 않으면 너만 죽이는 게 아니라 네 소굴까지 다 무찔러 버릴 것이다!"

임충은 그동안 분한 것을 풀 곳이 없던 차에 욕하는 소리를 듣자 대답도 안 하고 그에게 달려들었다. 30합에 이르는데도 승부가 나질 않았다. 그때 어디선가 큰 소리가 들려왔다.

"두 분 호걸들은 싸움을 그치시고 내 말을 들으시오!"

두 사람이 싸움을 멈추고 보니 왕륜이 두천과 송만을 데리고 오고 있었다.

"두 분 다 정말 훌륭한 솜씨를 가지셨습니다. 박도 쓰시는 법이 하도 신출귀몰[38] 하여 그치라고 하였습니다. 얼굴에 푸른 점이 있는 호걸은 누구이신지 그 존함을 듣고자 합니다."

그 사람이 대답했다.

"저는 오후 양영공의 손자로, 양지라고 합니다. 무과에 급제하여 관서부 전사 제사관을 지냈는데, 화석강花石綱(꽃과 돌을 운반하던 한 무리의 배)을 나르다가 풍랑에 배가 뒤집혀 모두 잃어버렸습니다. 풍문을 들으니 조정에서 죄를 사하여 준다고 하기에 지금 돈을 한 짐 지고 동경으로 가서 다시 예전의 벼슬을 해 볼까 하던 중이었습니다. 그런데 이곳을 지나다가 저놈에게 짐을 빼앗겼지 뭡니까? 빼앗은 제 짐을 찾아 돌려주시오."

"그럼 그대가 청면수青面獸라 불리는 양지입니까?"

"맞소."

왕륜이 기뻐하며 말했다.

"양 제사, 잠깐 산채에 올라 술이라도 한 잔 드시지요. 짐은 그 뒤에 찾아 드리 겠습니다."

"짐을 돌려주면 술을 먹겠습니다."

"제가 예전에 동경에 과거를 보러 갔을 때 제사의 높은 존함을 들었는데, 오늘에야 뵈었습니다. 어찌 그냥 돌아가시게 하겠습니까? 단지 산에 올라가 회포를 풀려는 것이지, 다른 뜻은 없습니다."

양지는 왕륜의 간청을 못 이겨 일행을 따라 금사탄을 건너 취의청에 이르렀다. 왼쪽 네 개의 교의에는 왕륜, 두천, 송만, 주귀가 앉고 오른쪽 두 개의

> 고사성어 엿보기

🏵 신출귀몰神出鬼沒
귀신처럼 홀연히 나타났다가 귀신처럼 감쪽같이 사라진다는 뜻이다. 자유자재로 출몰하여 그 소재를 헤아릴 수 없음을 이른다.

101 • 표자두 임충, 양산박으로

교의에는 양지와 임충이 앉았다. 왕륜은 잔치를 벌이고 양지를 대접하면서 생각했다.

'임충이 여기 있게 된다면 분명 우리를 업신여길 것이니, 양지를 함께 있게 하여 임충을 견제하는 것이 좋을 것이다.'

왕륜은 임충을 가리키며 양지에게 말했다.

"저분은 동경 80만 금군 교두였는데 표자두 임충이라 합니다. 일찍이 고 태위와 원수가 져서 그놈의 모함으로 귀양을 갔다가 창주에서도 큰 죄를 짓고 이곳까지 오게 된 것이지요. 제사를 꼭 우리 쪽으로 끌어들이려는 것은 아니나 우리 산채의 일원이 되시는 것도 좋을 듯합니다. 제사의 뜻은 어떠십니까?"

"두령들의 후한 뜻은 감사합니다만, 제 일가가 동경에 살고 있는데 지난날 제 일로 큰 피해를 입은 것도 아직 갚지 못했습니다. 가서 사죄라도 해야 하니 어떻게 이곳에 머물러 있겠습니까? 만일 행장을 돌려주지 않는다면 빈손으로라도 돌아가겠습니다."

왕륜이 웃으며 말했다.

"제사가 싫으시다면 억지로 말리지는 않겠으나 오늘밤은 푹 주무시고 내일 아침에 출발하시지요."

이튿날 양지는 떠났고, 왕륜은 임충을 네 번째 교의에 앉게 했다.

고사성어 엿보기

신출귀몰 神出鬼沒

귀신처럼 나타났다가 귀신처럼 사라지다

전한 회남왕 유안이 엮은 《회남자淮南子》〈병략훈兵略訓〉에 이런 말이 있다.

"용병에 능한 자의 행동은 귀신이 나타나고 돌아다니는 것神出而鬼行과 같이 신속하고 임기응변으로 움직여서 별이 빛나듯, 하늘이 순환하듯 하는 것이다. 나아가고 물러남과 굽히고 펴는 것은 예고도 없고 흔적도 없다."

이 말은 도가사상을 기초로 전략을 논한 것으로 아군의 세력과 규모, 전술 등이 적에게 간파당하지 않을 정도로 교묘한 작전을 펼치라는 뜻이다. 황석공이 한나라 공신인 장량에게 준 병서《삼략三略》에도 '신출이귀행神出而鬼行'이라는 말이 나온다.

다시 말해 '신출귀몰'은 홍길동처럼 자유자재로 출현하여 소재를 알 수 없는 모양이나 그러한 사람을 비유하는 말이다.

神: 귀신(신), 出: 나타날(출), 鬼: 귀신(귀), 沒: 없어질(몰)
귀신처럼 홀연히 나타났다가 감쪽같이 사라진다는 뜻이다. 자유자재로 출몰하여 그 소재를 헤아릴 수 없음을 이른다.

[출전] 《회남자淮南子》, 《삼략三略》

　　　　　　　　　양지는 며칠을 걸어 동경에 이르렀다. 우선 주막에
들어가 주인을 불러 술과 고기를 사다가 배부르게 먹고, 가져온 금은을 추밀원에
건네주고는 극진히 문서를 만들어 전수부에 올렸다.
　문서를 보고 난 고 태위는 크게 화를 내며 말했다.
　"제사 열 명 중 아홉 명은 아무 탈 없이 화석강을 실어다 바쳤는데, 양지란 놈만
혼자서 화석강을 잃고 달아나 그때 잡지 못하였다. 비록 사면령이 내려졌으나 저
놈을 어떻게 다시 쓴단 말인가?"
　고 태위는 문서를 찢어 버리고 좌우에 명하여 양지를 문 밖으로 내쳤다. 양지는
수심에 싸여 숙소로 돌아왔다.

'이럴 줄 알았으면 차라리 왕륜이 권하는 대로 양산박에 있을 것을……. 조상께 받은 이 몸을 더럽히지 않고, 변방에 나가 한 자루의 칼과 창으로 무훈을 세워 조상께 영광을 드리려고 했을 뿐인데, 고 태위의 각박함으로 이제 앞날의 희망이 없어졌으니 어쩌면 좋단 말인가?'

양지는 며칠 만에 노자도 다 써 버리고 밥값조차 남지 않은 상태였다. 남은 것이라고는 대대로 내려오던 집안의 보검뿐이었다. 이것을 거리에 가지고 나가 팔면 돈 수천 관은 받을 터였다. 망설이던 끝에 양지는 결정을 내렸다. 그렇게 해서라도 다른 곳으로 피하는 수밖에 없었다.

양지는 행장 속에서 보검을 꺼내 가지고 거리에 나갔다. 한낮이 지나도록 사려는 사람이 없었다. 어느덧 번화가에 이르렀다. 그때 양편에 섰던 사람들이 우루루 피하며 근처의 다리 아래로 들어갔다.

"큰 호랑이가 오니 빨리 숨으시오!"

'대명천지에 호랑이가 온다니 무슨 말인가.' 양지는 이상하게 생각하며 그대로 서 있었다. 저쪽에서 한 시커먼 사나이가 술이 잔뜩 취하여 이리 비틀 저리 비틀 하면서 이쪽으로 오고 있었다. 필경 저놈을 두고 이르는 말인 듯했다.

이 사나이는 유명한 망나니로 사람들이 털 없는 호랑이라는 뜻으로 몰모대충沒毛大蟲이라 불렀다. 그의 이름은 우이였다. 우이는 거리에 나와 날이면 날마다 갖은 행패를 다 부리며 몹쓸 짓만 했다. 관가에서 여러 번 잡아 가두어도 소용이 없는 골칫거리였다. 우이가 양지의 앞에 이르러 칼을 뺏어 들고 물었다.

"이봐, 이 칼은 얼마야?"

"세상에 드문 보검인데 당신이 사겠다면 3천 관만 내시오."

얼굴이 푸른 양지

우이가 소리를 버럭 지르며 말했다.

"무슨 칼 값이 그렇게 비싸? 30푼 주고 산 칼도 잘 든단 말야. 두부도 썰고 고기도 썰고……. 근데 이게 무슨 보검이냐?"

"이 칼은 보통 가게에서 만든 칼과는 달라 비교하지 못하오."

"그러니까 어째서 보검이란 말이냐!"

"첫째는 강철을 베어도 칼날이 상하지 않고, 둘째는 머리카락을 칼날에 놓고 불면 다 잘리며, 셋째는 사람을 죽여도 칼날에 피가 묻지 않소."

"그러면 동전도 자를 수 있단 말이지?"

"동전을 가져오면 잘라 보여 드리겠소."

우이는 다리 아래에 있는 향 파는 가게에 가더니 돈 20냥을 가져와서 다리 위에 놓고 말했다.

"이 동전을 자르면 3천 관을 주고 칼을 사지."

이때 주위 사람들은 비록 가까이는 오지 못해도 멀리서 구경을 하고 있었다. 양지가 소매를 걷고 돈뭉치를 한 번 치니 두 조각이 나 버렸다. 구경하던 사람들이 손뼉을 치며 칭찬하자 우이가 화를 내며 말했다.

"뭐가 좋다고 손뼉을 친단 말이냐! 그러면 두 번째는 어떻다고?"

"머리카락을 칼날에 놓고 불면 산산이 잘린다오."

우이가 제 머리카락을 한 줌 뜯어내어 양지에게 주었다.

"자, 한번 해 보라고."

양지가 머리카락을 받아서 칼날 위에 놓고 힘을 조금 들여 불었다. 그러자 머리카락이 잘려 떨어졌다. 구경하는 사람들은 또 손뼉을 치며 기뻐했다. 우이가 또 물었다.

"셋째는 뭐라고 했지?"

"사람을 죽여도 칼에 피가 묻지 않소."

"그러면 사람을 베어 봐."

"이 밝은 천지에 어떻게 사람을 죽이겠소? 만일 믿지 못하겠거든 개나 한 마리 얻어 오시오. 시험 삼아 보여 드릴 테니."

"당신이 사람을 죽여 시험한다 했지 언제 개를 죽여서 시험한다 했어?"

"여보시오, 당신이 칼을 안 사면 그만이지 왜 사람을 못살게 구시오?"

우이가 웃으며 말했다.

"내가 그 칼을 갖고 싶으니 나한테 달라고."

"돈이 없으면 칼을 사지 못하는 것이오. 내가 당신한테 잘못한 일이 없는데 어째서 나한테 이러시오?"

"네가 나를 죽이겠단 말이냐?"

"내가 당신과 원수진 일이 없는데 무슨 일로 당신을 죽이겠소?"

우이가 양지를 붙드니 양지가 뿌리치며 말했다.

"왜 날 잡는 것이오?"

"네 칼을 갖고 싶어서 그런다!"

"돈을 가지고 오면 칼을 주겠소."

"돈은 없다니까!"

"돈도 없이 남의 물건을 달라 하면 어떻게 하라는 거요?"

"그 칼을 내게 주면 될 것이 아니냐?"

양지도 더이상 참을 수가 없었다.

"당신한테 못 주겠다면?"

"네가 칼을 순순히 주든지 그렇지 않으면 죽을 수밖에."

이 말에 화가 머리끝까지 치민 양지가 홱 밀치니 우이가 나가떨어졌다. 우이가 일어나면서 양지를 잡자 양지가 뿌리치며 주위 사람들에게 말했다.

"당신들이 모두 증인이오! 나는 노자가 없어서 칼을 팔러 나온 것뿐인데, 이 못된 놈이 억지를 쓰고 강제로 내 칼을 뺏으려 하오!"

그러나 구경꾼들은 우이가 두려워서 어느 한 사람도 나서서 싸움을 말리지 못하고 있었다. 우이가 또 호통을 쳤다.

"그래, 네놈을 때려죽이면 또 어떻단 말이냐?"

우이가 주먹으로 양지를 쳤다. 양지는 참을 만큼 참았으나 어찌 더 참을 수 있겠는가. 왼손을 들어 칼로 우이의 목을 한 번 내려치니 머리가 땅에 떨어지며 피가 바닥에 흥건했다. 양지는 구경하던 사람들을 불러 말했다.

"내가 이미 나쁜 놈을 죽였으니 어찌 그대들에게 누를 끼치겠소? 관가에 가서 자수할 테니 같이 좀 가 주시오."

사람들은 양지를 앞세우고 함께 개봉부로 갔다. 마침 부윤이 청상에 있었다. 양지는 우이를 죽인 칼을 놓으며 여러 사람들과 아뢰었다.

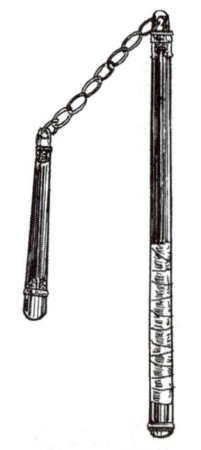

중국 고대 무기

다절곤 多節棍
여러 개의 봉을 쇠사슬이나 끈으로 연결했다. 구조상 공격 방법이 다양해서 다절곤을 방어하기란 쉽지 않다.

"소인은 본시 전수부 제사였습니다. 화석강을 잃은 죄로 본직을 그만두고 돈이 없어 이 칼을 팔고 있었는데, 우이가 소인의 칼을 뺏으려 하며 소인을 치는 바람에 일순간의 분을 참지 못하고 죽였습니다. 이 사람들이 자초지종을 보았기에 증인으로 함께 왔습니다."

사람들은 양지를 위해 명백히 본 대로 고했다. 부윤이 말했다.

"저 사람이 못된 놈을 없애고 스스로 죄를 청하여 들어왔으니 아직은 죽이지 말고 가두어 두어라."

그리고 한 관원에게 죽은 자의 시체를 살피라 한 뒤 양지를 옥에 가두었다. 모든 관원들은 골칫거리였던 우이를 없앤 것에 오히려 고마워하며 양지가 옥에 갇힌 것을 불쌍히 여겨 특별히 두둔해 주었다. 또한 근처에 사는 백성들도 자기들을 괴롭히던 놈을 없애 준 것에 대한 보답으로 서로 돈을 걷어 먹을거리를 넣어 주며 백방으로 양지를 구하려 했다.

다행히 우이에게 가까운 친척이 없어서 양지의 죄가 자연히 가벼워졌다. 담당 관원은 양지를 데리고 나와 부윤에게 물은 뒤, 큰 칼 대신 7근 반인 칼을 씌우고 등 20대를 쳐 장인을 불러다 그의 얼굴에 자자를 새겼다. 그리고 북경 대명부 유수사에게 보냈다.

북경 대명부 유수사는 말을 타면 군사의 움직임을 알고, 말에서 내리면 백성을 다스릴 정도로 그 권세가 대단한 사람이었다. 대명부 유수사는 양중서인데 이름은 세결이요, 동경 당조태사 채경의 사위였다. 전에 동경에 있을 때부터 그는 이미 양지를 알고 있었다.

양지는 고 태위에게 복직의 청을 거절당하고 가지고 있던 돈도 다 써 버려서 보

검을 팔려고 나왔다가 우이를 죽이게 된 경위를 자세하게 이야기했다. 그러자 양중서는 크게 기뻐하며 곧 목에서 칼을 벗겨 주더니 자기 곁에서 심부름을 하도록 했다. 양지는 부지런히 일했고, 그 모습을 지켜본 양중서는 어떻게든 양지를 밀어주고 싶었으나 부하들의 눈치도 있어 꾀를 내는 수밖에 없었다.

어느 늦은 밤 양중서는 양지를 불렀다.

"네게 직책을 주어 녹을 받도록 하고 싶은데, 네 무술 솜씨는 어떠하냐?"

"저는 무과에도 합격했고, 일찍이 전사부 제사의 자리에도 있었습니다. 십팔반 무예는 어렸을 때부터 익혔습니다. 이 몸이 부서지는 한이 있더라도 은혜에 보답할 것입니다."

양중서는 크게 기뻐하며 의복과 갑옷을 양지에게 내주며 말했다.

"그렇다면 무술 시합을 열 것이니 반드시 이기도록 하라."

양중서의 명으로 동곽문 연병장에서 무술 시합이 열린다는 포고가 전 군사에게 내려졌다.

때는 2월 중순. 바람은 부드럽게 불었고 날씨는 화창했다. 양중서는 양지와 더불어 말을 타고 좌우 전후에 부하들을 거느린 채 동곽문으로 나섰다. 동곽문에 도착하자 어느새 지휘대 위에 누런 깃발이 휘날리고 있었다. 이를 신호로 지휘대의 좌우 양쪽에 늘어선 쇠북이 일제히 울렸다. 호각 소리가 세 번 울리고 북도 세 번 울렸다. 연병장은 엄숙한 분위기에 휩싸였다. 드디어 지휘대 위에 새하얀 깃발이 오르고 전후의 5군이 일제히 정렬했다. 이때 양중서가 명을 내렸다.

"부패군 주근, 나와서 명을 받으라."

오른쪽 진에 있던 주근이 양중서의 명을 받고 달려 나와 말에서 내렸다.

"부패군, 재주껏 싸워 솜씨를 자랑해 보라. 유배 온 양지도 거기 대령시켜라."

양지가 나와 예를 갖추었다.

"양지는 본시 동경 전사부의 제사 군관으로 있다가 죄를 짓고 이곳으로 유배 온 군졸이다. 현재 사방에 도적이 창궐하여 나라에서는 인재가 필요하니, 그대는 주근과 시합을 해서 솜씨를 겨루어 보라. 만약 그대가 훌륭하게 상대방을 이긴다면 그대를 발탁하여 부패군의 직위를 주리라."

"황공하옵니다."

양지는 갑옷으로 갈아입고 등에는 활을, 허리에는 요도를, 손에는 장창을 챙겨서 다시 달려 나왔다. 주근과 양지는 깃발이 있는 데까지 말을 몰아갔다. 막 창 끝을 맞대고 서로 덤벼들려는 순간 병마도감인 문달이 큰 목소리로 나섰다.

"이들의 솜씨가 얼마나 되는지는 모르나 무기는 매정한 것이옵니다. 그것은 도적을 베고 원수를 죽이기 위한 것이지, 오늘처럼 같은 편끼리 붙는 시합에서 사용하는 것은 무익한 손실일 뿐입니다. 그러니 창 끝을 뽑아 버리고 대신 비단 천으로 싸서 석회로 바른 뒤, 두 사람에게 검은 옷을 입혀 흰 점이 많은 쪽이 지는 것으로 판정하는 것이 어떻겠습니까?"

"옳지, 그게 좋겠네."

두 사람의 창 끝에 석회를 바른 비단 천이 싸였다. 먼저 주근이 말을 달려 창을 쳐들고 양지 쪽으로 돌격해 갔다. 양지도 말을 달려 주근을 향했다. 이리하여 겨루기를 50여 합. 주근의 몸에는 흰 점이 50여 개나 찍혀 있었고, 양지에게는 왼쪽 어깨에 달랑 하나가 찍혀 있을 뿐이었다.

궁술에서도 주근은 양지의 상대가 될 수가 없었다. 왼쪽 어깨에 화살을 맞고 주

근은 말 위에서 굴러 떨어졌다. 양중서는 지극히 만족하여 군정사를 불러다가 주근 대신 양지를 부패군의 직위에 앉히도록 명을 내렸다. 그때 계단의 왼쪽 아래에서 웬 사내 하나가 나섰다.

"제가 겨루어 보겠습니다. 주근은 병을 앓은 뒤라 회복이 충분치 못해 기력이 모자라 패한 것입니다. 별 재주는 없으나 한번 겨루어 보고자 하니 허락을 내려 주신다면 설사 죽는 한이 있더라도 맹세코 원망하지 않을 것이옵니다."

양중서가 바라보니 그는 정패군인 삭초였다. 원래 성미가 대단히 급하여 항상 선봉에 섰기 때문에 사람들이 그를 가리켜 급선봉急先鋒이라고 불렀다. 양중서는 거절할 수 없었다. 양지가 삭초를 이긴다면 더이상 군말은 나오지 않을 터였다. 오히려 그것이 깔끔할 것도 같았다. 양중서는 양지를 불러서 물었다.

"네 뜻은 어떠하냐?"

"분부하시면 기꺼이 겨루어 보겠습니다."

한편 삭초에게 대명부 군관들의 간곡한 뜻이 전해졌다.

"당신은 다른 사람과 다르오. 당신의 제자인 주근이 패배한 데다 만약 당신까지 지게 된다면 저 자에게 대명부의 모든 군관이 모멸을 당하게 됩니다. 절대 실수가 없도록 해야 할 것이오."

왼쪽 진의 삭초는 금빛이 번쩍이는 금도끼를 거머쥐고, 붉은 패영貝纓이 달린 사자 투구를 쓰고 있었다. 그는 백마를 타고 진 앞에 말을 세웠다. 오른쪽 진에서는 서릿발 같은 투구에 푸른 패영을 달고 있는 양지가 점강창을 들고 붉은 천리마를 타고 있었다. 이때 남쪽 한가운데서 군기를 든 기수가 말을 달려 나오며 큰 소리로 외쳤다.

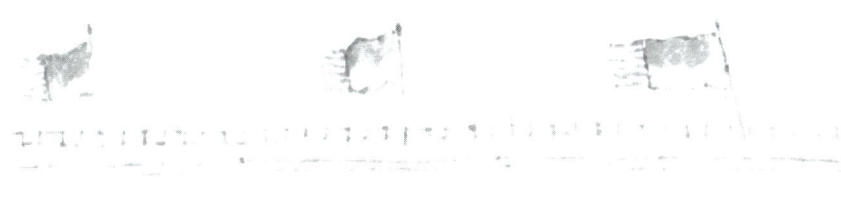

"양쪽 다 정성껏 싸우라. 잘못하여 패하는 자에게는 중벌을 내릴 것이며, 이긴 자에게는 후한 상을 내린다고 하셨느니라."

두 사람은 명령을 받고 마침내 진을 나와 연병장 한가운데로 달렸다. 두 말이 서로 방향을 달리하면서 두 자루의 무기가 번쩍였다. 삭초가 성급하게 금도끼를 휘두르며 말을 재촉해 양지에게 달려가니, 양지도 손에 든 창을 사납게 찔러대며 삭초와 맞섰다. 일진일퇴로 50여 합이나 싸웠으나 좀체 승부가 나질 않았다. 양중서는 이 광경을 넋을 잃고 바라보았다. 정말 훌륭한 무술 시합이었다. 그러나 승패가 갈리는 순간 명장 하나를 잃는 것이었다. 양중서는 이대로 두어서는 안 되겠다 싶어 싸움을 중지했다. 그러나 양지와 삭초는 말머리를 돌리지 않은 채 물러서려 하지 않았다.

"명령이오! 두 분 다 그만 그치시오!"

두 사람은 겨우 무기를 거두어 돌아섰다.

"두 사람 다 조금도 부족하지 않는 훌륭한 무술 실력을 지니고 있습니다. 함께 중책을 맡기는 게 마땅하다고 생각합니다."

양중서는 만족한 얼굴이었다. 이에 두 사람에게 백은 두 덩이와 옷 두 벌을 상으로 내리고, 관군 제할사라는 직책을 맡겨 그날부터 일을 보도록 했다.

《조개, 꿈에 북두칠성을 보다》

운성현 동계촌에 사는 조보정의 이름은 조개로 그 고을의 부호였다. 의를 중하게 여기고 천하의 호걸을 사귀는 것을 생업으로 삼다시피 하여 누구나 찾아오면 집에 머무르게 하고, 갈 때는 노자를 보태 주는 인물이었다.

"그대는 어느 곳에서 온 사람이오?"

"소인은 유당이라 하온데 동로주 사람입니다. 턱에 붉은 수염이 있기 때문에 남들이 적발귀赤髮鬼라고 부르지요. 큰 돈벌이가 있어서 보정님을 찾아오다가 술에 취해 영관묘에서 잠이 들었지 뭡니까? 저놈들에게 잡힌 것을 다행히 오늘 형님께서 구해 주셨으니 제 절을 받으십시오."

사실 군졸들에게 도적으로 몰려 잡혀 온 유당을 조개가 꾀를 내어 살려 준 것이었다.

"그대가 큰 돈벌이가 있다고 했는데, 그게 무엇이오?"

"다른 사람이 있으면 말씀을 드릴 수 없습니다."

"이곳 사람들은 다 심복들이니 말해도 아무 일이 없을 것이오."

"북경 대명부 유수사 양중서가 10만 관을 내어 금은보화를 동경에 보낸다고 합니다. 양중서의 장인인 채경의 생신 예물이지요. 지난해에도 중간에서 도적들에게 강탈을 당하여 지금까지 찾지 못했습니다. 채경의 생신이 6월 보름이니 요맘때이지요. 중간에서 기다리다가 빼앗은들 하늘이 아실지라도 큰 죄가 되지 않을 것입니다. 형님은 진정한 호걸이신 데다가 웬만한 창봉술은 익히셨으니 몇 천의 군병이라도 두려워하지 않으실 것입니다. 만일 형님이 외면하지 않는다면 조그마한 힘이라도 돕겠습니다."

"참 장하시오! 호걸다운 말이오. 나중에 다시 의논하기로 하고, 그대는 방에 들어가서 쉬시오. 내가 좋은 계교를 생각해 보겠소."

순간 조개는 오용을 떠올렸다. 자는 학구, 도호는 가량선생인 오용은 지혜가 많다 하여 지다성智多星이라 불리는 사람이었다. 본시 이곳 출신으로 경서뿐만 아니라 병서도 꽤 읽어서 병법에도 밝은 인물이었다. 학자풍의 인물로 머리에는 깊숙한 두건을 쓰고, 검정 줄이 쳐진 웃옷을 입었으며, 허리에는 다갈색 띠를 매고, 발에는 흰 버선에다 비단신을 신었다. 또 수려한 눈썹에 얼굴빛은 희었고, 긴 수염을 드리운 사람이었다.

조개는 사람을 보내어 의논할 일이 있다고 오용을 불러 자리를 함께했다.

"이분은 유당이라는 사람입니다. 막대한 돈줄이 있다는 것을 알리려고 나를 찾아오던 길에 도적으로 몰린 것을 조카라고 속여 풀려나게 한 사연이 있지요. 그나저나 저 사람의 말에 의하면 북경 대명부 양중서가 10만 관이나 되는 금은보화를 장인인 채 태사에게 생일 축하 선물로 보낸다고 합니다. 마침 이곳을 통과하게 되는데 그것을 빼앗자는 것이지요. 그런데 저 사람이 우리 집에 온 것과 제 꿈이 꼭 맞아떨어지지 뭡니까? 북두칠성이 우리 집 지붕 위로 똑바로 떨어져 내려오는 꿈을 꾸었는데, 자루에 해당하는 쪽의 별 한 개가 한 줄기의 흰 빛이 되어 날아갔습니다. 별이 집을 비춘다는 것은 길조임이 틀림없어요. 이 때문에 선생을 청해 상의하려고 한 것입니다. 선생은 어떻게 생각하시는지요?"

오용이 웃으며 말했다.

"굉장한 이야기이긴 하지만 문제는 일꾼들의 숫자군요. 너무 많아도 안 되지만 너무 적어도 재미없지요. 지금 유당과 보정, 나 이렇게 셋뿐이니 도저히 손이 안 닿습니다. 일곱이나 여덟 명이 꼭 알맞을 텐데……."

"꿈에 본 별의 숫자와 맞춘다는 건가요?"

"보통 꿈이 아닙니다. 분명 북방에서 도와 주는 사람이 나설 겁니다."

오용은 한참 동안 생각에 잠겼다가 말을 꺼냈다.

중국 고대 무기

수전 袖箭
용수철을 이용하여 화살을 쏘는 원통형 발시기이다. 크기가 작아서 소매 속에 숨긴 채 사용할 수 있으며 별다른 힘이 들지 않는다. 유효 사거리가 백 미터나 된다.

"나와 친한 사람이 셋이 있소. 의기와 담이 온몸에 가득하고 무예가 출중하여 물이라도 뛰어들고 불이라도 피하지 않기 때문에 생사를 함께 할 수 있는 사람들이라오. 세 사람이 참여하면 능히 일을 이룰 것입니다."

"그 사람들은 누구이며 어디에 있습니까?"

"그들은 친형제간입니다. 제주 양산박 가까이에 있는 석갈촌에서 고기를 잡으며 살아가고 있지요. 세 사람의 성은 원인데 각각 원소이, 원소오, 원소칠이라 하지요. 수년 전부터 사귀어 왔는데 비록 무식하긴 해도 의기가 보통 사람을 능가하는 호걸들입니다. 만일 이 세 사람을 얻으면 대사는 가히 이룰 것입니다."

"사람을 보내어 불러서 함께 의논해 보면 어떻겠습니까?"

"사람을 보내서 청한다면 그들은 오지 않을 겁니다. 내가 가서 혀를 놀려야 동지가 될 것입니다."

"그렇다면 언제 떠나실 참입니까?"

"빠를수록 좋겠지요. 오늘 밤에 떠나면 내일 한낮에는 도착할 수 있을 겁니다."

조개는 주안상을 차려 술을 마시고 유당과 함께 대문까지 오용을 배웅했다. 오용은 밤길을 재촉해 석갈촌으로 향했다.

예상대로 한낮이 되자 오용은 마을에 이르렀다. 마을은 푸른빛이었고, 산봉우리가 겹겹으로 접어놓은 듯 마을 둘레에 솟아 있어서 섬이나 다를 바 없었다. 고목은 무성하여 숲이 되었고, 물가에는 갈대가 빽빽하게 자라 있었다. 버드나무 숲이 우거진 물가에는 고깃배가 줄줄이 이어져 있었다. 오용은 버드나무 숲에 들어앉은 한 초가 앞에 섰다.

"원소이, 계신가?"

"선생님이 어떻게 여기까지 오셨습니까? 무슨 바람이 불어서 오셨습니까?"

해진 두건을 쓰고 낡은 의복을 걸친 채 집을 나서던 원소이가 반갑게 오용을 맞았다.

"자네에게 청이 있어 왔다네. 내가 요새 어느 부잣집에 방을 몇 개 빌려 서당을 차렸는데, 그 집 주인이 이번에 연회에 쓸 금빛 잉어 열 마리가 필요하다고 해서 일부러 이렇게 부탁하려고 왔네. 원소오와 원소칠도 보고 싶은데 집에 있을까?"

"찾아보면 있을 겁니다."

원소칠은 갈대숲에 있었다.

"아! 선생님이셨군요. 참 오랜만입니다."

"자, 모두 어디 가서 술이라도 한 잔 하세."

원소오는 노름에 빠져 있다고 했다. 집에 있는 비녀마저 가지고 나갔으나 잃기만 하는 처지였다. 오용은 잘됐다 싶었다. 잠시 후 저만치에서 원소오가 낡아빠진 무명저고리를 입고 동전 꾸러미를 든 채 배에서 내리는 것이 보였다.

"원소오, 오늘은 좀 땄는가?"

"아, 선생님이시군요. 그런데 어쩐 일이십니까?"

원소오가 묻자 원소이가 대신 말했다.

"금빛 잉어 열 마리를 구하신다는군."

그러자 원씨 형제들은 고개를 가로저으며 한숨을 내쉬었다.

"사실 큰 잉어는 양산박에만 있습니다. 이 석갈호는 좁아서 큰 고기는 없지요. 헌데 양산박에는 갈 수가 없으니 어떻게 그 큰 잉어를 구한단 말입니까?"

"아니, 저 위에서 금한단 말인가?"

"위에서 금하는 게 다 뭡니까? 설령 염라대왕이 온다 해도 어쩌지 못합니다. 요즘 양산박에는 도적놈들이 떡하니 버티고서 고기를 못 잡게 한단 말이지요."

오용은 전혀 알아듣지 못한 표정을 지었다.

"그 도적놈들의 두령이라는 작자는 관리가 되려다가 떨어진 낙방생으로 왕륜이라는 자입니다. 둘째 두령은 두천, 셋째 두령은 송만이고, 그 밑에 주귀라는 자가 있습니다. 놈은 강 어귀에서 술집을 운영하면서 파수도 보고 풍문도 듣기도 한답니다. 그런데 이번에 놈들하고 한패가 된 장사가 있는데, 그 작자가 글쎄 동경 금군의 교두로 있던 표자두 임충이라는 놈이랍니다. 놈이 대단하긴 대단한가 봅니다. 불량배 7백여 명을 긁어모아 졸개로 삼고는 부근 일대에서 행패를 부리게 한답니다. 지나가는 나그네를 털기도 하고……. 저희들은 벌써 그쪽으로 가지 않은 지 오래됐습니다."

"아니, 그렇다면 나라에서는 무슨 이유로 그들을 체포하지 않는단 말인가?"

"관원들이 어디 그런 일에 관심이나 있나요? 백성들을 괴롭힐 뿐이지요. 관원들은 마을에 나타나면 닭이니 오리니 하는 가축들을 다 잡아가 버리고 돌아갈 때는 으레 돈까지 뜯어내 가지요. 오히려 양산박 놈들이 더 낫습니다요. 요즘에는 포도청 관원들이라도 이곳으로는 못 옵니다. 원체 양산박 놈들한테 호되게 당해서 겁을 집어먹고 부딪치지도 못한다고요."

원소이가 원소칠의 말에 덧붙였다.

"큰 고기는 잡지 못하지만 대신 관원들에게 돈을

고사성어 엿보기

가정맹어호 苛政猛於虎

가혹한 정치는 호랑이보다 무섭다는 뜻으로, 백성들에게는 호랑이에게 잡아먹히는 고통보다 폭정과 탐관오리들의 괴롭힘을 당하는 것이 무섭다는 말이다.

뜯기지도 않고 부역 때문에 고충을 받지도 않습니다."

"그렇다면 도적들은 여간 통쾌하지 않겠는걸?"

"놈들은 하늘도, 땅도, 나라님도 무섭지 않은 모양입니다. 금과 은은 저울로 달아서 나누어 갖고, 옷도 맞는 것으로 골라 입고, 술은 병째 들이켜고, 고기는 통째로 뜯고……. 그러니 사는 게 재미있을 수밖에요. 저희들 삼형제야 자신은 있지만 그렇게 떨쳐 볼 곳이 없습니다. 하여간에 놈들이 부러워요."

오용은 속으로 일이 제대로 되고 있다고 생각했다. 그들과 함께 술을 마시며 푸념을 듣다가 슬며시 말머리를 내비쳤다.

"만일 알아주는 사람이 있다면 자네들은 정말로 갈 텐가?"

그러자 원소칠이 주저 없이 나섰다.

"만약 그런 사람이 있다면 물불 가리지 않고 가지요. 하루를 살고 죽어도 한이 없겠습니다."

오용은 이때다 싶어 진지하게 말을 꺼냈다.

"당조태사 채경의 생신이 6월 15일인데, 사위인 양중서가 금은보화 10만 관어치를 축하 선물로 보낸다고 하네. 한 호걸이 그걸 알고 보정에게 귀띔했지. 결국 그 재물을 빼앗기로 했는데, 보정이 자네들 삼형제의 이야기를 듣더니 꼭 초청하고 싶다고 하여 내가 이렇게 자네들을 찾아온 것일세. 그 불의의 재물을 빼앗다가 다 함께 평생토록 안락한 생활을 누려 봄이 어떠한가?"

원소오가 뛸 듯이 일어나며 기뻐했다.

"소칠아, 너는 어떻게 할래?"

원소칠이 만족해 하면서 말했다.

121 • 조개, 꿈에 북두칠성을 보다

"평생 원하던 일을 오늘에야 이루게 되었는데 다시 물어 무엇하오? 우리 언제 가려오?"

"오경에 떠나 내일 미시未時(오후 1~3시)에 보정의 집에 닿으면 될 것이네."

원씨 삼형제는 크게 기뻐하며 그날 밤 배불리 먹고 오용과 함께 석갈촌을 떠나 동계촌 보정의 집에 닿았다. 멀리 바라보니 버드나무 아래에서 보정과 유당이 앉아 기다리고 있었다. 조개가 말했다.

"원씨 세 분은 듣던 대로 영웅호걸들이군요. 자, 어서 안으로 들어갑시다."

여섯 명이 함께 후당에 들어가 각각 자리를 잡고 앉자 오용이 삼형제의 의향을 한 마디로 정리하여 말해 주었다. 조개는 크게 기뻐하며 장객을 시켜 돼지와 양을 잡고 잔치를 벌였다. 원씨 삼형제는 조개의 인물이 훤하고 말투가 명쾌한 것에 매우 흡족했다.

이튿날 조개가 후당에 돼지와 양을 준비해 차려 놓고 종이와 초를 사르며 동전을 던져 길흉을 점치니, 여러 사람이 조개의 이러한 정성을 보고 탄복했다.

"양중서가 북경에 있으면서 백성들을 보채고 재물을 빼앗아 채경의 생신 선물로 보낸다 하니, 이것은 분명 불의의 재물이올시다. 우리 여섯 사람 중에 만일 간사한 마음을 갖고 배신하는 사람이 있다면 하늘이 베고 땅이 벌할 것이오."

여섯 명은 이렇게 맹세하고 지전을 태웠다. 그들은 차린 것을 내려놓고 주연을 베풀어 술을 마셨다. 그때 하인이 들어와 아뢰었다.

"문 앞에 도사 한 분이 오셔서 보정님을 뵙겠다고 합니다."

조개가 혀를 차며 말했다.

"너희들은 참 미련도 하다. 내가 지금 손님을 대접하고 있는데 언제 나가겠느냐? 쌀이 적다고 그러는 것 같으니 좀더 주어 보내면 될 것이 아니냐?"

"소인이 쌀을 주었으나 받지 않고 보정님의 얼굴을 뵌 후에 간다고 합니다."

"그게 모자라니까 그렇지. 두어 말 줘서 이렇게 말해라. 오늘은 주인이 손님이 있어 만날 틈이 없다고."

하인이 나갔으나 한참 만에 다시 돌아왔다.

"쌀을 서 말이나 주었으나 뭐라 해도 안 갑니다. 자기는 일청도인—淸道人이라 하는데 시주를 얻으러 온 게 아니고 보정님을 만나러 왔다고 하면서……."

"이놈! 좀더 눈치껏 응대를 하면 될 것 아니냐? 오늘은 정말 틈이 없으니 다음에 만나겠다고 해라!"

"저도 그렇게 말했는데, 그 도사는 시주를 받으러 오지 않았다며 보정님이 의에 두터운 분이라고 듣고 일부러 뵈러 왔다고 합니다."

보정이 한숨을 쉬며 일행에게 말했다.

"여러분들은 잠깐 기다리십시오. 이 사람이 나가 보고 오겠습니다."

조개가 대문 밖에 나가 보니 여덟 자 정도의 큰 키에 당당한 용모를 지닌 어떤 이가 대문 밖 수양버들 아래에서 장객을 꾸짖으며 호통치고 있었다.

"너희들이 사람을 다만 걸객으로 대접하니 어찌 분하지 않겠느냐!"

조개가 보고 소리를 지르며 만류했다.

"선생은 노기를 거두십시오. 조보정을 보러 오는 것은 대부분 쌀이나 얻어 가기 위함이지요. 그런데 무슨 일로 화를 내시오?"

그는 크게 웃으며 말했다.

"소승이 어찌 끼니를 위하여 왔겠소? 나는 10만 관의 보배도 등한히 하는 것을……. 그저 오늘 조보정을 만나 보고 의논할 일이 있어 왔건만 촌놈들이 무례하여 노하였소.”

“선생은 일찍부터 조보정과 친하셨습니까?”

“이름은 일찍 들었으나 아직 만나 보지 못하였소.”

“제가 조보정입니다. 하실 말씀이 있거든 빨리 하십시오.”

그가 조개를 보며 말했다.

“보정은 괴이하게 여기지 마시오. 이거 실례했소. 용서하시구려.”

“잠시 들어와 차를 마시는 것이 어떻습니까?”

멀리서 조개가 낯선 사람과 함께 들어오자 오용이 유당과 원씨 삼형제를 얼른 피하게 했다. 조개는 후당으로 도사를 데리고 가서 차를 대접했다.

“이곳은 말할 곳이 못 되니 따로 조용한 방은 없습니까?”

조개는 도사를 다른 방으로 안내했다.

“도사님의 존함은 무엇이며 도사님은 어디서 오셨습니까?”

“성은 공손이요, 이름은 승입니다. 도호는 일청선생이라 하지요. 계주 사람인데 어려서부터 창봉술을 좋아해 온갖 무예를 다 배웠습니다. 두 이인異人을 만나 도술까지 배운 덕에 입으로 바람과 비를 일으키고 구름을 헤치며 안개를 피우는 법을 알고 있으니, 강호에서는 입운룡入雲龍이라 부르기도 합니다. 운성현 동계촌의 조보정이 영웅호걸이라고 해서 만나고 싶어도 기회가 없더니, 이제 10만 관어치의 보배가 있다기에 보정을 만나 함께 의논하러 왔소이다. 보정은 쾌히 승낙하십시오.”

조개가 껄껄 웃으며 말했다.

"도사께서 말씀하시는 것은 채 태사의 생일 예물이 아닙니까?"

그러자 공손승이 깜짝 놀라며 물었다.

"아니, 어떻게 아십니까?"

"짐작하고 한 말입니다."

"그러한 큰돈을 놓치기가 애석합니다. 옛사람이 이르기를, 마땅히 취할 것을 취하지 않으면 후회해도 소용없다고 하였지요. 보정님의 뜻은 어떠하신지요?"

말이 끝나기도 전에 병풍 뒤에서 오용이 나와 공손승을 붙들고 말했다.

"밝은 세상에는 왕법이 뚜렷하고 어두운 데라도 신명이 뚜렷한데, 그대가 어찌 이런 일을 하려고 하는가? 내가 아까부터 다 듣고 있었네."

공손승이 깜짝 놀라 얼굴이 흙빛이 되었다. 공손승의 얼굴빛이 변하는 것을 보고 조개가 웃으며 오용에게 말했다.

"선생은 농담 마시고 서로 인사하십시오. 이분은 바로 입운룡 공손승 선생이십니다."

마루 아래에서 오용이 공손승과 예를 마친 후 말했다.

"오래전부터 선생의 높은 존함을 들었습니다만, 오늘 이곳에서 만날 줄 어찌 알았겠습니까?"

공손승이 대답했다.

"저도 가량선생의 존함은 들었습니다. 이렇게 만난 것은 보정님이 의를 중히 여겨 천하의 호걸이 모두 문하에 모이기 때문입니다."

조개가 말했다.

"몇 사람이 안에 더 있으니 서로 만나게 합시다."

유당과 원씨 삼형제도 들어와 일일이 인사했다.

"오늘 모임은 절대 우연한 일이 아닌 것 같습니다."

그들은 다시 술자리를 정돈하여 함께 술을 마시며 즐겼다. 오용이 말했다.

"보정의 꿈에 북두칠성이 이 집에 떨어졌다고 하더이다. 오늘 우리 일곱 사람이 만나 거사하는 것이 어찌 하늘의 뜻인 것을 알지 못하겠습니까? 이번에 재물을 꼭 손에 넣으려니와 전날 말했던 것처럼 먼저 길을 안 후에 행할 것이니, 유형은 수고를 아끼지 말고 한번 다녀오시오."

공손승이 말했다.

"그 일이라면 일부러 수고하실 것 없습니다. 그들은 황니강黃泥江 큰길로 온다고 합니다."

조개가 무릎을 탁 치며 말했다.

"황니강 동쪽으로 10리 밖에 안락촌이라는 곳이 있습니다. 그 촌에 사는 백승이라는 사람은 제가 일찍이 노자를 후히 준 적이 있어 그것을 고맙게 여기고 늘 찾아옵니다."

오용이 웃으며 말했다.

"보정의 꿈에 흰 빛이 있다고 하시더니 그 사람을 일컫는 것인가 봅니다. 황니강이 넓어 어느 곳에 숨을지 알지 못하니 그 사람의 도움을 받으면 쉽게 알 수 있을 것입니다."

조개가 말했다.

"선생의 뜻은 계교로 하자는 말씀입니까, 힘으로 하자는 말씀입니까? 자세히 일러 주십시오."

 • 조개, 꿈에 북두칠성을 보다

오용이 웃으며 말했다.

"그대들의 마음에 들지 모르겠소."

오용이 자신의 계교를 설명하자 조개는 손뼉을 치며 말했다.

"좋은 계교입니다. 지다성이라는 말이 절대 과장이 아니군요. 제갈공명을 능가하는 생각입니다! 정말 좋습니다!"

오용이 조심스럽게 말했다.

"낮말은 새가 듣고 밤말은 쥐가 듣는다 하였으니 여러 말 맙시다."

조개가 말했다.

"원씨 삼형제 호걸들은 잠깐 집에 돌아갔다가 오시고, 이만 오 선생도 서원으로 돌아가시지요. 공손 선생과 유당은 제 집에 머무르시고요."

원씨 삼형제는 작별을 고하고 석갈촌으로 돌아갔다. 조개는 공손승과 유당을 집에 묵게 하였고, 오용은 자주 찾아와 의논을 했다.

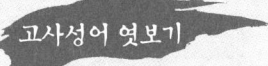

가정맹어호 苛政猛於虎

가혹한 정치는 호랑이보다 무섭다

어느 날 공자가 수레를 타고 제자들과 함께 산기슭을 지나고 있었다. 그때 어디선가 여인의 울음소리가 들려왔다. 애절한 그 울음소리에 공자 일행은 수레를 멈추고 주위를 둘러보았다. 길가 풀숲에 무덤 세 개가 있었는데, 한 여자가 그 앞에서 울고 있었다. 공자는 자로에게 그 사연을 알아보라고 했다. 자로가 여인에게 다가가 물었다.

"무슨 일로 그렇게 슬피 우시나요?"

여인은 깜짝 놀라 고개를 들더니 이렇게 대답했다.

"여기는 아주 무서운 곳이에요. 수년 전에 제 시아버님이 호랑이에게 잡아먹혔는데, 작년에는 남편이 잡아먹혔고, 이번에는 자식까지 잡아먹혔답니다."

"이렇게 무서운 곳인데 왜 떠나지 않으십니까?"

"그래도 여기서는 무거운 세금을 내거나 못된 벼슬아치에게 재물을 빼앗기는 일은 없지요."

이 말을 들은 공자는 제자들에게 말했다.

"가혹한 정치는 호랑이보다 무섭다는 것을 명심하여라."

苛: 가혹할(가), 政: 정사(정), 猛: 사나울(맹), 於: 어조사(어), 虎: 범(호)

가혹한 정치는 호랑이보다 무섭다는 뜻으로, 백성들에게는 호랑이에게 잡아먹히는 고통보다 폭정과 탐관오리들의 괴롭힘을 당하는 것이 무섭다는 말이다.

[출전] 《예기禮記》〈단궁편檀弓篇〉

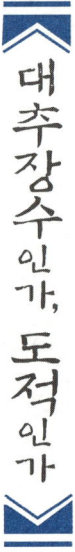

대추장수인가, 도적인가

이때 북경 대명부 양중서는 생신 예물을 다 준비해 놓고 그것을 맡길 사람을 정하려 하고 있었다. 채 부인이 다가와 물었다.

"상공은 생신 예물을 언제 보내려 하십니까?"

"예물은 다 되었으나 한 가지 일로 주저하고 있소."

"무슨 일로 망설이십니까?"

"작년에 사람을 잘못 보내어 중도에서 예물을 잃고도 찾지 못했소. 올해 사람은 많으나 보낼 사람이 마땅치 않구려."

"좋은 사람을 얻었다고 하시더니 어째서 보내지 않습니까?"

채 부인이 가리키는 쪽을 보니 뜰 아래에 청면수 양지가 서 있었다. 양중서는 기뻐하며 즉시 양지를 불렀다.

"내가 깜박 잊었구나. 네가 나를 위하여 생신 예물을 거느리고 동경에 무사히 갔다 온다면 앞으로 너를 중하게 쓸 것이다. 수레와 사람은 벌써 준비를 마쳤는데, 네 생각은 어떠하냐?"

"수레를 쓰지 말고 예물을 열 개의 짐에 나누어 행상인의 짐처럼 위장하는 것이 좋을 듯합니다. 그리고 장정 열 명을 뽑아 행상꾼 행색을 하고 예물을 지고 가야 합니다. 그렇지 않으면 도적들의 표적이 되고 말 것입니다."

"네 말이 옳구나! 내가 태사께 극진히 부탁할 테니 칙명을 내리시면 너를 중하게 쓸 것이다."

양지는 행상꾼 차림을 한 후 허리에 요도를 차고 손에는 박도를 들었다. 따르는 무리들도 행상꾼의 차림에 박도를 들었다. 양중서는 문서와 편지를 건넸다.

"부디 조심해서 무사히 수행하도록 하여라."

일행은 모두 열다섯 명이었다. 북경 성문을 나온 그들은 6월 15일 안으로 도착하기 위해 길을 재촉했다. 일행은 날마다 아침나절의 시원한 때에 걸었고 한낮의 더위는 피하여 걸었다. 그러나 그중 열한 명은 가벼운 짐이라고는 하나도 없이 모두 묵직한 것들뿐이었으니 더워서 견딜 수가 없는 모양이었다. 나무 그늘을 보면 이내 뛰어들어 가 쉬려고 했다. 그럴 때면 양지는 성화를 부리고 사정없이 등나무 채찍으로 후려치기도 했다.

좁은 산길에 접어들자 몇 사람이 헉헉거리며 좀처럼 길을 가지 못하고 있었다. 양지가 화를 내며 말했다.

"그대들이 사리를 분별하지 못하는구려! 길을 재촉하지는 않고 도리어 천천히

가니, 그 무슨 도리요?"

그들이 말했다.

"우리들이 게을러서 그런 것이 아니라 정말로 날씨가 더워 뒤떨어지는 것이니, 내일 오경에 떠나 서늘할 때를 이용하여 갈 수밖에 없겠소."

양지가 말했다.

"무슨 쓸데없는 소리를 하는 거요? 이런 험한 산길을 누가 감히 오경을 따져 간단 말이오?"

그러자 사람들은 불만으로 가득 찼다. 양중서의 명에 따라 양지가 책임자가 되긴 했어도 제 주제에 저렇게 기세가 등등하니 속에서 불이 치솟는 것 같았다.

때는 6월 4일이었다. 사시巳時(오전 9~11시)가 되자, 해는 이미 하늘 가운데에 있었고 구름은 한 점도 없었다. 날은 찌는 듯이 무더웠고 길은 좁고 험했다. 땀이 비 오듯 쏟아졌다. 20리쯤 갔을까. 나무 그늘을 만나 좀 쉬려고 하자 양지가 꾸짖으며 호령했다.

"빨리 가거라!"

더위를 당할 길이 없었으나 양지가 자꾸 재촉하는 바람에 일행은 걸을 수밖에 없었다. 한낮이 되고 다리도 아파 죽을 지경이 되었을 때 겨우 고개

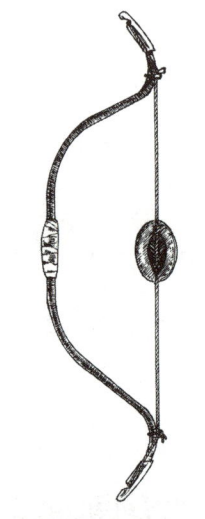

중국 고대 무기

탄궁彈弓
활처럼 생겼으나 화살 대신 탄환을 발사한다. 활시위에 매단 가죽 부분에 탄환을 장착하는데, 탄환으로는 돌이나 쇠구슬을 주로 사용한다.

132

위에 올라섰다. 일행은 더는 참을 수가 없어 소나무 아래에 짐을 벗어 놓고 드러누워 눈을 붙이고자 했다. 양지가 또 나섰다.

"여기가 어딘데 쉬려고 하느냐? 빨리 이곳을 벗어나야 한다!"

그러자 다들 말했다.

"우리를 열 조각 백 조각을 낸다 하여도 가지 못하겠습니다."

양지는 채찍을 휘두르며 일행 하나하나 끌어 일으켰으나, 이쪽을 일으키면 저쪽이 나자빠지고 저쪽을 일으키면 이쪽이 나자빠져서 양지도 어쩔 수가 없었다. 그때 늙은 도관과 우후 두 사람이 헐떡이며 올라와 소나무 그늘에 그만 털썩 주저앉았다.

"정말 더워서 걷지 못하겠소! 우리가 게으른 것이 아니오!"

"도관님, 당신은 모르실 테지만 여기는 도적이 자주 나타나는 황니강이라는 곳입니다. 태평성대라도 대낮에 약탈을 한다는데, 요즘 같은 때 이런 데서 쉬다가는 큰일 납니다."

"그 말은 이미 귀에 못이 박히도록 들었소. 언제까지 협박만 하실 참이오?"

"당신마저 그런 소리를 하는 거요? 이곳은 내려가도 마을 하나 없습니다. 도대체 여기가 어디라고 땀을 식힌단 말입니까?"

"나는 잠깐 쉬고 가겠으니 당신은 일행을 휘몰아 먼저 가구려."

양지는 채찍을 쥐며 소리쳤다.

"일어서지 않는 놈은 누구든 칠 것이다!"

일행들은 일제히 투덜거리기 시작하였고, 그중 한 사람이 양지에게 반항하며 말했다.

"보십시오! 우리들은 백여 근이나 되는 짐을 졌는데 그대들은 빈 몸이지 않소? 사람이 인정이 있지, 유수 상공이 친히 오신다 하여도 우리는 할 말이 있습니다. 당신은 남의 사정을 도무지 알지 못합니다."

양지는 크게 노하여 소리쳤다.

"이놈이 맞아죽고 싶어 그러느냐!"

그리고 채찍을 들어 치려고 하는데 늙은 도관이 소리를 지르며 말렸다.

"그대는 내 말을 들으시오! 내가 동경 태사부 문하에 있을 때 군한들이 천 명 만 명인데도 나를 보면 굴하지 않는 자가 없었소. 지금 내 자랑을 하는 것이 아니오. 그대는 귀양 온 한낱 정배군이며 상공이 불쌍히 여겨 제할을 시켰는데, 조그마한 벼슬로 어찌 이다지도 우쭐대는 것이오? 내가 상공부중의 도관이 아니라 한낱 촌 늙은이라도 이처럼 괄시를 못할 터인데, 이들을 이렇게까지 채찍으로 치니 이게 무슨 짓이오?"

"도관께서는 상공의 부중에 있었으니 바깥일을 어찌 알겠습니까?"

"나는 일찍이 너같이 지독한 인물은 보지 못하였다!"

양지가 말했다.

"지금은 그때 같은 태평 시절에 비교가 못 됩니다."

"그 혀를 가만 놔둘 성싶더냐! 오늘 같은 시절에 어찌 태평하지 않다 하느냐?"

양지가 대답하려고 하는데 앞에 있는 솔밭에서 어떤 사람이 머리를 내밀며 염탐하는 것이 보였다.

"저놈이 역적이오, 역적!"

양지는 채찍을 버린 후 박도를 끌고 솔밭 속으로 쫓아 들어가며 소리 질렀다.

"네가 가장 담이 큰 도적이로구나! 어찌 감히 우리들의 행동을 엿보느냐?"

양지가 건너다보니 솔밭에 일곱 수레를 쭉 세우고 일곱 사람이 벌거벗은 채 그곳에서 더위를 피하고 있었다. 그들은 양지가 쫓아오는 것을 보더니 일시에 '와아' 하고 소리를 지르며 뛰어나와 양지를 보고 말했다.

"웬 놈이냐?"

"너희들은 역적이 아니냐?"

일곱 사람이 모두 소리쳤다.

"너는 왜 우리를 보고 역적이라고 하느냐? 우리는 조그만 가게를 가지고 장사하는 장사꾼이다! 그렇다면 너는 뭐하는 놈이냐?"

"그건 묻지 말고, 그대들은 어디로 가는 길인지나 자세히 알려 주시오."

일곱 사람 중 하나가 나서서 말했다.

"우리 형제들은 대추를 팔러 동경으로 가는 길이오. 황니강에 도적이 있어서 행인의 재물을 강탈하여 간다고는 하나 우리가 가진 것은 대추뿐이라, 고개를 넘다가 날이 어두워서 잠깐 쉬고 가려는 참이오. 그러다가 당신들의 무리가 떠드는 소리를 듣고 도적인지 의심하여 보았을 뿐이오."

"그럼 염려하지 마시오."

양지는 박도를 끌고 다시 솔밭을 걸어 나왔다. 그것을 본 도관이 말했다.

"만일 도적이었으면 우리들은 달아나려고 했소."

"도적이 아니라 대추를 팔러 가는 장사꾼이랍니다."

일행들이 비웃으며 말했다.

"제할님의 말을 들었을 때 우린 다 죽는 줄로만 알았소."

"그런 말 마시오. 아무 일이 없으면 좋은 거요. 정 그렇다면 좀 쉬고 갑시다."

양지의 말에 일행들이 껄껄 웃었다. 양지는 그들과 함께 박도를 옆에 세우고 더위를 피했다.

오래되지 않아서 한 사나이가 통 하나를 메고 노래를 부르며 산을 올라오고 있었다. 그 사나이는 잠시 쉬려는 듯 통을 내려놓고 소나무 그늘 아래에 자리를 잡고 앉았다. 모두 그에게 물었다.

"여보시오, 통 속에 든 게 뭐요?"

"촌으로 팔러 가는 술이오."

"한 통에 값이 얼마나 하오?"

"5관이면 족하지요."

그러자 일행들이 서로 속삭이더니 돈 5관을 만들었다. 양지가 그 꼴을 보고 있다가 박도를 손에 들고 꾸짖었다.

"나한테 물어보지도 않고 감히 술을 사서 먹으려고 하다니, 정말 간이 부은 놈들이로구나!"

"우리가 돈을 모아 술을 사 먹겠다고 하는데, 제할께서는 무슨 이유로 딴죽을 거는 것이오?"

"너희들이 어찌 길에서 무서운 것을 알겠느냐? 많은 행인들이 못된 놈들에게 속아서 몽한약을 먹고 실수한 자가 한둘이 아니거늘, 어찌하여 그 술을 사 먹으려고 하느냐?"

술 주인인 사나이가 비웃으며 말했다.

"저 양반이 세상사를 모르고 말하는구려. 당신이 술을 안 사 먹으면 그만이지 무슨 일로 남한테 몹쓸 말로 욕을 하는 거요?"

양지가 다시 대답하려고 하는데 솔밭에서 대추장수들이 박도를 들고 나와 물었다.

"무슨 일로 이리 떠드시오?"

사나이가 하소연을 했다.

"술 두 통을 지고 촌으로 팔러 가다가 하도 덥기에 소나무 아래에서 쉬는데, 저 사람들이 제게 술을 팔라고 했소. 그런데 저 양반이 내 술에 몽한약이 들었다고 사 먹지 말라고 하지 뭡니까?"

"우리는 혹시 도적이 나왔나 해서 쫓아왔는데 그런 일이었구먼. 우리들도 목이 말라서 술이 먹고 싶던 차이니, 그럼 그 술 한 통을 우리한테 팔아 목이나 축이게 해 주시오."

사나이는 퉁명스럽게 대답했다.

"팔지 못하겠습니다. 내 술에 몽한약이 들었다는데 어떻게 잡수시겠소?"

대추장수들이 말했다.

"그 사람 참 미련하시구려! 우리가 언제 당신을 보고 나쁜 말을 했소? 어차피 촌에 가서 팔 것이라면 우리에게 돈을 받고 파는 것이 당신한테 뭐가 해롭겠소? 당신이 만일 술을 팔지 못하겠다면 차든 물이든 무엇이든 가져다가 우리들이 목을 축이게 해 주구려."

"내가 술을 팔지 않으려고 하는 것은 몽한약이 들었다고 하기에 그러는 것이오. 그리고 안주도 없고 술을 떠서 먹을 그릇까지 없는데 어떻게 팝니까?"

"그것은 상관없소. 우리한테 그릇과 안주가 있으니 염려하지 마시오."

137 • 대추장수인가, 도적인가

대추장수 한 사람이 국자를 가지고 왔다. 그러자 다른 사람이 국자로 술을 떠먹으며 대추를 안주로 삼더니 술 한 통을 잠깐 동안에 다 비워 버렸다.

"우리가 술 마시는 데 정신이 팔려 값을 치르지도 않고 먹었소."

"한 통 값이 5관이오."

"당신 말대로 돈을 다 줄 테니 술 한두 잔을 덤으로 주구려."

그러고 나서 한 사람이 통 뚜껑을 열고 국자로 다시 술을 떠 먹으려고 했다. 이때 사나이가 국자를 빼앗아 들고는 화를 냈다.

"보기에는 점잖은 사람들이 이게 무슨 짓이오? 남의 술을 돈도 안 내고 더 먹으려고 하다니!"

사나이는 국자에 담긴 술을 다시 통에 부은 뒤에 국자를 버리고 가려 했다. 그러자 양지 일행이 술을 먹고 싶어 좀이 쑤시는지 늙은 도관을 보고 애걸했다.

"도관님도 보셨지만, 대추장수들이 한 통을 다 먹어도 아무 일이 없는 것을 보아 걱정하지 않아도 될 것 같습니다. 날씨가 이렇게 더운데 우물도 없어 물을 얻을 수 없으니 양 제할에게 말씀드려 술을 사 먹게 해 주십시오."

늙은 도관이 자기도 직접 눈으로 본 일이라 양지에게 말했다.

"저 대추장수들이 술 한 통을 다 먹고도 아무 탈이 없었소. 고개 위에는 물을 얻어 먹을 곳도 없으니 저들에게 술을 사 먹도록 허락하는 것이 어떻겠소?"

양지도 가만히 생각해 보았다.

'대추장수들이 남은 통의 술도 두어 국자를 떠먹었으나 정말 아무 일이 없지 않은가?'

"도관께서는 마음대로 하시오."

모든 일행들이 양지가 승낙하는 것을 보고 기뻐하며 함께 모은 돈으로 술을 사려고 하자 사나이가 화를 벌컥 내며 말했다.

"당신들한테는 술을 팔지 않겠소! 이 술에 몽한약이 들었는데 어떻게 드시려고들 하시오?"

모든 일행들이 사정사정하여 애걸했다.

"여보시오, 아까의 우리 말은 섭섭하게 여기지 말고 그 술을 파시오."

"사람을 못살게 굴지 마시오. 당신들에게는 팔지 않겠소."

대추장수들이 사나이에게 권했다.

"당신도 잘못이오. 무슨 일로 저 양반의 말을 고깝게 들어서 여러 사람을 곤란하게 하시오?"

사나이가 대답했다.

"당신들은 끼지 마시오. 저 사람들에게는 팔지 않으려오."

사나이가 술을 팔지 않으려는 것을 보고 대추장수들이 무작정 술을 뺏다시피 하여 뚜껑을 열고 일행들에게 먹으라고 했다. 그리고 대추까지 안주로 내놓았다.

"이렇게 도와 주셔서 고맙습니다."

"피차 객지에서 무슨 감사할 것이 있겠소."

모든 일행들이 먼저 술을 떠서 늙은 도관과 양 제할에게 권하니, 도관은 먹고 양지는 먹지 않았다. 도관과 우후가 모든 병사들과 두어 국자씩 먹었으나 양지의 눈에는 아무 일도 일어나지 않는 듯 보였다. 옆에서 자꾸 권하는 것을 물리치기도 어렵고, 찌는 날씨에 목도 말라서 양지도 술을 반 국자만 마시고 대추 몇 개를 먹었다.

사나이는 통을 거두어 가지고 돈을 받은 후에 좀전처럼 노래를 부르며 산 아래로 내려갔다.

잠시 후에 대추장수들이 소나무 아래에 서서 양지 일행 열다섯 명에게 손가락질하며 소리쳤다.

"거꾸러지거라! 거꾸러지거라!"

그런데 말이 끝나기도 전에 사람들이 머리가 무거워지고 팔다리에 맥이 풀려 힘없이 쓰러지고 말았다. 대추장수들은 솔밭에서 나와 수레의 대추를 쏟아 버리고, 양지 일행의 짐 속에 있는 금은보화를 수레에 실은 후 황니강 아래로 내려가 버렸다.

양지는 이를 모두 바라보고 있었으나 그 역시 다리에 힘이 없어 움직일 수가 없었다. 모든 일행들도 눈을 벌겋게 뜨고 볼 뿐이었다.

이 대추장수 일곱 명은 다름아닌 조개, 오용, 공손승, 유당, 원씨 삼형제였다. 대추장수들이 술 한 통을 비운 다음, 유당이 다른 통의 뚜껑을 열고 반 잔만 떠서 마시는 시늉을 한 것은 양지 일행의 의심을 없애기 위해서였다. 그런 뒤에 오용이 솔밭에 가서 약을 꺼내 국자에다 넣고 뛰쳐나와 덤으로 먹는 것처럼 국자로 술을 뜨는 척 약을 부었으니, 사실 이것은 술에다 약을 섞은 것이었다. 더욱이 오용이 일부러 술을 반 잔 떠서 마시는 척한 것을 술장수로 변장한 백승이 빼앗아 도로 통 속에 부어 버렸으니, 이것도 오용의 계략이었다.

이때 양지는 몽한약을 적게 먹어서 정신을 차리고 일어섰으나 여전히 다리가 후들거려 마음대로 걸을 수가 없었다. 나머지 사람들이 여전히 입에서 침을 흘리며 움직이지 못하자 양지는 분한 것을 이기지 못하고 소리쳤다.

"이 무지한 놈들아! 내 말을 듣지 않더니 이렇듯 낭패를 당하게 되었구나!"

그리고 박도를 차고 탄식하며 황니강 아래로 내달았다. 남은 사람들은 사경四更(새벽 1~3시)이 지나서야 비로소 정신을 차리며 괴로워했다. 늙은 도관이 말했다.

"양지의 말을 듣지 아니하고 이렇게 되었으니 어찌한단 말이냐?"

"일을 그르쳤으니 좋은 방법을 생각해 봅시다."

"무슨 방법이라도 있는가?"

"옛말에 내 발등의 불을 먼저 끄라 했고, 벌이 품속에 들어갔을 때는 옷을 벗어 헤치라고 하였습니다. 만일 양 제할이 있었으면 우리가 변명하지 못할 것이나 그는 이제 달아났으니, 모든 일을 양 제할에게 덮어씌우고 우리는 아무 죄가 없는 것으로 하는 것이 좋지 않겠습니까?"

"그래, 그 말이 그럴듯하구나."

그들은 날이 밝기를 기다렸다가 문서를 꾸며 대명부에 알리고 죄인 양지를 쫓게 했다.

단비 같은 사람, 송강

운성현 송가촌에 성은 송, 이름은 강이요, 자는 공명인 사람이 살고 있었는데, 얼굴이 검고 키가 작아 흑송강이라 불렸다. 평생 재물을 우습게 알고, 오직 의리를 중하게 여기며, 부모에게도 극진한 효자라고 이름이 났다. 또 사람 대하기를 지성으로 하는 인물이었다.

송강은 관에서 말단 벼슬을 하고 있었다. 사무에 밝고 거동 또한 관원으로서 흠잡을 데 없는 훌륭한 사람이었다. 창과 곤봉을 잘 다루어 십팔반무예도 모르는 것이 없었고, 강호에서 호걸 사귀기를 좋아했다. 자기 집에 오는 사람은 누구나 후하게 대접하고 하루 종일 같이 앉아서 잡담을 해도 싫어하는 기색이 전혀 없었다. 게다가 손님이 가려고 하면 돈을 주어서 노자에 보태 쓰라고 하니, 산동 하북에서 그의 이름을 모르는 사람이 없었다. 사람을 위해서는 물불 가리지 아니 하고 남의 어려운 일을 돌봐주었으며, 초상이 났는데 비용이 없어 장사를 지내지 못하는 사람이 있으면 돈을 마련해 주고, 병이 들어 약을 쓰지 못하고 고생하는 사람이 있으면 의원을 불러 약을 쓰도록 해 주었다. 이렇게 남의 급한 일을 보면 서슴없이 구해 준다고 하여 그 지방에서는 그를 급시우及時雨라고 했다. 그는 7년 큰 가뭄에 단비 같은 사람이었다.

어느 날 송강이 종을 데리고 나오는 것을 보고 공인 한 사람이 절하며 말했다.

"압사狎司(서류나 문서를 다루는 관리)님, 잠깐 뵙고 싶습니다."

송강은 그의 차림이 관인인 것을 보고 황망히 물었다.

"존형은 어디서 오셨습니까?"

"들어가서 말씀드리지요."

"네, 그럽시다."

찻집에 들어와 자리를 잡고 앉은 후 송강은 종에게 명하여 문 밖에 나가 기다리라고 말했다.

송강이 먼저 말했다.

"실례지만, 존함이 어떻게 되시는지요?"

"저는 제주부 사신 하도라고 합니다. 압사님의 존함은 무엇입니까?"

중국 고대 무기

표창標槍
손으로 던지는 창이다. 길이는 1미터 정도이며 창머리 쪽이 무거워 던지기가 수월하게 되어 있다.

"소인이 눈이 있으나 천한 눈이라 관찰을 몰라보았습니다. 용서하십시오. 소인은 송강이라 하옵니다."

하도는 자리에서 일어나 절하며 말했다.

"존함을 들은 지 오래이나 이제야 뵙게 되었습니다."

"황공한 말씀입니다."

주인을 불러 차를 청하여 마시고 송강이 물었다.

"관찰께서는 무슨 일이 있어 오시게 되었습니까?"

"운성현에 중요한 인물이 있어 왔습니다."

"그렇다면 도적과 관계된 인물이란 말씀이십니까?"

"그러하옵니다. 공문을 갖고 왔으니 지현知縣(현의 으뜸 벼슬아치)께 빨리 전해 주시기 바랍니다."

"소인이 어찌 따르지 않겠습니까마는, 어떤 도적입니까?"

"압사님도 이 방면의 직책에 계시는 분이기에 말씀드립니다만, 제가 있는 부의 관할인 황니강에 도적들이 나타나 북경 대명부의 양중서님이 채 태사께 보내는 10만 관이나 되는 물품들을 약탈했습니다. 이번에 그 일당의 공범자로 백승이란 자를 체포했는데, 도적 일곱 명은 모두 운성현에 거주하는 자들이라는 것을 알게 되었습니다. 그래서 태사부에서 오신 우후 한 분이 함께 왔습니다. 급한 일이니만큼 우리가 잡으러 왔다는 소문이 저놈들에게 들어가지 못하도록 압사께서 빨리 지현께 연락하여 주십시오."

"백성들의 것을 겁탈해 간 도적들이라 관찰이 손수 오셨는데, 어찌 감히 거역하겠습니까? 헌데 백승의 입에서 나온 도적들의 이름이 무엇이라 합니까?"

"도적의 우두머리는 동계촌 조보정이라 합니다만, 나머지는 아직 이름조차 확실하지 않습니다."

송강은 가슴이 철렁했다. 조개라면 형제나 다름없는 사람이었다. 큰 죄를 지었으니 잡혀간다면 목숨을 잃고 말 것이었다. 그를 구할 사람은 자신뿐이었다. 그러나 송강은 태연하게 대답했다.

"조개 그놈이 극히 간사하더니 결국 일을 저질렀습니다. 이 고을의 누구 하나 그놈을 좋아하는 사람은 없습니다. 그러니 화를 당하는 것도 당연하지요."

"압사는 그를 잡는 데 힘을 써 주십시오."

"일은 어렵지 않습니다. 독 안에 든 쥐이니까요. 그러하오니 관찰은 얼른 공문을 지현께 바치십시오. 중대한 사안인 만큼 경솔하게 말이 누설되지 않는 것이 좋겠습니다."

"맞습니다. 그러니 급히 상공을 만나 뵙게 해 주십시오."

"상공께서는 일찍이 공사를 마치시고 몸이 피곤하다며 쉬고 계십니다. 소인은 집에 볼일이 있어 잠깐 다녀올 터이니 관찰은 여기서 기다려 주십시오."

"그렇게 하시지요."

송강이 몸을 일으켜 나오며 주인에게 분부했다.

"저 관인께 차를 드리시오. 돈은 나중에 내가 주리다."

송강은 찻집을 떠나 나는 듯이 집에 돌아와 말을 타고 동계촌으로 달렸다. 마침 조개의 집에서는 오용, 공손승, 유당의 무리가 후원의 포도나무 아래에서 술자리를 벌이고 있었다. 조개가 송강을 보고 맞이하러 나왔다.

"압사, 어찌 이렇게 급하십니까?"

"형님, 지금 일이 발각되어 백승은 벌써 잡혀 제주 옥에 갇혔습니다. 도망치는 것이 상책입니다. 저는 공사가 급하여 돌아갑니다만, 여러분들은 머뭇거리지 마시고 일찍 떠나십시오. 한 번 붙잡히면 끝입니다. 지금은 달리 손쓸 방도가 없으니 어서 떠나도록 하십시오."

조개가 깜짝 놀라며 말했다.

"아우의 이 은혜를 어떻게 갚겠소?"

"형님, 인사는 다음으로 미루고 빨리 달아날 계략이나 생각하시오."

"지금 후원에 세 사람이 있으니 잠깐 들어가 인사나 하고 가시오."

송강이 조개에게 이끌려 후원으로 들어갔다.

"이분은 오학구, 이분은 공손승, 저분은 동로주에서 오신 유당이라 하오."

송강은 황급히 인사를 하고는 부리나케 장원 문을 나서며 재촉했다.

"형님께서는 어서 빨리 이곳을 떠나십시오! 서두르셔야 합니다."

말을 끝마친 송강은 다시 급하게 말을 몰아 고을로 돌아갔다.

"아까 왔던 그 사람을 아시겠소?"

조개가 묻자 오용이 말했다.

"저렇게 황급히 돌아갔으니 그 사람을 어찌 알겠습니까?"

"송강이라는 사람이오. 우리들이 그 사람을 알지 못했더라면 우리들의 목숨은 순식간에 다 끝날 뻔했소. 지금 관에서 우리를 잡으려고 한답니다. 어쩌면 좋습니까?"

"내게 계략이 있습니다. 이제 우리들은 재물을 나누어 여러 짐을 만들어 지고 빨리 석갈촌의 원씨 삼형제의 집으로 가는 것이 좋을 것 같습니다. 급히 사람을 보내어 원씨 삼형제에게 알려 주십시오."

"그들 삼형제는 고기를 잡아 먹고사는 사람들이질 않소? 이 많은 사람이 어떻게 머문단 말입니까?"

"석갈촌 근처에 있는 양산박은 그 위세가 당당하여 관군이 감히 근접하지 못하는 곳입니다. 만일 긴급한 상황이 되면 그리로 들어가면 되지 않겠습니까?"

"좋은 생각이긴 합니다만, 양산박에서 우리를 받아 줄지 걱정이오."

"우리가 취한 금은을 주고 그 무리에 들어간다면 무엇이 어렵겠습니까?"

조개는 공손승과 같이 장상에서 재물을 수습했다. 같이 가기를 원하지 않는 자는 재물을 주어 다른 곳으로 보내고, 같이 가기를 원하는 자들은 행장을 수습하게 했다. 그리고 조개와 공손승은 집에다 불을 지른 후 수십 명의 하인들을 거느리고 석갈촌으로 급하게 떠났다. 원씨 삼형제는 미리 연락을 받고 각각 무기를 들고 마중을 나와 있었다.

"이곳에 관군이 들이치는 것은 시간 문제이니 이대로 양산박을 찾아가는 것이 어떻겠소?"

"지금 강 어귀에는 한지홀률旱地忽律이라는 별명을 가진 주귀라는 자가 주막을 운영하며 사방에서 모여드는 호걸들을 후히 응대한다고 합니다. 양산박에 신세를 지려면 우선 그 주막부터 찾아가는 것이 순서입니다. 배를 마련하여 짐을 거기다 싣고 주귀를 찾아가 돈이라도 얼마 주며 안내를 부탁하는 게 나을 듯합니다."

급시우 송강
무엇보다 의를 중요하게 여기는 성품 때문에 천하의 호걸들이 믿고 따랐다. 그의 이름만 듣고도 모두 형제가 되기를 마다하지 않았다.

그때 어부 몇 명이 급하게 달려와 관군이 쳐들어오고 있다고 알렸다. 원씨 삼형제가 입을 모아 말했다.

"염려들 마십시오. 관군은 저희들이 맡아 처리할 터이니 양산박으로 들어갈 의논이나 계속 하십시오. 물속에 처넣고 남은 놈은 우리가 작살로 찍어 꿰미로 만들어 놓을 테니까……."

양산박의 주인이 바뀌다

　　한편 하도와 포도 순검은 관군 5백여 명을 거느리고 석갈촌으로 향했다. 도중에 배라는 배는 모조리 거두어서 배를 다룰 줄 아는 병졸에게 맡기고 물길로 쳐들어왔다. 그러나 물길이라면 원씨 삼형제의 손바닥 안이나 다름없었다. 갈대숲에서 홀연 콧노래를 부르며 나타나 관군들이 탄 배를 물속에 처넣는 원소오의 솜씨는 과연 귀신 같았다. 넋이 나간 관군들은 원소칠의 휘파람 소리를 좇아 배를 저어 갔다가 좁은 수로에 갇혀 버리고 말았다. 원씨 삼형제는 물귀신처럼 이곳저곳에서 나타났다 사라졌다.

　　"우리 삼형제가 사람 죽이기를 밥보다도 좋아한다는 것을 모르는 모양이구나. 너희가 우리를 잡는다고? 어림없는 소리다. 이 갈대숲이 바로 네놈들의 무덤이 될 것이다."

갈대숲에 갇혀 버린 관군들은 그 순간 한 줄기의 불길이 확 치솟아 오르는 것을 보았다. 관군들의 비명이 날카롭게 울렸다. 관군들이 탄 50여 척의 배들은 강풍에

떠밀려 서로 부딪혀 걷잡을 수가 없었고, 불길이 무섭게 번지는 갈대숲에서 더이상 빠져나갈 방도가 없었다. 관군들은 쓰러져 갔고, 얼마 안 가서 전멸을 당하고 말았다. 어느새 하도는 원소칠에게 붙잡혀 꽁꽁 묶인 채 배의 바닥에서 구르고 있

었다.

"우리들은 석갈촌의 원씨 삼형제와 조천왕이다. 너같이 양민을 괴롭히는 놈은 죽어야 마땅하지만, 특별히 살려 줄 것이니 제주부로 돌아가 지현놈한테 일러라. 섣불리 우리를 건드렸다간 송장이 될 뿐이라고 말이다. 살려 주는 것을 고맙게 생각해서 두 번 다시 이곳에 얼쩡거리지 말아라. 그래도 네 체면이 있을 터이니 도망쳐서 살아남았다는 소리보다는 차라리 이것이 나을 것이다."

원소칠은 비수를 뽑아 들더니 눈 깜짝할 사이에 하도의 두 귀를 잘라 버렸다. 붉은 피가 어깨를 적시며 흘러내렸다. 하도는 간신히 목숨만을 건져 제주부로 돌아갔다.

일행은 주귀를 만나 뜻을 전하고 양산박으로 향했다. 얼마 후 금사탄을 건너자 수십 명의 졸개가 분주하게 내려와 산채로 인도했다. 조개와 여러 사람이 예를 갖추자 왕륜이 답례하고 말했다.

"일찍부터 조천왕의 높은 존함을 들어 왔는데, 뜻밖에도 이처럼 여러 호걸들과 함께 산채에 왕림하여 주시니 이 기쁨을 어쩌지 못하겠습니다."

"이제 몸 둘 곳이 없어 이처럼 찾아온 것이니 두령은 부디 버리지 마시고 거두시어 졸개라도 삼아 주셨으면 합니다."

일곱 호걸들과 두령이 한자리에서 서로 술을 권하면서 분위기가 무르익자, 조개가 자기 재주를 자랑하며 관군을 죽이던 일들을 낱낱이 이야기했다. 이를 들은 왕륜은 놀래서 한참이나 주저했다. 밤이 깊자 조개 일행은 객관에 가 쉬었다.

다음날이었다. 오용은 암만 해도 왕륜의 환영이 달갑지가 않았다. 조개가 다가와 물었다.

"선생은 무슨 생각에 그리 빠져 계십니까?"

"보정은 왕륜의 속마음을 모르고 계신 모양입니다. 어디 그 자가 마음에서 우러나 우리를 환대하고 있겠소? 말과 생각이 다른 자입니다. 우리들이 여기에 온 경위를 이야기해 주었을 때 왕륜의 표정이 어떠한 줄이나 아십니까? 만약 우리를 이 산채에 있게 할 뜻이 있었다면 벌써 서열에 관하여 이야기를 꺼냈을 것이오. 그런데 그렇지 않았어요. 두천과 송만은 시골 출신이라서 말 주변이 없는 사람이지만 임충은 동경에서 금군 교두 노릇을 한 인물인 데다 모든 일을 제대로 다 할 줄 아는 사람이오. 그런데도 지금은 넷째 두령으로 달갑잖은 대우를 받는 처지인 모양입니다. 그 자의 눈에 왕륜에 대한 원망이 담겨 있음을 저는 똑똑히 보았지요. 왕륜, 임충과 맞붙어 한번 싸워야 할까 봅니다."

임충이 찾아온 것은 바로 그때였다. 오용이 조개를 보고 말했다.

"저 사람이 왔으니 우리가 생각한 대로 해 봅시다."

일곱 사람이 황망히 임충을 맞아들인 후 오용이 말했다.

"어제는 후하게 대접을 해 주시고, 오늘 또 수고롭게 찾아 주시니 감사합니다."

"이 임충이 비록 공경하는 마음은 있사오나 자리가 여의치 못하였으니, 바라건대 죄를 용서하십시오."

"원, 용서라니요, 그 무슨 말씀이십니까? 저희들이 오히려 죄송하군요."

"이번에 다행히도 여러분들 같은 대호걸들이 오시게 되어서 이 산채에 힘이 된 것은 금상첨화[8]이자 가뭄 끝에 단비를 만난 것과 같거늘, 왕륜은 자

> **고사성어 엿보기**
>
> ❀ **금상첨화** 錦上添花
> 비단 위에 꽃을 더한다는 말로, 좋은 일에 또 좋은 일이 겹쳐 일어나는 것을 뜻한다.

• 양산박의 주인이 바뀌다

기보다 뛰어난 자에게는 시샘하고 제가 눌리지나 않을까 하고 조바심을 내고 있습니다."

"임 교두께서 이처럼 저희들을 아껴 주시니 그 은혜를 어찌 다 갚겠습니까?"

오용이 황망히 만류했다.

"교두께서는 저희들 때문에 산채의 여러 두령들과 의를 상하지 마십시오. 만일 머물라 하면 머물고, 그렇지 않으면 즉시 물러갈 것입니다."

그들은 조만간에 서로 모일 것을 약속하고 헤어졌다. 얼마 지나지 않아 졸개가 와서 아뢰었다.

"두령님들이 남쪽 수채水寨에서 잔치를 여신답니다."

"곧 가겠다고 여쭈어라."

졸개가 돌아간 다음에 조개는 오용을 돌아보고 물었다.

"오늘 잔치가 어떻겠소?"

오용이 지그시 눈을 감고 대답했다.

"마음 놓으십시오. 임 교두가 왕륜을 처치할 듯합니다. 제가 이 세 치 혀를 놀려 왕륜이 꼼짝 못하고 당하게 만들 것입니다. 그리고 여러분들은 병기를 숨기고 있다가 기회가 생기면 임 교두를 도와 공을 이루도록 하십시오."

잔치가 벌어져 술이 여러 잔이 돌았다. 조개가 왕륜을 보고 머물겠다는 뜻을 밝히자 왕륜은 대답을 머뭇거렸다. 오용은 주위를 살폈다. 임충이 눈을 흘기며 왕륜을 바라보고 있었다.

한낮이 제법 기울었을 때 왕륜은 졸개에게 명했다.

"내오너라!"

졸개 서너 명이 큰 쟁반에 금은 다섯 두레를 들고 들어왔다. 왕륜은 잔을 들고 자리에서 일어나 조개를 보고 말했다.

"호걸 여러분께서 이렇게 찾아 주신 것은 고맙습니다만, 이곳은 산채가 작고 사면이 물이라 호걸들이 편히 계실 곳이 못 되는군요. 사소한 예물이나마 받으시고, 다른 곳에 가신다면 마땅히 찾아뵙겠습니다."

조개가 대답했다.

"우리는 두령님이 어진 이를 부르고 선비를 받아들인다고 하여 특별히 의지하러 온 것인데, 그러지 못하시겠다면 즉시 가겠습니다. 그러나 금은은 받을 수 없습니다."

왕륜이 또 말했다.

"그렇게 말씀하시면 저희들이 도리어 미안하지 않습니까? 우리가 호걸 여러분들을 받지 않으려고 하는 것이 아니라 방이 적고 양식이 부족하여 그러는 것이니, 그렇게들 아시고 박한 예물이나마 받아 주십시오."

이 말이 막 끝나자마자 지금까지 잠자코 있던 임충이 자리를 박차고 일어서며 눈을 부릅뜨고 꾸짖었다.

"먼젓번에 내가 산에 올라올 적에도 양식이 모자라느니 방이 없느니 하더니, 또 저런 말을 하는구나. 이게 무슨 도리더냐?"

오용이 말리는 척하며 말했다.

"임 두령은 고정하십시오. 우리들이 이곳에 온 것이 잘못이었소. 우리들로 인하여 산채의 좋은 의가 상할 것 같아 왕 두령이 예로써 우리를 보내는 것이니, 임 두령은 제발 그만하십시오. 우리들이 조용히 가겠소이다."

양산박의 주인이 바뀌다

임충이 말했다.

"왕륜 저놈은 웃음 속에 칼을 품었고, 말은 옳게 하나 행실이 흐린 놈이오니 절대 용서하지 않을 것입니다."

이 말을 듣자 왕륜이 크게 화를 냈다.

"네놈이 술에 취했느냐? 실성을 하지 않았으면 상하를 몰라보고 어찌 감히 함부로 이러느냐?"

"낙제한 선비놈 주제에 산채의 주인이 가당키나 하단 말이냐!"

오용이 또 말했다.

"형님, 우리들이 부질없이 이곳에 와서 두령들의 좋은 의를 상하게 하니 즉시 물러가는 것이 낫겠습니다."

조개 일행이 몸을 일으켜 정자 밖으로 내려가려고 하자, 임충이 몸을 일으키며 한 발로 탁자를 차 버리고 품속에서 칼을 빼어 손에 들었다. 오용이 얼른 정자로 쫓아 올라가 짐짓 말리는 체했다.

"임 두령은 너무 급히 굴지 마시오!"

공손승도 말했다.

"너무들 그렇게 화내지 마시오."

원소이가 역시 말리는 체하고 두천을 붙들었고, 원소칠도 주귀를 붙들어 움직이지 못하게 했다. 졸개들은 눈이 휘둥그레져 가지고 어리둥절하며 어찌할 줄을 모르고 있었다. 임충이 왕륜을 붙들고 다시 꾸짖었다.

"너는 한낱 촌구석에서 궁한 선비였는데, 두천과 송만이 받들어 산채의 주인이 되었다. 시 대관인이 천거하는 사람도 이리저리 핑계대며 물리치려고 하더니,

 159 • 양산박의 주인이 바뀌다

이번에 찾아오신 호걸들도 다른 데로 가라 하느냐? 너같이 도량이 좁은 놈은 이 산채의 주인이 될 자격이 없다!"

왕륜이 자신이 불리한 것을 보고 달아날 길을 찾았으나, 조개와 유당이 길을 막고 있었다. 그는 위험이 앞에 닥친 것을 알고 소리를 질렀다.

"내 심복들은 어디 있느냐!"

이 소리에 심복 몇 명이 뜰 아래에서 바라보았으나 임충의 무서운 기세에 눌려 감히 나설 수가 없었다. 임충이 한바탕 꾸짖고 칼을 들어 마침내 왕륜의 가슴을 찔러 죽였다.

조개 일행도 일시에 칼을 빼 들었다. 임충이 왕륜의 머리를 베어 손에 드니 두천, 송만, 주귀가 깜짝 놀라 무릎을 꿇고 엎드려 아뢰었다.

"아무쪼록 부하로 삼아 주시기를 바랍니다."

조개가 황급히 세 사람을 붙들어 일으키자 오용은 교의를 끌어다가 임충을 앉히고 소리 높여 호령했다.

"앞으로는 임 두령을 산채의 주인으로 삼으려니와 만약에 복종하지 않는 자는 왕륜처럼 처리할 터이니 그리들 알아라!"

임충이 깜짝 놀라며 교의에서 벌떡 일어났다.

"그 무슨 말씀이십니까? 왕륜을 처치한 것은 어디까지나 여러 호걸들을 위해서입니다. 제가 이 자리가 탐이 나서 한 짓이 아니거늘 그럴 수는 없습니다. 만일 억지로 앉히시려고 하면 이 임충은 죽을 것입니다. 여기 조보정이 의를 중히 하고 지혜와 용기를 겸비하였으니, 천하에 그 이름을 듣고 항복하지 않을 이가 없을 것입니다. 이분을 산채의 주인으로 삼고자 합니다."

여러 사람이 모두 찬성하며 말했다.

"임 두령의 말씀이 옳습니다."

조개가 말했다.

"그것은 안 됩니다. 예부터 강한 손님이 주인을 업신여기지 못한다고 하지 않습니까? 우리는 멀리서 온 사람인데 어찌 상좌에 앉겠소?"

임충이 조개를 붙들어 첫 번째 교의에 앉히며 말했다.

"오늘 일은 미룰 수가 없으니 사양하지 마십시오."

그리고 소리 높여 선포했다.

"만일 명령을 듣지 않는 자가 있으면 왕륜처럼 처치할 것이다!"

여러 사람이 일시에 절하며 예를 갖추었다. 그런 뒤 한편으로 잔치를 베풀라 하고, 한편으로 왕륜의 장사를 지내게 하였다. 모든 두령들이 모여 조개를 교자에 태워 앞뒤로 옹위하여 받들고, 금향로에 향을 피웠다.

"이 임충이 아는 것은 창봉뿐이오. 학식도 재주도 지혜도 없고, 계략에도 능하지 못합니다. 이번에 마침 산채의 천행으로 호걸 여러분이 이같이 모였으니 전날의 구차하던 때와 비하지 못할 것입니다. 학구 선생은 군사가 되어 병권을 잡고 호령하실 터이니 두 번째 교의에 앉으십시오."

오용이 말했다.

"나는 촌구석에서 한낱 글방 선생 노릇을 하던 사람이라 손오병서孫吳兵書를 조금 안다고는 하나 티끌만 한 공로도 없으니, 어떻게 그 자리에 앉겠소?"

"이미 닥친 일이니 사양하지 마십시오."

오용이 마지못하여 앉았다. 임충이 또 말했다.

"공손승 선생은 세 번째 교의에 앉으십시오."

조개가 놀라 말했다.

"그것은 부당하오. 이렇게 임 두령이 사양만 하신다면 나도 마땅히 자리를 내놓겠소."

"그러지 마십시오. 공손 선생의 높은 명성은 강호에 이름이 난 데다 바람과 비를 마음대로 부리는 능력까지 있으니, 누가 능히 따르겠습니까?"

임충의 말에 공손승이 마지못하여 셋째 자리에 앉은 후 임충이 또 사양하려고 하는 것을 조개, 오용, 공손승이 한꺼번에 이구동성으로 말했다.

"우리들이 마지못하여 이 자리에 앉았으나 만일 그대가 다시 사양한다면 우리들은 모두 다 물러가겠소."

그들은 임충을 붙들어 네 번째 교의에 앉게 했다.

"이번에는 두천, 송만 두 분께서 앉아 주시기 바랍니다."

그러나 두천과 송만은 무참하게 참살당한 왕륜을 생각하자 선뜻 내키지가 않아 사양했다. 그리하여 유당이 다섯 번째 교의에 앉고, 원소이가 여섯 번째, 원소오가 일곱 번째, 원소칠이 여덟 번째 교의에 앉았다. 두천은 아홉 번째 교의에, 송만은 열 번째 교의에, 주귀는 열한 번째 교의에 앉았다.

이리하여 양산박에는 열한 명의 호걸이 단합하게 되었다. 산채 앞뒤에 운거하는 8백여 명의 부하들이 번갈아 두령들께 인사를 올리고 좌우로 정렬하여 명령을 기다리고 있었다. 조개가 나서서 말했다.

"잘 들어라. 나는 임 교두의 천거로 오늘부터 이 산채의 주인이 되었노라. 오학구는 군사로서 공손 선생과 더불어 병권을 맡고 임 교두 이하 일동은 산채의 규율

을 단속하는 일을 맡아보게 될 것이니, 너희들은 추호도 동요하지 말고 종전과 다름없이 산전山前에 있던 자는 산 앞을 지키고 산후山後에 있던 자는 산 뒤를 지키도록 하라. 다 같이 합심하여 대의를 위해 몸과 마음을 바칠 것을 부탁한다."

이어 조개는 양쪽 방들을 치우게 하여 조개의 가족과 원씨 형제의 가족들을 들게 한 후, 약탈해 온 생신 예물과 자신의 집에서 꾸려 온 금은 비단을 몽땅 털어 소두목과 졸개들에게 분배해 주었다. 그리고 소와 말을 잡아 천지신명께 제를 지내고 새로운 결속과 장래의 행운을 빌었다.

고사성어 엿보기

금상첨화 錦上添花

비단 위에 꽃을 더하다

북송 때 정치가이자 시인이었던 왕안석이 조정을 떠나 남경에서 은둔할 때 지은 시 〈즉사卽事〉에 나오는 구절이다. '즉사'란 즉흥시를 말한다. '금상첨화'는 이중 여섯 번째 구절에 해당된다.

강은 남원으로 흘러 서쪽 언덕으로 기우는데 河流南苑岸西斜,
바람에는 맑은 빛이 있고 이슬에는 꽃의 화려함이 있네 風有晶光露有華.
문 앞의 버드나무는 옛 도연명의 집이요 門柳故人陶令宅,
우물가의 오동나무는 전날 총지의 집이라 井桐前日摠持家.
좋은 모임에 초대받아 술잔을 거듭하니 嘉招欲履盃中淥,
아름다운 노래는 비단 위에 꽃을 더 하네 麗唱仍添錦上花.
문득 무릉의 술과 안주를 즐기는 손님이 되니 便作武陵樽俎客,
냇물의 근원에는 응당 붉은 노을이 남아 있네 川源應未少紅霞.

錦: 비단(금), 上: 위(상), 添: 더할(첨), 花: 꽃(화)
비단 위에 꽃을 더한다는 말로, 좋은 일에 또 좋은 일이 겹쳐 일어나는 것을 뜻한다.
[출전] 왕안석의 〈즉사卽事〉

제3편

영웅들 송강을 구하다

목을 벨 준비를 하던 회자수가 칼을 들어 송강의 목을 치려 했다. 이때였다. 군중 속에 있던 한 사람이 호주머니에서 작은 징을 꺼내 들고 일어나 꽝꽝 하고 두 번 세 번 때려 소리를 울리자 사방에서 한 떼의 무리들이 형장으로 쳐들어왔다. 그러자 네거리에 있는 술집에서 호랑이 같은 형상을 한 시커먼 사내가 벌거벗은 몸으로 양손에 도끼 두 자루를 쥐고 뛰쳐나왔다. 마치 하늘에 벽력이 치는 듯한 큰 소리를 지르면서 뛰어나와 도끼를 한 번 휘두르니, 이미 회자수 두 명이 목이 베여 쓰러졌다.

무송, 급시우를 만나다

한편 송강은 양산박 도적과 내통하고 있다는 것을 그의 첩 염파석에게 들통이 나고 말았다. 염파석은 송강의 이러한 약점을 이용해 오히려 송강을 협박했다. 이리하여 어쩔 수 없이 송강은 염파석을 죽이고, 동생 송청과 함께 도망가는 신세가 되었다.

산을 넘고 물을 건너 창주에 이른 송강은 사람들에게 시진의 집을 물었다. 사람들이 일러준 대로 송강은 시진의 집을 찾아가 하인에게 물었다.

"대관인은 집에 계시오?"

"동쪽 별장에 쌀을 받으러 가시고 안 계십니다."

"별장이 여기서 얼마나 되오?"

"40리쯤 됩니다만, 어디서 오신 분들이신지요?"

"나는 운성현에 사는 송강이라고 하오."

"급시우 송 압사 어른이시란 말입니까? 대관인께서 늘 탄복하시며 만나지 못하는 것을 안타까워하셨습니다. 소인이 모시지요."

하인은 지체 없이 그들을 동쪽 별장으로 안내했다. 빠른 걸음으로 걸어 도착해 보니 이만저만 큰 집이 아니었다.

"두 분께서는 이 정자에서 잠깐만 기다리십시오. 소인이 들어가 대관인께 알리겠습니다."

"그렇게 하시오."

송강 형제가 정자 위에 앉아 보따리와 요도를 끌러 놓고 잠시 기다렸더니 오래지 않아 장문이 열리며 시진이 나와 절을 올렸다.

"제가 항상 뵙고자 했는데 이렇게 하늘의 도우심으로 뵙게 되는군요."

송강이 답례했다.

"저같이 하찮은 관리에게 과분한 말씀을 하십니다."

시진은 송강을 붙들어 일으켰다.

"간밤에 등불이 지고 아침에 까치가 지저귀더니 대형께서 강림하셨습니다."

시진의 얼굴에 웃음이 가득했다. 송강은 시진의 관대함을 보고 마음속으로 기뻐하며 송청과도 서로 인사하게 했다. 시진은 하인에게 명하여 송강의 행장을 정리하라고 한 후 송강의 손을 잡고 사랑채로 갔다.

"형장은 운성현에 계신다고 들었는데, 무슨 일로 이곳에 이르셨습니까?"

"제가 씻을 수 없는 죄를 짓고 몸을 피할 곳을 찾다가 대관인께서 의를 중히 하고 재물을 가벼이 여기시는 것을 알기에 염치 불구하고 왔습니다."

시진이 크게 웃으며 말했다.

"형장은 마음 놓으십시오. 비록 십악대죄十惡大罪를 지었다 하더라도 이제 제 집에 계시니 무슨 근심이 있겠습니까? 아무 걱정 마십시오."

송강은 염파석을 죽이게 된 사연을 이야기했다.

"조보정이 자신들의 목숨을 살려 주어 고맙다고 유당을 시켜 제게 감사의 편지와 황금 백 냥을 보내왔으나 거절했지요. 두령의 후의는 감사했지만, 생활이 궁하지 않으니 어찌 받겠습니까? 하지만 유당이 그냥 돌아갈 수는 없다 하여 답장을 써 주어 돌려보냈습니다. 그런데 보정의 편지가 화근이었지요. 술에 취해 잠이 든 제 품에서 염파석이 편지를 발견하게 되었고, 그것을 빌미로 위협을 하니, 저는 치밀어 오른 화를 참지 못하고 그만 칼로 염파석을 찔러 죽이게 된 것입니다."

송강의 이야기를 들은 시진은 말했다.

"형장은 마음을 놓으십시오. 조정 명관을 죽이고 재물을 강탈한 사람이라도 제 집에서만은 걱정이 없으니까요."

송강 형제는 새 옷으로 갈아입고 시진과 함께 후당의 깊은 곳으로 들어갔다. 거기에는 벌써 술상이 차려져 있었다. 시진은 송강을 주빈으로 모시고,

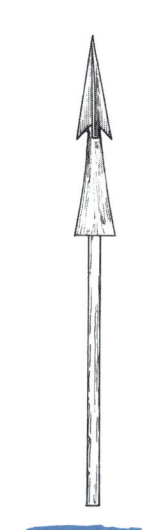

중국 고대 무기

척전 擲箭
손으로 던지는 화살이다. 길이는 30센티미터 정도이며 주로 대나무나 철로 만든다. 고수가 던지면 유효 사거리가 백 미터가 훨씬 넘는다.

그 옆에 송청을 앉혔다. 자리 하나 권하는 데도 예의와 극진한 정성이 엿보였다. 술이 거나하여 세 사람은 각각 지난 이야기를 하며 밤낮으로 잊지 못하던 회포를 풀었다.

날이 저물어 등불을 켜고 즐기다가 송강이 몸을 일으켰다. 소변이 마려워서였다. 시진이 하인을 시켜 호롱을 들고 송강을 인도하게 했다. 송강이 동쪽 마루 아래를 지나가고 있을 때였다. 마침 한 사람이 학질에 걸려 추위를 견디지 못해 부삽에 숯불을 피워 놓고 불을 쪼이고 있었다. 이때 송강이 앞을 살피지 않고 위만 바라보고 가다가 그만 부삽 자루를 밟자 불꽃이 튀어 그 사나이의 얼굴에 떨어졌다. 사나이는 화가 나서 일어나 송강의 멱살을 붙들며 크게 꾸짖었다.

"너는 어떤 놈인데, 병 조리하는 사람을 놀라게 하느냐?"

송강이 사과하려 했으나 사나이는 듣지도 않고 주먹으로 치려고 했다. 호롱을 들고 있던 하인이 쫓아와 말렸다.

"무례하게 굴지 마십시오. 이분은 대관인께서 상객으로 대접하고 계시는 분입니다."

사나이가 눈을 부릅뜨고 말했다.

"상객, 상객 하지만, 나도 처음에 왔을 때는 상객이라 하더니 나중에는 하인놈의 침소로 내치고 점점 괄시하더이다. 아무리 천 날 좋은 손님이 없고 백 날 붉은 꽃이 없다 해도 내가 어찌 이놈을 그냥 두겠느냐?"

하인이 아무리 말려도 사나이는 듣지 않았다. 마침 이럴 때 두 쌍의 호롱이 나는 듯이 오는 것이 보였다. 시진이었다.

"내가 압사 어른을 모실 것을……. 무슨 일로 이러는 것이오?"

송강이 실수로 부삽을 밟아 사나이의 얼굴에 불꽃이 튀었다며 자초지종을 이야기하니, 시진이 웃으며 사나이에게 말했다.

"이분은 유명한 압사이신데, 그대는 모르오?"

"제 아무리 유명하다 하더라도 운성현의 송 압사 어른에 비하겠소?"

"그러면 그대는 송 압사를 알지 못하오?"

"아직 존안尊顔을 뵙지는 못하였습니다. 강호에서 급시우 송공명은 온 천하에 유명한 호걸이라는 말은 들었습니다."

시진이 다시 물었다.

"그대는 어찌하여 그 양반을 호걸이라 하오?"

"내가 지금에야 말을 하나 그 사람은 정말로 대장부라고 합디다. 처음과 끝이 분명하고 시작과 마지막 역시 분명하다고 하지요. 이번에 내 병이 낫거든 가서 만나 뵈려고 합니다."

"그 사람을 정말 만나 보려고 하오?"

"내가 지금 헛말을 하는 줄 아시오?"

"멀면 10만 8천 리요, 가까우면 바로 눈앞에 있다고 했소. 바로 이분이 급시우 송공명이오."

사나이가 놀라 송강을 보고 물었다.

"정말 그렇습니까?"

"맞소. 내가 바로 송강이오."

사나이가 자세히 보더니 넙죽 네 번 절을 하고 말했다.

"제가 오늘날 형님을 이곳에서 뵈올 줄 상상이나 했겠습니까?"

"무슨 일로 나에게 이렇게 관대하십니까?"

사나이가 다시 공손히 말했다.

"아까는 심히 무례하였습니다. 죄를 용서하십시오. 소인이 눈이 있어도 태산을 몰라뵈었습니다."

사나이는 땅에 엎드려 일어나지 않았다. 송강이 붙들어 일으키며 물었다.

"그대의 존함을 듣고자 합니다."

이때 시진이 대신 말했다.

"이 사람은 청하현 사람인데 성은 무요, 이름은 송입니다. 둘째라 무이랑이라고도 부릅니다. 이곳에서 머무른 지가 한 1년은 되었지요."

"강호에서 무이랑의 이름을 들은 지 오래인데 오늘 이렇게 만나니 다행이오."

"사방에서 호걸들이 약속도 없이 모이는 것은 필시 우연한 일이 아닙니다."

송강은 크게 기뻐하며 무송의 손을 이끌고 후당으로 들어가 송청에게 인사하게 했다. 송강이 황망히 자리를 사양하여 무송에게 양보했으나 무송이 어찌 덥석 앉겠는가. 두 번 세 번 사양하여 셋째 자리에 앉았다. 송강이 밝은 불 아래에서 무송의 생김새를 자세히 살펴보더니 물었다.

"그대는 무슨 일로 이곳에 와 계시오?"

"청하현에 살다가 술에 취하여 그곳 기밀機密과 다투다가 분한 것을 참지 못하여 주먹으로 한 번 쳤더니, 그놈이 기절하여 넘어지기에 죽은 줄 알고 대관인 댁에 와서 숨었는데, 벌써 1년이 되었습니다. 소문에 그놈이 살아났다고 하기에 고향으로 돌아가려고 하다가 뜻밖에 학질에 걸려 돌아가지 못하고, 아까 마루 아래에서 불을 쬐고 있었던 것입니다. 형님께서 부삽을 밟아 숯 덩어리가 얼굴에 튀는 바람에 깜짝 놀라서 전신에 땀이 흐르더니 이제는 몸이 가뿐합니다. 아마도 병이 다 나았나 봅니다."

송강이 듣고 크게 웃었다.

송강은 밤이 깊도록 술을 먹다가 무송과 더불어 한곳에서 자고 이튿날 일어났다. 시진이 잔치를 베풀고 양과 돼지를 잡아 송강을 대접했다.

그로부터 수일이 지났다. 송강이 은자를 내어 무송의 옷을 지어 입히려 하자 시진이 비단 한 상자를 꺼내어 세 사람의 옷을 짓게 했다. 무송은 처음 왔을 때만 해도 귀한 손님이었다. 그러나 며칠이 지나자 술을 먹으면 술주정을 하며 마음에 들지 않는 하인들을 주먹으로 마구 때렸으니 하인들도 무송을 좋아하지 않았던 것이다.

무송이 송강과 함께 술을 먹으며 즐기기를 수십 일이 지났다.

"소제에게 친형이 있는데, 이별한 후 소식을 알 수 없어 걱정이 되니 그만 가 보아야겠습니다."

송강이 더이상 말리지 못하고 말했다.

"그대가 굳이 가려고 하니 어쩌겠소? 틈나는 대로 꼭 다시 찾아 주시오."

송강과 시진은 금은을 내어 무송의 보따리에 넣어 주었다. 무송이 시진에게 그동안 폐를 끼친 것에 사과하고 행장을 수습하자 시진은 잔치를 벌여 주었다. 무송이 새로 지은 전립을 쓰고 보따리를 진 채 떠나려 하자 송강이 무송을 배웅하겠다고 따라 나섰다.

"저만큼 바래다 드리다. 내가 무송을 보내고 오겠소."

7리쯤 갔을까. 무송이 멈추고 작별했다.

"존형은 그만 돌아가십시오. 시 대관인이 오래 기다리시겠습니다."

"그것은 자네가 괘념할 일이 아니니 조금만 더 갑시다."

두 사람은 길에서 이야기를 나누며 또 3리쯤 갔다. 무송이 송강의 손을 잡고 만류했다.

"형님은 멀리 나오시지 마십시오. 옛사람이 이르기를, 천 리를 가도 한 번 이별은 면하지 못한다고 하였습니다. 자, 돌아가시지요."

송강이 손을 들어 술집을 가리키며 말했다.

"저기 들어가서 술이라도 한 잔 하고 헤어집시다."

송강은 술집으로 무송을 끌고 가 술집 주인을 불러 술과 과일과 익은 고기를 가져오라 했다. 해가 점점 서쪽으로 기우는 것을 보고 무송이 말했다.

"저를 버리지 않으시려고 하니, 제가 앞으로 형님으로 모시겠습니다. 절을 받으십시오."

송강이 크게 기뻐하며 무송과 의형제가 된 후 다시 은자 열 냥을 내어 무송의 바랑에 집어넣었다.

"객지에서 돈을 쓰실 곳이 많을 것인데, 제가 어찌 받겠습니까?"

"아우는 사양하지 마시오. 받지 않으면 내가 무안하지 않겠소?"

이윽고 송강과 무송은 술집을 나와 아쉬운 인사를 나누었다. 송강은 멀어져 가는 무송의 뒷모습이 보이지 않을 때까지 서서 그를 배웅했다. 저 멀리서 시진이 말을 끌고 오는 것이 보였다.

호랑이를 잡고 출세하다

'급시우 송공명이라고들 하더니 과연 훌륭한 분이구나. 내가 그분과 의형제를 맺었으니 이런 경사가 또 어디 있겠는가.'

무송은 가벼운 발걸음으로 양곡현에 닿았다. 아직 성 안으로 들어가기에는 길이 좀 남아 있었다. 때는 한낮이라 시장기까지 돌았다. 주위를 살펴보니 허름한 주막이 눈에 띄었다. '삼완불과강三碗不過岡'이라 쓴 깃발이 펄럭이고 있었다. 무송이 안에 들어가 무기를 벽에 세우고 주인을 찾았다.

주인이 나와 채소 한 접시와 술을 걸러 따라 주니, 무송이 한 잔을 단숨에 마시고 나서 저도 모르게 감탄했다.

"아! 술 맛 참 좋다! 주인, 배부른 술안주는 없소?"

주인이 대답했다.

"삶은 고기가 있습니다."

"그거 좋지! 한 서너 근 썰어 주오."

주인이 안으로 들어가더니 접시에다 수북하게 삶은 고기를 썰어 왔다. 그리고 두 잔째 술을 따라 주었다. 무송은 이 잔도 단숨에 비워 버렸다.

"술 맛 참 좋다! 어서 더 따르시오!"

주인이 다시 한 사발을 따라 주었다. 그런데 무송이 연달아 세 잔을 마시자 주인은 더이상 술을 따르지 않았다. 무송이 술잔을 내밀었으나 주인은 줄 생각도 하지 않았다.

"아니, 왜 술을 주지 않소?"

"고기는 더 드리지만 술은 더 드리지 못합니다."

"고기도 더 먹을 것이지만 술도 더 가져오시오."

"술은 더 못 드립니다. 고기는 얼마든지 드리겠습니다."

"허어, 참. 어째서 술을 더 못 가져온다는 게요?"

"깃발에 써 놓은 것을 못 보셨습니까?"

"그게 무슨 말이오?"

"저희 집 술이 비록 촌의 술이지만 보통 술에 비하지 못합니다. 아무리 장사라도 저희 집 술을 세 잔만 마시면 취하지 않는 사람이 없습니다. 더 마시면 앞에 있는 고개를 넘어가지 못하니, 삼완불과강이라고 써 놓은 것입니다."

무송이 허허 웃으며 말했다.

"내가 이미 세 잔을 먹었는데도 어찌하여 취하질 않소?"

"이 술은 향기가 병을 뚫고 나간다고 하여 '투병향透甁香'이라고도 하고, 문을 나서자마자 쓰러진다고 하여 '출문도出門倒'라고도 합니다. 처음 입에 들어갈 때는 쉽게 넘어가다가 시간이 좀 지나면 취하지요."

"군소리 말고 세 잔만 더 주시오. 돈은 얼마든지 줄 테니까."

주인이 무송을 보니 전혀 술기운이 없어 또 세 잔을 걸러 주었다. 무송은 연거푸 술잔을 비워냈다.

"술 맛 참 좋다! 주인, 내가 한 사발 먹으면 한 사발 값을 내고 두 사발 먹으면 두 사발 값을 줄 테니, 염려 말고 술을 가져오시오. 내 성질을 잘못 건드렸다간 이 집은 박살이 나고 말거요."

주인은 골치 아픈 사람이라 여겨 어서 돌려보낼 마음으로 그가 원하는 대로 술을 내놓았다. 무송이 이렇게 마신 술이 모두 열다섯 잔이었다. 무송이 몸을 일으켜 나오며 말했다.

"석 잔에 고개를 넘어가지 못한다고? 흥!"

주인이 따라 나오며 어디로 가는지 묻자, 무송이 걸음을 멈추고 대꾸했다.

"왜, 내가 술값을 주지 않던가? 무슨 일로 내가 가는 곳을 알려고 하는가?"

"그게 아니라 저기 붙어 있는 방을 좀 보십시오."

"방이라니 무슨 방이오?"

"이 앞 고개 위에 이마가 흰 호랑이가 밤마다 나와 사람들을 상하게 해서 요즘 죽은 사람이 벌써 20명이 넘습니다. 그래서 관가에서 경양강 입구에 방을 붙여 놓았지요. 이 고개를 지나다니는 사람들은 여러 사람이 무리를 지어 밝은 낮인 사시巳時, 오시午時, 미시未時에만 지나가고 다른 시각에는 다니지 말라고요. 특히 혼자 다니는 사람들은 낮이 되기를 기다려서 가야 합니다. 지금은 이미 늦었으니 손님께서 모르고 무턱대고 가시다가는 목숨을 상할 것입니다. 여기서 주무시고 사람들이 모이거든 천천히 고개를 넘으십시오."

무송이 그 말을 듣고 허허 웃으며 말했다.

"나는 청하현 사람인데, 이 경양강을 수십 번 다녔으나 호랑이가 있다는 말은 오늘 처음 듣는다. 네놈이 호랑이가 있다고 한들 내가 겁먹을 것 같으냐?"

"좋은 뜻으로 일러 준 것인데 믿어지지 않거든 방을 보시오."

"귀찮은 놈이군. 호랑이가 있다고 하여 나를 여기서 자게 한 후 깊은 밤에 내 목숨을 해치고 은자를 빼앗으려고 하는 게지? 호랑이가 있다고?"

주인이 노하여 소리쳤다.

"나는 호의로 말해 준 것인데 도리어 나쁘게 받아들이니, 그럼 손님 편한 대로 하시오."

주인은 혀를 차며 안으로 들어갔다. 무송이 비웃으며 경양강 고개 아래에 이르자 과연 이런 글이 쓰여 있었다.

'경양강 위에 호랑이가 있어 사람을 해치니, 왕래하는 자들은 사오미시에 무리를 지어 고개를 넘도록 하고 스스로 목숨을 버리지 마라.'

무송이 읽고 나서 비웃었다.

'이것을 붙여 주막에서 머물도록 했구나. 내가 무엇이 두려울 것이랴!'

무송이 고개를 올라 보니, 때가 벌써 신시申時(오후 3~5시)나 되었다. 해는 서산으로 기울어 나무 그림자가 짙었다. 10월이라 해가 짧아 금방 어두워졌다.

'무슨 호랑이가 있으며, 있다 한들 내가 두려워할 것 같으냐?'

무송은 점점 취기가 올랐다. 한 손에 무기를 들고 한 손으로 웃통을 풀어헤친 채 숲 속을 걸었다. 눈앞에 얼핏 크고 푸른 돌상이 눈에 띄었다. 무송은 그 돌 위에 누워 잠깐 쉬려고 했다.

그때 한 줄기 회오리바람이 일었다. 무송은 놀라 몸을 일으켰다. 낙엽이 날리더니 나무 뒤에서 눈이 불거지고 이마가 흰 커다란 호랑이가 소리를 내며 뛰어나왔다. 무송이 비명을 지르며 몸을 피해 섰다. 정신이 번쩍 들었다. 호랑이는 굶주려 보였다. 호랑이가 발톱으로 땅을 파다가 갑자기 으르렁거리자 산 전체가 흔들렸다. 무송은 놀라 취한 술이 모두 땀이 되어 전신에 흘러내렸다.

호랑이가 울부짖으며 앞으로 달려들었다. 그것을 보고 무송이 침착하게 몸을 날려 호랑이의 뒤로 가서 서자, 호랑이가 몸을 돌리며 앞발을 들어 무송에게 달려들었다.

'호랑이란 놈은 사람이 뒤로 돌아가는 것을 무엇보다도 싫어한다.'

호랑이는 앞발로 땅을 짚고 허리를 들어 뒷발을 걷어차 올렸다. 무송이 순간 몸을 굽혀 피하자 헛발질을 한 호랑이는 천둥같이 산을 흔들며 울부짖었다. 그리고는 쇠막대 같은 꼬리를 거꾸로 세워서 휘둘렀다. 무송은 이것도 몸을 비틀어 피했다. 호랑이는 앞발이나 뒷발로 차거나 꼬리로 때리며 사람을 공격하는데, 그것이 모두 실패하면 기가 꺾이는 법이었다.

무송은 호랑이가 돌아서 있는 것을 보고 곤봉을 들어 양손으로 돌리며 있는 힘을 다해 내리쳤다. 호랑이는 아픔을 참지 못하고 연신 으르렁거리며 앞발로 땅을 한 길이나 팠다. 무송은 호랑이의 머리를 그 속에다가 밀어 넣고, 왼손으로 머리를 누르며 쇳덩어리 같은 오른쪽 주먹으로 마구 쳤다. 한동안 후려치자 마침내 그렇게 사납던 호랑이도 눈, 코, 입, 귀로 피를 마구 쏟으며 그대로 축 늘어지고 말았다.

무송은 죽은 호랑이를 떠메고 고개 아래로 내려가려고 했으나 역시 그도 기진맥진한 후였다. 무송은 잠깐 돌 위에 털썩 주저앉아 생각했다.

'밤이 깊은데 혹시 다른 호랑이가 나타난다면 그때는 잡기가 힘이 들 것이니 빨리 내려가서 쉬었다가 날이 밝으면 다시 올라와 처리해야겠다.'

무송은 돌상 밑에 벗어 놓은 전립을 쓰고 숲에서 나와 고개를 내려가고 있었다. 반 리쯤 왔을까. 풀 속에 호랑이 두 마리가 또 있는 것이 보여 무송은 외마디 소리를 질렀다. 두 호랑이는 어두운 곳에서 쉬고 있었는데, 자세히 보니 두 사람이 호랑이 껍질로 옷을 지어 입고 무기를 든 채 앉아 있는 것이었다. 그들은 무송이 혼자서 고개를 내려오는 것을 보고 놀라며 말했다.

"이 깊은 밤에 무기도 없이 이 고개를 내려오다니 사람이오, 귀신이오?"

"그대들은 그렇게 차려 입고 대체 무엇을 하고 있소?"

"우리는 사냥꾼이오."

"그러면 지금 여기서 뭘 하는 거요?"

두 사냥꾼들이 놀라며 물었다.

"여보시오, 정말 물정 모르고 말씀하시는구려. 지

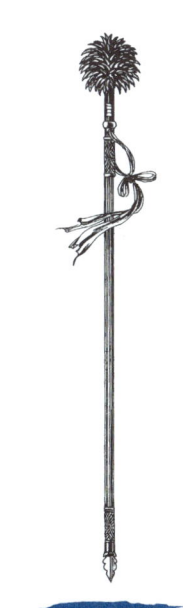

중국 고대 무기

추錘
긴 손잡이에 타격을 가할 수 있는 둥근 무기를 부착했다. 여기에 강도를 높이기 위해 작고 예리한 칼날들을 단 질려골타가 있다.

금 경양강 위에 있는 큰 호랑이가 밤이 되면 사람을 잡아먹고 해치기 때문에 우리들 중에서도 여럿 다쳤고 이곳을 지나던 사람들도 죽은 사람이 허다하오. 그래서 이곳 지현께서는 현리에게 명을 내리시어 우리 사냥꾼들에게 그 호랑이를 잡으라고 하셨다오. 그런데 그놈이 보통이 아니니 누가 감히 가까이 가겠소?"

"나는 청하현 사람으로 무송이라 하오. 아까 고개를 오르다가 숲 속에서 호랑이를 만나 내가 주먹으로 때려죽였소."

사냥꾼들이 믿지 않으며 말했다.

"거짓말 마시오. 어떻게 그럴 수 있겠소?"

"끝끝내 믿지 못하겠다는 것이오? 그럼 나를 따라 올라가 봅시다."

사냥꾼들이 횃불을 가지고 무송을 따라 고개 위에 올라가 보니 과연 큰 호랑이가 죽어 엎드려 있지 않은가. 모두 크게 기뻐하며 먼저 관가에 알린 후 그 호랑이를 메고 고개를 내려왔다. 고개 아래에서 수십 명이 급히 와서 우선 호랑이를 메고 앞서 가고, 교자 한 채를 가져다가 무송을 태운 후 어느 돈 많은 부호의 집에 이르렀다. 부호와 관리와 사냥꾼들이 무송을 맞이하며 물었다.

"장사의 존함은 무엇이며 어디에 사십니까?"

"내 이름은 무송이오. 창주에 갔다가 고향으로 돌아오는 길에 저 아래 술집에서 술을 마시고 고개 위로 올라가다 저놈을 만났는데, 어찌 그냥 놓아주겠소? 손으로 때려잡았지요."

그 말을 듣고 모두 칭찬하기를 그치지 않았다.

"과연 영웅호걸이올시다!"

사냥꾼들이 고기와 술을 가져다 무송에게 권했다.

"호랑이를 잡느라 밤을 새웠더니 어디서 눈을 좀 붙였으면 좋겠습니다."

부호는 하인을 시켜 객방을 치우고 무송을 쉬게 했다. 그리고 이튿날 지현에게 알려 그를 현리로 안내하기로 했다. 날이 밝고 무송이 일어나 세수를 마치자 이미 모든 사람들이 술과 음식을 가져다 놓고 기다리고 있었다.

"우리들이 저놈 때문에 여러 번 관가에 불려가 문책을 당하고 곤장을 맞았는데, 오늘 장사께서 저놈을 잡아 주셨습니다. 이제 사람들이 저 고개를 마음 편히 다닐 수 있게 되었으니 이게 다 장사님의 덕입니다."

무송이 겸손하게 말했다.

"그것은 이곳 백성들의 정성이 하늘에 통했기 때문이지요."

이 말에 여러 사람들이 크게 기뻐하며 술을 먹으며 즐겼다. 그리고 호랑이를 가져와 거꾸로 묶어서 떠멘 후 무송을 양곡현으로 인도했다.

지현은 사람을 보내 무송을 맞이했다. 무송은 교자를 타고 그 앞에 호랑이를 거꾸로 매달아 앞장세웠는데, 주위에 양곡현 사람들이 소문을 듣고 구름같이 몰려나와 구경했다. 무송이 교자 위에 앉아서 보니 사람들이 서로 어깨를 밀치며 길을 막고 호랑이를 보려고 야단들이었다.

관아에 이르자 지현이 청상에 앉아 무송을 기다리고 있었다. 누군가가 호랑이를 메고 먼저 들어가 지현의 앞에 놓자 무송이 교자에서 내려 뒤따라 들어갔다.

'저 사람이 아니었으면 어찌 그 지독하고 거대한 놈을 잡았으리오.'

지현은 무송이 오는 것을 보고 속으로 생각하며 무송을 불러 물었다.

"아니, 어떻게 저 큰 호랑이를 잡았는가?"

무송이 호랑이를 잡던 과정을 낱낱이 아리자 주위에 놀라지 않는 사람이 하나

 185 • 호랑이를 잡고 출세하다

도 없었다. 지현이 무송을 가까이 오라고 하여 술을 권하며 상금 1천 관을 주었으나 무송은 사양했다.

"소인이 저 호랑이를 잡은 것은 상공께서 백성을 아끼신 덕으로 잡은 것이옵니다. 어찌 제가 감히 상금을 받겠습니까? 소인이 듣기로, 모든 사냥꾼들이 저 호랑이 때문에 여러 번 상공께 벌을 받았다 하니 저 상금을 그들에게 나누어 주었으면 합니다."

"그대의 마음이 정히 그렇다면 마음대로 하시오."

무송이 상금을 나누어 사냥꾼들에게 주자 지현이 무송을 칭찬하며 말했다.

"그대가 청하현 사람이라 했는데, 원래 청하현은 양곡현과 이웃 간이니 내가 그대를 이 고을의 도두都頭(포도대장)로 명하려 하네. 어떠한가?"

"만일 상공께서 소인에게 그와 같은 직책을 맡기신다면 있는 힘을 다해 섬길 것이옵니다."

지현이 크게 기뻐하며 즉시 문서를 만들어 무송을 보병 도두로 임명하니, 무송이 절을 하며 예를 갖추었다. 모든 사람들이 무송을 위해 잔치를 벌였다.

무대와 반금련

무송이 청하현으로 형을 만나러 가던 중에 양곡현의 도두가 될 줄 누가 알았겠는가. 이제 무송은 형을 찾아가기로 마음먹었다. 하루는 무송이 현 앞에서 쉬고 있을 때였다. 누군가가 자기를 보고 외치는 소리가 들렸다.

"넌 언제 돌아왔길래 도두가 되었느냐? 어찌하여 나를 찾아오지 않은 것이냐?"

무송이 고개를 들어 보더니 절을 했다. 그는 무송의 친형인 무대였다.

"벌써 헤어진 지 1년이나 되었군요. 그런데 형님이 웬일이오?"

"무송아, 어찌 편지도 한 번 없었느냐? 내가 너를 얼마나 원망하고 그리워했는 줄 아느냐?"

"무슨 일이 있는 것이오?"

"네가 술에 취하여 사람을 때리고 달아났을 때 내가 너 때문에 관가에 잡혀가 고생이 이만저만이 아니었다. 또 얼마 전에 장가를 들었는데, 청하현의 망나니들이 거리낌없이 나를 업신여겨 집에 와서 장난을 치더구나. 만일 네가 집에 있었다면 누가 감히 내 집에 와서 시비를 걸었겠느냐? 나는 그동안 너를 많이 그리워했단다. 지금은 그들을 피해 이곳에 방을 얻어 지내고 있다."

원래 무대와 무송은 같은 뱃속에서 태어났으나 생김새는 정반대였다. 무송은 키가 8척에 천백 근 기력을 지녔으나 무대는 키가 5척에도 미치지 못하고 체질도 허약하여 남에게 쉽게 보이는 사람이었다. 청하현 사람들이 무대의 키가 너무 작다고 해서 '난장이 곰보'라는 별명까지 붙여 불렀을 정도였다.

무송이 형을 위해 짐을 대신 지고 무대를 따라 두어 모퉁이를 지나니 한 찻집이 보였다. 무대는 그 옆에 있는 어느 초라한 집에 가서 문을 두드렸다.

"여보, 문을 여시오!"

안에서 무대의 아내인 반금련이 나오며 말했다.

"오늘은 어찌 이렇게 일찍 들어오십니까?"

"시동생을 데리고 왔으니 빨리 나와서 인사하시오."

"무송아, 들어가서 네 형수와 인사하여라."

무송이 눈을 들어 형수를 보니 눈썹은 버들잎 같은데 음탕한 그늘이 엿보이는 여자였다. 또 얼굴은 복숭아꽃과 같으나 어딘지 바람기가 있어 보였다. 무송을 대하는 금련의 입가에는 웃음이 가시질 않았다. 무송은 성품이 곧은 사람이었다. 처음에는 시동생에 대한 형수의 마음으로 알았으나 금련은 기생 출신이라 사람의 마음을 녹이는 데 타고난 재주가 있었다. 금련이 술 서너 잔을 마시고 요염한 눈빛으로 무송을 훑어보고는 했다. 그럴 때마다 무송은 다만 머리를 숙이고 모른 척 외면을 해 버렸다. 수십 잔을 기울였을까. 무송이 그만 자리에서 일어나려 하자 무대가 말했다.

"아니, 술을 좀더 먹지 않고?"

"다음날 다시 오지요."

금련이 무송을 보며 말했다.

"도련님, 아예 짐을 가지고 저희 집으로 오세요. 친형제 사이에 따로 산다고 남들이 비웃을 겁니다. 당신은 도련님이 쓰실 방이나 깨끗하게 치워 둬요."

"그래, 집에 와서 같이 지내자꾸나."

"형님네 뜻이 정 그러시다면 오늘 저녁에라도 오겠습니다."

"일찍 오세요. 오래 기다리게 하지 마시고요."

무송이 행장을 수습하여 토병土兵들에게 지게 하고 다시 무대의 집에 이르렀다. 금련은 기쁜 듯 웃으며 맞이했고, 무대는 토병이 지고 온 보따리를 받아 깨끗하게 치워 놓은 방에 놓아 주었다.

무송은 그날부터 형의 집에 머물렀다. 무대는 낮에는 떡을 팔러 돌아다니는 처지였다. 무송이 날마다 관아에 들어가 일을 마치고 돌아오면, 금련은 반가워하며 무송의 시중을 정성껏 들었다. 그러나 무송은 거북할 뿐이었다. 날이 지날수록 금련의 행동이 도를 지나치고 있었다.

12월 어느 날이었다. 매일 삭풍이 세차게 불고 짙은 구름이 하늘을 덮더니 하룻밤 동안 큰 눈이 내렸다. 무송은 아침 일찍 일어나 고을에 들어가 한낮이 되어

도 돌아오지 않았고, 무대 또한 돌아오지 않고 있었다. 금련은 옆집에서 차를 파는 왕 노파에게 좋은 술과 고기를 사오게 하고 화로에 불을 붙였다.

'제 아무리 목석이라 한들 넘어오지 않고는 못 견디리라.'

금련은 혼자 이렇게 생각하며 무송을 기다렸다. 조금 있으려니까 무송이 눈을 털면서 집에 돌아왔다. 금련은 얼굴에 웃음을 띠며 반갑게 맞이했다.

"도련님, 오늘은 매우 추우셨지요?"

무송이 전립을 벗어 눈을 털려고 하자 금련이 두 손으로 전립을 받으려 했다.

"아, 아닙니다, 형수님. 그러지 않으셔도 됩니다."

무송은 얼른 눈을 털고 전립을 벽에 걸었다.

"추우실 텐데 이리 오셔서 몸 좀 녹이세요."

무송이 의자에 앉아 불을 쬐고 있는데, 금련이 문에 빗장을 걸고는 안주와 술을 가지고 방에 들어왔다. 무송이 의아해 하며 물었다.

"형님은 어디 가셨습니까?"

"아직 돌아오지 않으셨으니 우선 한 잔 드시지요."

"형님을 기다렸다가 같이 먹지요."

"언제까지 기다리겠습니까?"

말이 끝나기도 전에 잔에 술이 채워졌다.

"날이 몹시 추우니 한 잔 드시지요."

무송이 잔을 받아 마신 후에 친히 한 잔을 부어 금련에게 권하니, 금련이 잔을 받아들고 꽃같이 붉어진 양 볼에 교태를 지으며 말했다.

"소문을 들으니 도련님이 기생 하나를 고을에 두었다고 하는데, 그 말이 사실

인가요?"

"형수님은 남의 말을 곧이듣지 마십시오. 저는 그런 사람이 아닙니다."

"저도 믿지 않아요. 하지만 도련님의 말이 마음과 다를까봐……."

"제 말을 믿지 못하시겠거든 형님더러 물어보십시오."

"그 사람이 뭘 압니까? 그런 걸 다 알 사람 같으면 떡장사는 안 할 거예요. 자, 한 잔 더 드세요."

이렇게 계속하여 몇 잔을 권하고 마시니 자연히 금련도 술기운이 돌았다. 무송도 대강 금련의 음흉한 생각을 짐작은 하고 있었으나, 무대가 오기만을 기다릴 수밖에 없었다.

금련이 다시 술을 더 데워 가지고 오며 한 손으로 주전자를 든 채 다른 한 손으로 무송의 어깨를 힘껏 꼬집으며 말했다.

"도련님, 옷이 얇아서 춥겠어요."

이 말에 무송이 상대를 하지 않고 외면하자, 금련의 음흉한 마음이 불같이 일어나 무송의 눈치를 살필 겨를도 없이 무송의 화젓가락을 빼앗아 들었다.

"불 피우는 것밖에 모르세요? 내가 도련님을 따뜻하게 해 드릴게요."

무송은 마음속으로 무척 불쾌했으나 아무 말도 하지 않았다. 그러자 금련은 엉큼한 생각이 점점 동하여 혼자서 술 한 잔을 부어서 반은 마시고 반은 남긴 후 무송을 바라보았다.

"도련님, 내가 마음에 있거든 이 반 잔을 마셔요, 네?"

참다 못한 무송이 잔을 빼앗아 방바닥에 내동댕이쳤다.

"형수님은 참 염치도 없습니다! 어찌 부끄러운 줄도 모르고 저에게 그런 말하십니까?"

그리고 손을 밀치자 금련은 그대로 나동그라질 뻔했다. 무송은 눈을 부릅뜨고 말했다.

"이 무송은 하늘을 이고 땅을 디디는 호걸입니다. 돼지나 개 같은 행실은 절대 하지 않을 것입니다. 행여 제 눈은 형수를 알아볼지 모르지만 이 주먹은 형수님을 알아보지 않을 것이니, 다시는 그런 부끄러운 말을 하지 마십시오."

금련이 얼굴이 새빨개지며 술상을 걷어차고 나가 버렸다. 얼마 지나지 않아 무송이 토병 하나를 데리고 와서 모든 행장을 수습하여 집을 나갔다. 장사를 마치고 돌아와 있던 무대가 따라 나오며 물었다.

"무송아, 무슨 일로 이리 가느냐?"

"형님은 묻지 마십시오. 말을 하면 입이 더러워지니 이대로 저 편한 대로 하겠습니다."

무대가 감히 다시 묻지 못하고 무송이 가는 대로 내버려 두었다.

한편 지현은 어느 날 청상에 앉아 무엇인가를 가만히 생각하고 있었다. 그동안 모아 둔 금은을 동경에 뇌물로 보내 더 좋은 곳으로 발령을 받고 싶은데, 중도에 도적을 만나 빼앗길 것을 걱정하여 그 방도를 고민하고 있었던 것이다.

'믿을 만하고 무예가 출중한 사람이라면 무송보다 나은 사람이 없을 것이다.'

지현은 즉시 무송을 불러 의논했다.

"동경에 있는 내 친척에게 예물을 보내 부탁할 일이 있는데, 길에서 도적을 만날까봐 주저했다네. 자네 같은 호걸이라면 실수가 없을 것이니 어떻게 생각하는가? 나를 위해 수고해 줄 수 있겠나?"

"소인이 상공의 은혜를 입었는데 어찌 분부를 거역하겠습니까? 다녀오라고 하시면 동경 구경도 할 겸 다녀오겠습니다."

지현이 기뻐하며 술 석 잔을 상으로 주어 무송을 동경으로 보내기로 했다. 무송은 지현의 분부를 받고 숙소로 돌아와 술, 고기, 과일을 사들고 무대의 집으로 향했다. 무대가 떡을 팔고 돌아오다가 무송이 오는 것을 보고 반가워하며 가지고 온 것들을 받아 가지고 집 안으로 들어갔다. 금련은 아직도 미련이 남아 무송이 음식을 장만하여 가지고 온 것을 보고 생각했다.

'저놈이 무슨 생각으로 또 왔을꼬? 다시 한 번 저놈을 달래야겠다.'

금련은 방에 들어가 곱게 단장을 하고 화려한 옷으로 맵시 있게 차려 입은 후 무송을 맞았다.

"도련님, 어찌 오랫동안 들르지 않으셨습니까? 제가 마음이 불안하여 형님더러 찾아뵙고 함께 오라 했는데, 오늘에라도 찾아 주시니 기쁘기 그지없습니다. 어찌 음식까지 가지고 오셨습니까?"

"오늘 할 말이 있어서 왔습니다."

무송은 무대와 금련을 상좌에 앉히고, 토병을 시켜 술과 안주를 가져다가 탁자에 벌이고는 술을 부어 형에게 권했다. 금련의 눈은 무송을 떠나지 않았다. 술을 몇 잔 마신 후에 무송이 술을 부어 손에 들고 무대를 향해 말했다.

"형님, 오늘 제가 지현의 심부름으로 동경으로 떠나는데 길면 두 달이요, 빠르면 50일은 걸릴 것입니다. 제가 만일 이곳에 없으면 남들에게 업신여김을 받기 쉬울 것입니다. 그동안 하루에 떡 열 채반을 팔았다면 오늘부터는 다섯 채반만 팔고, 매일매일 늦게 나가 일찍 돌아오십시오. 또 집에 돌아와서는 발을 쳐 놓고 지내시고, 남과 술을 먹거나 다투지도 말며, 남들이 와서 욕을 할지라도 들은 척하지 마십시오. 그런 놈들은 제가 돌아와서 처리하겠습니다. 형님이 만일 제 말대로 하시겠다면 이 술을 드십시오."

무대가 잔을 들고 그러겠다고 약속했다. 그러자 무송이 또 한 잔을 부어 금련에게 일렀다.

"형수님은 사리분별이 분명한 사람이니 제가 여러 말 안 하겠습니다. 우리 형님은 모든 일을 형수님의 뜻을 믿어 행할 것이나, 옛말에 밖을 강하게 하는 것이 안을 굳세게 하는 것만 같지 못하고, 울타리를 튼튼히 해야 개가 들어오지 못한다고 했습니다. 형수님이 집안을 잘 지켜 주셔야지, 형님 혼자서는 안 되는 일이 많습니다."

금련이 무송의 이 말을 다 듣더니 얼굴 한쪽으로 붉은 기운이 귀밑까지 솟아 일어났다. 그리고 나서 무대에게 말했다.

"당신의 그 잘난 주제를 탓해 뭐할까마는, 내가 당신을 만난 후로 개미 새끼 하나 집에 들인 일이 없었는데, 어찌 울타리가 실하지 못해 개가 들어온다는 말을 듣게 하여 망신을 준단 말이오?"

그러자 무송이 웃으며 말했다.

"형수님께서 그러시니 다시 부탁할 말이 없으나 저는 늘 사람의 말이 마음과 같지 않은 것을 탓하는 겁니다. 이제 저는 마음 놓고 동경에 갔다 올 것이니 술이나 마십시오."

금련이 잔을 뿌리치고 방을 나가며 말했다.

"네가 총명하고 영리하다 했는데, 맏형수는 부모와 같다는 것은 알지 못하는구나? 내가 당초에 시집을 때 동생이 있다는 것은 듣지 못하였는데, 어디서 돼먹지 못한 것이 나타나 집안어른 노릇을 하려고 하느냐? 꼴사나워 더는 못 보겠다."

이윽고 무송이 형에게 절하고 하직을 하자 무대는 눈물을 흘렸다.

하루는 무대가 돌아올 때가 다 되어서 금련이 먼저 발을 거두려고 문간에 나갔다. 그때 마침 한 사람이 처마 밑을 지나가는데, 공교롭게도 금련이 발을 거두다가 손이 미끄러져서 그만 발을 걷는 막대를 놓치고 말았다. 그 막대는 떨어지면서 그 사람의 머리에 맞고 말았다. 그가 걸음을 멈추고 꾸짖으려고 눈을 들어 보니 상대는 인물이 반반한 젊은 부인이었다. 순간 분이 머리끝까지 오르던 것이 봄눈 녹듯 사라졌다. 금련은 그 사람이 꾸짖지 않는 것을 다행으로 여겨 옥 같은 손을 들어 예를 차리고 사과를 했다. 이 광경을 옆집에서 차를 파는 왕 노파가 내다보고 있었다. 왕 노파가 그 사람을 알아보고 가게로 안내했다.

"어떤 분인가 했더니 대관인이 아니십니까?"

그 사람은 원래 양곡현 앞에서 약방을 하고 있는 서문경이라는 인물이었다. 요즘 돈을 많이 번 까닭에 사람들이 그를 서 대관인이라 부르고 있었다.

"할멈, 아까 그 젊은 여인은 어느 집 누구의 식구요?"

"거리에서 군떡을 팔러 다니는 무대랑의 부인이오."

서문경이 탄식했다.

"무대랑의 부인이라! 참으로 좋은 고기가 개의 입에 떨어졌구나!"

"원래 좋은 말에다 어린아이를 태우고, 인물이 고운 계집이 못생긴 사나이를 만나는 것입니다. 부부란 월하노인月下老人(부부의 인연을 맺어 준다는 전설 속의 노인)이 맺어 주는 인연이니 어찌 인력으로 되겠습니까?"

그때부터 서문경은 날마다 왕 노파의 찻집을 찾아와 차를 마시는 척하고 금련의 집을 훔쳐보았다. 남의 속까지 훤히 들여다보는 왕 노파는 금련을 마음에 품고 있는 서문경의 속내를 알고 그것을 이용해 재물을 탐하고 있었다.

그날도 서문경은 왕 노파를 찾아왔다. 왕 노파가 눈가에 은근한 미소를 띠며 먼저 금련의 이야기를 꺼냈다. 금련과의 만남을 주선해 주겠다는 왕 노파의 말에 서문경은 귀가 솔깃해졌다.

"왕파가 만일 내 뜻을 이루어 준다면 그 사례는 후하게 치르겠소."

"대관인이 돈을 아끼지 않으신다면 이 늙은이가 계교를 일러 드릴 터이니, 대관인은 찬찬히 듣고 그대로 시행하십시오."

"무엇이든지 왕파의 말대로 해 봅시다."

왕 노파가 교활한 표정을 지으며 서문경에게 말을 꺼내기 시작했다.

무대의 억울한 죽음

어느 날 무대와 각별히 친하게 지내던 배장수 운가가 무대를 찾았다.

"형님, 내 머리를 좀 만져 보시오."

"왜 머리에 상처가 났나? 잔뜩 부었구먼."

"사실은 오늘 배 한 채반을 가지고 서문경을 찾아다니다가 거리에서 사람들이 하는 소리를 들었소. 왕 노파의 가게에서 형수님과 서문경이 정분이 나서 날마다 만나 즐긴다고 말이오. 서문경한테 돈을 빌리려고 왕 노파의 가게에 갔다가 왕파 고것이 나를 들여보내지 않고 도리어 매만 죽도록 때려 쫓아 버리지 뭐요. 그래서 분을 참을 수가 없어 형님을 찾아왔소."

"서문경과 정분이 나다니?"

운가가 웃으며 말했다.

"형님은 그러니 모자란다는 소리를 듣는 거요. 저들이 저렇게 좋아지내도 형님 혼자만 모르고 있소."

"어쩐지 수상쩍다 싶었어. 그 계집이 날마다 왕파의 집에 가서 수의를 짓는다고 저녁에 늦게 오고, 돌아오면 얼굴이 상기되어 있어 안 그래도 의심을 했는데, 네 말을 들으니 이제 확실해지는구나. 가서 이놈들을 요절내야겠다!"

"참, 형님도 딱하시오! 나이는 많은데 어찌 그렇게 모자라시오? 왕파와 서문경이 만만치 않으니 쫓아가 본댔자 어찌 당하겠소? 잘못하다가 목숨까지 빼앗길 수 있으니 조심해야 하오."

"그렇다면 이 분통을 어떻게 푼단 말인가?"

"나도 저 늙은 할멈에게 맞은 것이 분하오. 내가 방법을 가르쳐 줄 터이니 이대로만 하시오. 오늘은 집에 들어가서 전과 조금도 다르게 행동하지 마시고 내일도 장사하러 나가는 척 태연하게 집을 나오시오. 내가 내일 골목에 숨어 있다가 왕파의 가게로 서문경이 들어가는 것을 보면 손짓해 주겠소. 멀리 가지 말고 나를 기다리시오. 내가 먼저 들어가서 할멈을 밖으로 불러낼 테니, 그때 얼른 방으로 들어가 서문경과 반금련을 잡는 것이오. 어떻소?"

"그게 좋겠네. 여기 있는 돈을 다 줄 테니 양식이나 사게."

운가가 돌아간 후 무대도 남은 떡을 지고 집으로 돌아갔다. 보통 때 금련은 무대를 타박하고는 했는데, 요즘에는 스스로 미안한 감을 느꼈는지 모든 일에 고분고분하고 비위도 잘 맞추어 주었다. 무대가 돌아와 전처럼 쉬고 있으니 금련이 물었다.

"여보, 약주 잡수시렵니까?"

"밖에서 아는 사람을 만나서 같이 술 한 잔 먹고 왔소."

금련이 저녁밥을 차려 와 함께 먹고 그날 밤을 아무 일 없이 보냈다. 무대는 이튿날 일찍 일어나서 떡을 두어 채반을 만들어 지고 나갔다.

금련은 마음이 온통 서문경에게 있는 터라 무대가 지고 나간 떡이 전날보다 적은 것을 알 리가 없었다. 무대가 나가고 나자 금련은 왕 노파의 찻집에 가서 서문경을 기다렸다. 이때 무대는 떡을 지고 나와 운가를 만났다. 운가는 배를 담은 채반을 든 채 왕 노파의 찻집을 건너다보고 있었다.

"아직 너무 이르니 한 바퀴 돌고 오시오."

얼마 후 무대가 떡을 지고 나는 듯이 가서 떡을 팔고 오자 운가가 말했다.

"이 근처에 있다가 내 배 채반이 땅에 떨어지는 것이 보이면 곧바로 쫓아 들어오시오."

무대가 떡짐을 내려놓고 숨어서 기다렸다. 잠시 후 운가가 배 채반을 들고 찻집으로 들어가며 호령했다.

"이 늙은 할멈아, 어제는 무슨 일로 나를 쳤느냐?"

왕 노파 역시 욕을 하며 들어오는 운가를 보고 뛰어나오며 꾸짖었다.

"이놈이 어디에다 욕을 해?"

운가가 크게 소리를 지르며 대꾸했다.

"이 늙은이야, 서방질이나 시킬 줄 알지 무슨 일을 할 줄 알겠느냐?"

이 말에 왕 노파가 크게 노하여 운가의 머리털을 휘어잡고 힘껏 땅에 내동댕이

쳤다.

"참, 잘 친다!"

운가는 배 채반을 땅에 던지고 달려들어 머리로 왕 노파의 가슴을 들이받고 벽으로 밀었다. 왕 노파는 비명을 질렀고, 운가는 있는 힘을 다해 늙은이의 가슴팍을 들이받고 있었다. 이때 무대가 걸음을 빨리하여 나는 듯이 방으로 쫓아 들어갔다. 왕 노파가 무대를 보고 막으려 했으나 몸을 빼낼 수가 없었다. 대신 찢어지는 소리로 외치는 것이 고작이었다.

"무대가 왔소!"

방 안에 있던 금련은 크게 당황하여 어쩔 수 없이 문을 열지 못하게 막았고, 서문경은 벌벌 떨며 침대 밑으로 기어 들어가 숨었다. 무대는 문이 있는 곳까지 쳐들어와서 문을 밀었으나 아무리 해도 열리지 않았다.

"네 이놈들, 정말이구나!"

그러나 무대는 떠들어대기만 할 뿐 어찌할 도리가 없었다. 문을 막고 있던 금련은 놀라 허둥지둥하는 서문경을 보고 앙칼지게 쏘아붙였다.

"뭐예요! 평소에는 주먹이다 막대기다 하면서 힘자랑만 하더니만, 실제로는 그림 속의 호랑이만도 못하군요!"

침대 밑에 있던 서문경은 금련의 말을 듣고 비로소 깨달아 힘껏 몸을 던져 문을 박차고 뛰쳐나왔다. 무대가 팔을 벌리고 서문경을 잡으려고 하는 것을 서문경이 발을 들어 한 번 차니, 키가 작은 무대는 앞가슴을 바로 채여 나가떨어지고 말았다. 서문경은 이 틈을 타서 달아났다.

운가는 밖에서 이 광경을 보고 형세가 불리해지자 왕 노파를 놓고 달아났다. 이

웃 사람들이 모두 서문경의 잘못을 알고 있었지만 선뜻 나서는 사람은 없었다.

왕 노파가 무대를 붙들어 일으키자 입에 피를 흘린 채 얼굴빛이 노래져 있었다. 왕 노파는 금련을 시켜 냉수를 가져오라고 하여 무대에게 먹였다. 비로소 정신을 차리는 것을 보고 둘이서 무대를 업고 뒷문을 나와 그의 집에 눕히고 밤을 무사히 보냈다. 이튿날 서문경이 왕파의 집에 와서 보니 아무 일도 없었다. 그 뒤로 금련과 서문경은 마음 놓고 즐기며 무대가 죽기만을 기다리고 있었다.

무대는 몸을 움직이지 못하고 닷새 동안 누워 있었으나 미음 한 그릇이나 약 한 첩을 지어다 주는 사람이 없었다. 금련은 아침 저녁도 차려 주지 않았고 불러도 들은 척하지 않았다. 오히려 곱게 단장을 하고 서문경을 만나러 나가서는 늦은 밤이 되어서야 돌아왔다.

"네 이년! 네년이 샛서방을 부추겨 내 가슴을 차고 달아나게 하였지? 내 아우 무송이 돌아오면 네년을 그냥 둘 줄 아느냐? 네년이 만일 나를 도와 병을 낫게 해 주면 무송이가 돌아와도 지난 일을 말하지 않겠다. 하지만 네년이 계속 날 돌봐주지 않는다면 무송에게 낱낱이 말할 것이다."

금련이 이 말에는 대답도 하지 않고, 왕파의 집으로 가서 서문경에게 무대의 말을 전했다.

"내가 깜박 잊었구나! 경영강 위에서 호랑이를 잡은 무송이라면 천하의 호걸인데, 이제 이 일을 어쩌면 좋단 말이냐?"

그러나 왕파는 조금도 놀라지 않았다.

"뭐가 그리 무서워 그러십니까? 이 늙은 사람은 하나도 겁나지 않습니다."

"내가 지금 정신이 없어 아무 생각이 나지 않으니, 어떻게 해야 할지 할멈의 신

 무대의 억울한 죽음

출귀몰한 계교를 가르쳐 주구려."

"오래도록 부부가 되려고 하시오, 아니면 잠시만 부부가 되려고 하시오?"

"할멈의 말을 도무지 알아듣지 못하겠소."

"만일 그대들이 짧은 인연을 원한다면 오늘부터 서로 헤어지고 무대를 극진히 간병하여 무송에게 해를 당하지 않도록 하시오. 하지만 길게 부부가 되고 싶다면 그 방법은 말하기가 좀 곤란하오."

"길게 부부가 될 방법이 있다는데 어찌 따르지 않겠소? 말해 보시오."

"풀을 없애려면 뿌리까지 없애야 하며, 그러지 않으면 내년 봄에 다시 싹이 나지요. 대관인은 빨리 가서 비상을 가져오십시오. 나는 금련과 함께 무대에게 비상을 먹여 죽일 것이오. 일이 성사되면 내게 후히 사례나 하시오."

즐거움이 다하면 슬픔이 온다는 옛말이 있듯 세월은 빨라 어느덧 50여 일이 지났다. 무송은 지현이 내린 소임을 다하고 양곡현으로 돌아왔다. 무송이 돌아온 것을 보자 이웃 사람들은 모두 놀라며 수군거렸다.

"이제 일이 나도 크게 날 판이네. 어찌 저 사람이 가만있겠어? 필경 큰일이 날 것이야!"

마침내 무송이 무대의 집에 이르자 웬 제사상이 차려져 있는 것이 보였다. 무송은 어안이 벙벙하여 두 눈을 씻고 다시 보았다.

"내 눈이 어두운가? 어떻게 형님이 죽었단 말인가?"

무송은 통곡했다.

형을 위해 살인을 하다

금련은 비상을 먹여 무대를 죽인 후에 상복도 입지 않고 있었다. 날마다 얼굴에 분을 바르고 곱게 단장한 차림으로 서문경과 운우지정을 나누고 있었다. 그러다 별안간 무송이 부르는 소리를 들었다.

"형수님, 다녀왔습니다!"

이때 서문경은 반금련과 함께 있다가 무송의 목소리를 듣고 놀라 뒷문을 통해 왕 노파의 집으로 달아났다. 금련이 대답했다.

"도련님, 잠깐 기다리세요! 제가 내려갈게요!"

금련은 허둥지둥 얼굴의 분을 지우고 머리의 장식을 뽑고 나서 붉은 치마 대신 흰 치마와 베옷을 입은 후 눈물을 흘리며 무송의 앞에 나타났다.

"도련님이 떠나신 지 열흘쯤 되었을 때 갑자기 앓아누웠는데, 약이란 약은 모두 써서 간호했지만 어쩐 일인지 낫지 않고 결국 눈을 감았어요."

"어느 곳에 장사를 지내셨습니까?"

"여자가 혼자의 몸으로 어디 가서 묘터를 구할 수 있겠어요? 사흘이 지나도 어찌할 수가 없어서 성 밖에 나가 화장을 했어요."

"형님이 돌아가신 지 며칠이나 됩니까?"

"내일이면 27일이 됩니다."

무송은 관아로 돌아가 흰 옷으로 갈아입고 저자에 가서 삼띠를 사서 허리에 두른 뒤 부하에게 등이 두껍고 날이 얇은 칼을 사오라고 했다. 그리고 형의 제단에 나아가 등촉을 밝히고 잔에 술을 부었다. 벌써 이경二更(밤 9~11시)이었다. 무송은 절을 하고 한바탕 통곡하면서 말했다.

"형님, 형님! 혼령이 아직 멀리 가시지는 않으셨겠지요? 혼령이 있으시거든 부디 저의 말씀을 들어 주십시오. 형님, 어쩌면 이리도 허무하게 돌아가셨습니까? 만약 형님께서 억울한 죽음을 당하시기라도 했다면 부디 꿈에라도 나타나셔서 제게 일러 주십시오. 형님의 원수는 이 아우가 맹세코 갚아 드리겠습니다."

밤이 되어도 무송은 잠이 오지 않아 몸을 뒤척거렸다. 옆의 토병을 보니 코를 골며 깊은 잠에 빠진 것이 꼭 죽은 사람 같았다. 그때 제단 앞의 유리등이 깜박였다. 무송이 탄식했다.

"우리 형님은 생전에 나약하셨으니 돌아가신 뒤에도 무엇이 분명하겠소?"

말이 채 끝나기도 전에 제단 아래에서 일진광풍이 일어나며 찬 기운이 온몸에 끼쳤다. 음산한 바람이 등잔불을 꺼 버리고 지전을 어지럽게 날렸다. 무송은 온

몸에 소름이 돋았다. 정신을 가다듬어 자세히 지켜보니 제사상 아래쪽에서 홀연히 사람의 그림자가 나타나는 것이 아닌가.

"무송아, 내가 죽은 것이 참말로 원통하구나!"

무송이 잘 보이지 않아서 가까이 다가가 물어보려고 하는데, 이내 그림자는 사라지고 냉기도 싹 가셨다. 무송은 그만 자리 위에 쓰러져 버렸다. 한참 후에야 무송이 꿈인지 생시인지 하고 토병을 돌아보니 그는 여전히 깊은 잠에 빠져 있었다.

'형님의 죽음이 뭔가 석연치 않았는데, 형님이 내게 일러 주러 찾아왔다가 내 신기神氣를 이기지 못하고 사라졌구나!'

무송은 마음을 놓지 못하고 날이 밝기를 기다렸다. 막 세수를 하고 앉았는데 금련이 와서 말했다.

"도련님, 간밤에 불편하셨지요?"

"형님은 무슨 병으로 돌아가셨습니까?"

"도련님, 어제 한 말을 잊으셨나요? 가슴앓이로 죽었다고 하지 않았습니까?"

"약은 누구의 무슨 약을 쓰셨나요?"

"여기 약봉지가 있습니다."

"누가 사왔습니까?"

"옆집의 왕 노파가 사왔습니다."

"누가 염을 하여 입관하였습니까?"

"하구숙이 와서 염하고 입관하였습니다."

"잘 알겠습니다. 그럼 잠깐 관아에 다녀오겠습니다."

무송이 자리에서 일어나 토병을 보고 물었다.

"너 혹시 하구숙을 아느냐?"

"잊어버리셨습니까? 전일 와서 도두를 만나 뵙고 경하하던 그 사람이 하구숙입니다."

"네가 앞장서거라."

토병이 무송을 안내하며 하구숙의 집으로 갔다.

"하구숙, 집에 있나?"

이제 막 일어난 하구숙은 무송이 부르는 소리를 듣고 팔다리가 떨려 미처 두건을 찾아 쓰지도 못한 채 은자와 뼈를 넣은 베주머니를 품속에 넣고 급하게 뛰어나와 무송을 맞이했다.

무송이 옷자락을 보기 좋게 걷어올리더니 칼날이 시퍼런 칼 한 자루를 꺼내어 탁자 위에다 탁 꽂아 놓았다. 하구숙이 눈이 휘둥그레지며 감히 무송을 바로 보지 못했다. 얼굴이 그대로 흙빛이 되어 어찌할 줄 모르고 있는데, 무송이 두 팔을 걷어붙이며 칼자루를 꽉 움켜쥐고 하구숙에게 말했다.

"조금도 두려워하지 말고 다만 바른대로 하나도 빼놓지 말고 말해 주면, 자네에게는 조금도 해를 끼치지 않겠네. 우리 형님이 어떻게 돌아가셨는가?"

무송이 눈을 부릅뜨고 하구숙을 쏘아보자 하구

중국 고대 무기

삭 朔
기병들이 쓰는 긴 창으로 최소 4미터나 되는 길이에 무게도 많이 나간다. 휘두르지 않고 한 손으로 든 채, 달리는 속도를 이용하여 공격한다. 어깨에 멜 수 있도록 끈이 달려 있다.

숙이 베주머니를 꺼내어 탁자 위에 놓으며 말했다.

"무 도두는 부디 고정하십시오. 이 주머니 속에 모든 증거물이 들어 있습니다."

무송이 베주머니를 열어 보니 검은 뼈 두 개와 은자 열 냥이 들어 있었다.

"아니, 이것이 무슨 증거물이란 말인가?"

"서문경이 무대랑의 시신을 염할 때 적당히 덮어 두어 말이 밖으로 새어 나가지 않게 하라고 했습니다. 그 사람이 어떤 인물인지는 도두께서도 잘 아시지 않습니까? 안 받을래야 안 받을 수가 없어서 은자를 가지고 무대랑의 집에 갔습니다. 가서 보니 일곱 구멍에서 피가 흐른 흔적이 분명하고, 입술에는 잇자욱이 완연했습니다. 그것은 분명히 독약으로 죽은 것이 확실합니다만, 무대랑의 부인 역시 가슴앓이로 돌아가셨다고 말을 하니 섣불리 혼자서 들추어낼 수 없었습니다. 자, 보십시오. 이 뼈가 빛이 검고 푸른 것으로 보아 독약 때문에 목숨을 잃은 것이 분명합니다. 소인이 이 종이에다 날짜와 그때 장례에 참석했던 사람들의 이름을 적어 두었으니 도두께서는 참고하십시오. 소인이 아는 것은 이것뿐입니다."

무송은 토병을 데리고 저자거리에 나와 벼루, 붓, 먹과 종이 네댓 장을 사서 몸에 감추고, 토병 두 사람을 시켜 돼지, 오리, 닭, 과일, 채소 그리고 술 두 통을 사오게 했다. 그리고 토병들에게 들게 하여 무대의 집으로 갔다.

"형님이 돌아가신 지 49일이 되었습니다. 그동안 여러 가지로 이웃 사람들의 신세를 졌을 테니 오늘은 내가 대신하여 잔치를 베풀고 대접하고자 합니다."

이렇게 반금련에게 말한 무송은 제단에 두 자루의 촛불을 켜고 향을 피운 후 지전을 늘어놓았다. 그리고 차릴 물건들을 정돈하고 커다란 접시에 술과 밥, 과일을 담아서 방에 차려 놓았다.

"그러면 손님 접대를 부탁드리겠습니다. 지금부터 가서 손님들을 모셔 오도록 하지요."

무송은 먼저 차를 파는 왕 노파, 이웃에게 은을 파는 요이랑, 술을 파는 호정경, 찐 떡을 파는 장공 등을 찾아갔다. 이들은 모두 무송의 뜻을 짐작하고 초대를 거절하려고 했으나 어쩔 수가 없었다.

무송은 사람들을 일렬로 앉게 하고, 특히 왕 노파와 반금련은 마주 앉게 했다. 무송은 토병들에게 앞뒷문을 모두 잠그라고 지시했다.

"여러 이웃 어르신들, 차린 것은 없지만 많이 들어 주십시오."

모두 답답하고 불안했다. 앞문과 뒷문은 토병들이 지키고 있었고, 더구나 무송은 맨주먹으로 경양강의 호랑이를 때려잡은 천하장사였다. 그대로 앉아서 주는 술이나 받아먹을 수밖에 다른 방법이 없었다. 무송이 사람들에게 자꾸만 술을 권하여 어느덧 일곱 째 잔이 돌았다. 그때 무송이 문득 손을 들어 토병들에게 명령했다.

"잠깐 술상을 물려라. 좀 쉬었다가 마시자."

그 말을 듣자 모두 이 틈을 타서 돌아가야겠다고 생각하고 급히 자리에서 일어섰다. 그러나 무송은 두 팔을 벌리고 서서 그들을 막았다.

"잠깐만 그대로 앉아 계십시오. 내가 여러분께 긴히 여쭐 말씀이 있어서 그럽니다. 그런데 여기 모이신 분들 중에 누가 글씨를 가장 잘 쓰시나요?"

요이랑이 호정경을 가리키며 말했다.

"이분이 본래 관아에서 일을 보던 사람입니다."

무송이 호정경을 향해 허리를 굽혀 공손히 청했다.

"그러시면 선생께서 수고 좀 해 주셔야겠습니다."

말을 마치자마자 무송은 두 소매를 걷어올린 후 품에서 칼을 빼어 손에 들고 호랑이 눈을 부릅뜨며 말했다.

"여러분은 놀라지 마십시오. 제가 억울한 일이 있어 이럽니다. 원수는 각각 임자가 있는 것이니 모든 이웃 어른들을 증인으로 삼고자 합니다. 그러니 조금도 겁내지 마십시오."

그리고 왼손으로 반금련을 움켜잡고 칼을 든 오른손으로 왕 노파를 가리켰다. 뜻밖의 상황에 모든 사람들이 놀라 감히 말 한 마디도 못하고 있었다. 무송이 사람들을 보고 말했다.

"이 무송은 죽기를 두려워하는 사람이 아니오. 오늘 이 일은 제 형님의 원수를 갚으려고 하는 것이지, 여러분들에게 행패를 부리려는 것이 아닙니다. 그러나 한 분이라도 먼저 이 자리를 뜨시는 분은 이 칼이 용서치 않을 것이오."

무송이 왕 노파를 쳐다보며 꾸짖었다.

"이 늙은 것아, 내 말을 들어라! 우리 형님의 목숨을 상하게 한 것은 다 네가 꾸민 일이렷다!"

그리고 고개를 돌려 금련을 바라보며 꾸짖었다.

"네가 우리 형님을 무슨 이유로 살해했는지 자초지종을 말하면 네년의 목숨을 살려 줄 것이나, 그렇지 않으면 이 자리에서 죽음을 면하지 못할 것이다!"

금련은 이 와중에도 시치미를 딱 떼며 펄쩍 뛰었다.

"아니, 그게 무슨 말씀이십니까? 형님은 가슴앓이로 돌아가셨는데 제가 무슨 상관이 있다고 이러십니까?"

그 말이 미처 끝나기도 전에 무송은 칼을 들어 탁자에 꽂았다. 왼손으로 금련의 머리채를 휘어잡아 질질 끌다 제단 앞에 내동댕이를 쳤다. 그러고 나서 한 발로 금련의 가슴을 밟은 채 다시 칼을 뽑아 들고 왕 노파를 향해 꾸짖으며 호령했다.

"어서 사실대로 말하지 못하겠느냐?"

왕 노파는 달아나려고 했지만 토병들이 지키고 있어 할 수 없이 입을 열었다.

"도두는 고정하십시오! 이 늙은 것이 차근차근 말하겠소!"

무송이 토병을 불러 붓과 종이를 가져오라 하여 탁자 위에 놓고 호정경을 보고 말했다.

"미안합니다만, 왕 노파가 말하는 대로 써 주십시오."

호정경이 부들부들 떨며 말했다.

"그, 그렇게 하겠습니다……."

"왕 노파는 빨리 말하시오!"

"내가 남의 집 일에 무슨 관계가 있으며 무엇을 말하라고 하는 것이오?"

무송이 또 소리를 지르며 꾸짖었다.

"네가 또 딴소리를 하는구나! 내가 이미 다 알고 있는데 감히 잡아떼느냐?"

무송은 칼을 들어 금련의 얼굴을 칼자루로 두어 번 찰싹찰싹 때렸다. 금련이 비명을 지르더니 곧 빌며 말했다.

"제가 죽을죄를 지었습니다! 모든 일을 처음부터 바른대로 말씀드릴게요. 부디 목숨만 살려 주세요!"

무송이 금련을 끌어다 제단 앞에 꿇게 하고 다시 소리 질러 꾸짖었다.

"바른대로 말하려면 빨리 말해라!"

 • 형을 위해 살인을 하다

"어느 날 발을 걷다가 잘못하여 서문경에게 떨어뜨린 일이 있었는데, 나중에 왕 노파의 청으로 수의를 지어 주려고 드나들다가 서문경과 눈이 맞았습니다. 그 뒤에 형님이 왕 노파의 찻집에서 서문경의 발길에 채여 자리에 눕게 되자 왕 노파가 독약을 먹여 죽이고 그 시체를 화장하여 흔적을 없애면 상관없다고 하여 그 말을 좇아 이렇게 된 것입니다. 제발 용서하셔서 목숨만은 살려 주세요."

무송이 호정경에게 명하여 한 마디 한 마디를 그대로 적게 한 다음 왕 노파를 향해 꾸짖었다.

"이 늙은 여우야! 이래도 잡아뗄 테냐? 어서 바른대로 대라!"

왕 노파가 반금련을 흘겨보았다.

"네가 좋다고 놀아나고서는 왜 내게 다 미루느냐?"

왕 노파가 그제야 낱낱이 사실들을 이야기했다. 무송은 다시 호정경에게 명하여 왕 노파의 말을 일일이 받아쓰게 한 다음 왕 노파와 반금련의 수결은 물론 모든 이웃 사람들의 수결까지 받은 후에 토병을 시켜 잔에 술을 따라 제단에 올리고 왕 노파와 반금련을 그 앞에 꿇어앉혔다. 무송은 저도 모르게 눈물을 비 오듯 흘리며 제단에 고했다.

"형님, 오늘 무송이 형님을 위해 원수를 갚고 한을 풀겠습니다!"

그리고 토병을 시켜 지전을 사르자 금련이 상황이 심상치 않은 것을 보고 소리를 지르려고 했다. 이때 무송이 금련의 머리채를 잡아 거꾸로 끌어다가 제단 앞에 놓고, 가슴을 헤쳐 배를 갈라 오장을 꺼내어 제단 위에 놓았다. 그리고 다시 칼을 들어 머리를 베자 피가 흘러 자리에 그득했다. 모든 사람들이 눈을 가리고 얼굴을 돌려 외면하며 감히 말을 하지 못했다. 무송은 서문경까지 찾아서 죽인 후 관아에 자수했다.

이리하여 무송은 칼을 쓰고 맹주로 귀양을 떠나게 되었다. 요이랑이 무대의 재산을 팔아 은으로 바꾸어 가지고 와서 무송에게 주고 작별했다. 무송을 호송하게 된 두 공인도 무송이 호걸임을 알고 있었다. 무송 역시 가는 길도 조심하고 늑장을 부리지도 않는 그들의 성실함이 마음에 들었다. 그래서 가는 길에 금은을 가지고 술과 고기를 사서 함께 마음껏 먹고 갔다.

무송이 3월 초에 사람을 죽이고 갇혀 있다가 이제야 맹주로 가니, 때는 태양이 이글이글 타올라 돌을 달구고 금을 녹일 듯한 6월이었다. 새벽같이 떠나 한낮에는 쉬고 서늘할 때만 걸으며 길을 떠난 지 20여 일이 지난 어느 날이었다. 세 사람이 맹주령이라는 험한 고개에 닿았을 때 이미 해는 머리 위에 떠올라 있었.

"여기서 쉴 것 없이 단숨에 재를 넘어갑시다. 목이 마르니 어서 술이라도 마셔야 되겠소."

그들은 단숨에 재에 올라서서 마을을 내려다보았다. 초가 열 채가 냇가에 나란히 자리하고 있었고, 버드나무 옆에 주막을 나타내는 깃발이 펄럭이고 있었다. 울창한 숲이 있는 '십자파'라는 곳이었다.

주막에 들어서며 무송은 주인으로 보이는 여자를 유심히 살펴보았다. 너절한 속옷을 드러낸 채 머리에 장식을 달고 들꽃까지 얹어 꾸민 것이 한눈에도 평범한 주막 여자로 보이지는 않았다. 여자의 눈썹과 눈언저리에는 살기가 번뜩였다. 무송은 이곳이 심상치 않은 곳이라는 생각이 들었다.

여자는 싱글벙글하며 술과 함께 큼직한 고기만두를 내놓았다. 무송은 만두 하나를 집어 속을 파 보고는 수상쩍은 눈으로 들여다보았다.

"이 만두가 아무래도 수상한걸. 사람 고기냐, 아니면 개고기냐?"

"손님, 농담이 심하십니다. 이 태평성대에 사람의 고기나 개고기로 만두를 빚는 사람이 어디 있겠어요? 저희 집 만두는 대대로 쇠고기로만 빚어 왔습니다."

"헌데 누가 만두소에서 사람의 털 같은 게 섞인 걸 봤다고 하는 걸 들은 적이 있소. 이것도 혹시 그런 게 아닌가 싶어서."

여자는 겉으로는 웃음을 흘리고 있었지만 속은 달랐다.

'죽을 놈들이 별 수작을 다 하고 있구나. 자기들이 좋아서 불구덩이에 뛰어들었으니 어디 슬슬 해치워 볼까?'

여자가 내온 술을 마신 두 공인은 순식간에 눈앞이 아찔해져서 말 한 마디도 못하고 풀썩 쓰러졌다. 무송도 술 몇 잔에 그만 눈을 감고 쓰러졌다. 여자는 손뼉을 치며 좋아했다. 무송과 공인들의 주머니까지 두둑했으니 입이 함박만큼 벌어질 만도 했다. 여자는 사내들을 불러 세 사람을 옮기려고 했다. 그런데 무송은 아무리 안간힘을 써도 꿈쩍도 하지 않았다. 여자가 버럭 화를 내며 치마를 홀렁 벗어 던지더니 자신이 직접 무송을 거뜬히 들어 올렸다. 이때 무송이 와락 여자를 끌어안으며 바닥에 눕히고 깔고 앉았다. 여자가 마치 죽을 듯 비명을 질러댔다.

"제발 용서해 줘요!"

그 순간 한 사내가 물끄러미 무송을 바라보고 있었다. 무송은 계집을 한 발로 밟고 사내를 쏘아보았다. 사내는 머리에 검은 두건을 썼고 흰 목면의 윗옷을 입었으며, 다리에는 각반을 동여맨 채 큼직한 자루를 허리에 차고 있었다. 이마와 광대뼈가 불쑥 튀어나와 날카롭게 생긴 얼굴에는 수염이 덥수룩했다.

"존함을 알고 싶습니다."

"나는 도두 무송이다."

"그러면 경양강에서 호랑이를 때려잡은 그 무 도두님이시오?"

"그렇다."

사내는 공손히 머리를 숙이며 진작부터 무송의 명성을 듣고 있었다며 잘못을 빌었다. 무송은 사내의 낯을 보아 여자를 놓아주었다. 사내가 무송을 안으로 안내했다.

"저는 장청이라고 합니다. 전에 이 고장의 광명사라는 절에서 채원을 관리한 적이 있어 채원자菜園子 장청이라고도 부르지요. 사소한 말다툼으로 그 절의 중 하나를 죽이고 절에다 불을 질러 버리고 나왔습니다. 헌데 아무도 고발하는 사람이 없지 뭡니까? 그후로 여기 십자파를 무대로 강도질을 했는데, 어느 날 웬 노인이 짐을 지고 지나가기에 제가 덤볐다가 된통 혼이 난 적이 있었어요. 알고 보니 그 노인은 어려서부터 강도질을 일삼던 그야말로 전문가였던 것입니다. 노인이 제 솜씨를 보더니 함께 가자고 하여 저는 그 집 사위가 되었지요. 그래서 이렇게 술장사를 시작했는데, 술집은 외관상일 뿐이고 사실은 나그네를 상대로 강도질을 하는 것이지요. 먼저 독주를 먹여 혼절시키고 살점을 잘라내어 쇠고기라고 거짓으로 팔고 만두소로 넣어 팔기도 했지요. 참, 제 아내는 손이랑이라고 합니다. 이 사람도 부친에게서 무예를 익혔는데 흔히들 모야차母夜叉라고 부르지요. 그런데 한 번은 엄청난 잘못을 저질렀지 뭡니까? 연안부 경략사에서 제할을 지낸 노달이란 분이 왔는데, 그분은 정도라는 사내를 주먹 세 방으로 때려죽인 죄를 짓고 오대산으로 피신하여 중이 되었지요. 등에 꽃문신이 있어서 화화상花和尙 노지심이라고 부릅니다. 그분이 갖고 다니는 쇠철 선장은 무게가 60근이나 되지요.

글쎄, 그 어른이 여기를 지나가는데, 저 여편네가 눈이 어두워 살찐 돼지로 보였던지 당장에 몽한약을 탄 독주를 먹인 후 막 살점을 도려내려고 하던 참에 제가 말렸습니다. 첫눈에도 호걸임을 알 수 있었거든요. 큰일 날 뻔했지요. 그래서 그런 인연으로 우리는 의형제가 되었습니다. 지금은 이룡산에 있는 보주사를 근거지로 청면수 양지라는 장사와 활약 중이라고 합니다. 저도 여러 차례 합류하라는 권유를 받았지만 아직 못 갔습니다."

"그분이라면 나도 소문은 많이 들었소."

장청과 손이랑은 닭과 오리를 삶아 술상을 차려 무송 일행을 극진히 대접했다. 무송은 이들의 따뜻한 정에 감복해서 다섯 살 위인 장청을 형이라 부르고 의형제를 맺게 되었다. 무송이 하직을 고하고 일어서자 장청은 송별의 잔치를 열어 준 후 갖은 음식과 함께 은자 수십 냥을 짐 속에 넣어 주었다. 무송은 그 은자마저 공인들에게 나누어 주고 다시 칼을 쓴 채 길을 떠났다.

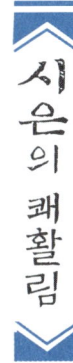

맹주 뇌성에 도착한 무송은 관영 상공의 아들인 시은과 친해져 융숭한 대접을 받게 되었다. 시은은 어렸을 때부터 강호를 돌아다니며 여러 사부들에게 무술을 배웠기 때문에 맹주에서는 황금색 눈을 가진 호랑이라는 뜻으로 금안표金眼彪라 불렸다. 시은은 무송에게 부탁의 말을 꺼냈다.

"이곳 동문 밖에 쾌활림이라는 장터가 있는데, 산동과 하북의 객상들이 다 와서 장사를 하는 곳으로, 큰 가게 백여 곳과 내기 도방 수십 처가 있지요. 그런데 이번에 새로 온 장단련이란 자가 동로주에 부임하면서 장충이라는 사람을 데리고 왔는데, 그놈의 키가 9척이나 되어 강호에서 일컫기를 장문신蔣門神이라고 합니다. 그놈은 권법과 씨름에 능하기로 유명하여, 온 천하에 적수가 없다고 스스로 자랑하며 다닙니다. 그런데 그놈이 저희 술집을 강제로 빼앗으려 하지 뭡니까? 제가 어찌 순순히 주겠습니까? 하지만 그놈과 싸우다가 이기지도 못하고 한바탕 맞아서 두어 달을 일어나지 못했습니다. 지금도 상처가 다 낫지 않아 수건으로 손을 동여매었습니다. 그놈은 정패도감과도 친분이 있는 사람이고, 저는 관영의 아들이라 세력으로는 절대 당할 수가 없어 이렇게 끝없는 한만 품고 있습니다. 소문을 들으니 형장은 대장부이시라 어떻게 해서라도 제 원수를 갚아 주셔서 술집을 다시 빼앗고 장문신을 쳐 쫓아 주신다면 원이 없겠습니다."

무송이 듣고 나서 껄껄 웃으며 물었다.

"장문신이 머리가 몇이며, 팔이 몇입니까?"

"머리 하나에 팔이 두 개입니다."

무송이 껄껄 웃었다.

이튿날 일찍 일어나 세수를 한 후 머리에 두건을 쓰고 나가려고 할 때였다. 시은이 다가와 함께 아침을 먹기를 청했다. 무송이 식사를 다 하고 나자 시은은 마부에게 말을 가져오게 했다. 그러자 무송이 말했다.

"각기증도 없는데 말은 타서 무엇하겠소? 다만 부탁할 것이 있는데 아우가 들어줄는지……."

"형님의 말씀을 어찌 제가 듣지 않겠습니까?"

"성 밖에 나갈 때 무삼불과망無三不過望을 어찌할까?"

"형님이 말씀하시는 무삼불과망이라는 말의 뜻을 깨닫지 못하겠습니다."

무송이 웃으며 말했다.

"가르쳐 줄 테니 내 말대로 해 주겠소? 장문신을 치러 성 밖에 나가 길을 지나다가 술집이 있으면 나를 청하여 세 사발을 먹고 가게 할 것이요, 만일 먹지 못하면 무사히 지나가지 못할 것이니, 이것이 무삼불과망이오. 어떻소?"

시은이 이를 듣고 가만히 생각한 후 말했다.

"동문에서부터 쾌활림까지 거리가 15리쯤 되고 술집도 15개쯤 되는데, 술집마다 세 사발씩 먹는다면 수십 사발이 됩니다. 어떻게 장문신을 치려고 하십니까?"

무송이 껄껄 웃고 말했다.

"내가 취하면 재주를 발휘하지 못할까봐 겁이 나서 그러시오? 나는 오히려 술이 없으면 재주가 없어지고, 술에 취해야 재주를 발휘하오."

"그러시다면 저희 집에도 좋은 술이 있습니다. 취하시면 실수하실까 걱정되어 대접하지 못했는데, 형님이 취한 후에도 기력이 있으시면 술집마다 세 사발씩 드시게 하겠습니다."

"그렇게만 해 준다면 내 뜻과도 맞는 것 같소. 이제 장문신을 내 마음대로 쳐서 사람들의 웃음거리로 만들 것이오."

무송이 맹주 동문을 나와 걷고 있을 때였다. 길 옆에 주막이 있는 것이 보여 시은과 함께 주막에 들어가서 말했다.

"술을 붓되 술잔 말고 사발에 부어라."

이렇게 무송은 가볍게 세 사발을 마셨다.

때는 7월이라 아직 더위가 가시질 않았다. 스치는 바람에는 가을의 기운이 스며 있었다. 무송이 가슴을 풀어헤치고 가는데, 또 술집이 보이자 시은이 걸음을 멈추고 말했다.

"형님, 이곳은 탁주를 파는 집인데 어떻게 할까요?"

"아무 술이나 먹고 가면 되지 않겠소?"

무송이 대답하고 들어가 역시 세 사발을 마셨다. 벌써 열 군데의 술집에서 술을 먹었으니 온몸에 취기가 오르고 있었다. 무송이 시은에게 물었다.

"이곳에서 쾌활림이 얼마나 남았소?"

시은이 손을 들어 가리키며 말했다.

"저 앞에 멀리 보이는 숲이 쾌활림입니다."

"그러면 아우는 다른 곳에 숨어 있다가 내가 찾으면 나오시오."

"그러지요. 형님은 조심하시고 경솔히 행동하지 마십시오."

시은이 신신당부하고 사라졌다.

무송이 얼마쯤 가다가 또 술집을 만나 세 사발을 더 먹고 보니 시간이 사시나 되었다. 다시 가슴을 풀어헤치고 몇 분을 쉬다가 만취한 척하고 앞으로 자빠질 듯 뒤로 거꾸러질 듯 비틀비틀하며 수풀 앞에 이르렀다. 한 거인이 하얀 적삼을 풀어헤친 채 평상에 앉아 파리채를 들고 더위를 피하고 있었다. 무송이 계속 거짓으로 취한 척하고 눈을 비껴 떠 보니 필경 장문신인 것 같았다.

무송이 앞을 보니 큰길 네거리 어귀에 큰 술집이 보였다. 들어가 보니 한편에서는 고기를 다루고 한

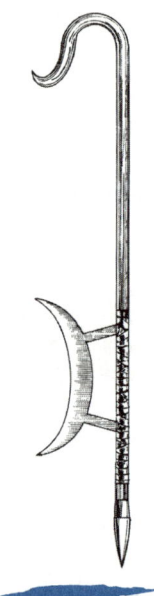

중국 고대 무기

구鉤
손을 보호하려고 초승달 모양의 무기를 하나 더 부착한 호수구護手鉤가 유명하다. 갈고리같이 생긴 구로 적을 끌어당기고, 초승달처럼 생긴 무기로는 적을 찌르거나 벤다. 상당한 고수가 아니면 오히려 쓰는 사람이 다친다.

편에서는 만두를 만들고 있었다. 부엌에 큰 술독 여러 개를 땅에 반이나 내놓아 묻어 놓았고, 크기가 중간 정도 되는 방에는 한 젊은 여자가 앉아 있었다. 장문신이 맹주에 와서 새로 얻은 계집이었다. 그녀는 본래 기생 출신으로 음률에 있어 모르는 것이 없었다.

무송이 술집 안으로 들어가 의자에 앉아서 두 손으로 탁자를 짚은 채 두 눈으로 그 계집을 뚫어질 듯 쳐다보았다. 그러나 그녀는 얼굴을 돌려 외면했다. 무송이 주위를 보니 하인 여러 명이 심부름을 하고 있었다. 그중 한 사람에게 탁자를 두드리며 말했다.

"우선 술 두 통을 가져오너라."

한 젊은 하인이 궤 위에 가서 말하자 여자가 술을 떠 주었다. 무송이 앞에 놓인 술 냄새를 맡고는 머리를 흔들었다.

"이 술을 어찌 먹는단 말이냐? 다른 것으로 가지고 와라."

하인이 무송이 취한 것을 알아보고 다시 여자에게 말했다.

"술을 바꾸어 줍시다."

여자가 다른 술을 떠서 주어 하인이 가져다가 놓자 무송이 맛을 보고 말했다.

"이 술도 틀렸으니 바꾸어 와라."

하인이 또 꾹 참고 위에 가서 여자에게 말했다.

"저 사람이 취하였으니 가리지 말고 술을 바꾸어 줍시다."

여자는 가장 좋은 술을 떠 주었다. 하인이 또 가져가니 무송이 한 모금 마셔 보고 말했다.

"이 술은 그만 하면 되겠다. 그런데 네 주인의 성이 무엇이냐?"

"장가입니다."

"어째서 장가라고 하느냐?"

이때 여자가 화를 내며 말했다.

"저놈이 어디서 술을 먹고 이곳에 와서 주정하는고?"

"네가 이집 주인마님이라면 어쩌겠다는 거냐? 내 술시중이라도 들겠다는 것이냐? 그것도 나쁠 것 없지."

"저놈이 죽으려고 하는구나!"

여자는 마루로 뛰어내리려고 했다. 무송은 재빨리 포삼 자락을 걷어 젖히고 날쌔게 마루 위로 뛰어올랐다. 마침 내려오던 여자와 정면으로 부딪혔다. 무송은 한 손으로 여자의 허리를 잡아채고, 한 손으로는 머리를 솔개 채듯 잡아챘다. 그리고 머리 위로 높이 들어 올리나 했더니 갑자기 술독 속에 거꾸로 처박아 버렸다.

무송이 마루에서 내려오자 술집의 젊은 하인들이 일제히 달려들었다. 무송은 슬쩍 손을 뻗어서 한 놈을 끌어당겨 똑같이 높이 들어 같은 술독에 던져 버렸다. 계속하여 달려드는 다른 놈도 머리채를 잡고 한 바퀴 휙 돌려서 역시 같은 술독 속에 던졌다. 그러자 이번에는 두 놈이 함께 덤벼들었는데 한 놈은 주먹으로, 한 놈은 발로 걷어차서 일격에 처치해 버렸다. 단 한 놈만이 잽싸게 도망쳐서 날 듯이 장문신에게로 달려갔다. 장문신은 이 소식을 듣고 급히 술집으로 뛰어왔다. 이미 무송이 길 한복판에 서서 기다리고 있었다.

장문신이 얕보고 달려드는 것을 무송이 먼저 주먹으로 뺨을 때리려고 했다. 그러다 순간 몸을 돌려 달아났다. 이에 장문신이 크게 화가 나서 쫓아가 잡으려고 했다. 무송은 다시 몸을 돌려 오른쪽 다리로 장문신의 아랫배를 걷어찼다. 장문신이 두 손으로 아랫배를 움켜쥐고 주저앉는 것을 본 무송은 이번에는 이마를 걷어찼다. 장문신이 뒤로 자빠지자 무송이 쇳덩어리 같은 주먹을 들어 그의 머리와 코를 가리지 않고 내리쳤다. 장문신이 그제야 땅에 엎드려 빌었다.

"아이고, 살려 주시오!"

무송이 주먹을 거두고 말했다.

"만일 목숨이 아깝거든 내가 지금 이야기하는 세 가지를 들어줄 수 있겠느냐?"

장문신이 대답했다.

"세 가지가 아니라 3백 가지라도 분부대로 하겠으니 목숨만 살려 주십시오."

"첫째, 오늘로 너는 쾌활림을 떠나되 모든 것을 다 원래 주인인 금안표 시은에게 돌려보내라. 둘째, 내가 너를 살려 줄 것이니 이곳의 모든 호걸들 앞에서 시은에게 잘못한 것을 용서해 달라고 해라. 셋째, 떠나서도 맹주를 잊지 못하고 다시 온다면 한 번 만날 때마다 내가 주먹으로 너를 칠 것이다. 한 번 만나면 한 번 치고, 두 번 만나면 두 번 치고, 열 번 만나면 열 번 칠 것이니 자칫 목숨을 빼앗길 것이니라. 내 주먹이 약하다고 해도 너의 몸은 성하지 못할 것이다."

"소인은 다 시행할 것입니다."

그제야 무송은 장문신에게서 떨어졌다. 장문신은 입술이 부르트고 코뼈가 부러졌으며 온몸은 피투성이였다. 무송이 장문신을 보고 꾸짖었다.

"경양강 고개 위에서 호랑이도 주먹으로 때려죽

행자 무송
맨손으로 호랑이를 때려잡을 정도로 힘이 세다. 무기로는 계도를 잘 쓰고, 노지심과 함께 양산박의 보병 두령으로 활약했다.

시은의 쾌활림

였는데 하물며 네까짓 도적놈쯤이야!"

이 말에 장문신은 비로소 무송을 알아보고 더욱 겁이 나서 살려 달라고 빌었다.

이때 마침 시은이 건장한 청년 10여 명을 데리고 그 자리에 도착했다. 이미 무송이 장문신을 이긴 것을 보고 시은은 무척 기뻤다. 시은이 수하 장정들과 더불어 무송을 옹위하고 서니, 무송이 다시 한 번 장문신에게 말했다.

"오늘로 이곳을 떠나야 한다. 만일 다시 내 눈에 보이면 경양강 고개 위의 호랑이처럼 될 줄 알아라."

그러나 복수를 결심한 장문신은 후일에 무송을 함정에 빠뜨렸고, 결국 그 일당들은 무송의 칼에 처참한 죽임을 당하고 말았다.

세 으뜸을 만난 송강

한편 염파석을 죽이고 숨어 떠돌던 송강은 이제 강주의 뇌성으로 귀양을 떠나는 처지가 되었다. 아버지가 병석에 누워 지내다가 세상을 떠났다는 동생 송청의 연락을 받고 집으로 돌아갔다가 그만 관군에게 잡혔던 것이다. 거짓 편지를 쓴 송청에게 송강은 화가 나서 꾸짖었지만 그것은 아버지인 송 태공이 꾸민 일이었다.

"애야, 너무 노하지 말아라. 네가 하도 보고 싶어서 청이를 시켜 내가 꾸민 일이란다. 백호산에 도적들이 들끓는다고 하여 행여 네가 그 축에 끼일까 걱정을 하고 있던 차였는데, 마침 시 대관인한테서 사람이 와서 편지를 보낸 것이니 청이를 나무라지 말아라. 또 이번에 천자께서 황태자를 책봉하신 기념으로 죄인들의 죄를 가볍게 하신다는구나. 그래서 큰 죄도 감형한다는 포고령을 각 지방에 내렸느니라. 설령 너를 관가에서 찾더라도 고작해야 귀양을 갈 뿐일 테니 큰 화는 당하지 않을 것이다. 만약 귀양을 가게 되어도 그때 가면 무슨 수가 있지 않겠느냐?"

그러나 날이 어두워지고 사람들이 모두 잠들었을 때였다. 난데없이 송강의 집 대문 쪽에서 함성이 일어나며 횃불이 대낮같이 밝혀졌다. 어디선가 송강을 놓치지 말라는 고함소리가 들려왔다. 순간 송 태공은 자신이 한 일을 후회했지만 이미 때는 늦은 것이었다.

다행히 염파석이 죽은 지도 반년이나 되어 상소하는 사람도 없었고, 태자 책봉이라는 나라 안의 경사가 있었던 터라 송강은 아버지의 예상대로 죄가 쉽게 감형될 수 있었다. 이렇게 송강은 곤장 20대를 맞고 강주 뇌성으로 귀양을 가게 된 것이었다.

송강을 호송하는 두 공인은 돈도 두둑이 받았고, 상대가 급시우라 불리는 송강이었기에 알뜰하게 뒤를 봐주었다. 세 사람은 하루 종일 길을 걷다가 날이 저물면 잘 곳을 마련하여 불을 지펴 밥을 지어 먹었다. 그리고 속이 출출해질 때쯤이면 송강이 술과 고기를 듬뿍 사서 공인들을 대접했다.

"내일은 양산박 앞을 지나야 되는데, 혹시 산채의 호걸들이 내 처지를 알고 나를 구하려고 올지도 모르오. 좀 멀기는 하지만 다른 길을 정해 양산박을 피해 갑시다."

"옳은 말씀입니다. 샛길이라면 우리들이 잘 알고 있으니 그렇게 하지요."

그러나 다음날 샛길로 접어들자 돌연 한 떼의 괴한들이 흩어지며 그들이 있는 쪽을 향해 쏜살같이 달려왔다. 송강이 자세히 보니 달려온 괴한들의 두목은 적발귀 유당이었다. 두 공인은 혼이 나간 듯 그 자리에 털썩 주저앉아 벌벌 떨었다. 유당이 칼을 빼 들고 공인들을 내려치려고 하자 송강이 큰 소리로 꾸짖었다.

"지금 누구를 죽이자는 것이오?"

"형님, 이 자들을 죽이지 누굴 죽이겠습니까?"

"무엇 때문에 이 두 사람을 죽이겠다는 것인가?"

"형님이 강주로 귀양 가신다는 소문을 듣고, 조개 형님의 명으로 여러 두령들이 사방으로 흩어져 길목을 지키고 있었습니다. 형님을 산채로 모셔 가려 하는데 어찌 이놈들을 죽이지 않겠습니까?"

"동생들이 이러는 것은 나를 구하는 일이 못 되오. 나를 불충불효하게 만드는 일이라는 말일세. 나를 여기서 빼내어 산채로 데리고 간다면 이 송강을 아주 죽이는 거나 다름없으니, 차라리 내가 자결하는 것이 나을 성싶네."

송강은 유당의 칼을 빼앗아 자신의 목을 찌르려 했다. 그러자 유당이 깜짝 놀라 송강의 팔을 잡았다.

"형님, 참으십시오. 차분히 의논하면 될 게 아닙니까? 이런다고 될 일입니까? 저쪽 길목에 오학구 형님과 화영 형님이 계시니 연락해 보겠습니다."

얼마 지나지 않아 오용과 화영이 급히 말을 달려왔다. 이들은 말에서 내려 송강에게 절을 한 다음 말했다.

"어서 형님의 칼을 벗겨 드리지 않을 테냐?"

송강의 이 말에 웃으며 말했다.

"나라에는 법도가 있으니 안 될 말이오."

"형님의 마음은 짐작하고도 남습니다. 산채에 억지로 계시라고 하지는 않겠습

 229 • 세 으뜸을 만난 송강

니다. 다만 조 두령께서 형님을 간곡히 뵙기를 원하니 잠깐이라도 산채에 들러 이야기나 나누고 가시지요. 금방 보내 드리겠습니다."

"역시 오 선생은 이 송강의 마음을 알아주시는군요."

송강은 두 공인을 붙들어 일으키며 두령들에게 말했다.

"이 두 사람을 놀라게 해서는 안 되오. 내가 죽으면 죽었지, 이 사람들을 해쳐서는 절대 안 될 말이오."

그리하여 일행은 한참 가다가 갈대가 우거진 기슭에 닿았다. 거기에는 이미 배 한 척이 기다리고 있었다. 물을 건너 양산박의 뭍에 닿자 양산박 일당들이 송강을 가마에 태우고 단금정에 이르렀다. 송강 일행이 잠시 단금정에서 쉬고 있는데 여러 두령들이 몰려와 송강을 취의청으로 인도했다. 조개가 나와 송강 앞에서 예를 올렸다.

"지금 우리 일행이 이곳에 있지만 운성현에서 목숨을 살려 준 은혜는 단 하루도 잊은 적이 없었네. 게다가 그동안 여러 호걸들을 이 산채로 인도해 주기도 했으니 뭐라고 고맙다는 말을 해야 할지 모르겠네."

"이 사람도 형님과 헤어진 후 음탕한 계집을 죽인 죄로 여기저기 피해 돌아다녔습니다. 실은 산채로 형님을 찾아오던 길에 우연히 어느 술집에서 석용이란 사람을 만나 아버지께서 돌아가셨다는 아우의 편지를 받았습니다. 사실 그 편지는 제가 호걸들과 어울릴 것을 걱정하신 나머지 저희 아버지께서 거짓으로 꾸미셔서 집으로 돌아오도록 한 것이더군요. 관가에 붙들리긴 했지만 여러 사람의 힘을 입어 별 고생은 없었고, 지금도 강주로 압송되는 몸이지만 편하게 가던 길입니다. 이렇게 만나니 반갑기 그지없는 일이지만 정해진 기한이 있으니 차분히 쉬었다

갈 수가 없군요."

"기왕 여기까지 왔으니 너무 서두르지 말고 마음 놓고 쉬어 가시도록 하게."

조개와 송강이 한가운데 자리를 정했다. 송강은 두 공인에게 자기 옆에서 떠나지 말라고 하며 보호해 주었다. 조개는 여러 두령을 불러 송강에게 인사를 시키고 좌우 두 줄로 세워 술을 따라 올리라고 분부했다. 먼저 조개가 술잔을 권한 다음 군사 오학구, 그리고 공손승 등 두령들이 서열대로 송강에게 잔을 권했다. 술 몇 잔이 돌자 송강은 일어나서 말했다.

"여러분의 호의는 고맙습니다만, 나는 죄인의 몸으로 더이상 머물러 폐를 끼칠 수가 없으니 이만 실례하겠습니다."

조개가 끝까지 만류하자 송강은 눈물을 흘리며 말했다.

"형님, 집에 연로하신 아버님이 계시는데 자식으로서 효도도 못한 주제에 명까지 어겨서야 되겠습니까? 전번에는 저도 이곳에 오려고 했습니다만, 하늘의 뜻이 있어 그랬는지 석용을 만나 돌아가게 되었던 것입니다. 이 한 몸의 잘못된 처신으로 집안에 누를 끼치지 않도록 부자간에 굳게 약속을 했습니다. 위로 하늘을 거역하고 아래로 아버님의 분부를 소홀히 한다면 그야말로 사는 게 죽는 것보다 무엇이 낫겠습니까? 기어코 저를 보내 주시지 않으실 거라면 차라리 여러분의 손으로 죽여주십시오."

그러자 조개, 오용, 공손승 등이 일제히 송강의 손을 이끌어 일으켜 세웠다. 하루 종일 융숭한 대접을 받은 송강은 결국 다음날 아침 일찍 두령들의 전송을 받으며 길을 떠났다.

송강과 두 공인은 보름이나 길을 걸어 게양진이라는 곳의 어느 저자거리에 이르렀다. 겹겹이 둘러선 사람들이 무슨 구경을 하고 있어 그들도 여러 사람을 헤치고 들여다보았다. 사람들 가운데에 약을 파는 사람이 있었는데, 한바탕 창봉을 쓰다가 다시 권법을 쓰며 사람들의 시선을 끌고 있었다. 송강이 구경을 하다가 손뼉을 치며 말했다.

"참 좋은 솜씨요!"

그러나 구경꾼 중 어느 누구도 돈을 꺼내지 않았다. 송강이 보다가 참지 못하여 자기 보따리에서 은자 닷 냥을 꺼내어 들고 그를 불렀다.

"여보시오! 나는 죄를 짓고 귀양 가는 사람이라 많이 보태 주지는 못하오. 닷 냥이 비록 적으나 정이라도 표하는 것이니 받으시오."

그 사람이 받으며 말했다.

"이 계양진이 유명한 곳이어도 호걸을 알아보는 사람은 없더니……. 비록 죄를 짓고 귀양 가는 몸인데도 이렇게 은자를 주시니, 어찌 감사하지 않겠습니까? 이른바 풍류 호걸은 부귀하고 옷을 잘 입었다고 되는 것이 아닌가 봅니다. 은인의 은자 닷 냥이 다른 사람의 은자 50냥보다 더 값집니다. 부디 은인의 높은 존함을 알려 주시면 소인이 강호에 다니며 널리 퍼뜨리겠습니다."

송강이 대답했다.

"조그만 성의를 과하게 말씀하시는군요."

이때 어떤 사나이가 여러 사람을 헤치고 들어오며 큰 소리로 외쳤다.

"어디서 온 놈인데, 계양진에서 창봉을 자랑하며 잘난 체하느냐? 또 너는 어디서 온 죄수놈이기에 감히 은자를 갖고 함부로 계양진의 위풍을 떨어뜨리느냐?"

이에 송강이 맞서려고 하는데, 창봉을 쓰던 남자가 사람들의 틈을 헤치고 달려와 한 손으로 사나이의 두건을 잡고 한 손으로 사나이의 허리를 잡고 바닥에 집어 던졌다. 사나이는 씩씩거리며 어디론가 사라져 버렸다. 그제야 송강이 남자를 향해 말했다.

"어디에서 온 누구신지요?"

"저는 하남 낙양 사람으로 성은 설이요, 이름은 영입니다. 조부는 경략사 충 노 상공의 장전군관으로 있었는데, 남의 모함을 입어 승진도 못하고 돌아가셨습니다. 자손들은 창봉 쓰는 것을 위업으로 삼고 있지요. 강호에서는 병이 든 호랑이라는 뜻으로 저를 병대충病大蟲 설영이라 부릅니다. 은인의 존함은 무엇입니까?"

"나는 송강이라 하오."

"그럼 산동의 급시우 송공명이 아니신지요?"

설영이 깜짝 놀라 일어서서 다시 절을 하자 송강이 급히 붙들어 일으켰다.

"명성은 익히 들었습니다만, 존안을 뵙게 되니 기쁩니다."

설영은 급히 창봉과 약보따리를 수습해 가지고 송강 일행을 따라 술집을 찾아갔다. 주인에게 술을 달라고 하자 대뜸 술집 주인이 이렇게 말했다.

"술과 고기는 있습니다만, 손님에게는 팔지 못합니다."

송강이 물었다.

"어째서 우리에게는 팔지 않소?"

"아까 손님과 다투던 사나이가 와서 팔지 말라고 하더이다. 만일 손님에게 팔았다가는 우리 가게는 문을 닫아야 해요. 저 사람은 게양진의 우두머리이니, 누가 감히 말을 듣지 않겠습니까?"

"그렇다면 우리는 다른 데로 가겠소."

송강 일행은 몇몇 집을 더 돌아다녔으나 모두 같은 말만 되풀이할 뿐이었다. 결국 동네 끝까지 가서 몇몇 싸구려 주막이라도 방을 빌리려 했으나 허사였다.

어느새 날이 어두워졌다. 술잔도 기울이지 못하고 어쩔 수 없이 설영과 그대로 작별한 송강은 저 멀리 건너편 나무 사이로 불빛이 새어 나오는 것을 보았다.

"저곳에서 하룻밤을 청해 봅시다."

세 사람이 급히 건너가 보니 그곳에 커다란 집이 있었다. 송강이 나아가 문을 두드렸다.

"어디서 오셨길래 이 어두운 밤에 남의 집 문을 두드리시오?"

"저는 귀양 가는 사람인데, 오늘 잘 곳이 없어 그러니 댁에서 하룻밤만 자고 가게 해 주십시오."

"그렇다면 잠깐 기다려 보시오. 들어가서 태공께 여쭈어 보겠소."

송강 일행이 잠시 기다리자 대문이 열렸다.

"태공께서 들어오라고 하십니다."

송강은 태공에게 절을 하며 인사를 올렸다. 그러자 태공이 하인에게 명했다.

"문간방을 치우고 쉬시게 하라."

하인이 송강 일행을 방으로 안내한 후 저녁상까지 차려 주었다.

"여기는 아무도 없으니 압사께서는 칼을 벗고 편

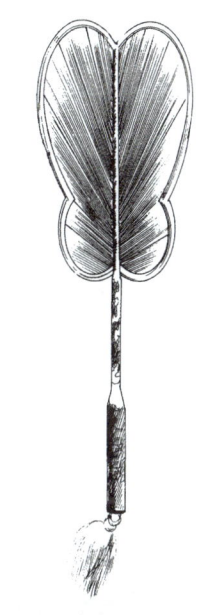

> 중국 고대 무기

천강벽수선 天罡劈水扇
부채 모양을 한 호신용 무기이다. 실제로 부채질을 할 수 있고, 부채폭이 철로 되어 있어 활처럼 날아오는 무기를 방어하기에 좋다.

히 쉬시지요."

"그래도 되겠소?"

송강은 칼을 벗은 뒤 바깥으로 나와 바람을 쐬었다. 주위를 조용히 살펴보니 뒷마당 옆에 웬 샛길이 나 있었다.

'태공이 우리를 받아 주어 잠자리를 얻을 수 있어 참 다행이다.'

송강이 속으로 태공의 은혜를 생각하며 걷고 있는데, 갑자기 불빛이 마당을 환히 비추었다. 송강이 문틈으로 내다보니 태공이 횃불을 들고 주위를 비추어 보면서 걷고 있었다.

'저 태공도 우리 아버지처럼 온갖 것을 다 손수 점검하고 있구나.'

바로 그때였다. 밖에서 무슨 소리가 들려왔다.

"문 열어라!"

하인이 급히 문을 열어주자 예닐곱 명이 집 안으로 들어왔는데, 맨앞에 한 사나이가 손에 박도를 들고 있었고, 그 뒤로 곤봉을 든 남자들이 따르고 있었다. 자세히 보니 박도를 든 자는 바로 낮에 저자거리에서 시비를 걸었던 그 사나이였다.

"또 어디 가서 누구하고 싸웠기에 이 밤에 그런 꼴로 다니느냐?"

"아버지는 모르시면 가만히 계십시오. 형님은 집에 있습니까?"

"네 형은 술에 취해 정자에서 자고 있다."

"가서 형님을 깨워 함께 놈을 잡아야겠군!"

"누구와 시비가 붙었기에 형까지 깨워서 가려고 하느냐? 네 형을 깨웠다가는 일만 더 커질 것이니 내게 말을 해 봐라."

"오늘 낮에 진상에 분부하여 게양진의 품위를 떨어뜨리는 짓을 한 약장수에게 돈을 한 푼도 주지 못하게 했는데, 어떤 죄수놈이 나타나 은자 닷 냥을 주지 뭡니까? 게다가 저는 그 약장수에게 맞아 지금도 허리가 아픕니다. 그래서 제가 모든 술집에 찾아가 그놈들에게 술과 밥을 팔지 못하게 했지요. 아마 그 죄수놈은 오늘밤에 잠 잘 곳을 찾지 못했을 것입니다. 또 사람을 시켜 약을 팔던 놈을 잡아다가 한바탕 매를 쳐서 도두의 집에 매달아 놓았습니다. 내일 강변에 가서 혼을 내 주고 강 속에 처넣어 분한 기분을 풀 것입니다. 그런데 그 죄수놈은 아무리 찾아보아도 종적이 묘연하니, 형님을 깨워서 같이 찾으려고 합니다."

"제 돈을 제가 주었는데 너와 무슨 관계가 있느냐? 네 형을 깨우면 가만두지 않을 것이다! 어찌 이유 없이 사람의 목숨을 해치려고 하느냐? 이만 들어가서 잠이나 자고, 밤이 깊었으니 집안을 시끄럽게 하지 말아라!"

그러나 사나이는 태공의 말을 듣지 않고 안으로 들어갔다. 태공도 그 뒤를 따라 들어갔다. 송강은 얼른 방으로 돌아와 두 공인에게 말했다.

"호랑이 굴로 들어왔으니 달아나는 것이 상책이겠소."

"압사의 말씀이 옳습니다. 지금 달아나는 것이 좋겠습니다."

"뒷벽을 트고 달아나는 게 좋겠소."

세 사람은 벽을 튼 후 별빛을 안고서 도망쳤다. 밤은 이미 깊어 주위가 캄캄했으나 그들은 숲 속을 헤치고 열심히 달렸다. 그런데 눈앞에 문득 갈대숲이 펼쳐지더니 한 줄기 큰 강이 가득 출렁이며 흐르고 있었다. 그곳은 심양 강변이었다.

이때 등 뒤에서 함성이 들리며 불빛들이 다가오고 있었다. 송강 일행은 갈대숲 속에 몸을 감추었다. 횃불이 점점 다가오자 세 사람은 더욱 조급해졌다. 큰 강이 길을 막고 있는 것을 보고 송강이 하늘을 우러러 탄식했다.

'이럴 줄 알았으면 차라리 양산박에나 있을 것을. 이곳에 와서 웬 고생인가!'

그런데 이렇게 위급한 상황 속에 홀연 갈대숲 속에서 배 한 척이 나타났다. 송강이 배를 보고 소리쳐 불렀다.

"보시오, 사공! 우리를 좀 구해 주시오. 돈은 얼마든지 드리리다."

"당신들은 뭐하는 사람들인데 거기에 있소?"

"도적들을 피해 숨어 있소. 한시가 급하니 빨리 배를 대어 우리들을 구해 주면 보답하겠소."

사공이 배를 앞으로 갖다 대자 세 사람은 보따리부터 배 위에 실었다. 사공이 보따리에서 묵직한 소리가 나는 것을 듣고 마음속으로 기뻐하며 노를 저어 강 한가운데로 나아갔다.

한편 송강 일행을 쫓아오던 놈들은 벌써 강가에 도착하여 횃불을 들어 주위를 살펴보고 있었다. 두 놈은 박도를 가지고 있었고, 나머지 놈들은 각각 창봉을 들고 있었다. 놈들이 배를 발견하고는 소리를 질렀다.

"사공은 배를 돌려 빨리 이쪽으로 대라!"

송강 일행이 선창에 엎드려서 사공에게 말했다.

"나중에 사례를 많이 할 테니 제발 배를 대지 마시오."

사공은 고개를 끄덕이며 노를 저었다.

"사공은 어서 배를 대지 못할까! 너희들이 모두 죽고 싶은 것이냐?"

그러나 사공은 코웃음을 치며 도무지 대꾸를 하지 않았다. 놈들이 또 외쳤다.

"너는 어떤 놈인데 나를 감히 거역하느냐?"

사공이 비웃으며 대답했다.

239 • 세 으뜸을 만난 송강

"나 말이냐? 나는 장 사공이시다! 나는 너희들이 하나도 두렵지 않다!"

강가에 있던 한 사나이가 아는 척을 했다.

"아, 장 대가이시구먼! 그렇다면 우리 형제를 알아보시겠구려?"

"내가 바보인 줄 아는가? 그대들을 몰라보게."

"그러시다면 배를 돌리지 않으시려오? 그대와 잠시 할 말이 있소."

"할 말이 있으면 내일 아침에 하시오. 오늘은 중요한 볼일이 있어 그대들과 말을 나누지 못하겠소."

"단지 우리는 귀양 가는 세 놈을 잡으려고 그러오."

"이 세 사람은 내 친척이오. 모시고 가서 판도면이나 대접하겠소!"

"장 대가는 그러지 마시게. 우리는 귀양 가는 놈만 잡으면 된다니까."

사공은 대답도 하지 않고 배를 젓기만 했다. 어느덧 강가에서 멀리 떨어지게 되자 그제야 송강은 마음을 놓았다. 저 멀리 횃불이 흩어져 가는 것이 보였다. 송강이 안도의 한숨을 쉬고 있는데 불현듯 사공이 노를 놓고 소리쳤다.

"이놈들아! 네놈들은 어디서 오는 놈들이냐? 너희들은 공인의 차림을 한 것으로 보아 평소 백성들을 속여 재물을 많이 빼앗아 먹었겠구나. 오늘 내게 잡혔으니 너희들은 판도면板刀麵을 먹을지, 혼둔병混鈍餠을 먹을지 잘 생각해 보아라!"

송강이 이상히 여기며 말했다.

"농담하지 마시오. 무엇이 판도면이고, 무엇이 혼둔병이길래 먹으라 마라 하시오?"

사공이 눈을 부릅뜨고 말했다.

"내게 새파랗게 갈아 둔 칼이 있는데, 그 칼로 너희를 두 동강을 내어 물에 처넣는 것이 판도면이고, 너희들이 옷을 다 벗고 알몸으로 물에 뛰어들어 내 손을 더럽히지 않는 것이 혼둔병이니라."

송강이 두 공인을 붙들고 말했다.

"이 일을 어찌하오? 예부터 복은 한꺼번에 오지 않고 화는 겹쳐 온다 하더니만……."

사공이 꾸짖어 말했다.

"빨리 선택해서 대답하거라!"

송강이 말했다.

"우리들은 할 수 없이 죄를 짓고 강주로 귀양 가는 길이오니 제발 우리를 살려 주시오. 보따리 속에 있는 금은을 모두 주겠소."

사공이 크게 노하여 선창 속으로 들어가더니 시퍼런 칼을 들고 나오며 소리 질러 꾸짖었다.

"빨리 선택하지 못할까!"

송강이 하늘을 우러러 탄식했다.

"하늘을 공경하지 못하고 부모께 불효를 저지른 나의 죄 때문에 너희들까지 연루되었구나!"

사공이 다시 큰 소리로 호통을 쳤다.

"빨리 옷을 벗고 물로 뛰어들어라! 그렇지 않으면 내가 처넣겠다!"

송강 일행이 강을 바라보며 울고 있는데 별안간 상류에서 노 젓는 소리가 들렸다. 다가오는 배 위에는 세 사람이 있었는데, 뱃머리에서 사나이 하나가 무기를 비껴들고 노를 저어 오고 있었다. 사공이 그에게 아는 척을 했다.

"이 대가이시군요? 나만 빼놓고 혼자만 장사를 다니시오?"

"누구인가 했더니 아우님이시군. 그래, 오늘 벌이는 어떻소?"

사공이 웃으며 말했다.

"요즘 며칠 동안 계속 노름에서 지기만 하여 신세가 말이 아니오. 오늘은 심심하여 좀 나왔다가 이놈 셋이 장정들에게 쫓기고 있길래 얼른 배에 태워 주었지 뭐요. 그런데 보따리가 실한 것을 보니 하늘이 내게 선물을 내리셨나 보오."

"어디서 오는 사람들이라던가?"

"그건 잘 모르겠고, 강주로 귀양을 가는 중이라 합니다. 목가네 두 형제가 나를 보고 이놈들을 잡아 달라고 했으나 보따리가 실하여 넘겨주지 않았소. 안 그래도 지금 요절을 내려던 참이었소."

그런데 사나이가 송강을 보더니 놀라 말했다.

"아니, 송공명 형님이 아니신가요?"

송강이 그 음성을 듣고 귀에 익어서 선창 밖으로 뛰어나오며 말했다.

"누구이신지 제발 이 송강의 목숨을 구해 주십시오!"

"정말 우리 형님이시구려!"

쏟아지는 별빛을 받으며 뱃머리 위에 서 있던 사나이는 이준이라는 사람이었다. 이준은 수영을 잘하고 배를 잘 다루는 능력 때문에 사람들이 혼강룡混江龍이라고 불렀다. 같은 배 위에서 노를 젓던 사람은 동위와 동맹이라는 자들이었다. 이준이 송강을 알아보고 뛰어오며 말했다.

"형님, 얼마나 놀라셨습니까? 그러지 않아도 집에 있다가 공연히 마음이 불안하여 견딜 수가 없어 장사나 해 볼까 하고 강으로 나왔지요. 이렇게 나오기를 천만다행입니다."

이때 사공이 혼자 어리둥절하여 이준의 얼굴만 물끄러미 바라보다가 물었다.

"그럼 저분이 급시우 송공명이시오?"

"그렇다네. 예전에도 이립의 인육방에 갇혔던 형님을 구한 적이 있지. 그때나 지금이나 조금만 늦었어도 큰일 날 뻔했네."

사공이 송강에게 절을 하고 말했다.

"몰라뵙고 저지른 일이지만 정말 송구합니다. 하마터면 제가 큰일을 저지를 뻔했습니다. 용서하십시오!"

송강이 이준에게 물었다.

"이 호걸은 누구신가?"

"이 사람은 저와 의형제를 맺은 장횡이라 합니다. 소고산 아래에 사는 사람인데 심양강에서 저런 착한 일만 합니다."

이 말에 송강 일행은 웃음을 그치지 않았다. 드디어 배를 저어 언덕에 닿았다. 배를 강변에 대고 올라오며 이준이 장횡에게 말했다.

"아우님, 내가 늘 천하에 산동 급시우밖에 없다고 하지 않았는가? 오늘 저분을 뵈었으니 자세히 보도록 하게."

장횡이 부싯돌을 쳐서 불꽃을 일으켜 송강의 얼굴을 다시 본 후 모래가 깔린 여울목에서 다시 절하며 말했다.

"형님은 저를 용서하십시오. 그런데 무슨 일로 강주로 귀양을 가십니까?"

이준이 송강의 지난 일과 귀양을 가게 된 경위를 자세히 이야기하자 장횡이 듣고 말했다.

"제가 형님께 부탁을 드릴 일이 좀 있습니다. 제게 친동생이 하나 있는데 온몸이 눈빛같이 희고 물속에서는 일주일이 넘게 지낼 수 있습니다."

"무슨 일을 하고 있소?"

"강주에서 생선가게를 하고 있습니다. 형님 가시는 편에 아우에게 편지를 보냈으면 하는데, 제가 글자를 모르니 어찌하면 좋을까요?"

이준이 말했다.

"이 사람아, 촌으로 들어가서 어느 문관 선생에게라도 부탁하면 되지 않나?"

이준과 장횡이 동위와 동맹을 배에 남아 있게 하고 송강 일행과 함께 촌으로 갔다. 한 5리쯤 가자 저편 길 위에 횃불들이 보였다. 장횡이 말했다.

"저 형제들이 아직도 길에서 헤매고 있구먼!"

이준이 의아해 하며 물었다.

"형제라니, 누구 말인가?"

"목가네 두 형제 말이오."

"그럼 형님께 소개하세."

송강이 이 말을 듣고 펄쩍 뛰며 만류했다.

"아니, 그 사람들을 부르다니? 그러지 않아도 나를 잡지 못하여 안달일 텐데."

"아무 염려 마십시오. 저 사람들은 형님이 누구인지 몰라서 그런 것이지 알고 나서도 감히 그러겠습니까?"

장횡이 휘파람을 한 번 휘익 불었다. 횃불을 든 무리들이 그 소리를 듣고 한달음에 이쪽으로 달려왔다. 그런데 와서 보니 자신들이 잡지 못해 안달하던 그 죄인을 이준과 장횡 두 사람이 정중히 받들고 있는 것이 아닌가. 목가 형제가 어리둥

절하여 물었다.

"형님들, 어찌된 연유로 저 사람들을 알고 계십니까?"

이준이 크게 웃으면서 말했다.

"이분을 모르겠느냐?"

"모르겠습니다. 거리에서 창봉을 쓰는 놈에게 돈을 주어 우리 체면을 온통 엉망으로 만들었기 때문에 붙잡아서 혼을 내주려고 했는데……."

"이분은 내가 항상 너희들에게 말했던 운성현의 급시우 송공명 형님이시다. 어서 인사를 올리도록 하여라."

순간 두 형제는 박도를 내던지고 송강에게 엎드려 절을 했다.

"존함은 오래전부터 듣고 있었습니다. 방금 전 죄는 부디 용서해 주십시오."

송강이 두 사람을 일으켜 세우며 말했다.

"존함이 무엇이오?"

이준이 대신 말했다.

"저 형제는 이곳 사람인데 형인 목홍은 몰차란沒遮攔, 아우 목춘은 소차란小遮攔이라 합니다. 목홍과 목춘은 게양진의 으뜸이고, 저와 이립은 게양령의 으뜸, 장횡과 장순은 심양 강변의 으뜸이라 합니다. 세간에서는 저희들을 두고 세 으뜸이라 하오니 형님께서도 알아 두십시오."

이 말을 듣고 송강이 목형제에게 말했다.

"그렇다면 이제 설영을 구해 주시오."

목홍이 웃으며 말했다.

"창봉을 쓰는 그 사람 말입니까? 염려하지 마십시오."

목홍이 목춘에게 말했다.

"너는 지금 즉시 설영을 풀어주어라. 나는 형님을 모시고 집으로 가겠다."

이준이 말했다.

"그게 좋겠소. 아우님 집으로 갑시다."

그러자 목홍이 하인에게 일렀다.

"동위와 동맹 대신 너희들이 남아 배를 지켜라."

그리고 장객을 먼저 집으로 보내 양과 돼지를 잡아 준비하게 했다. 그들은 동위와 동맹을 기다렸다가 함께 목형제네 집으로 갔다. 때는 오경이었다.

송강은 며칠 동안 목형제의 장상에서 머문 후 다시 강주로 갈 채비를 했다. 목홍은 금은을 챙겨서 송강의 행장 속에 넣어 주고 다시 은자를 꺼내어 두 공인에게 주었다. 장횡은 자신의 편지를 동생인 장순에게 전해 달라고 부탁하며 심양 강변에서 송강과 눈물로 이별했다. 다른 이들도 모두 눈물을 뿌리며 송강 일행을 배웅했다.

신행태보와 흑선풍

　　　　　　송강은 두 공인과 심양강을 건너고 있었다. 사공이 순풍에 돛을 달고 순식간에 강을 건너니 곧 강주에 도착했다. 두 공인은 행장을 지고 강주부 내로 들어갔다. 강주는 식량과 인재가 풍부한 곳이었다.

　강주 지부는 채득장이라는 사람이었다. 그가 당조태자 채경의 아홉째 아들이었기 때문에 강주 사람들은 그를 채구지부라고 불렀다. 매사에 탐욕스럽고 교만해서 채 태사가 특별히 그에게 이곳을 지키라고 한 것이었다.

　두 공인이 청하에 이르러 공문을 바쳤다. 채구지부가 송강이 쓴 칼이 잠겨 있지 않은 것을 보고 물었다.

　"여봐라! 이 자가 쓰고 온 칼에 잠금장치가 없으니 어찌 된 것이냐?"

두 공인이 아뢰었다.

"오는 길에 비와 이슬을 맞고 바람에 날려 다 떨어졌습니다."

지부가 분부했다.

"빨리 문서를 만들어 두 공인과 함께 저 죄인을 뇌성영으로 보내라."

강주 공인이 문서를 써 가지고 두 공인과 함께 송강을 압송하여 뇌성영으로 향했다. 도중에 술집이 보이자 송강이 은자 네댓 냥을 내놓고 공인들에게 술을 먹였다. 뇌성영에 간 공인들은 관영과 차발에게 여러 가지 말로 송강을 두둔하고는 본부로 돌아갔다.

송강이 사람을 시켜 차발에게 몇 냥의 인정을 베풀고, 은자 열 냥에 닷 냥을 더해 다시 관영에게 보냈다. 이렇게 되니 영리 중에 누구도 그를 좋아하지 않는 자가 없었다. 이윽고 송강이 점시청에 끌려왔다.

점시청 앞에서 점고가 시작되었다. 관영은 이미 송강에게 많은 뇌물을 받은 터라 송강의 칼을 벗겨 주고 말했다.

"저 사람이 중도에서 병이 들었다는 말이 맞구나. 아직도 얼굴에 병색이 가시지 않아 누런빛이 도니, 매를 치는 것은 미루어 두어라. 또 저 사람이 본래 아전 출신이니 문서방의 일을 보도록 하여라."

이에 송강은 인사를 올리고 방으로 가서 행장을 수습한 후 문서방으로 갔다. 이튿날 송강이 술과 음식을 장만하여 여러 사람에게 베풀며 금은을 물같이 쓰니 반 달도 못 되어 온 영내에 모르는 사람이 없게 되었다.

하루는 송강이 차발과 술을 마시고 있었다. 차발이 말했다.

"형님, 제가 전에도 말씀드렸지만, 절급節級(관의 재물을 맡아 지키는 벼슬아치)에게 상례전을 보내지 않은 지 벌써 열흘이 지났으니 내일이라도 절급이 온다면 일이 거북하게 되지 않겠습니까?"

"그 일은 걱정하지 마십시오. 나도 할 말은 있으니까요."

"그 사람이 여기서 제일 까다로우니, 조금이라도 트집을 잡히면 욕을 보기 십상입니다."

"형님의 말씀은 감사하오나 내가 알아서 대답할 것이오니 염려 마십시오."

그때였다. 패두가 황망히 아뢰었다.

"지금 절급이 청상에 앉아 있는데, 새로운 죄인이 상례전을 보내지 않으니 도대체 누구의 세력을 믿고 그러느냐며 잡아 오라 합니다."

차발이 자리에서 벌떡 일어났다.

"그러게 제가 뭐라고 하였습니까?"

송강은 도리어 웃으며 말했다.

"너무 근심 마십시오. 오늘은 술을 좀 즐기려고 했는데 시간이 없네요."

송강이 점시청에 다다르니 절급이 능상에 걸터앉아서 소리를 쳤다.

"네놈이 누구의 세력을 믿고 상례전을 보내지 않는 것이냐?"

송강이 말했다.

"상례전은 사람의 인정으로 보내는 것인데 어찌 그냥 뺏으려고 하시오? 참으로 소인의 행동이시오."

주위에 있던 사람들이 송강이 하는 말을 듣고 식은땀을 흘렸다. 절급이 다시 꾸짖었다.

"죄인 주제에 어찌 감히 말대꾸를 하느냐? 감히 나를 보고 소인이라? 죄인 송강

을 잡아 곤장 백 대를 쳐라!"

그러나 모두 송강과 사이가 좋은 터라 매를 치라는 말을 듣고 동시에 흩어져 달아났다. 결국 절급과 송강만 남게 되었다. 절급은 사람들이 달아나는 것을 보고 더욱 화가 치밀어 손수 곤장을 들고 송강을 치려고 했다. 송강이 말했다.

"나를 때리려고 하시는데, 도대체 내가 무슨 죄가 있다고 이러는 것입니까?"

"내 앞에서 기침 소리 한 번 내도 그것이 죄가 되느니라."

"아무리 그래도 사형까지 시킬 수는 없지 않겠소?"

"뭐, 사형시킬 수 없다고? 흥! 너를 없애는 것쯤은 아무것도 아니다."

"상례전을 바치지 않는 것이 죽을죄가 된다면 양산박의 군사 오학구와 가깝게 지내는 사람은 무슨 죄목으로 벌해야 되겠소?"

절급이 그 말을 듣고 당황해서 손에 쥐고 있던 곤장을 떨어뜨렸다.

"너는 대체 누구이며 어디서 그런 말을 들었느냐?"

송강이 웃으며 대답했다.

"나는 산동의 운성현에서 온 송강이라고 하오."

절급이 황급히 다가와 웃으며 말했다.

"이곳은 길게 말할 곳이 못 되니 감히 절하고 인사드리지 못합니다. 저와 함께 성내로 들어가 말씀하시지요."

송강은 급히 방에 돌아가 오용의 편지와 은자를 챙겨 가지고 패두에게 잠시 나갔다 오겠다고 일렀다. 송강과 절급은 강주 성내에 있는 어느 술집으로 들어가 마주앉았다.

"형님께서는 어디서 오학구 선생을 만나신 겁니까?"

송강이 품속에서 오용의 편지를 꺼내어 보여 주었다. 절급이 읽어 보더니 송강에게 절을 올렸다. 송강 역시 예를 갖추며 말했다.

"아까는 말을 너무 함부로 했으니 너그럽게 용서하시오."

"귀양 온 사람들은 항상 제게 닷 냥을 보내는데, 이번에 온 송가라는 사람은 여러 날이 지나도 소식이 없기에 오늘 한가한 틈을 타 이렇게 왔습니다. 그런데 이렇게도 뜻밖에 형님을 뵙게 되다니……. 형님도 저를 용서하시기 바랍니다."

"차발이 이야기를 해 주어서 존함을 알고 들었지만, 제가 직접 찾아뵙고 싶어도 머무는 곳을 알 수가 없더이다. 그래서 찾아오기를 기다리느라 상례전을 보내지 않은 것이라오. 오늘이라도 이렇게 만났으니 다행입니다."

이 사람은 바로 송강이 양산박에 들렀을 때 오학구가 천거한 강주 양원 절급 대원장 대종이었다. 원래 대종은 사람을 놀라게 하는 도술을 지니고 있었다. 그것은 다리에 갑마甲馬를 매고 신행법을 행하면 하루에 5백 리를 가고, 갑마 넷을 매면 8백 리를 달리는 것이었다. 그래서 사람들은 그가 신의 걸음으로 걷는다고 하여 신행태보神行太保라고 불렀다.

대종과 송강이 서로 술을 건네며 스스럼없이 담소를 즐겼다. 송강은 오는 길에 호걸들을 만난 일을 말했고, 대종은 오학구와의 절친한 의를 이야기했다. 이렇게 두 사람이 서로 이야기를 나누고 있는데 갑자기 아래층에서 떠들썩한 소리가 났다. 술집 주인이 급히 들어와 외쳤다.

"대원장께서 좀 내려가 봐 주십시오. 저 양반은 대원장이 아니면 말을 듣지 않으니 빨리 내려가셔서 타일러 주십시오."

"지금 떠드는 게 누구인데 그러시오?"

"대원장과 함께 다니는 이대가이십니다."

"아니, 그가 무슨 일로 다투는 것이오?"

"저희 집에 와서 돈을 빌려 주지 않는다고 저러잖습니까?"

대종이 웃으며 말했다.

"원, 하는 수 없군! 형님, 잠깐만 기다리십시오."

대종이 내려가더니 오래지 않아 젊고 늠름한 사나이 하나를 데리고 누상으로 올라왔다. 송강이 그 사나이의 험상궂은 생김새를 보고 놀라며 물었다.

"이분은 누구시오?"

"이 사람은 저를 따라다니는 이규라는 사람입니다. 이철우라고도 하지요. 기주 기수현 사람으로 사람들이 흑선풍黑旋風이라 부릅니다. 사람을 때려죽이고 도망하여 이곳에 와 있지요. 술주정이 사나워서 다들 두려워합니다. 쌍도끼를 잘 쓰고 권법에 능해서 제가 거두어 옆에 두고 있습니다."

이규가 송강을 보더니 대종에게 말했다.

"저 까만 놈은 누구입니까?"

대종이 웃으며 송강에게 말했다.

"형님, 이놈 버릇 좀 보십시오. 아무 예의도 모릅니다."

이규가 다시 말했다.

"내가 형님께 물은 것인데 버릇 이야기가 왜 나옵니까?"

"이 사람아, 저 관인은 누구십니까 해야지, 저 까만 놈은 누구냐고 물으면 그게 버릇이 없는 거지 뭐냐? 이분은 내가 늘 뵙지 못한다고 근심하던 그 형님이시다."

"만일 송공명 형님이시면 절하고 인사드리지만 다른 사람이라면 내가 어찌 절

신행태보와 흑선풍

하겠소?"

송강이 말했다.

"내가 바로 송강이오."

그러자 이규가 손뼉을 치며 말했다.

"형님은 왜 좀더 일찍 말씀해 주시지 않으셨습니까?"

이규가 말을 끝마치고 절을 하려 하니 송강이 민망히 답례하며 말했다.

"장사는 수고롭게 절하지 말고 앉으시오."

대종이 조용히 말했다.

"아우님은 내 곁에 앉아서 술이나 먹게."

"그러시다면 조그만 술잔 말고 큰 사발로 먹게 해 주십시오."

송강이 바라보며 물어보았다.

"아까 그대는 무슨 일로 아래에서 다투었소?"

"제가 돈이 필요하여 은을 맡기고 돈을 좀 빌려 쓰려고 했더니 경을 칠 그 주인 놈이 아무리 해도 빌려 주지 않기에 혼내 주고 있었습니다. 마침 대종 형님이 부르시기에 이리 올라왔지요."

"은자 열 냥을 빌려 주면 이자는 쳐 주는가?"

송강이 전대에서 은자 열 냥을 꺼내어 이규에게 주며 말했다.

"그대는 이것을 가지고 가서 쓰게."

대종이 막으려고 했으나 이규는 벌써 송강이 준 은자를 받아 손에 든 뒤였다.

"두 분 형님은 잠깐 앉아 계시오. 은자를 도로 찾아다가 형님께 갚고 남는 걸로 술을 사 먹읍시다."

"기다릴 것이니 빨리 다녀오게."

이규가 나가자 대종이 말했다.

"형님, 저 사람에게 쓸데없이 은을 주셨습니다."

"그게 무슨 말이오?"

"저 사람이 비록 성품이 솔직하긴 하지만 술을 좋아하고 내기를 즐깁니다. 아마 지금도 형님이 주신 돈으로 내기를 하러 갔을 겁니다. 자기가 무슨 은이 있어 남에게 맡겼겠습니까? 다행히 이기면 은자를 얻어와 형님에게 드릴 것이나, 지면 어디서 은을 얻어다가 갚겠습니까? 형님께 오히려 제가 부끄럽습니다."

"얼마 안 되는 은자를 기다려 무슨 소용이겠소? 비록 못 받는다고 해도 상관은 없소. 내가 보니 그 사람은 참 충직한 사람 같더이다."

"마음이 아무리 충직하다고 해도 술에만 취하면 사람을 치니, 강주에서는 그를 당할 사람이 없습니다."

"우리, 이 술을 마시고 성 밖에 나가 구경이나 합시다."

송강은 즐거워하며 대종과 다시 술잔을 기울였다.

심양루에서 반역시를 읊다

　　　　　　　　며칠 후 송강은 심양루의 한 술집에서 혼자 술을 마시고 있었다. 취기가 점점 올랐다.

　'내가 산동에서 태어나 운성현에서 영웅호걸들을 사귀고 이름을 얻었으나, 벌써 나이가 서른인데 이렇다 할 일은 하나도 이룬 것이 없구나. 불행히도 얼굴에 자자를 얻고 이곳에 귀양을 와 있으니 집에 계신 늙으신 아버지와 형제가 그립기만 하다. 어찌 이 모든 것이 애달프지 않으리!'

　눈에서 눈물이 떨어졌다. 풍경 또한 마음을 적셔 홀연히 서강월사西江月詞란 글이 떠올랐다. 술집 주인에게 종이와 붓을 빌리고 몸을 일으켜 벽을 보니 선인들이 지은 글들이 눈에 띄었다. 언제가 되든 자신이 지체 높은 신분이 되었을 때 이곳에 쓴 글을 다시 보게 된다면 오늘의 괴로움이야 한낱 꿈일 듯싶었다. 송강은 붓에 먹물을 묻혀 벽에 시를 써 내려갔다.

어려서부터 경사를 많이 읽었음에
장성하여 또한 권모權謀 있었네.
거친 언덕에 누운 맹호가
발톱과 어금니를 감추고 때를 기다렸더니
불행히 얼굴에는 자자가 박혀
지금 강주에 귀양 온 몸이 되었네
다른 해에 원수를 갚을 수도 있을진대
심양의 강구를 피로써 물들이리라.

송강은 자신의 글에 크게 즐거워하며 혼자 웃다가 시흥을 이기지 못하고 덩실덩실 춤까지 추었다. 그러다가 다시 붓을 들고 한 수 더 적었다.

마음은 산동에 있고, 몸은 오나라에 있네.
부질없이 강과 바다를 떠돌며 슬픔을 되씹는도다.
훗날 구름을 헤치고 나가 뜻을 이룬 날에는
황소黃巢가 장부가 아니었음을 한껏 웃어 주리라.

송강은 완성된 시 위에 '운성 송강 씀'이라는 글을 덧붙여 쓴 후 자리를 떴다.

257 • 심양루에서 반역시를 읊다

"이 시를 적은 자가 누구냐? 어떤 놈이 이런 시를 적었느냐 말이다!"

어느 날 강주 건너편의 무위군에 사는 어떤 사람이 송강의 시를 보고 흥분하고 있었다. 이 사람은 한때 통판 벼슬을 지냈던 황문병이라는 인물로, 어느 정도 학문도 닦았으나 남에게 아첨하기를 좋아하고 자기보다 재주 있는 사람을 보면 시기와 질투를 마지않는 소인 중에 소인이었다. 하는 일 없이 빈둥거리다가 문득 선물을 챙겨서 하인 둘을 대동하고 채구지부를 찾아갔다가 헛걸음을 하고 돌아가던 길에 심양루에 들러 바람이나 쐴까 했는데, 벽에 수많은 시구가 적혀 있는 것이 보였던 것이다. 그럴듯한 글도 있었지만 말도 안 되는 글도 있었다. 그러다가 송강의 시를 발견하고 분명 모반을 꾀하는 시라 생각한 것이었다.

"키가 작고 뚱뚱한 사람이었는데, 이마에 자자가 있었던 것으로 보아 뇌성에 있는 사람이 아닌가 합니다만……."

황문병은 붓과 벼루를 가져오게 하여 벽에 휘갈긴 시를 베낀 뒤 품속에 넣었다.

"절대 이것을 지워서는 안 된다. 알겠느냐?"

이튿날 황문병은 하인에게 선물을 짊어지게 하고 다시 채구지부를 찾아갔다. 지부는 마침 공청에서 돌아와 자신의 집에서 쉬고 있었다. 황문병은 준비해 온 예물을 꺼내 놓고 공손히 인사를 했다.

"요즘 춘부장이신 태사 대감님께서는 무슨 소식이 없으셨습니까?"

"편지가 한 통 왔소. 요즘 밤에 강성이 강남 지방의 땅을 비추기 시작한 것을 보았는데, 혹 모반을 꾀하는 자가 있을지도 모르니 정세를 잘 살펴 화가 일어나지 않도록 미리 단속을 잘 하라는 내용이었소. 그리고 거리에서 아이들이 '나라를 이지러뜨리는 것은 집과 나무요, 싸움을 하는 것은 물과 공이요, 세상을 시끄럽게 하는 것은 서른여섯이요, 소란의 근본은 산동에 있다'라는 이상한 노래를 부른다고 하오. 그래서 지방마다 경비를 철저히 해서 화근을 제거하도록 하라는 명령을 내리셨소."

황문병은 잠시 생각에 잠기더니 소리 내어 웃었다.

"대감님, 그 노래는 결코 우연한 것이 아닙니다. 보십시오."

그리고 심양루의 벽에서 베껴 온 시를 꺼냈다. 시에 적혀 있듯 강주로 귀양 온 사람이라면 뇌성의 죄수임이 분명하다는 말도 잊지 않았다.

"나라를 이지러뜨리는 것은 집과 나무라 하지 않았습니까? 집 가家의 머리 면宀에 나무 목木를 받치면, 즉 송宋이라는 성을 가진 자를 뜻합니다. 그리고 다음 구절에서 싸움을 하는 것은 물과 공이라고 하지 않았습니까? 이것도 풀이를 해 보면 병란을 일으키는 것은 물 수水에 공工을 합친 강江이라는 이름을 가진 사람이란 뜻입니다. 다시 말하면 송강宋江이란 자가 나라를 이지러지게 하고 병란을 일으킨다는 뜻입니다. 그런데 그 송강이란 자가 쓴 이 시 역시 모반의 시가 아닙니까? 송강이란 자를 찾아내어 그놈만 처치하면 됩니다. 이 사실을 지금이라도 알아낸 것이 백성들에게 천만다행입니다."

지부는 고개를 끄덕이며 곧 양원 절급을 불렀다. 대종이었다.

"포리捕吏(죄인을 잡아들이는 관리) 몇 놈을 데리고 뇌성으로 달려가서 어제 심양루에 모반의 시를 써 갈기고 간 송강이란 자를 잡아 오도록 하라. 지체 말고 바로 떠나야 할 것이다."

대종이 이 말을 듣고 깜짝 놀라 단번에 큰일임을 짐작하고는 자신의 부서로 돌아가 부하들을 불러 모았다.

"지금부터 곧장 집으로 달려가 무기를 들고 내 숙소 근처에 있는 성황묘로 모두 집합하도록 하라."

대종은 명령을 내리고 신행법을 써서 당장 뇌성으로 달려가 송강을 찾았다. 송강은 누워 있다가 대종을 보고 부리나케 자리에서 일어나 맞이했다.

"어제는 아우님이 보고 싶어 찾아갔다가 안 계시길래 돌아오는 길에 심양루에서 혼자 술을 마셨지요. 술이 좀 과했던 모양입니다."

"혹시 거기에 시를 쓰셨습니까?"

"그런 것 같기도 하고, 취해서 기억이 잘 나지 않는구려."

"실은 지부가 불러서 갔더니, 심양루 벽에 모반의 시를 쓴 송강이란 자를 잡아 오라고 하지 않겠습니까? 대관절 어떻게 된 일입니까? 어떻게 이 사태를 수습해야 할까요?"

송강은 안절부절못하고 일어섰다 앉았다 했다. 수없이 자책을 해 보았으나 이미 엎질러진 물이었다. 송강은 고개를 떨구고 앉았다.

"이 방법밖에는 없습니다. 제가 부하들과 곧 이리로 오면 형님은 머리를 풀어 산발하고 똥구덩이 속에 쓰러져 죽어 가는 시늉을 하십시오. 미친 사람 흉내를 내시란 말입니다. 제가 포리를 시켜 잡아가라고 하거든 헛소리를 하면서 더욱 미친 척하십시오. 그러면 제가 돌아가서 지부에게 말을 꾸며내 보겠습니다."

"참으로 고맙소. 그렇게 해 보리다."

잠시 후 대종이 포리들을 데리고 송강을 잡으러 왔다. 송강이 머리를 산발하고 오줌똥 속에서 뒹굴며 포리들에게 대뜸 호통을 쳤다.

"예끼, 이놈들. 여기가 어디라고 함부로 달려드느냐? 너희들은 어디서 무얼 하는 놈들이야? 어서 말 못해? 무엄한 놈들 같으니라고. 썩 물러가지 못할까! 나는 옥황대제인 장인어른에게서 10만 천병을 하사받아 너희 강주놈들을 모두 없애고자 한다. 선봉은 염라대왕, 후군은 오도장군이란 말이다. 옥황상제님이 내리신 금도장을 보고 싶으냐? 무게만 해도 8백 근이다, 이놈들아. 너희들을 한 놈도 남기지 말고 모조리 죽여 없애라는 엄명이시다! 이놈들!"

이 꼴을 보고 송강을 잡아 끌어내리던 포리들은 서로 마주보고 쑥덕거렸다.

"실성한 놈이 아닌가? 이런 놈을 잡아다 뭘 하겠다는 거야?"

이리하여 포리들은 대종을 따라 빈손으로 되돌아갔다.

"송강이란 자는 알고 보니 미친놈이었습니다. 오줌똥을 싸 놓고도 더러운 줄 모르고 뒹굴고 있지 않겠습니까? 옥황상제의 사위니 뭐니 하면서 도무지 알지 못할 말만 하는 놈이었습니다."

지부는 고개를 끄덕였으나 병풍 뒤에 숨어서 엿듣고 있던 황문병은 슬그머니 나타나 지부에게 뭐라고 귀띔을 했다. 일단 송강을 잡아들이라는 것이었다. 그러자 대종으로서도 더이상 어쩔 도리가 없었다. 잡혀 온 송강은 여전히 미친 사람인 양 굴었으나 결국 지독한 고문을 견디지 못하고 자백을 하기에 이르렀다.

"그저 취흥에 젖어 무심히 쓴 것뿐이옵니다. 무슨 다른 생각이 있어 지은 시는 절대 아니옵니다."

채구지부는 곧 문서를 작성하고 무게가 25근이나 되는 큰 칼을 씌워 송강을 감옥에 가두었다. 그것은 사형수에게나 씌우는 칼이었다.

한편 채구지부는 공청에서 나가자마자 황문병을 후당으로 불렀다.

"그대의 예지력이 없었으면 큰일 날 뻔했소."

"그런데 한 가지 더 드릴 말씀이 있습니다. 그 자를 처치하는 것도 지체 없이 해야 할 줄로 압니다. 빨리 편지를 쓰셔서 태사님께 이 사실을 알리시고 대감의 공을 세상에 널리 알리십시오. 그리고 편지에는 이렇게 여쭈도록 하십시오. 수레로 호송해 올리는 것이 좋을지, 도중에 도망칠 염려를 고려하여 아예 목을 쳐 한시바삐 큰 해를 제거하는 것이 좋을지 말입니다. 어쨌든 춘부장께서는 이 일로 대단히 기뻐하실 것이옵니다."

"모두 지당한 말씀이오. 당장 편지를 써서 올리리다. 그리고 그대의 공이 컸음도 잊지 않고 적어 올리겠소. 천자께 아뢰어 기름진 지방의 태수에라도 발탁될 수 있게 말이오."

황문병은 기쁜 기색을 숨기지 않으며 몇 번이나 감사의 인사를 올렸다.

편지는 발이 빠른 대종에게 맡겨졌고, 대종은 지부의 분부를 거역할 도리가 없어 떠나야 했다. 떠나기 전에 대종은 송강을 찾았다.

"형님, 걱정할 것 없습니다. 지부의 분부로 동경으로 떠나게 됐지만 열흘 안으로 돌아올 겁니다. 태사부에 가면 무슨 수를 쓰든지 형님의 일이 무사히 해결되도록 노력해 보겠습니다. 내가 없는 동안은 이규에게 부탁해 놓았으니 그리 아시고 너무 염려 마십시오. 일이 다급할수록 마음을 크게 먹어야 합니다."

"고맙소. 아무튼 잘 다녀오시오."

그날 대종은 강주를 떠나 하루 종일 바람처럼 달리다가 해가 저물 무렵에 어느 객점에 닿았다. 대종은 다리에 비끄러맨 갑마를 푼 후 금종이 몇 장을 불살라 하늘로 올려 보내면서 후일을 간절히 빌었다.

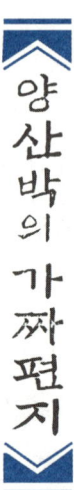

양산박의 가짜 편지

　　　　　　배가 잔뜩 고팠던 대종은 술과 두부찌개를 시켜 단숨에 먹어 치웠다. 그런데 눈앞이 빙글빙글 돌면서 생각할 겨를도 없이 그만 인사불성이 되어 의자 밑으로 쓰러지고 말았다. 그것을 보고 술집 심부름꾼이 누군가에게 소리를 질렀다.

"뻗었어요, 뻗었어!"

그러자 어깨가 떡 벌어지고 키가 큰 사나이 하나가 어슬렁어슬렁 안으로 걸어왔다. 그는 바로 양산박의 눈 구실을 하는 한지홀률 주귀였다. 주귀는 쓰러진 대종을 보더니 샅샅이 뒤지라고 호령했다. 부하들이 달려들어 대종의 몸을 뒤지자 품에서 편지 하나가 나왔다.

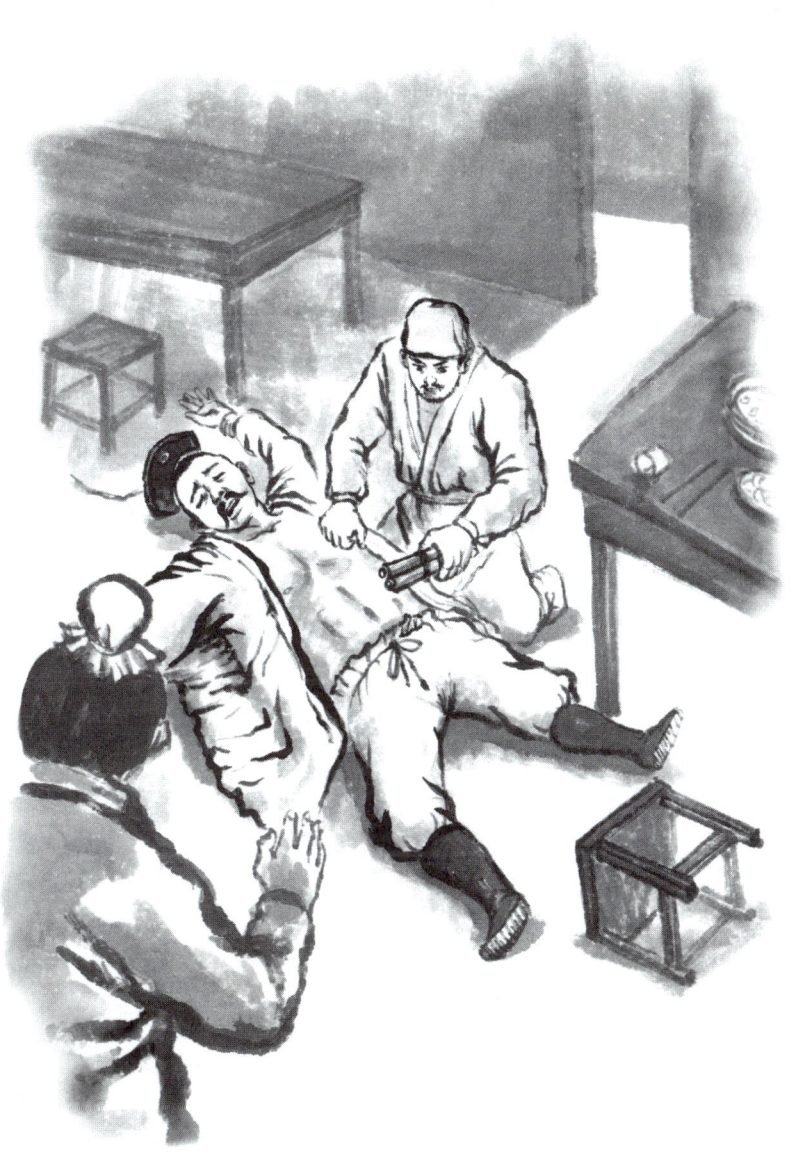

〈동경에서 아이들이 부르고 있다는 노래와 입을 맞추듯 모반의 시를 일삼은 자가 있사온데, 송강이라 하옵니다. 지금 그 자를 체포하여 옥에 가두어 두고 있사온데, 이 일을 어떻게 처리하면 좋을지 여쭙는 바이옵니다.〉

주귀는 편지를 읽고 벌어진 입을 다물지 못하고 어리둥절할 뿐이었다. 그러는 사이 부하들이 대종을 끌어내어 옷을 풀어헤치고 있었다. 주귀가 가만히 보니 의자 옆에 전대가 떨어져 있었고, 관패가 의자 귀퉁이에 걸려 있었다. 관패를 보니 대종의 직책과 이름이 쓰여 있었다.

"잠깐 기다려라. 강주에 신행태보 대종이라는 자가 있다고 군사가 늘 말하지 않았던가? 그럼 이 자가 바로 그 신행태보인가? 그런데 송강 형님을 해칠 편지를 가지고 동경으로 가다니 정말 모를 일이다. 하여튼 어찌 된 영문인지 알아보아야겠다."

주귀는 부하들을 시켜 대종에게 해독약을 먹여 곧 깨어나게 했다. 대종이 정신을 차리고 물었다.

"대관절 당신은 누구요?"

"양산박의 한지홀률 주귀라 하오."

"그렇다면 오학구 선생을 알고 계시겠군요? 나는 그분과 절친한 사이라오."

"그렇다면 강주 신행태보 대원장이 맞단 말이오?"

"그렇소."

"헌데 송강 형님이 강주로 유배를 떠날 때 오학구 군사께서 편지를 써서 당신에게 송강 형님을 잘 부탁한다고 보냈는데, 어째서 송형의 목숨을 없애려고 하시오? 도무지 이해할 수가 없구려."

"송공명님과 나하고는 둘도 없는 의형제요. 이번에 형님이 반역시를 벽에다 쓰는 바람에 이렇게 되었소. 아무리 해도 형님의 목숨을 건져낼 방도가 없어서 차라리 내가 이 편지를 전하러 동경으로 가서 다른 방도를 찾아볼까 하던 중이오."

"그런데 이 편지에는 그렇게 쓰여 있지 않는데?"

대종은 깜짝 놀라 편지를 읽어 본 후 그동안의 일을 세세하게 일러 주었다. 주귀는 대종의 말을 귀 기울여 듣더니 그제야 의심을 풀었다.

"그런 줄도 모르고 실례를 했소이다. 그러나 송강 형님을 그대로 죽게 할 수는 없지 않겠소? 지금부터 나와 함께 산채로 가서 그곳 두령들께 이 사실을 알립시다. 그래야 송강 형님의 목숨을 살릴 수 있을 테니까."

양산박에서도 이 사실을 알고 크게 놀랐다. 조개는 곧 인마를 거느리고 산을 내려가 강주를 습격하자고 주장했다. 그러자 오용이 반대했다.

"그렇게 급히 서둘 것은 없습니다. 제게 한 가지 계교가 있는데, 힘보다는 머리로 송공명의 목숨을 구해야 합니다. 저에게 한번 맡겨 보시지요. 송공명을 반드시 이 손으로 구해내 보겠습니다."

오용의 묘책은 가짜 답장을 써서 대종에게 주어 보내는 것이었다. 죄인 송강을 처형하지 말고 동경으로 호송하라는 지시가 담긴 답장이었다. 그렇게 된다면 송강을 태운 수레가 양산박을 지나갈 것이고, 그때 송강을 구해내면 될 일이기 때문이었다. 단지 가짜 답장을 어떻게 만들 것인지가 문제였다. 그러나 남의 글씨를 똑같이 흉내 낸다고 하여 성수서생聖手書生이라 불리는 소양이란 자가 글씨를 쓰고, 옥으로 된 팔을 가진 장인이라는 뜻으로 옥비장玉飛匠이라 불리는 김대견이 도장을 새기는 일을 맡았으니, 감쪽같이 답장을 만들 수가 있었다.

이렇게 대종이 가져간 양산박의 가짜 답장을 읽고 지부는 크게 만족해 했다. 곧 수레를 만들어 송강을 호송할 준비를 했다. 그러나 황문병은 지부가 보여 준 답장을 이리저리 보더니 대뜸 편지가 가짜라고 단정 지었다.

"아니, 가짜라니? 이건 틀림없이 아버님의 글씨와 도장이라오. 뭘 보고 가짜라고 하는 거요?"

"예전에도 도장을 찍어 주셨습니까? 물론 다른 편지나 공문서에는 도장을 찍어야 하지만 아들 앞으로 보내는 편지에는 보통 도장을 찍지 않는 것으로 알고 있어 그럽니다."

"음, 그 말을 듣고 보니 또 그렇군. 예전에는 도장을 찍는 법이 없었소. 그냥 자필로 끝이었지. 하지만 이번에는 도장이 손에서 가까이 있었던 모양이네. 도장을 찍으면 안 된다는 법은 없으니까. 그러나 그것 하나만 가지고 이 편지를 의심한다는 것은 지나치지 않소?"

신행태보 대종
신행법, 즉 축지법이라는 도술에 능통하여 하루에도 8백 리를 걸었다. 신의 걸음이라고 비유할 정도였다.

"서체는 웬만큼 재주 있는 자라면 본뜰 수 있습니다. 그리고 이걸 보십시오. 이 도장은 춘부장께서 한림학사로 계실 때 사용하시던 것으로 평범한 서첩 같은 데서 얼마든지 볼 수 있는 도장입니다. 지금 태사님께서는 태사 승상이시지 않습니까? 굳이 옛날 도장을 사용하셨다니 이상한 일입니다. 정 제 말에 의심이 가신다면 편지를 전하러 갔던 사람을 불러 태사부의 누구를 만나고 왔는지 물어보십시오. 이것은 지부님을 위해 드리는 말씀이니 불쾌하시더라도 용서해 주십시오."

지부는 황문병의 말을 듣고 나서 곧 대종을 불러들였다.

"태사부에서 누가 접대를 하던가? 또 잠은 어느 방에서 잤는가?"

"먼저 문지기에게 찾아간 이유를 알렸습니다. 그 사람이 편지를 받아서 안으로 들어가더군요. 그리고 다시 나오더니 찾아온 용건도 알았고 가지고 온 예물도 잘 받았으니, 아무데나 여관을 정해 자고 다음날 아침에 다시 오라고 했습니다. 다음날 돌아갈 길이 걱정이 되어 날이 밝기가 무섭게 찾아갔더니 문지기가 기다리고 있다가 답장을 주어서 부랴부랴 돌아온 것입니다."

그러자 지부가 버럭 소리를 질렀다.

"우리 집에서는 문지기를 들여보내는 일이 없단 말이다! 각처에서 오는 편지는 안에서 일을 보는 장가라는 사람을 통해 이 도관한테 가고, 예물도 마찬가지다. 네가 나를 속이고 가짜 편지를 만들었구나! 여봐라, 당장 이놈을 끌어내어 옥에 가두어라!"

이렇게 해서 옥에 갇힌 대종은 모진 고문에도 끝내 입을 열지 않았다. 이제 남은 일이라고는 송강과 대종의 처형뿐이었다.

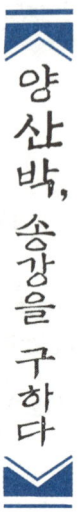

양산박, 송강을 구하다

송강과 대종을 참하기 위한 처형 준비가 모두 끝났다. 이제는 객지에서 역모의 누명까지 쓰고 다시는 돌아오지 못하는 몸이 되는구나 하고 생각하니, 송강은 깊은 한숨이 절로 나왔다.

"오시 삼각五時三刻(정오 12시경. 정확하게는 11시 45분경)이오!"

감참관이 분부했다.

"빨리 행하고 아뢰어라!"

이 말이 끝나자마자 목을 벨 준비를 하던 회자수가 칼을 들어 송강의 목을 치려 했다. 이때였다. 군중 속에 있던 한 사람이 호주머니에서 작은 징을 꺼내 들고 일어나 꽝꽝 하고 두 번 세 번 때려 소리를 울리자 사방에서 한 떼의 무리들이 형장으로 쳐들어왔다.

그러자 네거리에 있는 술집에서 호랑이 같은 형상을 한 시커먼 사내가 벌거벗은 몸으로 양손에 도끼 두 자루를 쥐고 뛰쳐나왔다. 마치 하늘에 벽력이 치는 듯한 큰 소리를 지르면서 뛰어나와 도끼를 한 번 휘두르니, 이미 회자수 두 명이 목이 베여 쓰러졌다. 그 사내는 다시 감참관이 타고 있던 말 앞으로 달려들었다. 군졸들이 당황해서 창으로 막으며 저항하려 했으나 얼마 버티지 못하고 채구지부를 둘러싼 채 목숨만 겨우 건져 도망가 버렸다.

그 주변에 장사꾼의 차림으로 사람들 사이에 숨어 있던 자들은 조개, 화영, 황신, 여방, 곽성이요, 창봉을 쓰는 행색의 무리들은 연순, 유당, 두천, 송만이었다. 그리고 등에 짐을 지고 있던 사람들은 주귀, 왕영, 정천수, 석용이었고, 걸인 행색을 한 사람들은 원소이, 원소오, 원소칠, 백승이었다. 양산박의 두령 17명이 백 명이 넘는 졸개들을 데리고 사방에서 짓쳐들어온 것이었다.

군중 틈에서 시커먼 사내가 쌍도끼를 마구 휘두르고 있는 것을 보던 조개는 처음에는 그를 알아보지 못하다가, 대종에게서 송강이 강주에서 내려온 뒤로 흑선풍 이규라는 사람과 가깝게 지낸다고 전해 들은 것이 갑자기 생각났다.

'옳지, 그 사람이로군!'

네거리가 온통 이규의 쌍도끼에 죽은 사람들의 시체로 덮이게 되자 피가 흘러 내가 되었다. 다치거나 쓰러진 사람도 부지기수였다. 이렇게 처형당할 뻔한 위기에서 송강과 대종을 구한 무리들은 성을 빠져나와 산속에 숨어들었다. 졸개들이 송강과 대종을 업고 가서 비로소 땅에 내려놓자, 송강이 눈을 들어 조개를 비롯한 여러 두령을 보고 울면서 말했다.

"형님, 이것이 꿈이오, 생시요?"

조개가 위로했다.

"먼젓번에 그냥 산에 계셨으면 이런 고초도 겪을 필요가 없었을 것을 괜한 고생만 하셨소. 그런데 대체 저 시커먼 사내는 누구요? 쌍도끼로 사람을 제일 많이 죽이고 힘도 세던데?"

"혹 들으셨을지 모르지만 저 사람이 흑선풍 이규입니다. 그동안 몇 번씩이나 날더러 감옥을 탈출하라고 했으나, 길은 없고 붙들릴 것만 같아서 내가 듣지 않았소."

"저런 장사는 만나기도 쉽지 않습니다. 창과 활도 무서워하지 않더군요."

송강이 이규에게 손짓을 했다.

"자, 이곳에 와서 조개 형님과 두령들에게 인사드려라."

이규는 도끼를 던져 놓고 조개 앞에 엎드리며 절했다. 화영이 조개에게 물었다.

"형님, 저 사내를 따라 결국 여기까지 왔습니다만, 만일 성에 있는 관군이라도 뒤쫓아 온다면 어떻게 싸우면서 빠져나갈 수가 있겠습니까?"

이규가 나섰다.

"뭐 걱정할 것 없습니다. 내가 당신들과 함께 다시 한 번 성내로 쳐들어가 보잘 것없는 지부를 비롯한 모든 사람들의 목을 베어 버리고 돌아오는 겁니다."

대종은 이때야 비로소 정신이 들어서 이규에게 말했다.

"아우님은 터무니없는 소리 좀 그만 하시오. 성에는 6천 명이 넘는 군사들이 있소. 쳐들어간다고 한들 당할 것이 뻔하오."

여러 호걸들이 이규를 말리다시피 하여 백룡묘로 돌아와 배에 올랐다. 일행이 배에서 내려 목홍의 집에 이르자 목홍이 여러 호걸들을 인도하여 내당에 들어갔다. 목 태공이 나와 여러 호걸들을 맞이하며 위로했다.

"호걸들께서 여러 날 밤을 고생하셨습니다. 우선 객방에 가서서 각자 편히 쉬도록 하십시오."

이튿날 목홍이 하인들에게 명하여 황소 한 마리와 돼지, 양, 닭, 오리, 거위 수십 마리를 잡아서 진수성찬을 준비했다. 여러 두령들이 신나게 먹고 나서 어느덧 술이 얼큰해지자 서로 그동안에 있었던 고초들을 말하고 있었다. 조개가 그곳에 모인 사람들을 치하했다.

"만일 형제 여러분들이 배를 가지고 와서 살려 주지 않으셨다면 우리들은 다 살지 못했을 것입니다."

"그런데 어찌하여 그곳으로 오신 겁니까?"

목 태공이 묻자 이규가 대답했다.

"저는 그저 사람들이 많이 모인 곳으로 쳐들어가 앞으로 나아갔습니다. 그런데 이 사람들이 제멋대로 따라왔습니다. 한 번도 부르지 않았는데요."

모두 그 말을 듣고 일제히 웃자 송강이 엄숙한 얼굴로 말했다.

"이 송강이 만일 여러분에게 구출되지 못했다면 대원장과 더불어 비명에 죽었을 것입니다. 이 은혜를 어찌 갚겠습니까? 뭐니 뭐니 해도 원수는 황문병 그놈입니다. 이 원한을 어떻게 해서든지 갚지 않으면 제 마음이 어찌 풀리겠습니까? 다시 한 번 여러분의 힘을 빌려서 무위군을 공격하고 황문병을 때려잡아 원한을 풀고 싶습니다."

그러자 조개가 말했다.

"일단 산채로 되돌아갔다가 다시 대군을 일으켜 오학구 선생과 공손승 선생, 그리고 임충, 진명과 함께 총동원하여 보복하러 와도 늦지 않을 것입니다."

송강이 다시 말했다.

"지금 산채로 돌아가면 다시 오기 어렵습니다. 그 첫 번째는 거리가 멀고 길이 험하기 때문이며, 두 번째는 강주에서 각처에 공문을 보내 미리 단단히 채비할 것이니 지금이 아니면 다음 기회를 노리기가 어렵습니다."

이번에는 화영이 말했다.

"형님의 말씀은 옳으나 이곳의 길을 아는 사람이 없으니 어쩌겠습니까? 먼저 사람을 시켜 소식을 탐지하고, 무위군이 출몰하는 곳과 황문병이 있는 곳을 안 다음에 시작해야 할 것입니다."

이때 설영이 몸을 일으켜 말했다.

"저는 여기저기 많이 다녀 무위군의 길을 잘 압니다. 제가 한번 가서 알아오는 것이 어떻겠습니까?"

송강이 반색을 하며 말했다.

"아우님이 다녀온다면 더 말할 것도 없소."

설영이 그날로 여러 사람과 하직하고 혼자서 떠났다. 한편 송강은 두령들과 함께 목 태공의 집에 머물면서 군기를 점검하고, 크고 작은 배를 준비하면서 설영이 오기를 기다렸다. 며칠이 지나서 설영이 사람을 하나 데리고 돌아왔다.

"이분은 누구시오?"

설영이 대답했다.

"이 사람은 후건이라 합니다. 홍도 사람인데, 바느질을 잘하고 창봉 쓰기를 좋아하여 예전에 제가 스승이 되어 주었습니다. 몸이 무척 날렵하지요. 지금은 무위군 황문병의 집에서 일하며 생활하고 있기에 데리고 왔습니다."

송강이 듣고 크게 기뻐하며 자리를 권하고 대사를 의논하자 후건도 함께 의기투합했다. 송강이 강주의 소식과 무위군의 길을 묻자 설영이 말했다.

"채구지부가 관군과 백성의 피해를 헤아려 보니 죽은 자는 백여 명이요, 칼에 상하고 화살을 맞은 자는 이루 헤아릴 수 없다고 합니다. 지금 조정에 사람을 보내어 사실을 아뢰고, 날이 밝으면 성문을 열었다가 어둡기 전에 닫아서 수상한 사람이 있으면 수색을 하고 있습니다. 원래 송강 형님이 해를 입으신 것은 채구가 한 일이라기보다 황문병 그놈이 여러 차례 입을 놀려 지부에게 형님을 역모자로 모함한 것이랍니다."

송강이 물었다.

"그렇다면 황문병의 집에 식구가 몇이나 되오?"

"소속되어 있는 사람이 50명쯤 됩니다."

"이것은 하늘이 도우신 것이오. 원수를 갚으라고 저 아우님을 보내 주었으니 나는 여러 형제분들의 힘을 믿겠소."

여러 사람들이 함께 말했다.

"저 탐관오리들을 죽여 형님의 원수를 갚고 한을 풀게 하겠습니다."

송강이 다시 말했다.

"허나 이 사람의 원수는 황문병뿐, 무위군의 백성들은 아무 상관이 없습니다. 또 황문병의 형도 덕이 있는 사람이라니 결코 해치지 말아야 되겠습니다. 이제 일을 시작하려면 사전에 할 일을 정해야 하니, 여러 호걸분들은 제 말을 들어주시겠습니까?"

여러 두령들이 일제히 대답했다.

"형님, 어서 말씀만 하십시오."

송강은 먼저 목 태공을 보고 말했다.

"태공께 폐를 끼쳐서야 되겠습니까만, 포대 90개와 갈대 백 뭇(짚, 장작 등의 작은 묶음 단위)만 좀 준비해 주십시오. 또 크고 작은 배 몇 척도 있어야 합니다."

"네, 그것은 어렵지 않은 일입니다."

목 태공이 선선히 응낙하자 송강은 각 호걸들에게 명했다.

"후건은 설영과 백승을 데리고 먼저 무위군으로 가서 성내에다 숨겨 주게. 그리고 내일 밤 삼경三更(밤 11~1시)에 성문 밖에서 방울 소리가 들리면 백승은 성 위로 올라가 우리를 맞이하고, 황문병의 집 쪽 성 위에다 흰 깃발을 꽂으시오. 석용과 두천은 걸인으로 변장하여 성문 근처에 숨어 있다가 불이 일어나는 것을 신호로 성문을 지키는 놈을 없애시게. 또 이준과 장순은 배 위에 있다가 도망온 자들을 맡으시오."

그날 밤 술시戌時(오후 7~9시)경, 양산박 무리들이 탄 배가 무위군의 강기슭에 당도하여 갈대가 무성하게 자라 있는 곳을 골라 일렬로 정박했다.

송강이 곧 여러 호걸들을 이끌고 황문병의 집에 가 보니, 후건이 자기 방의 처마 밑에 몸을 숨기고 있었다. 송강이 손짓하여 그를 불러 계교를 일러 주자 후건이 고개를 끄덕이고 가만히 채원 문을 열어 놓았다. 졸개들이 기름칠한 갈대를 집 뒤편에 쌓아 놓았고, 설영이 그것에 불을 질렀다. 후건이 앞문으로 달려가 문을 요란스럽게 두드리며 외쳤다.

"뒷집에 불이 났소! 짐을 날라왔으니 어서 문을 열어 주시오!"

안에서 그 소리를 듣고 뜰로 나와 보니 과연 집 뒤에서 불빛이 가득했다. 그들은 허둥지둥 뛰어나와 대문을 열어 주었다. 그러자 조개와 송강의 무리가 일제히 소리를 지르며 안으로 달려 들어가 제각기 보는 대로 죽여 버렸다.

잠깐 동안 황문병의 안팎 식솔들을 모조리 죽였으나 정작 황문병은 보이지 않았다. 집 안을 샅샅이 뒤져서 지금까지 황문병이 양민들에게 빼앗아 두었던 금은을 다 수습해 가지고 휘파람 소리를 신호로 모두 성 밖으로 도망쳤다.

이때 석용과 두천은 불이 일어나는 것이 보이자 각각 칼을 뽑아 들고 성문을 지키는 군사들을 죽였다. 동네 사람들이 물통과 사다리를 갖고 나와서 불을 끄고 있었다

"그대들은 어서 피하시오! 우리는 양산박 호걸들이오. 황문병의 식솔들을 죽여서 송강과 대종의 원수를 갚으려고 하는 것이니, 당신들과는 상관없소. 빨리 집으로 돌아가시오!"

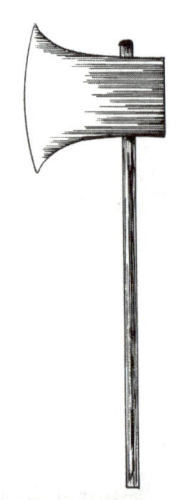

중국 고대 무기

판부 板斧
손잡이가 짧은 도끼이며 쪼개고, 찍고, 베는 데 사용한다. 손잡이는 나무로 만들었고 날은 강철로 감쌌다. 이규는 양손에 두 자루의 판부를 들고 싸운다.

사람들이 곧이듣지 않고 구경하고 있자 흑선풍 이규가 쌍도끼를 들고 다가갔다. 모든 이들이 그제야 소리를 지르며 허둥지둥 물통과 사다리를 버리고 도망을 갔다. 성 밖에 있는 군사 몇 명이 요구창(갈고리창)과 등불을 들고 불을 끄려고 오는 것을 보고 화영이 맨 앞에 오는 자를 쏘아 죽였다. 이를 보

고 이규가 크게 외쳤다.

"죽고 싶은 놈은 와서 불을 꺼라!"

군사들과 백성들은 그대로 발길을 돌려 달아났다. 이때 설영은 홰에 불을 붙여 들고 화문병의 집 안팎으로 뛰어다니며 불을 질렀다.

석용과 두천이 성문을 지키는 군사들을 죽이자 이규가 쇠줄을 끊고 성문을 활짝 열어 놓았다. 무리들 중 절반은 성을 넘어 나가고 절반은 성문으로 빠져나갔다. 남아 있던 장횡의 무리들이 곧 내달아 맞서 싸우니, 감히 나와서 그들의 뒤를 쫓으려고 하는 사람은 없었다.

송강의 무리는 빼앗은 재물을 배에 싣고 유유히 목 태공의 장상으로 돌아갔다. 단지 황문병을 죽이지 못한 것이 한스러울 뿐이었다. 한편 강주성에서는 무위군에서 불이 크게 일어난 것을 보고 별의별 소문이 다 돌았다. 황문병이 마침 강주에서 채구지부와 일을 의논하다가 이 소문을 듣고 지부께 아뢰었다.

"제가 사는 곳에 불이 일어났다고 하니 소인은 곧 돌아가 보아야겠습니다."

채구지부는 사람을 시켜 성문을 열어 주고, 관선 한 척을 내어 강을 건너게 했다. 황문병이 종을 데리고 배에 올라 성화같이 배를 저어 무위군을 향해 나아가 보니, 불길이 어찌나 맹렬한지 강물에도 시뻘건 불빛이 비쳐 불타고 있었다.

"불은 북문 안에서 났나 봅니다."

황문병이 사공의 말에 마음이 더욱 급해져 노질을 재촉하며 거의 강 한가운데에 이르렀을 때였다. 작은 배 한 척이 저편으로 사라지더니 다시 다른 배 한 척이 나타나 관선을 향해 들이받을 듯이 달려들었다. 종이 소리치며 꾸짖었다.

"웬 배가 이렇게 함부로 달려드느냐?"

그 말이 떨어지자마자 손에 요구창을 들고 뱃머리에 앉아 있던 몸집이 큰 사나이가 대답했다.

"지금 강주로 불난 소식을 알리러 가는 길이오!"

황문병이 그 말을 듣고 뱃머리로 나오며 물었다.

"어디서 불이 났소?"

"북문에 있는 황 통판네 집에 양산박 호걸들이 쳐들어와 집안 식구를 모조리 죽이고 가산을 모두 가져갔다고 하오. 그 집은 아직도 불길 속에 타고 있소."

황문병은 큰 소리로 탄식했다. 그때 그 사나이가 요구창으로 황문병의 배를 끌어당겼다. 황문병은 눈치가 빠른 사람이라 이를 피해 물속으로 뛰어들었다. 그런데 물속에서 또 한 사나이가 숨어 있다가 그의 허리를 잡고 도로 배 위로 던져 버렸다. 물속에 있던 사람은 장횡의 동생인 낭리백도浪裏白跳 장순이었고, 요구창을 들고 배를 몰고 나온 사람은 혼강룡 이준이었다. 강변에 도착하여 황문병을 잡아온 이야기를 하자 송강을 비롯한 모든 두령들이 기뻐했다.

"그놈이 어떻게 생긴 놈인지 상판이나 한번 보자."

이준과 장순이 황문병을 잡아 뭍으로 올리자 두령들은 황문병에게 침을 뱉고 꾸짖으며 목 태공의 집으로 끌고 갔다. 주귀와 송만이 분주하게 나와서 맞이했다.

여러 두령들이 자리를 잡고 앉자 송강은 황문병을 발가벗겨 높은 나무에다 매달아 놓고 술을 가져오라 했다. 조개에서 백승에 이르기까지 31명의 호걸들이 모두 술잔을 들자 송강이 황문병을 내려다보며 소리를 가다듬어 꾸짖었다.

"이 몹쓸 놈아! 내가 너와 원수를 진 일이 없는데, 어찌하여 나를 모함하고 해치려 했단 말이냐?"

"소인이 이미 죄를 알고 있으니 죽여주시오!"

조개가 큰 소리로 호령했다.

"네 이놈아! 그럼 살려 줄 줄 알았더냐? 오늘 이런 일이 생길 줄 알았으면 처음부터 잘못을 저지르지 않아야 할 것이 아니냐?"

송강이 더욱 노하여 소리쳤다.

"누가 나 대신 내려가서 저놈의 배를 가르시겠소?"

흑선풍 이규가 뛰어 내려가며 말했다.

"내가 형님을 위해 저놈의 살진 고기를 베어 숯불에 구워서 술안주로 드시게 하겠습니다."

조개가 맞장구를 쳤다.

"좋은 생각이오! 첨도에 꽂아 구운 뒤 술안주를 하며 아우님의 소원을 풀게 하겠소!"

이규가 첨도를 손에 들고 황문병을 보고 웃으며 말했다.

"네가 채구지부의 후당에 앉아서 이러쿵저러쿵하며 사실이 아닌 것을 꾸며내어 사람을 모함하더니, 감히 일찍 죽기를 바라느냐? 너를 천천히 죽여주겠다."

"부디 살려 주십시오!"

"염치없는 놈!"

이규가 칼을 들어서 치자 황문병은 이미 이 세상 사람이 아니었다. 여러 호걸들이 황문병의 죽음을 보고 일시에 청상에 올라가 송강에게 한을 푼 것을 축하했다. 여러 호걸들이 황망히 아뢰었다.

"형님이 말씀하시면 누가 감히 듣지 않겠습니까?"

송강이 별안간 땅에 내려가 엎드렸다.

"이 송강이 재주가 없어 늘 아전질하는 것을 즐겁게 생각했소만, 마음으로는 천하의 호걸들을 사귀는 것을 좋아했습니다. 하지만 힘이 약하고 재주가 없어서 평생 소원을 이루지 못했습니다. 강주로 귀양 올 때 조개 형님이 만류하시는데도 아버지의 가르침이 엄한 것을 어기지 못하여 양산박에 머물지 않고 이런 고초를 겪었습니다. 더구나 술에 취해 그런 시까지 짓는 바람에 하마터면 대원장의 목숨까지 상하게 할 뻔했습니다. 이에 호걸들께서 의기로써 이 목숨을 구하고 또 원수까지 갚아 주시니, 저는 그 은혜에 이제 양산박으로 가지 않을 수가 없게 되었습니다. 여러분의 의향은 어떠한지 모르겠습니다."

이에 양산박 무리들은 물론 이제 갈 곳이 없어진 다른 무리들도 송강의 뜻을 따르기로 했다. 송강은 크게 기뻐했다.

이제 군사를 다섯 무리로 나누어 제1대는 조개, 송강, 화영, 대종, 이규요, 제2대는 유당, 두천, 설영, 후건이요, 제3대는 이준, 이립, 여방, 곽성, 동위, 동맹이요, 제4대는 황신, 장순, 장횡, 원소이, 원소오, 원소칠이요, 제5대는 목홍, 목춘, 연순, 왕영, 정천수, 백승이었다. 두령 27명이 수많은 인마를 거느리고, 황문병의 집에서 얻은 금은보화를 각각 수레에 실었다.

또 각 호걸들의 가솔들과 각자가 챙겨 온 재물들 역시 산채로 옮겨 갔다. 그 와중에 양산박으로 가기 싫다는 장객들은 은자를 주어 다른 데로 가서 살게 해 주었다. 어느 정도 상황이 수습되고 보니 수레가 모두 수십 대나 되었다. 목 태공도 집을 불태우고 밭과 땅을 다 버린 채 함께 양산박으로 들어갔다.

제1대인 조개, 송강, 화영, 대종, 이규가 수레와 가솔들을 이끌고 앞서 간 지 3일째 되던 어느 날, 일행은 황문산이라는 곳에 당도했다. 송강이 말 위에서 조개에게 말했다.

"어쩐지 저 산이 심상치 않아 보이는군요. 사나운 도둑놈들이 숨어 있을 것 같습니다."

말을 마치기도 전에 별안간 앞산의 중턱에서 징과 북 소리가 울리기 시작했다. 화영은 곧 활에 화살을 대었고, 조개와 대종은 박도를 집어 들었으며, 이규는 두 자루의 도끼를 쥐고 송강을 지키면서 일제히 말을 타고 달려갔다. 언덕길 근처에서 5백여 명의 산적들이 뛰쳐나왔다. 선두에 선 네 명의 호한들이 큰 소리로 떠들어댔다.

"강주에서 혼란을 일으켜 무위군을 공격하고 관군과 백성들을 허다하게 죽여 놓고도 이렇게 양산박으로 돌아가려고 하다니, 너희들은 참 담도 크구나! 우리 네 사람이 여기서 너희들을 기다린 지 오래다. 하지만 죄인 송강을 바치고 가면 너희들을 그냥 살려 보내겠다."

송강이 이 말을 듣자 곧 말에서 내려 땅에 무릎을 꿇고 말했다.

"이 사람이 송강이올시다. 내가 모함을 당해 죽게 된다는 소문을 듣고 사방에서 호걸들이 구해 주신 덕에 이렇게 살아서 가는 길입니다. 내가 그대들에게 무슨 잘못이 있는지 모르지만 용서해 주시기 바랍니다."

송강의 말을 들은 네 사람은 그의 덕망을 알아보고 황급히 말에서 내려 예의를 갖추었다.

"저희 네 사람은 산동의 급시우 송공명의 높은 명성을 들은 지 오래입니다. 부디 저희의 행동을 용서하시고, 이렇게 형님을 뵈었으니 저희 산채에서 잔치를 벌이고자 합니다."

송강이 크게 기뻐하며 네 사람을 일으키며 말했다.

"호걸들의 존함은 어떻게 되시오?"

맨 앞에 선 사람이 대답했다.

"소인은 구붕이라 하며, 마운금시麻雲金翅라고 불립니다. 황주 사람으로 대강군호를 지내다가 본관에게 미움을 받고 도망하여 강호를 떠돌며 숨어 다니고 있습니다. 제 옆에 있는 둘째는 장경이라 하온데, 호광 담주 사람으로 과거에 급제하지 못해 글 대신 무예를 숭상하는 사람입니다. 머릿속에 지략이 넘쳐나고 계산이 정확하여 많은 재물을 계산할 때도 털끝만 한 착오가 없어 남들이 신산자神算子라고 부르지요. 셋째는 마린이라 하며, 금릉 건강부 사람으로 철피리를 잘 불고 대곤도를 잘 쓰기 때문에 남들이 부르기를 철적선鐵笛仙이라 합니다. 넷째는 도종왕으로, 광주 사람이온데 농장에서 성장한 사람으로 한 자루 철퇴를 잘 쓰기 때문에 남들이 부르기를 구미구九尾龜라고 합니다."

네 호걸이 송강 일행을 모시자 졸개가 술과 고기를 올렸다. 구붕의 무리들이 잔을 들어 조개와 송강에게 권하고 다음에 화영, 대종, 이규에게도 돌렸다. 그들이 한참 술을 마시며 이야기하는 동안

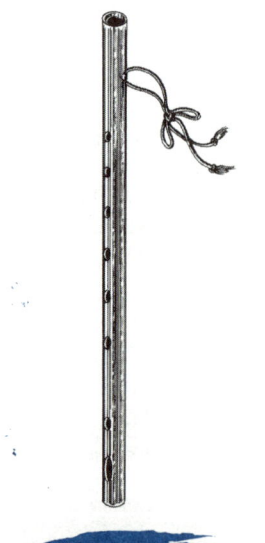

중국 고대 무기

철적鐵笛
철로 만든 호신용 피리이다. 불면 진짜 소리가 나기 때문에 위장이 가능하다. 가볍고 단단해서 공격하기가 간편하다. 마린이 잘 연주한다.

제2대 두령들이 당도했다.

우선 두 대의 두령들은 산으로 올라가기로 했다. 구붕의 무리는 졸개들을 그곳에 남겨 두어 뒤에 오는 호걸들을 모시도록 하고, 산채로 돌아가 소를 잡고 말을 잡아 크게 잔치를 벌였다. 술자리를 벌인 지 한나절이 못 되어 뒤에 처진 세 대의 두령들도 모두 도착했다.

이날은 모두 취하도록 마셨고, 그 자리에서 황문산의 네 호걸들도 양산박에 들어오기로 결정을 했다. 이튿날 네 호걸들은 자신들의 산채에서 금은보화를 모조리 수습하여 수레에 싣고 산채에 불을 지른 다음 제6대가 되어 양산박으로 향했다. 송강이 네 호걸을 얻은 것에 기뻐하며 조개를 보고 말했다.

"강호에서 떠돌며 놀라운 일들을 여러 번 겪었습니다. 이렇게 많은 호걸들을 얻고, 여러 형제분들의 도움을 받아 살아서 형님과 함께 양산박에 가니 감회가 새롭습니다."

한참 가다 보니 어느덧 주귀의 주점에 이르렀다. 마침내 일행들이 북을 치고 피리를 불며 산채로 올라가니, 오용과 다른 여러 두령들이 산 아래까지 내려와서 예를 갖춘 다음 취의청으로 인도했다. 조개가 기쁨을 감추지 못하며 좋은 향을 피우고 여러 두령들에게 청해 송강을 첫 번째 교의에 앉히려고 했다.

"그게 무슨 말씀이십니까? 형님의 은혜를 갚을 길이 없고 또한 산채의 주인은 엄연히 형님이신데, 어찌 제게 양보하려고 하십니까? 만일 계속 이러시면 저는 형님 앞에서 죽겠습니다."

"그게 무슨 말이오? 처음에 아우님이 우리들의 목숨이 위태한 것을 구하여 이 산채로 보내 주지 않았으면 어찌 우리가 지금까지 이 목숨을 보전했겠소? 아우님은 이 산채의 은인이오. 아우님 말고 누가 이 자리에 앉을 사람이 있겠소?"

송강은 극구 사양했다.

"나이를 보아도 형님이 저보다 10년 위인데, 제가 앉으면 어찌 부끄럽지 않겠습니까?"

송강이 거듭 사양하자 조개가 마지못하여 첫 번째 교의에 앉고, 송강은 두 번째 교의에 앉았다. 그리고 오용이 세 번째 교의에, 공손승이 네 번째 교의에 앉아 자리가 정해지자 송강이 나서서 말했다.

"다음은 공로가 많고 적음을 따지지 말고, 먼저 양산박에 계시던 두령들은 왼편에, 새로 들어온 두령들은 오른편에 앉으시오. 뒷날 공을 세우는 것을 보아 다시 자리를 정하도록 합시다."

이튿날 조개는 목 태공의 일가 노소를 편안한 거처로 모시고, 황문병의 집에서 빼앗은 재물을 공로의 많고 적음을 따져 졸개들에게 나누어 주었다. 또 술과 음식을 차려 모든 두령과 졸개들을 위로하며 며칠 동안 잔치를 베풀었다.

어느 날 공손승이 부모를 찾아 떠나겠다고 말했다. 조개는 금은을 주며 여비에 보태 쓰라고 했으나 공손승이 사양하며 말했다.

"그것을 다 무엇에 쓰겠습니까? 노자로 쓸 만큼만 있으면 되지요."

조개가 금은 한 쟁반을 덜어서 보따리에 넣어 주니, 공손승이 사람들과 이별하고 금사탄을 건너 떠났다. 여러 두령들이 공손승을 보내고 술을 마시는데, 문득 이규가 크게 울며 올라왔다. 송강이 급히 물었다.

"아우는 무슨 일로 그리 서럽게 우는가?"

"세상에 이럴 수가 있소? 이 사람은 아버지를 데리러 가고, 저 사람은 어머니를 보러 가는데, 나만 이게 뭐요? 나도 땅에서 저절로 솟아나온 놈은 아니라오."

조개가 물었다.

"그럼 어떻게 하겠단 말인가?"

"내게도 늙은 어머니가 계십니다. 형님이 있기는 하나 남의 집에서 종살이를 하는 처지이니 어머니를 변변히 봉양하겠습니까? 나도 이번에 어머니를 호강 좀 시켜 드려야겠소."

"아우의 말이 옳네. 사람을 정하여 함께 가서 모셔 오는 것이 좋을까 하네."

조개의 말에 송강이 고개를 내저으며 말했다.

"자네가 워낙 성질이 있어서 고향에 돌아갔다가는 필경 또 일을 저지르고 말 것이네. 그렇다고 다른 사람을 같이 보내자니 성품이 불같아서 누구와도 뜻이 맞지 않을 테고. 또 그뿐인가? 자네가 강주에서 사람을 수없이 죽였는데 누가 자네를 모르겠는가? 고향에 발을 들여놓았다가는 당장에 잡힐 것이니 조금 더 있다가 바람이나 좀 잠잠해지거든 가 보도록 하게."

이 말을 듣고 이규가 성을 벌컥 내며 말했다.

"형님은 참 경우가 없는 양반이오! 다른 사람의 아버지는 산채로 모셔다 호의호식하게 하고, 우리 어머니는 촌구석에 틀어박혀 고생만 하게 내버려 두어야 옳단 말이오? 이거 참 부아가 나서 배가 터지겠소!"

송강이 그제야 말했다.

흑선풍 이규
눈 하나 깜짝하지 않고 살인을 하기 때문에 그가 쌍도끼를 휘두르면 사람들이 두려워했다. 단순하고 무식하나 정도 많다.

"자네가 정 그렇다면 보내 주기는 하겠지만 나하고 세 가지만 약속해 주게."

"세 가지라는 게 무엇입니까?"

"자네가 정말 기수현에 가서 어머니를 모셔 오고 싶다면, 첫째로 술을 삼가야 하네. 또 자네의 성미가 급해 같이 갈 사람이 없으니, 둘째로 혼자 가서 어머니를 모셔 와야 하네. 마지막으로 셋째는 자네의 쌍도끼를 여기에 두고 다녀오라는 것일세."

"그 정도가 뭐 어렵겠습니까? 형님, 염려 마십시오! 철우는 오늘부터 그 세 가지를 꼭 지키겠습니다!"

어머니의 원수, 호랑이

그날 이규는 쌍도끼 대신 박도와 요도를 챙겨서 여러 사람과 작별하고 금사탄을 건넜다. 여러 두령들과 함께 이규를 보내고 돌아와 청상에 앉은 송강은 영 마음이 놓이지 않았다.

"이번에 흑선풍이 떠난 것이 아무래도 불안하오. 혹시 여러 두령들 가운데 이규와 같은 고향 사람이 계시오? 한번 뒤를 따라가 봤으면 좋겠는데."

두천이 대답했다.

"주귀가 기수현 사람으로, 이규와 한 고향 사람입니다."

송강이 무릎을 치며 그날로 사람을 보내 주귀를 불러들였다.

"이번에 이규가 어머니를 모셔 오기 위해 고향으로 떠났는데, 아무래도 마음을 놓을 수가 없군요. 그래서 누가 따라가 감시 좀 했으면 좋겠는데, 그대가 이규와 동향이라고 하더이다. 어떻소? 수고스럽겠지만 그렇게 해 줄 수 있겠소?"

 주귀는 그 자리에서 선뜻 승낙을 하고 기주를 향해 길을 떠났다. 한편 산채를 떠난 이규는 걸음을 빨리하여 얼마 뒤 기수현 서문 밖에 이르렀다. 거기에는 방이 높이 나붙어 있었는데 다름 아닌 송강, 대종, 이규 등을 잡는 자에게 많은 상금을 준다는 내용이었다. 이규는 주먹이 근질거렸으나 송강과 한 약속이 있기에 그저 멍하니 방만 쳐다보고 있었다. 돌연 이규의 허리를 붙들고 군중 밖으로 끌어내는 자가 있었다. 이규가 쳐다보니 주귀였다.

 "여기서 뭘 하고 있소? 간덩이가 부어도 분수가 있지. 거기가 어딘데 그리고 서서 방을 쳐다보고 있단 말이오? 정신이 있소, 없소? 만약 당신을 아는 포졸이라도 끼여 있었다면 일이 어떻게 되었을지 생각해 보시오. 그렇지 않아도 송공명 형님이 당신이 행패를 부려 사고를 일으키지나 않을까, 엉뚱한 짓을 저질러 욕을 보지나 않을까 걱정하여 나를 당신에게 보냈다오. 그런데 하루나 늦게 도착한 것은 무엇 때문이오? 혹시 벌써 무슨 사고라도 친 것은 아니오?"

 "술을 마셔서는 안 된다는 송 형님의 말씀을 지키자니 술은 마실 수가 없었소. 그런데 나는 술을 마셔야 걸음이 빨라진다오."

 주귀는 주위를 살피며 동생이 하는 주막으로 이규를 이끌었다.

 "술은 절대 마시지 않겠다고 형님과 약속했지만, 오늘은 고향에 돌아온 특별한 날이니 두세 잔쯤 마시는 것이야 형님도 뭐라 하겠소?"

 주귀도 그렇게 말하는 데는 굳이 말릴 수가 없어 이규가 마시는 대로 내버려 둘 수밖에 없었다. 둘은 서로 잔을 권하며 밤이 깊도록 술을 마셨다. 술집에서 나와서 주귀는 큰길로 가자고 말했으나 이규는 듣지 않았다.

"나는 샛길로 가겠소. 큰길로 나가면 여간 멀리 돌아가는 게 아니라서 말이오. 돌아가는 건 내 성격과도 맞지 않지."

"샛길로 가면 호랑이가 나온다네. 호랑이가 없으면 도적떼가 우글거릴 거고. 그러지 말고 안전한 큰길로 가시게."

"호랑이든 도적떼든 무섭지 않으니까 난 샛길로 가겠소."

굳이 샛길을 택한 이규는 행장을 급히 챙기고 주귀와 작별한 뒤 길을 나섰다. 한 10리쯤 갔을까. 하늘이 희뿌옇게 밝아 왔고, 아름드리 나무가 빽빽하게 들어서 있는 숲이 눈앞에 나타났다. 아니나 다를까. 갑자기 한 거한이 튀어나오며 소리를 질러댔다.

"말귀를 알아듣는 놈이라면 통행세를 내놓고 가거라. 순순히 내놓으면 다른 짐에는 손을 대지 않으마."

거한은 허름한 옷차림에 붉은 두건을 썼고 손에는 두 자루의 도끼를 들고 있었는데, 알아보지 못하게 얼굴을 먹으로 검게 칠하고 있었다. 이규가 호통을 쳤다.

"어떤 놈이 길을 막는 것이냐? 내 옷을 벗겨 갈 생각이라면 단념하는 게 좋을 것이다."

"날 얕잡아 보고 그런 소리를 하나 본데 내 이름을 듣고 놀라지 마라. 나는 흑선풍 이규다. 너도 귀가 있다면 내 이름을 들었겠지? 아무 소리 말고 목숨을 부지하고 싶으면 어서 통행세를 바치도록 하라."

"뭐라고? 흑선풍? 흑선풍 이규? 나야말로 진짜 흑선풍 이규님이시다. 남의 이름까지 도둑질해다가 이런 못된 짓을 하다니. 어디 진짜 흑선풍의 솜씨를 봐야 정

신을 차리겠느냐?"

호통을 치기가 무섭게 이규는 박도를 꼬나들고 가짜 흑선풍을 향해 달려들었다. 물론 가짜 흑선풍은 진짜 흑선풍의 상대가 될 수 없었다. 가짜 흑선풍이 일찌감치 겁을 집어먹고 달아나려는 것을 이규가 재빨리 박도를 휘둘러 그의 허벅다리를 쳤다. 이규는 상처를 입고 나동그라진 놈의 가슴팍에 발을 딛고 섰다.

"이만하면 내가 누군지 알겠느냐?"

"네, 네, 압니다. 제발 목숨만은 살려 주십시오. 저는 이가라고 합니다. 어르신의 이름만 들으면 사람들이 벌벌 떨기에 잠깐씩 빌린 것뿐이옵니다. 사람을 해치거나 죽인 일은 단 한 번도 없습니다."

"남의 이름을 빌려 먹고살다니. 네 도끼 좀 빌리자꾸나. 진짜 흑선풍이 도끼를 어떻게 다루는지 본때를 보여 줄 테니까."

이규는 도끼를 빼앗아 어깨 높이 쳐들었다. 이가는 질겁을 하고 땅바닥에 그냥 나뒹군 채 이규를 쳐다보며 애원했다.

"제발 저를 죽이지 마십시오. 제가 죽으면 아흔이 넘은 제 노모는 굶어죽을 것이옵니다. 저는 죽어도 할 말이 없지만 노모야 무슨 죄가 있습니까? 제발 살려 주십시오."

이규는 눈썹 하나 까딱하지 않고 사람을 죽이는 자였지만, 자신도 지금 어머니를 모시러 가는 길이었던지라 쳐들었던 도끼를 팽개치고 그만 놈을 놓아주었다. 그리고 품에서 열 냥을 꺼내 건넸다.

"네 효심이 네 목숨을 살린 것이다. 이 돈을 밑천 삼아 무슨 장사든지 해 보도록 하라."

이가는 몇 번이나 허리를 굽혀 고맙다고 인사를 하고 사라졌다. 산등성이를 하나 넘자 벌써 점심때가 다 되었다. 이규는 배가 고파 견딜 수가 없었으나 술집은커녕 집 한 채도 보이지 않았다. 한참을 갔을 때에야 초가 하나가 눈에 띄었을 뿐이었다. 이규는 그 집에 사는 여자에게 사정을 하다시피 하여 요기할 것을 부탁했다. 이규의 몰골을 아래위로 훑어보던 여자는 밥을 지어 주겠다고 말했다. 쌀을 씻어 온 여자가 곧 밥을 짓기 시작했을 때 한 사내가 숲 속에서 비실거리며 나와 이쪽으로 오는 것이 보였다. 이규는 이상한 예감이 들어 그들의 이야기에 귀를 모았다.

"다리를 다쳤군요. 어쩌다가 그랬어요?"

"하마터면 네 얼굴을 두 번 다시 못 볼 뻔했지 뭐냐. 생각만 해도 억울해 죽을 지경이다. 모처럼 나그네 하나가 걸려들어 잘됐다 싶었는데, 그 작자가 진짜 흑선풍 이규라지 뭐야. 솜씨가 여간이 아니야. 다짜고짜 덤벼들어서는 내 허벅다리를 박도로 내리치지 않았겠냐. 서슬이 시퍼래 가지고 나를 죽이려고 덤비길래 나에게 늙은 어머니가 있다고 둘러댔더니만, 인정머리가 있는 놈인지 효심이 지극하다며 돈까지 주더라고. 어쨌든 수입은 얻었으니 숲 속에서 한잠 자다가 나오는 길이야."

"큰 소리 내지 말아요. 그렇지 않아도 조금 전에 얼굴이 시커먼 놈이 찾아와서 밥을 지어 달라기에 마지못해 밥을 짓는 중이에요. 그놈에게 원수를 갚아야지요. 내가 몽한약을 반찬에 섞어서 그놈이 맥을 못 추게 만들 테니까 같이 해치웁시다. 보아 하니 돈도 많아 보이던데, 이참에 그 돈으로 무슨 장사라도 시작해 봅시다."

이규는 자신이 속았다는 것을 알았다. 은혜를 배반하고도 모자라 자신을 죽이려고까지 하다니, 저들에게 화가 치밀어 올랐다. 이규는 살며시 발걸음을 죽이고 뒷문 쪽으로 다가갔다. 그리고 뒷문을 나오려는 이가의 머리채를 잡아 땅바닥에 쓰러뜨리기가 무섭게 칼을 뽑아 목을 내리쳤다. 머리가 땅바닥에 구르는 것을 보고 이번에는 여자를 찾았으나 어디에도 보이지 않았다. 이규는 단념하고 이가의 품을 뒤져 자신이 주었던 돈을 도로 찾아 보따리 속에 넣었다. 그리고 서둘러 밥을 먹고 이가의 시체를 방 안에 처넣어 불을 질러 버렸다.

마침내 집에 도착한 이규는 자신이 관리가 되어 임지로 떠나는 길이라 어머니도 함께 모시고 가려고 왔다고 말했다. 그러나 이규의 형 이달은 믿지 않았다. 이미 이규가 양산박에 들어가 도적이 되었고, 현상금까지 걸린 수배자라는 것을 알고 있었다. 할 수 없이 이규는 양산박에 들어가 함께 살자고 솔직히 말했으나 이달은 듣지도 않고 집을 나가 버렸다. 이규는 이달의 성격으로 보아 관가에 밀고를 하러 갔다고 생각했다. 일찌감치 도망가는 것이 상책이다 싶어 이규는 어머니를 업고 집을 나섰다.

"제가 어머니를 호강시켜 드릴 것이니 업히세요. 관리든 아니든 우리 모자가 먹고사는 걱정 없이 잘 살기만 하면 되지 않겠어요?"

이규는 늙은 어머니를 업고 험한 산길로 달아났다. 이규에게는 익숙한 길이었으나 노모의 어두운 눈에는 아무것도 보이지 않았다. 기령 아래에 이르렀을 때는 이미 날이 어두웠다. 이 고개만 넘으면 인가가 있을 것이었다.

"철우야, 목이 말라 죽겠구나. 어디 가서 물 좀 얻어먹고 가자꾸나."

"어머니, 조금만 참으세요. 이 고개만 넘으면 인가를 찾아 편히 쉬도록 해 드릴게요."

295 • 어머니의 원수, 호랑이

"식전에 마른 밥을 먹었더니 목이 말라 견딜 수가 없구나."

"나도 지금 목에 불이 날 것 같아요. 조금만 올라가면 되니 참으세요."

서둘러 고개에 오르자 소나무 근처에 풀이 돋아 있었다. 더이상 목이 말라 안 되겠다 싶어 이규는 어머니를 내려놓고 박도를 옆에 세운 뒤 말했다.

"어머니, 여기서 잠깐만 기다리세요. 제가 물을 구해 올게요."

어디선가 시냇물이 흐르는 소리가 들렸다. 이규는 황급히 물소리를 따라 시냇가에 이르렀다. 두 손으로 물을 떠먹으며 주위를 둘러보았지만 어디에도 물을 떠갈 만한 것이 없었다. 그때 산머리 쪽에 오래된 사당이 눈에 띄었다. 이규가 칡덩굴을 잡고 기어가 보았으나 당 앞에 돌로 된 향로만이 있을 뿐이었다.

이규가 두 손으로 향로를 들려고 했으나 끄떡도 하지 않았다. 원래 큰 돌에 붙박이로 된 향로라 꿈쩍도 하지 않는 것은 당연했다. 이규는 아예 받침돌까지 한꺼번에 빼 버렸다. 그리고 시냇가로 가서 받침돌을 깬 후 깨끗하게 씻은 향로에 물을 떠 가지고 어머니가 있는 곳으로 올라갔다. 그러나 어머니는 간데없고 박도만 세워져 있었다.

"어머니, 물 떠 왔어요! 어디 계세요?"

아무리 불러도 대답이 없어 급한 마음에 물그릇을 놓고 눈을 크게 뜬 채 사방을 둘러보았다. 40걸음쯤 갔을까. 풀에 피가 묻은 것을 발견하고 떨리는 몸으로 핏자국을 따라가 보았다. 앞에 큰 동굴이 있었는데, 동굴 앞에서 새끼 호랑이 두 마리가 사람의 다리 하나를 막 뜯어먹고 있었다. 이규가 몸서리를 치며 이를 갈았다.

'내가 양산박에서 어머니를 모시러 오느라 천신만고를 다 겪었는데, 겨우 여기 와서 너희에게 어머니를 빼앗길 줄이야. 지금 저 호랑이가 뜯어먹는 것이 정말

로 우리 어머니의 다리란 말인가!'

　가슴속에서 불이 일어나고, 붉고 누런 수염이 거꾸로 일어섰다. 이규는 박도를 비껴들고 순식간에 새끼 호랑이 한 마리를 벤 후 굴로 도망가는 나머지 호랑이 한 마리도 내리쳤다. 그러고도 분함을 이기지 못하여 굴속으로 들어가 살펴보았다. 그때 어미 호랑이가 붉은 입을 벌리고 앞발을 허우적거리며 동굴로 다가섰다.

　'네놈들이 우리 어머니를 잡아먹었구나!'

　이규는 박도를 놓고 요도를 뽑아 든 채 호랑이가 오기만을 기다렸다. 어미 호랑이가 굴 앞에 와서 꼬리로 굴속을 한 번 휘두르더니 몸을 굴속으로 디밀었다. 이것을 놓치지 않고 이규는 요도로 냅다 찔렀다. 호랑이의 꼬리 밑으로 요도를 얼마나 깊이 꽂았는지 칼은 자루까지 호랑이의 뱃속에 들어간 채 뽑혀 나오지 않았다.

　이규가 굴 밖으로 나오자 일진광풍이 몰아치며 소름이 오싹하는 무서운 포효가 일어났다. 이번에는 이마가 흰 커다란 호랑이가 눈꼬리를 치켜뜨고 뛰어나와 이규를 향해 광풍처럼 내달아오는 것이었다. 그러나 이규는 조금도 당황하지 않았다. 달려드는 호랑이의 동작을 유심히 노려보고 있다가 박도를 비껴들고 호랑이의 목 부분을 정확히 내리쳤다. 호랑이는 박도를 맞고 그 자리에서 잠시 비틀거리더니 산이 무너지듯 큰 진동을 일으키며 땅바닥에 쓰러졌다.

　이규는 잠깐 동안에 호랑이를 네 마리나 죽이고 나서 다시 굴속으로 들어가 호랑이를 찾았으나 더이상 한 마리도 보이지 않았다. 이규가 울먹이며 천천히 걸어서 고개 아래로 내려가고 있었다. 한 떼의 사냥꾼들이 피투성이가 되어 내려오는 이규를 보고 놀라서 물었다.

　"귀신이오, 사람이오? 어떻게 혼자 이 고개를 내려오시오?"

"간밤에 우리 어머니와 함께 이 고개를 넘다가 내가 물을 뜨러 간 사이에 어머니가 그만 호랑이에게 잡아먹혔소. 그래서 내가 호랑이 굴을 찾아가 새끼호랑이 두 마리와 큰 호랑이 두 마리를 죽이고 내려오는 길이오."

사냥꾼들이 반신반의하며 물었다.

"호랑이를 네 마리나 처치했다니 그게 정말이오?"

"여보시오! 내가 이 고장 사람이면 모르지만 당신들을 속여서 무엇을 하겠소? 당신들이 그렇게 못 믿겠거든 나와 함께 고개 위로 올라가서 보시오."

사냥꾼들은 호랑이 네 마리가 다 죽어 있는 것을 보고 몹시 기뻐하며 밧줄로 호랑이를 묶었다. 그리고 이규를 청하여 함께 상을 타러 갔다. 한편으로는 사람을 보내어 고을에 먼저 소식을 전하고 나와서 맞이하게 했다. 이규는 마을에 가서 후한 대접을 받으며 호랑이를 잡게 된 경위를 자세히 말했다.

그러나 호랑이를 때려잡은 사람을 보겠다고 몰려든 사람들 속에 하필이면 이가의 아내가 있는 줄은 알지 못했다. 안채 대청에서 술을 마시고 있는 장사가 바로 자기 남편을 죽인 이규라는 것을 안 이가의 아내는 이 사실을 먼저 양친에게 고해 바쳤고, 양친은 관가로 가서 그대로 전하고 말았다. 흑선풍 이규는 만취한 상태로 사람들에게 꽁꽁 묶여 잡히고 말았다.

"도적 흑선풍 이규를 잡아 온다!"

저자거리는 구경하는 사람들로 가득했다. 한편 주귀는 이 소식을 듣고 동생 주부와 함께 의논을 하고 있었다.

"그 사람이 또 일을 저지르고 말았구나. 어찌한단 말이냐? 송공명 형님이 나를 보낸 이유는 이규를 돌보라고 하신 것인데, 내가 산채에 돌아가 뭐라고 한단 말이냐?"

"형님, 너무 서두르지 마십시오. 이 고을의 도두 이운은 본래 무예가 뛰어나 수십 명이라도 감히 가까이 가지 못할 정도이니, 형님과 내가 아무리 힘을 합해 대적해도 당해내지 못합니다. 머리로 해내야지 힘으로는 안 됩니다. 내게 좋은 방법이 있습니다. 이운은 원래 저를 아껴 창봉 쓰는 법을 많이 가르쳐 준 사람입니다. 오늘밤에 고기를 좋은 것으로 한 30근 챙기고 큰 병에 술을 담아서 각각 몽한약을 섞은 다음 이운이 지나가는 길에서 기다립시다. 그리고 그것을 대접하는 척하고 모든 사람들에게 나누어 먹인 다음 흑선풍을 구해냅시다."

주귀가 말했다.

"그래, 좋은 생각이다. 서둘러야겠다."

주부가 또 말했다.

"하지만 여기에 문제가 하나 있습니다. 이운은 술을 못하기 때문에 조금만 마실 것이고, 그러면 마취가 되어 쓰러진다 할지라도 쉽게 깨어날 것입니다. 깨어나서 몽한약을 섞은 걸 알면 저를 가만 두지 않을 것입니다."

"그건 그렇군. 그러나 너라고 언제까지 이런 촌구석에서 술장사만 하고 있으란 법은 없지 않느냐? 너도 나하고 같이 산채로 들어가자꾸나. 가족들을 모두 데리고 말이야."

주부와 주귀는 그날밤 고기와 채소를 술과 함께 준비하여 몽한약을 그 속에 섞은 다음 빈 그릇 50여 개를 가지고 집을 떠났다.

그들이 한적한 산길에서 기다리고 있을 때였다. 날이 밝아 오자 멀리서 북을 치고 나팔을 부는 소리가 들려왔다. 토병 40여 명이 고을 안에서 사경까지 술을 마

시고는 이규를 발가벗겨 밧줄로 결박해 끌고 오고 있었다. 그 뒤에는 도두 이운이 말을 타고 있었다. 길 어귀에 일행이 이르자 주부가 나섰다.

"사부님, 오랜만에 뵙겠습니다. 흑선풍을 잡으셨다는 말을 듣고 술안주를 장만하여 가지고 왔습니다. 안주가 변변치 않지만 한 잔 드십시오."

주부가 술병을 들어 큰 잔에 가득 부어 두 손으로 올리고, 곁에 있던 주귀가 쟁반에 고기를 담아 올렸다. 이운이 이를 보고 황급히 말에서 내리며 말했다.

"아니, 이 사람아! 이런 과한 예를 하러 멀리까지 나왔는가?"

"아니올시다. 제자로서 스승님께 마음을 표하는 것뿐이옵니다."

이운이 술을 받아 손에 들고 먹지 않고 있자 주부가 땅에 엎드려 아뢰었다.

"저도 사부님께서 약주를 안 하시는 것은 이미 알고 있습니다만, 이것은 기쁜 술이오니 반잔이라도 들어 주십시오."

이운이 마지못하여 입에 대고 두어 모금 마시자 주부가 나서며 말했다.

"사부님께서 약주를 안 하실 거라면 고기라도 두어 점 드십시오."

이운이 말했다.

"아직 시장기가 없어 아무것도 생각이 없네."

"사부님께서 밤길을 많이 걸어 피곤하실 테니 한 입만 드시어 저의 성의를 봐주십시오."

주부가 이운에게 익은 고기를 두어 점 골라서 주었다. 주부가 이토록 권하니 이운은 그 청을 거절할 수가 없어 결국 고기를 받아먹었다. 주부는 술과 고기를 가져다가 이운의 곁에 있던 사람들에게도 석 잔씩 권했다. 주귀도 장객과 토병들을 청하여 대접했다. 술과 고기가 순식간에 바닥이 나고 말았다.

이규가 눈을 들어 주귀 형제를 보고 자신을 구하러 온 것임을 짐작하고 모른 척 소리쳤다.

"당신들만 먹지 말고 나도 한 잔 주오!"

주귀가 이규를 바라보고 한 마디로 꾸짖었다.

"네놈에게 줄 술이 어디 있느냐? 입 닥치고 있어라!"

"자, 그만들 가지!"

이운이 토병들을 돌아보며 재촉했다. 그때 토병들은 서로 쳐다보며 움직이지도 못하고 입으로 침을 흘리며 쓰러지고 말았다. 이운이 그 꼴을 보고 주부에게 소리를 질렀다.

"네가 나를 속였구나, 네가!"

이운이 급히 앞으로 달려가다가 역시 머리가 무겁고 몸을 가누지 못하여 쓰러지고 말았다. 이때 그중에도 술과 고기를 먹지 않은 장객들과 옆에서 구경하던 마을 사람들이 깜짝 놀라서 도망을 치려 하자, 주귀와 주부가 토병의 손에서 칼을 한 자루씩 뺏어 들고 벽력같이 외쳤다.

"이놈들아! 어딜 도망가려 하느냐?"

그리고 이리 뛰고 저리 뛰며 서 있던 사람들을 마구 죽였다. 걸음이 빠른 몇 놈만이 살았을 뿐이었다. 이것을 보고 있던 이규가 용을 한 번 쓰니 칭칭 묶였던 밧줄이 툭툭 끊어졌다. 이규는 벌떡 일어나서 토병이 가지고 있던 칼을 하나 집어 들고 곧장 이운에게 달려들었다. 이것을 본 주부가 황급히 박도로 막았다.

"무례하게 굴지 마시오! 이분은 내 사부요. 좋은 분이니 살려 두고 어서 빨리 달아납시다."

"내가 아무리 바빠도 나를 일러바친 놈들을 그대로 두고 갈 수 있겠소?"

기어이 이규는 이가의 아내와 그의 가족들을 찾아가 모두 죽였다. 닥치는 대로 또 사람을 죽이려 하자 주귀가 소리를 질러 이규를 꾸짖었다.

"구경하던 사람들이 무슨 죄가 있다고 죽이는가? 아무 죄도 없는 사람을 죽이지 마시오!"

이규는 그제야 손을 멈추었다. 주귀가 주부와 이규를 재촉하여 샛길로 도망하려고 하는데, 주부가 고개를 내저으며 말했다.

"우리 사부를 이대로 놔두고 어떻게 가겠소? 토병들이 모두 죽고 죄인은 놓쳤으니 그 책임을 면하지 못할 것입니다. 형님은 이 두령과 먼저 가십시오. 나는 사부가 깨어나거든 함께 양산박으로 들어가자고 권유해 보겠습니다."

주귀가 그 말을 듣고 대답했다.

"그러면 나는 수레를 거느리고 이규와 먼저 가서 기다릴 것이니, 사부가 일어나지 않거든 구태여 기다리지 말고 얼른 오도록 하라."

"그렇게 하겠습니다. 하지만 이 두령은 저와 함께 있게 해 주십시오. 혹시 사부님이 분풀이를 하려 들면 큰일이니까요."

주귀는 알았다고 대답하고 먼저 떠났다. 주부는 이규와 함께 길가에 앉아 있었다. 과연 반 시간도 지나지 않아서 이운이 정신을 차리고 박도를 든 채 달려들었다.

"이놈들아, 거기 멈추어라!"

이규와 이운이 길가에서 7합을 겨루었으나 승부가 나지 않았다. 그러자 주부가 박도로 둘 사이를 막아서며 말했다.

"스승님, 제 말을 좀 들어 주십시오. 제 형인 주귀가 지금 양산박에서 두령으로 있습니다. 이규의 뒤를 살피라는 명을 받고 왔는데, 이규가 스승님께 잡히는 바람에 양산박으로 돌아갈 면목이 없어 할 수 없이 이런 간계를 꾸민 것입니다. 아까는 형님이 화가 난 김에 스승님을 죽이려고 했습니다. 제가 그걸 말려 목숨을 구해 드렸지요. 저희는 이제 양산박으로 갈 생각입니다. 스승님께서도 이제 돌아갈 곳이 없어졌으니 차라리 우리들과 함께 양산박으로 가시는 것이 어떻겠습니까? 평소 스승님께 받은 은혜를 생각하고 지금까지 기다리고 있던 중이었습니다. 스승님, 이렇게 많은 사람들을 잃고 흑선풍까지 놓쳤으니 이대로 지현께 돌아가시면 어떻게 되겠습니까?"

이운이 오랫동안 생각하다가 물었다.

"이제는 집이 있어도 가지 못하고, 나라가 있어도 백성의 도리를 못하게 되었소. 다행히 처자가 없어 마음에 걸릴 것이 없으니 염려될 것이 없소이다."

이규가 말했다.

"우리 형님이 어찌하여 당신을 맞이하지 않겠습니까?"

세 사람은 함께 주귀의 수레를 뒤쫓아 갔다. 주귀가 이운에게 인사를 하고 크게 웃으며 반겼다. 이렇게 네 호걸은 양산박으로 향했다. 다음날 네 호걸은 주부의 식구까지 데리고 취의청에 이르렀다. 주귀가 앞으로 나와 조개에게 절을 하며 이운을 소개했다.

"이 사람은 기수현의 도두 이운이라고 합니다."

그리고 이번에는 주부를 이끌어 절하게 했다.

"이 사람은 제 아우 주부이옵니다."

이운과 주부는 여러 두령들과도 인사를 나누었다. 이규는 송강에게 절을 하고 도끼를 되찾았다. 가짜 이규가 자신을 협박하던 일을 말했더니 사람들이 모두 웃었다. 또 기령에서 어머니가 호랑이에게 잡아먹히고, 자신이 그 호랑이들을 모조리 죽인 일을 말했을 때는 모두 눈물을 흘렸다. 송강이 말했다.

"어머니의 일은 슬픈 일이지만 어찌하겠느냐? 네가 기령에서 호랑이 네 마리를 죽이고 산채에는 두 호랑이가 생겼으니, 경사스런 일이구나."

여러 호걸들이 대단히 기뻐하며 양과 돼지를 잡아 성대한 잔치를 베풀었다. 조개가 이운과 주부를 백승보다 상좌에 앉게 하라고 분부하자, 오용이 말했다.

"지금 사방에 호걸들이 바람을 좇아 일어나니, 이것은 다 송 두령의 은공이며 또한 우리 형제의 복입니다. 주귀는 다시 주점을 맡게 하시고, 주부의 식구는 깨끗한 집을 골라 머물게 하십시오."

이제 산채의 상황이 전과 같지 않아서 조정에서 관군을 보낼 경우를 대비하여 여러 가지 준비를 해 두어야 했다. 사방에 정자를 세우고 활을 준비했으며, 만일 긴급한 일이 생기면 긴급히 알리도록 했다. 산 앞에 네 개의 관문을 세우고 두천에게 총괄하도록 하였으며, 도종왕에게는 완자성을 수리한 후 산 앞에 있는 큰길을 닦으라고 일렀다. 또한 왕래하는 호걸들을 맞기 위해 동위와 동맹 형제는 산 남쪽에서, 석용은 산 북쪽에서 각각 부하 10여 명을 데리고 술집을 운영하기로 했다. 이후 양산박 호걸들은 평화로운 시간 속에서 매일같이 병장기를 수리하고 무예를 닦으며 세월을 보냈다.

《대종, 양림을 만나다》

하루는 송강이 조개와 오학구 등 여러 두령들과 상의를 하고 있었다.

"우리 형제들이 오늘날 큰 뜻을 품고 함께 모였는데 다만 부모를 뵈러 간 공손승만이 자리를 비웠구려. 백 일 내로 돌아온다고 했는데 지금은 소식을 알 길이 없으니 신의를 저버린 것이 아닌가 싶습니다. 대종에게 한번 가서 소식을 알아보게 하는 것이 어떨까요?"

대종이 듣고 스스로 가기를 원하니, 송강이 말했다.

"아우가 다녀온다면 분명 소식을 알 수 있을 것이오."

대종이 그날로 여러 두령과 작별하고 관속 차림으로 양산박을 떠나 계주로 향했다. 갑마 넷을 다리에 매고 신행법을 행하니, 마치 바람 같았다.

3일을 걸어 기수현 근처에 이르렀다. 옆에서 동네 사람들이 하는 말을 들어 보니, 사람들을 죽이고 달아난 흑선풍과 사라진 도두 이운에 관한 이야기였다. 대종이 이를 듣고 코웃음을 치며 다시 길을 재촉했다. 그때 한 사람이 자기 키보다 큰 필관창을 들고 대종의 걸음이 빠른 것을 유심히 보더니 소리 높여 불렀다.

"신행태보는 어디로 가시오?"

대종이 듣고 그 사람을 자세히 보니, 머리가 둥글고 귀가 컸으며 눈썹이 퍼져 있었는데 눈이 밝고 허리는 가늘고 어깨는 넓었다. 대종이 물었다.

"그대를 만난 적이 없는데 어찌 내 이름을 아시오?"

그 사나이가 황망히 답하며 말했다.

"과연 신행태보 대원장이 맞군요."

그리고는 창을 버리고 땅에 엎드려 절을 했다. 대종이 그를 급히 붙들고 물었다.

"존함이 무엇이오?"

"저는 양림이라 합니다. 창덕부 사람이온데, 녹림⑧에 들어가 도둑질을 배웠습니다. 강호에서는 저더러 금표자 錦豹子 양림이라고 부릅니다. 수일 전에 길에서 공손승 선생을 만나 술을 마셨는데, 양산박 송 두령이 의를 중히 여기며 재물을 가벼이 하고 호걸과 사귀기를 즐긴다고 하셨습니다. 그러면서 편지 하나를 써 주시며 제게 양산박에 가 의지하라고 하셨으나 감히 가지 못하고 있었습니다. 공손 선생이 또 말씀하시기를, 그곳 입구에 주귀라는 사람이 주

고사성어 엿보기

⑧ **녹림** 綠林
푸른 숲이라는 말이다. 굶주린 백성들이 모여 녹림산을 근거지로 도둑질을 했다는 데서 도둑의 소굴을 뜻하는 말이 되었다.

306

점을 열고 양산박에 입당하려는 사람들을 인도하고 있고, 신행법을 써 긴급 사항을 나는 듯이 알리러 다니는 신행태보 대원장이라는 두령은 하루에 8백 리를 왕래한다고 하더이다. 오늘날 형장의 걸음이 비상함을 보고 시험 삼아 불러 보았는데, 이렇게 천행으로 만났군요."

"마침 공손 선생을 찾아 계주로 가던 길이었는데, 뜻밖에 그대를 만나게 되었구려."

"제가 비록 창덕부 사람이나 계주 지방에 대해 모르는 것이 없으니, 만일 절 외면하지 않으신다면 형장을 모시고 함께 가고자 하옵니다."

"그렇게 해 주신다면 고마운 일이지요. 공손 선생을 만나본 후에 같이 양산박으로 올라갑시다."

이 말에 양림이 크게 기뻐하며 대종과 의형제를 맺었다. 다음날 일찍 떠날 때 대종이 말했다.

"내 신행법은 다른 사람과 함께할 수도 있소. 이 두 갑마를 아우님 다리에 매어 주면 나와 같이 걷고, 나와 같이 쉴 수 있지요."

대종은 그 자리에서 두 장의 갑마를 꺼내 양림의 발에 묶은 다음 신행술을 걸어 양림의 얼굴에 훅 불었다. 두 사람은 가볍게 구름을 밟듯 걸어서 낮이 가까워 올 무렵에는 사방이 높은 산으로 둘러싸인 음산에 도착할 수 있었다.

산 가까이 왔을 때였다. 별안간 징을 치는 소리가 한 번 크게 울리더니 요란한 북소리와 함께 2백 명이나 되는 도적의 무리들이 튀어나와 앞을 가로막았다. 맨 앞에 선 두 호한이 각자 박도를 손에 쥔 채 큰 소리로 외쳤다.

"잠깐 서라! 사리 분별을 할 줄 안다면 통행료를 내놓고 가거라. 그러면 목숨만은 살려 줄 테다!"

양림이 웃으면서 말했다.

"형님, 보고만 계십시오! 제가 저 얼간이들을 해치워 버릴 테니까요!"

곧 양림이 필관창을 흔들며 달려들었다. 두 호한은 양림이 서슬 퍼렇게 돌진해 오는 것을 보며 말했다.

"잠깐! 양림 형님이 아니십니까?"

양림이 손을 멈추고 상대를 살펴보니, 아는 사람이었다. 앞에 있던 사람이 군기를 버리고 절을 하며, 자신의 뒤에 서 있는 호걸들까지 불러 빨리 인사를 올리라며 예를 갖추었다.

"형님, 오셔서 제 형제와 인사를 나누십시오."

"이 두 호걸은 누구이며 아우와는 어떻게 아는 사이요?"

대종이 묻자 양림이 한 사람을 가리키며 말했다.

"저 사람은 저와 절친한 사람입니다. 이름은 등비라 하며, 두 눈이 불타는 것처럼 빨개서 화안산예 火眼山猊라고 불리지요. 원래 개천군 양양부 사람으로, 무예가 뛰어나고 철련을 잘 씁니다. 그동안 녹림에 있어 이별한 지 다섯 해가 되도록 보지 못하였는데, 이곳에서 만날 줄은 정말 몰랐습니다."

등비 역시 대종에 대해 궁금해 하며 물었다.

중국 고대 무기

창槍
찌르기 위한 무기이다. 날 끝이 예리하고 손잡이가 긴데, 보통 전체 길이가 사용하는 사람의 키보다 길다. 양림이 잘 쓴다.

"형님, 저분은 누구십니까? 제가 보기에 평범한 사람은 아닌 듯하옵니다."

양림이 말했다.

"저분은 양산박 호걸이신 신행태보 대종 형님이시네."

"아니, 강주 양원 절급으로 하루 8백 리를 왕래한다는 그 대원장 말입니까?"

대종이 대답했다.

"그러하옵니다."

두 호한이 기뻐하며 절을 올렸다.

"옆에 계신 다른 호걸분의 존함도 알고 싶습니다."

"저 사람은 맹강이라 합니다. 진정주 사람이며 크고 작은 배를 잘 다루지요. 예전에 화석강을 실은 배를 저은 적이 있는데, 욕심 많은 감독관이 강제로 재물을 달라기에 안 주었더니, 체벌도 많이 주고 자꾸 괴롭히기만 해서 감독관을 해치고 도망하는 신세가 되었습니다. 저 사람 역시 녹림에 들어가 피신한 지 오래지요. 얼굴이 희고 키가 커서 남들이 옥번간玉幡竿이라 부릅니다. 불에 구운 장대라는 뜻이지요."

서로 인사가 끝나자 양림이 물었다.

"그대들은 이곳에 있은 지 몇 해나 되었소?"

등비가 대답했다.

"1년 정도 되었지요. 반년 전에 배선이라는 사람을 만났는데, 본시 경조부 사람으로 하급 관리였습니다. 성격이 강직하고 누구에게나 공정하다고 하여 철면공목鐵面孔目이라 불리지요. 그런데 창을 잘 쓰고 칼춤에도 능숙한 데다 지략과 용맹까지 겸비하여, 주변 사람의 시기로 모함을 당해 사문도로 귀양을 가게 되었습니다. 마침 이곳을 지나가기에 졸개들을 모아 구출한 뒤 그 됨됨이와 나이를 따져 산채의 주인으로 삼게 되었지요."

"두 분은 잠깐 산채로 올라가셔서 한번 만나 보십시오."

등비가 졸개를 시켜 말을 가져오게 했다. 대종과 양림은 갑마를 끄르고 말을 타고 산채로 올라갔다. 산채에 이르자 배선이 이미 전갈을 듣고 내려와 대종과 양림을 맞이했다. 대종과 양림의 눈에도 얼굴이 희고 풍채가 늠름한 것이 과연 좋은 인물이었다.

배선은 대종과 양림을 청하여 청상 위에 올라가 예를 마친 후, 대종을 상좌에 앉히고 양림을 그 다음 좌석에 앉혔다. 그리고 주위에게 일러 크게 북을 치고 피리를 불라 하며 성대한 잔치를 베풀었다. 대종은 조개, 송강 두 두령에 대해 칭찬하며 양산박이 얼마나 넓고 웅장한지를 설명했다. 그리고 사면이 물로 둘러싸여 있어 관군이 쳐들어온다고 해도 조금도 걱정할 것이 없다는 말로 세 사람을 사로잡았다. 배선이 말했다.

"저희 산채에도 4백여 필의 전마가 있습니다. 만일 형님이 외면하지 않으시고 천거해 주시면 우리도 양산박에 합류하여 힘을 다할 것이옵니다."

이 말에 대종이 기뻐하여 말했다.

"두 두령은 사람을 대하고 재물을 대할 때 딴마

중국 고대 무기

초겸 草鎌
농기구인 낫이 무기로 발전한 것이다. 안쪽 칼날로 베고, 뾰족한 날 끝으로 찌르며, 휘어진 날로 적을 잡아당겨 공격한다.

310

음을 품지 않습니다. 여러 형제분들의 도움을 받는다면 금상첨화이니, 정말 그러한 뜻이 있으면 행장을 수습하고 기다리시오. 제가 양림과 함께 계주에 가서 공손 선생을 찾아보고 올 테니, 그때 우리와 함께 양산박으로 갑시다."

대종과 양림은 길을 재촉하여 며칠 만에 계주에 도착했다. 양림이 입을 열었다.

"제 생각에 공손 선생은 도를 배우신 분이라 반드시 산속에 계실 것 같습니다. 성 근처에는 안 계실 듯합니다."

"아우님의 말이 옳소."

그 즉시 두 사람은 성 밖으로 가서 가는 데마다 공손 선생이 있는 곳을 물었다. 그러나 한 사람도 아는 이가 없었다. 하룻밤 자고 다음날도 여기저기 다니면서 물어보았지만 헛수고였다.

고사성어 엿보기

녹림 綠林

푸른 숲

전한 말기에 왕실의 외척인 왕망은 한 왕조를 무너뜨리고 스스로 제위에 올라 나라 이름을 신新이라 고쳤다. 왕망은 농지, 노예, 경제와 관련된 제도들을 개혁하고 새로운 정책을 폈으나 결과는 반대였다. 오히려 복잡한 제도 때문에 농지를 잃고 노예로 전락하는 농민들이 점점 늘어나고 말았다. 또한 화폐가 8년 동안에 네 차례나 바뀌는 등 경제 정책 역시 실패로 끝나는 바람에 백성들의 생활은 점점 어려워졌다. 그래서 왕망은 백성들은 물론 귀족들에게도 심한 반감을 샀다.

이러한 혼란 속에서 서북 변경의 농민들이 폭동을 일으켰고, 이를 계기로 전국 각지에서 대규모 반란이 잇따라 일어났다. 그중에서도 지금의 호북성 당양현 내의 녹림산綠林山에 근거지를 둔 8천여의 무리는 스스로 '녹림지병綠林之兵'이라 일컫고 지주와 관아의 창고를 닥치는 대로 털었다.

그후 녹림지병은 5만이나 되는 대군사로 부상했는데, 나중에 후한을 세운 광무제 유수는 이들을 이용하여 왕망의 신나라를 무너뜨렸다.

綠: 푸를(녹), **林**: 수풀(림)

푸른 숲이라는 말이다. 굶주린 백성들이 모여 녹림산을 근거지로 도둑질을 했다는 데서 도둑의 소굴을 뜻하는 말이 되었다. 같은 말로, '녹림호객綠林豪客'이 있다.

[출전]《한서漢書》〈왕망전王莽傳〉,《후한서後漢書》〈유현전劉玄傳〉

양웅과 석수의 인연

"혹시 공손 선생이 성 안에 계시는 것 아니오?"

다음날 대종은 양림에게 이렇게 말하며 계주성으로 들어가 보았다.

대종과 양림이 큰 거리에 이르러 바라보니, 많은 사람들이 풍악을 울리며 한 사람을 옹위하여 다가오고 있었다. 대종과 양림은 걸음을 멈추고 바라보았다. 맨 앞에 있는 두 사람은 많은 예물과 비단을 지고 있었고, 그 뒤에 머리에서 발끝까지 꽃으로 수놓은 옷을 입은 자가 교자를 타고 있었다. 그는 봉의눈을 치켜뜨고, 누런 얼굴빛에 긴 수염을 늘어뜨리고 있었다. 이 사람의 이름은 양웅이라고 했는데, 일찍이 숙부를 따라 계주에 왔다가 숙부는 병이 들어 죽고 지금까지 타향에서 살았다. 그후 새로 부임한 지현이 양웅의 집안과 잘 아는 사이라서 그가 양웅을 받들어 양원 절급을 겸한 행형회자로 임명한 것이었다. 양웅은 무예가 뛰어났으나 병이 든 것처럼 얼굴에 누런빛이 돌아 사람들이 병관삭病關索(관우의 셋째 아들 관삭) 양웅이라 불렀다.

대종과 양림이 이 행차를 구경하고 있는데, 갑자기 장보라는 인물이 무수한 군중을 헤치며 관군들을 데리고 나타났다. 이 사람은 계주성 수비군으로, 항상 남의 돈을 빼앗아 내기를 하러 다니는 못된 버릇이 있는 자였다. 관에서 여러 번 다스렸으나 아직도 행실을 고치지 못했다. 그는 이날 양웅이 많은 예물을 받은 것을 보고, 몇 안 되는 군인을 데리고 만취한 채 시비하러 온 것이었다. 많은 사람들이 길을 메우고 양웅에게 술을 부어 대접하는 양을 보고 장보는 눈살을 찌푸렸다.

"절급 형님, 절 받으십시오."

양웅이 대답했다.

"그대도 이리 와서 술을 드시오."

"나는 술보다 돈 수백 관이나 빌릴까 합니다."

양웅이 웃으며 말했다.

"내가 비록 그대를 알고 있지만 일찍이 돈을 거래해 본 일이 없는데 어찌하여 나한테 돈을 빌려 달라고 하시오?"

"백성들의 재물을 많이 빼앗았는데 어찌 나에게 주지 못하겠소?"

양웅이 정색을 하며 말했다.

"내가 어찌 남의 것을 빼앗을 리가 있겠소? 이것은 사람들이 내게 정으로 준 것이오. 그대는 너무 행동이 무례하오. 나와 그대가 서로 직책이 다르니 더이상 만날 일은 없을 것 같소."

그러자 장보는 말도 안 하고 여러 사람을 호령하여 예물과 비단을 빼앗으려고 했다.

"이놈들, 무례하구나!"

양웅이 소리를 지르며 앞으로 나와 장보가 뺏어가려는 것을 도로 뺏으려고 했다. 그러나 장보가 양웅의 두 팔을 붙들고, 옆에 있던 수하 서너 명도 함께 양웅의 어깨를 붙들어 몸을 움직이지 못하게 했다. 옥졸들은 두려워 각각 피할 뿐이었다.

화가 난 양웅은 힘을 다하여 놈들에게 달려들었으나 다시 장보에게 멱살을 잡혔다. 놈들이 일제히 덤벼들 때였다. 한 거인이 땔나무를 지고 지나다가 이 광경을 보고 땔나무를 내려놓은 후 사람들 틈을 헤쳐 나아가 외쳤다.

"너희들은 어찌하여 절급님에게 난폭하게 구는 것이냐?"

그러자 장보가 눈을 부릅뜨고 말했다.

"이 거렁뱅이 거지놈아! 네놈이 어찌 나서느냐?"

거인은 크게 노하여 갑자기 장보를 붙들어 땅 위에 내동댕이쳤다. 다른 졸개들이 그것을 보고 달려들려고 했으나 그러기는커녕 거인에게 한 대씩 주먹을 얻어맞고는 모두 나자빠졌다.

가까스로 몸이 자유로워진 양웅은 두 철권을 내두르며 차례로 놈들을 때려눕혔다. 도저히 당할 수 없다고 생각이 들었는지, 장보는 기어 나와 걸음아 나 살려라 하고 달아났다. 양웅이 그것을 보고 뒤를 쫓았다.

장보는 보따리를 가로챈 놈의 뒤를 따라 도망치고, 그 뒤를 양웅이 뒤쫓으며 어느 골목으로 꺾어 들어갔다. 거인은 여전히 손을 멈추지 않고 길목에서 이놈 저놈을 때려눕히고 있었다. 대종과 양림은 그를 보며 남몰래 쾌재를 불렀다.

"과연 호걸이오! 길에서 옳지 못한 일을 보면 칼을 빼 돕는 것이 당연하지."

그리고 그 사나이를 붙들고 권하며 말했다.

"그쯤 해 두시고 이만 멈추시오."

대종과 양림이 사나이를 이끌고 술집으로 들어갔다. 이때 양림은 사나이의 나뭇짐도 대신 챙겨 왔다. 사나이가 인사를 하며 말했다.

"두 분 형님이 소인의 화를 구해 주셨군요. 감사합니다."

대종이 말했다.

"우리 두 형제는 타향에서 왔소. 장사의 의리를 보고 참으로 감복했습니다만, 그대의 주먹이 너무 크고 무거워 자칫 사람의 목숨을 상하게 할까봐 두려웠소이다. 또 장사를 청하여 술 한 잔 대접하고 의를 맺고 싶었소."

사나이가 말했다.

"어진 형님들이 소인의 화를 구해 주시고 술까지 대접하여 주시니 정말 감당하기가 어렵습니다."

양림이 말했다.

"이 세상 모든 사람이 형제라 했는데 어찌하여 그런 말씀을 하시오?"

대종과 양림이 상석에 앉아 사나이를 마주하고 앉자, 양림이 품속에서 은자 한 냥을 꺼내 술과 안주를 시켰다.

"장사의 존함은 무엇이며, 어디에 사시는지요?"

"소인은 석수라고 하며, 금릉 건강부 사람이옵니다. 스스로 창봉술을 배워 정의에 어긋나는 일을 보면 남을 돕기가 일쑤라, 목숨을 내놓고 다닌다고 남들이 반명삼랑拚命三郎이라고 부릅니다. 일찍이 숙부를 따라 양과 말을 팔러 다니다가 숙부가 중도에서 병들어 죽고 밑천마저 다 날리게 되어 고향에 돌아가지도 못하고 계주에서 나무를 팔며 세월을 보내고 있습니다."

대종이 말했다.

"우리는 이곳에 볼일이 있어 왔으나 호걸이 나무나 팔며 지낸다 하니, 우리와 함께 지내도록 합시다. 몸을 뻗쳐 강호로 나가 나머지 세월을 즐겁게 지내시는 것도 좋지요."

"소인이 비록 창봉을 쓸 줄은 압니다만, 다른 재주는 없으니 어찌 함께 지내기를 바라겠습니까?"

대종이 다시 말했다.

"요즘은 한 길만 가기가 어렵소. 조정에는 간신이 판을 치니 벼슬하기도 어디 쉽습니까? 나도 관직에 있다가 양산박으로 들어가 급시우 송강 형님 밑에 있습니다. 거기서는 저울에 금은을 달아 나누어 갖고, 좋은 옷을 입을 수도 있지요."

석수가 탄식하며 말했다.

"소인도 가고 싶으나 가능할는지요?"

"장사가 만일 가고 싶다면 내가 알선해 주겠소."

그러자 석수가 크게 기뻐하며 말했다.

"두 분의 존함을 알려 주십시오."

대종이 대답했다.

"나는 대종이라 하고, 이 사람은 양림이라 하오."

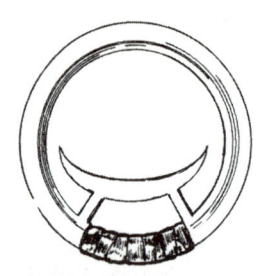

중국 고대 무기

권 圈
금속으로 된 링이다. 손으로 잡고 싸우면 주먹과 같은 구실을 한다. 형태는 여러 가지인데, 링 안쪽에 칼날이 있으면 적의 무기 손잡이나 손을 벨 수 있고, 바깥쪽에 칼날이 있으면 적을 찌르거나 벨 수 있다.

석수가 듣고 나서 놀라며 말했다.

"강호에서 신행태보 대원장의 높은 명성을 많이 들었는데, 당신이 바로 그분이십니까?"

"그렇소."

대종은 양림을 불러 보따리를 열고 은자 열 냥을 석수에게 주어 밑천으로 삼으라고 했다. 석수는 사양하다가 마지못해 받았다.

그들이 마음을 터놓고 석수가 양산박에 합류하는 것에 대해 의논하고 있을 때였다. 갑자기 밖에서 많은 사람들이 석수를 찾아 들어왔는데, 세 사람이 다 같이 보니 양웅이 수십 명을 이끌고 온 것이었다. 모두 관복 차림인지라 대종과 양림은 놀라며 여러 사람들이 떠드는 틈을 타서 달아났다. 석수가 몸을 일으켜 양웅을 맞이했다.

"절급 형님은 어디서 오십니까?"

"그대를 찾느라고 여러 곳을 다녔소. 아까는 그대의 도움으로 화를 면하고, 그놈들을 따라가 물건들도 도로 찾을 수 있었소. 나중에 그대를 찾았으나 도무지 보이지가 않더이다. 마침 어떤 사람이 그대가 두 사람과 함께 이곳에서 술을 먹고 있다고 전해 주어 나도 술이나 함께 하려고 찾아왔소이다."

"마침 타향에서 온 손님을 만나 이곳에서 술 한 잔 하느라고 형장이 찾으시는 것을 알지 못했습니다."

"아까 같이 술을 먹던 객인들은 어디로 갔습니까?"

"그 두 사람은 절급이 많은 사람들을 데리고 오는 것을 보고 싸우러 오는 줄 알고 달아난 것 같습니다."

"그럴 만도 하지요."

양웅은 주인을 불러 술을 청하여 여러 사람에게 세 사발씩 권했다. 그리고 석수를 동생으로 삼아 의형제를 맺었다. 곁에 있던 양웅의 장인인 반 노인도 한눈에 석수가 힘도 셀 뿐만 아니라 용기 있는 호걸이라는 것을 알았다. 사위의 주위에 이런 인물이 있다면 누가 감히 얕보랴 싶어 장사를 시켜 볼 참으로 석수에게 물었다.

"그대는 무슨 장사를 해 보았소?"

"돌아가신 제 아버님이 고깃집을 경영했습니다."

"그렇다면 잘됐군. 내가 이번 참에 고깃집을 할 생각이었소. 우리 집 뒤곁에 길목이 하나 있는데, 그곳은 우물도 가까이 있어 거처로 쓰면서 장사를 한다면 좋을 것이오. 한번 해 보지 않겠소?"

반 노인은 석수에게 제법 점포의 면모를 갖춘 가게 하나를 내주었다.

양웅은 자신의 아내에게도 시동생이 생겼음을 알리고 인사를 시켰다. 석수의 눈에 양웅의 아내는 팔자가 드세어 보였다. 키가 훤칠한 여인이었지만 생김새가 정숙하지 않고 요염하기 짝이 없었다. 눈가에는 물기가 있고 입술이 약간 푸른 데다 도화색을 띠어 바람기가 있어 보였다. 그 여인의 이름은 교운이었다. 계주 사람인 왕 압사에게 시집을 갔지만 2년 전에 사별했고, 양웅에게 개가한 지는 1년도 채 되지 않았다.

양산박을 향하여

　　　　　　　　　　석수가 고깃집 일에 열중하며 세월을 보내던 어느 날이었다. 보은사에서 온 젊은 스님과 양웅의 아내인 교운의 사이가 심상치 않다는 것을 알아차렸다. 이층에서 내려오는 교운을 보니, 제를 지낸다는 여자가 상복도 입지 않은 채 엷게 화장까지 하고 있는 것이 아닌가.

　"참 좋은 스님이시랍니다. 전에 배씨 집이라는 쌀가게를 경영하시다가 출가하셨대요. 우리 아버지를 수양아버지로 모시고 있고, 나보다 나이도 두 살 위이니 오빠라고 부르게 됐어요. 법명은 해공이랍니다. 독경 소리를 한번 들어 보세요. 목소리가 얼마나 곱다고요."

　석수는 뒷짐을 지고 교운의 뒤를 밟았다. 자신의 의형제인 양웅을 속이다니 참을 수가 없었던 것이다.

교운이 다가가자 중은 일어서서 교운의 옆으로 다가와 공손히 합장을 했다. 그리고 이야기를 주고받다가 교운을 위아래로 훑어보며 두 눈을 반짝였다. 석수는 양웅을 위해서라도 수상쩍은 두 남녀의 수작을 요절내야겠다고 단단히 벼르고 있었다. 그러나 확실한 증거를 잡기 전에는 양웅에게 일러 줄 수가 없었다.

제를 지낸다며 보은사에 갔을 때도 마찬가지였다. 교운이 엷은 화장으로 얼굴을 꾸민 것이나 배여해가 엄숙한 얼굴로 제를 올리면서도 교운을 힐끔거리는 모습에서, 석수는 불성도 선심도 느낄 수가 없었다. 그들은 단지 눈웃음을 살살 치면서 꼬리를 흔드는 암캐와 수캐일 뿐이었다.

어느 날 교운과 배여해는 더이상 참을 수가 없어 은밀하게 운우의 정을 즐기기 위한 계책을 꾸몄다. 중이 계집을 팔로 감고 누워서 말했다.

"임자도 내게 마음이 있다는 걸 알고, 설사 내가 들켜서 죽는 한이 있을지라도 여한이 없다고 생각했소. 이렇게 마음은 통했지만 잠깐뿐이니 어쩌면 좋소? 나는 생병이 날 지경이라오."

"걱정 말아요. 내게도 생각이 있으니. 우리 집 양반은 한 달에 스무 날은 관아에서 숙직을 해요. 내가 시종을 잘 삶아 놓아 매일 밤 뒷문을 지키게 할 테니 오세요. 우리 집 양반이 없는 날이면 밖에 향을 살라 연기로 신호를 보낼게요. 그러나 아침까지 늦잠을 자다 들키면 안 되니, 중 한 사람을 고용해서 새벽에 목탁을 쳐서 깨우게 하면 되지 않겠어요? 망도 보게 할 겸해서요. 어때요, 스님? 호호."

중은 그 말을 듣고 교운을 더욱 으스러지게 끌어안았다. 며칠이 지나 석수는 양웅을 찾아갔다.

"형님, 가슴에 담아 두자니 열불이 나서 참지를 못하겠소. 말할 테니 놀라지 마시오."

석수는 교운과 배여해의 관계를 양웅에게 털어놓기 시작했다.

"제 눈으로 두 사람이 눈을 맞추는 걸 보고 수상쩍게 여겨 살폈지요. 보은사에 공양을 드리러 갔던 형수가 취해서 돌아오더군요. 그런데 난데없이 언젠가부터 어떤 중 녀석이 형님이 숙직을 하는 날이면 뒤껻으로 와서 아침마다 목탁을 두드리며 염불을 외는데 아무래도 이상하다 싶어 살펴보았더니, 글쎄 그 배여해 놈이 두건을 쓰고 형수님 방에서 나가더란 말입니다. 형님, 그런 계집은 버리는 게 어떻겠소?"

이 말을 들은 양웅은 크게 놀라 분을 삭이지 못했다.

"요것들이 한참 놀아났구나!"

"쉿! 형님, 오늘밤은 모른 체하시구려. 내일 거짓으로 숙직을 하러 갔다가 자정쯤 되어 다시 돌아오시면 분명히 그 중놈은 뒷문으로 빠져나갈 테니, 그러면 제가 지키고 있다가 붙들겠습니다. 그때 분을 푸십시오."

석수의 말에 고개는 끄덕였지만 양웅은 술김에 울화가 치밀어 계집을 윽박질렀다. 삿대질까지 하며 버럭 고함을 지르자, 교운은 이미 눈치를 채고 석수에게 모든 일을 뒤집어씌우기에 이르렀다. 술이 깬 양웅에게 계집은 울면서 말했다.

"당신이 석수와 의형제를 맺고 돌아온 날부터 집에 안 계실 때면 내게 와서 수작을 부리지 뭐예요? 저 석수놈을 얼른 내치세요. 그러지 않으면 당신 체면이 뭐가 되겠어요?"

"열 길 물 속은 알아도 한 길 사람 속은 모른다더니, 이제 보니 그 죽일 놈이 날

농락했구나. 제 발이 저리니까 미리 선수를 쳐?"

양웅은 석수의 가게를 온통 박살내고 말았다. 그것을 본 석수는 지난밤에 일이 잘못된 것이 분명하다고 여기고 사실을 밝힐 방법을 찾기로 했다. 석수는 반 노인에게 그동안 신세 진 것에 대해 고마움을 표시하고는 하직 인사를 했다. 그리고 근처 뒷골목의 여관으로 거처를 옮겼다.

"양웅 형님과 나는 의형제를 맺은 사이가 아니냐? 이번 일을 그대로 두었다가는 형님이 무슨 변고를 당할지 모를 일이야. 형님이 비록 계집이 꾸민 말을 믿고 나를 괄시하긴 했지만 사실은 사실대로 밝혀야 한다."

석수는 밤새 뒤척이며 잠을 이루지 못했다. 그날도 양웅이 숙직을 서는 날 새벽이었다. 또 다시 목탁을 두드리며 염불을 외는 소리가 들려왔다. 석수는 단도를 허리에 차고 몰래 골목으로 나섰다. 그리고 번개같이 녀석의 뒤로 가서 칼을 들이밀었다.

"이놈, 소리 내면 죽일 테다. 하지만 사실대로 말하면 목숨은 살려 줄 테니, 내 말에 고분고분 대답하라. 배여해가 너한테 무슨 일을 시키더냐?"

녀석은 벌벌 떨며 말하기 시작했다.

"그분은 이 댁 반씨 마님하고 좋아지내는 사이입니다. 밤에 이리로 오실 적에 절더러 뒷문에 향이 피워져 있는지 없는지를 보고 오라고 분부하셨어요. 향이 피워져 있으면 두 분이 만나는 신호랍니다. 새벽 오경에 제가 목탁을 치고 염불을 외면 그 스님이 여기를 빠져나가게 되어 있지요."

석수는 녀석의 옷을 벗기고 목에 칼을 꽂아 죽여 버렸다. 그리고 중이 입었던 옷으로 갈아입고 목탁을 두드리며 양웅의 집 앞으로 다가갔다. 잠자리에서 이 소리를 들은 배여해는 허겁지겁 일어나 옷을 걸치고 문을 빠져나왔다. 그러자 기다리고 있던 석수가 그의 다리를 걸어챘다. 석수는 단숨에 옷을 벗기고 칼로 두세 번 찔러 숨지게 한 후 단도를 시체 곁에 던져두었다.

양웅에게 증거로 그들의 옷을 내밀며 모든 사실을 알리자, 양웅은 자신의 신중하지 못한 행동에 대해 거듭 사과했다. 그리고 석수가 일러 준 대로 제를 올릴 일이 생겼다며 교운과 교운의 시종을 깊은 산속으로 이끌었다. 계주성의 동문에서 20여 리 떨어진 취병산이라는 곳이었는데, 잡목과 풀이 무성하고 백양나무가 빽빽하여 집도 절도 보이지 않는 막막한 산이었다. 가마에서 내린 교운은 잔뜩 겁을 먹은 얼굴로 두리번거렸다.

"왜 이런 산속으로 데리고 왔어요?"

"잠자코 따라오나 해. 자네들은 여기서 기다려 주게. 나중에 술값은 톡톡히 낼 테니까. 꼼짝 말고 여기 서 있게나."

양웅은 가마꾼들을 세워 놓고 계집과 시종만 데리고 비탈길을 올라갔다. 석수가 미리 와서 기다리고 있었다. 양웅은 계집의 손을 잡아끌고 오래 묵은 어느 묘지로 데려갔다. 계집은 여전히 겉으로는 태연한 척했지만 속으로는 기겁을 하고 있었다.

"이년, 너 요전에 석수가 해괴한 수작을 했다고 했지? 그게 사실이냐?"

"다 지난 일을 가지고 뭘 그러세요? 사실이면 어떻고, 아니면 어떻다고……."

석수가 눈을 부라리며 소리쳤다.

"그걸 말이라고 하시오? 난 기어코 형님 앞에서 흑백을 가려야겠소."

양웅이 시종의 머리채를 움켜쥐고 물었다.

"이년, 바른대로 불지 않으면 죽는다. 네 주인이 중놈이랑 방에서 서방질을 했지? 향을 피워 신호를 하고 둘이 만났으렷다? 또 목탁을 두드리고 염불을 하여 도망을 갔겠다? 이 갈갈이 찢어 죽일 것들!"

그러자 시종이 벌벌 떨면서 사실을 낱낱이 고해 바쳤다. 이야기를 듣고 난 양웅은 단칼에 시종을 쳐 두 조각을 내 버렸다. 이를 본 교운이 살려 달라고 애원을 했다. 양웅은 교운을 나무 기둥에 묶어 놓고 다시 칼을 빼 들었다.

"요망한 년! 네년의 그 입놀림에 내가 놀아났구나. 형제간을 이간질하고 끝내는 날 죽이려 들었더냐? 네 뱃속이 어떻게 생겼길래 그리 요망한지 내 눈으로 똑똑히 보아야겠다!"

양웅은 단칼에 교운의 가슴과 배를 찔러 죽이고 한숨을 쉬며 말했다.

"이제 사람을 죽였으니 어디로 가서 살아야 한단 말인가?"

"형님, 그건 걱정하지 마시오. 양산박에 가서 몸을 의지하면 됩니다. 예전에 들으니 양산박의 급시우 송공명이 널리 선비를 구하고 호걸들과 사귀기를 좋아한다고 합니다. 형님이나 저나 무술에는 자신이 있지 않습니까? 그 사람이 우리를 받아 주지 않을 리가 없어요."

"내가 관직에 있었으니 그들이 나를 의심하지 않

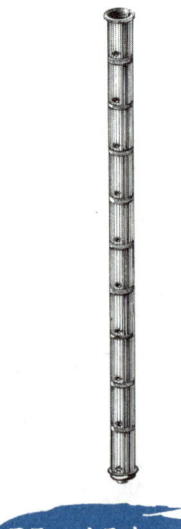

중국 고대 무기

십안총＋眼銃
탄환을 연속으로 발사하는 철제 무기이다. 10센티미터 정도 되는 마디를 열 개 연결하고 마디마다 구멍을 뚫어 불을 붙일 수 있도록 했다. 모양이 철적과 비슷하며 구멍으로 화력이 새어 나가서 위력이 크지 않다.

겠나?"

"우리가 의형제를 맺던 날, 양산박의 신행태보 대종과 금표자 양림이라는 사람을 만났지요. 그분들이 내게 밑천으로 삼으라고 준 열 냥을 지금도 잘 간직하고 있습니다. 그걸 가져가서 보이면 저를 기억할 겁니다."

양웅과 석수가 짐을 메고 막 묘지를 떠나려고 일어섰을 때였다. 소나무 저편에서 홀연히 한 사내가 튀어나왔다.

"태평성대에 사람을 죽이고 양산박으로 들어가다니, 그런 법도 있느냐?"

깜짝 놀라 쳐다보니 그 사내는 뜻밖에도 공손히 머리를 숙였다. 양웅이 자세히 보니 고당주 사람인 시천이었다. 이 지방에 온 뒤로 거의 좀도둑질을 생업으로 삼고 지냈는데, 전에 계주 현청으로 붙들려 왔을 때 양웅이 살려 준 일이 있었다. 벽이나 지붕 따위에 잘 기어다니며 도둑질을 한다고, 별명이 고상조鼓上蚤인 그 사내는 몸매가 날렵했고, 새카만 눈썹에 험상궂은 눈빛을 지니고 있었다.

"어째서 이런 데에 와 있는가?"

"네, 실은 요즘 형편이 별로 좋지 않습니다. 그래서 이 산에 있는 옛 무덤들을 털어 봤더니 가끔 값나가는 물건이 나오더군요. 형님이 조금 전 계집 둘을 죽이는 걸 봤지만 제 딴에는 사냥을 하느라고 나오지 않았습니까? 그런데 양산박으로 가시겠다니, 그 소리를 듣고 저도 따라가고 싶어서 이렇게 왔지요."

그러자 석수도 흔쾌히 받아들였다. 셋은 지름길로 양산박을 향해 길을 떠났다. 양웅, 석수, 시천이 계주를 떠나 밤낮을 걸어서 운주 땅에 도착하니 해가 벌써 저물었다. 앞에 있는 큰 시냇가에 술집 하나가 보이자 세 사람은 그리로 갔다. 점소이(술집에서 일하는 심부름꾼)가 마침 문을 닫으려 하기가 세 사람이 들어오는 것을 보고 물었다.

"손님들은 왜 이렇게 늦어서 오십니까?"

시천이 말했다.

"우리가 오늘 백 리 길을 오느라 좀 늦었소이다."

"손님들, 저녁을 잡수시겠습니까?"

"그냥 우리가 지어 먹겠소."

"오늘은 손님이 별로 없어서 부엌과 솥이 깨끗하니, 손님들이 지어 먹어도 좋겠습니다."

"고기 남은 것이 있소?"

"오늘 아침에 이웃 사람들이 다 사가서 남은 것은 술 한 병뿐입니다. 안주로 할 것은 아무것도 없습니다."

"일이 그렇게 된 걸 어떻게 하겠나? 가서 쌀 닷 되만 가져와 밥을 지어 먹게 해 주오."

점소이가 쌀을 갖다 주자, 시천은 쌀을 씻어 솥에 앉혔고 석수는 자리를 정돈하였다. 양웅이 비녀 한 개를 점소이에게 주면서 먼저 술을 가져오면 내일 모두 계산해 주겠다고 하자, 점소이는 술 한 통과 채소를 가져와 탁자에 놓았다.

세 사람이 상을 차려 술을 먹을 때였다. 석수가 보니 시렁 위에 박도가 수십 자루나 꽂혀 있어 점소이를 불러 물었다.

"이 가게에 어째서 저렇게 훌륭한 무기가 꽂혀 있는 거요?"

"저기 저 높은 산은 독룡산이라 하고 그 앞에 솟은 고개는 독룡고개라 하는데, 그 위에 주인어른의 집이 있지요. 이 주위의 30리를 축가장이라 부르고, 장주 되시는 축조봉 어른의 세 아들을 축씨의 삼걸이라 부릅니다. 이 고을에는 6백여 호의 일가가 있어 모두 소작입니다만, 집집마다 두 자루씩의 박도를 나누어 갖고 있습니다. 이곳은 축가점이라 하는데, 여기서 양산박이 멀지 않아 그곳의 도둑들이 식량을 약탈하러 올 때를 대비하고 준비해 둔 것입니다."

석수가 말했다.

"돈을 줄 테니 내게 박도 한 자루를 주시오."

점소이가 고개를 저으며 대답했다.

"그것은 안 됩니다. 박도 위에 이름을 새겨 놓아서 만일 한 개라도 없어지면 벌을 받습니다."

그러자 석수가 웃으며 말했다.

"농담으로 해 본 소리이니 겁내지 마시오."

점소이가 돌아가고 세 사람이 계속 술을 마시고 있는데, 갑자기 시천이 말했다.

"형님, 고기가 먹고 싶습니다."

양웅이 말했다.

"아까 점소이가 고기가 없다고 했으니 어쩌겠나?"

이 말을 듣고 시천이 빙그레 웃으며 나가더니 수탉 한 마리를 가지고 왔다. 양웅이 놀라며 말했다.

"이걸 어디서 얻어 왔느냐?"

"아까 뒤꼍에 소변을 보러 갔다가 저 닭이 있기에 술안주로 할 생각으로 가만히 잡아다가 삶았습니다. 어서 드십시오."

양웅이 웃으며 말했다.

"이놈이 또 도적질을 했구나."

석수도 한 마디 했다.

"아직도 행실을 고치지 못하였소?"

그래도 세 사람은 서로 웃으며 맛있게 먹었다. 이때 잠을 자던 점소이가 마음이 불안하여 불을 켜고 밖을 살피러 나왔다. 그런데 부엌에 닭의 털이 떨어져 있어 솥을 열고 보니, 웬 국물이 반 솥 가량이나 있었다. 또 뒤꼍에 있던 닭이 흔적도 없이 사라져 버렸다. 점소이가 세 사람에게 따졌다.

"어째서 닭을 훔쳐 먹소?"

시천이 태연하게 말했다.

"이 닭은 우리가 길에서 사 가지고 와서 먹는 것이다. 너희 닭을 우리가 어찌하여 먹겠느냐?"

점소이가 말했다.

"그렇다면 우리 집에 있던 닭은 어디로 갔소?"

"고양이나 족제비가 물어 갔는지 우리가 어떻게 아느냐?"

"우리 집 닭은 닭장 안에 있었는데 당신들이 오고 난 사이에 없어졌으니, 당신들이 도적질하지 않았으면 누가 했겠소?"

석수가 옆에서 말렸다.

"다투지 마시오. 값을 후하게 쳐 줄 테니까."

"이 닭은 새벽을 알리는 닭이라 닭으로 보상을 하셔야 하오."

석수가 크게 노하며 말했다.

"이놈! 왜 이렇게 무례하냐? 보상을 못하면 네가 감히 우리를 어떻게 하겠다는 거냐?"

점소이가 코웃음을 치며 대답했다.

"강한 체하지 마시오. 우리 가게는 다른 곳과 달라서 잘못하는 놈은 잡아다가 양산박 도적이라고 하여 관아로 보낸다오."

석수가 크게 꾸짖으며 말했다.

"정말로 양산박 호걸이면 네가 어떻게 우리를 잡아다가 상을 타겠느냐?"

옆에서 양웅 또한 크게 화가 나서 꾸짖었다.

"우리가 좋은 뜻으로 값을 쳐준다 했건만 어째서 우리를 잡아간다고 하느냐?"

갑자기 점소이가 큰 소리로 도적이라고 외치자, 가게 안에서 장정 네댓 명이 벌거벗은 채 나와 세 사람에게 달려들었다. 점소이는 '도적이다' 하고 외치다가 시천의 주먹을 맞고는 나가떨어졌고, 석수는 주먹을 날려 장정들을 모조리 때려눕혔다. 그러다 쓰러진 놈들이 다시 일어나자 세 사람은 뒷문으로 달아났다. 양웅이 말했다.

"저놈들이 가서 알릴 것이니 그 전에 우리는 얼른 달아납시다."

그 와중에도 세 사람은 남은 밥을 서둘러 먹고 짐과 요도를 챙기고 나서 시렁 위에 있는 박도를 골라 가진 뒤, 술집에 불을 지르고 걸음을 재촉하여 달아났다. 그러나 얼마 가지 못했을 때 3백여 명이

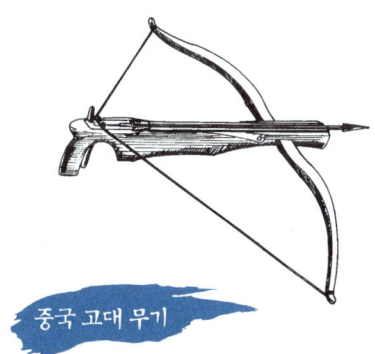

중국 고대 무기

노쫑
방아쇠를 사용하여 화살을 발사하는 활이다. 보통의 활보다 사거리가 훨씬 멀고 위력도 세지만, 다음 화살을 장전하여 발사하기까지 많은 시간이 걸린다.

나 되는 사람들이 소리를 지르며 뒤따라오고 있었다.

"겁내지 말고 샛길을 찾아 달아납시다."

"그럴 필요 없소. 한 놈이 오면 한 놈을 죽이고, 두 놈이 오면 두 놈을 죽여서 날이 밝으면 달아납시다."

미처 양웅의 말이 끝나기도 전에 사면에서 장정들이 몰려왔다. 양웅이 맨 앞에 서고, 시천이 가운데에, 석수는 뒤에 서서 박도를 들고 각각 장객들을 대적했다. 장객들은 처음에는 창검을 높이 들고 달려들더니, 양웅이 먼저 예닐곱 명을 죽이자 비명을 지르며 흩어졌다. 또 석수가 박도로 장객들을 쳐 쓰러뜨리자 사방의 장객들이 그것을 보고 겁에 질려 아예 달아나 버렸다.

세 사람은 다시 걸음을 재촉했다. 그런데 갑자기 함성이 울리며 마른 수풀 속에서 두 요구창이 나와 시천을 잡아갔다. 석수가 급히 몸을 날려 구하려 했으나 석수의 뒤에서 다른 두 개의 요구창이 달려들었다. 이를 본 양웅은 빠른 손놀림으로 박도를 들어 요구창을 막고 수풀로 뛰어들었다. 매복해 있던 장객들이 양웅을 보고 소리를 지르며 달아났다. 그러나 결국 두 사람은 시천을 구하지 못하고 달아날 수밖에 없었다.

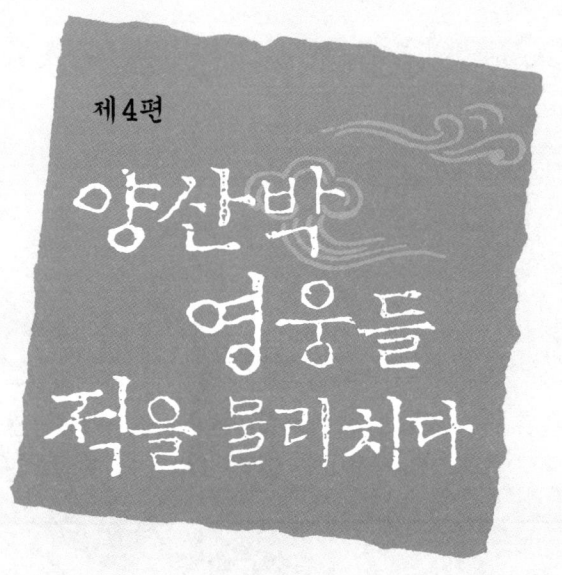

제4편
양산박 영웅들 적을 물리치다

마침내 일행은 급히 양산박으로 돌아와 취의청에 이르러 조개의 병세를 살폈다. 조개는 음식과 물을 넘기지도 못했고, 온몸이 불덩이 같았다. 송강은 눈물이 마를 날이 없이 여러 두령들과 함께 취의청을 떠나지 못하고 있었다. 그날 밤 삼경에 조개가 조금 나은 듯 겨우 머리를 돌려 송강을 보고 말했다. "아우는 내 말을 이상히 여기지 마시오. 누구든지 사문공을 잡아 원수를 갚는 자가 내 뒤를 이어 산채의 주인이 되게 해 주오." 이렇게 한 마디 당부하고 조개는 결국 숨을 거두었다.

송강, 축가장을 치다

 어느덧 날이 밝아 오고 있었다. 양웅과 석수가 달아나다가 멀리서 주막을 발견했다. 석수가 말했다.

 "형님, 요기나 하고 갑시다."

 두 사람이 주막에 들어가 박도를 세워 놓고 술을 가져오게 했다. 그때 밖에서 몹시 험상궂게 생긴 사나이가 들어와 주막 주인에게 말했다.

 "대관인이 당신들에게 나무를 지다가 장상에 바치라고 하셨소."

 이 말을 듣고 주인이 알았다고 대답을 하고 자리를 떠났다. 양웅이 사나이를 자세히 보더니 아는 사람이기에 불러 말했다.

 "여보시오, 이곳에 웬일이오? 나 좀 잠깐 봅시다."

"은인께서 어째서 이곳에 계십니까?"

사나이가 양웅에게 와서 절을 하니, 양웅이 석수에게 그를 소개했다.

"저 형제는 두흥이라 하오. 산서부 사람인데, 얼굴이 귀신처럼 워낙 험상궂게 생겨서 사람들이 귀검아鬼瞼兒라고 부른다오. 작년에 계주로 장사를 하러 왔다가 사람을 쳐 죽이고 관아에 잡혔을 때, 내가 힘을 좀 써서 그를 구해 주었지. 처음에 이야기를 나누어 보니 예의가 바르고 권법도 잘 알아서 한눈에 호걸임을 알 수 있었소. 이곳에서 만날 줄이야."

두흥이 다시 물었다.

"은인께서 무슨 일로 이곳에 계십니까?"

"나는 계주에서 사람을 죽이고 양산박으로 가는 길이오."

양웅이 그동안의 사정을 두흥의 귀에다 조용히 말해 주었다. 축가장에 잡혀간 시천의 이야기도 빼놓지 않았다.

"형님은 마음을 놓으십시오. 제가 시천을 구해 오겠습니다."

양웅은 반가워하며 두흥의 손을 잡아끌었다.

"아우님, 잠시 앉아서 술을 먹으며 의논합시다."

자리에 앉은 두흥이 술을 마시며 말했다.

"은인의 덕분에 계주에서 무사히 나온 뒤로 이곳에 와서 어떤 대관인을 만났습니다. 그분이 저를 무척 사랑해 주시며 집안의 모든 일을 맡아보게 하는데 어찌 고향으로 돌아가겠습니까?"

양웅이 말했다.

"대관인은 어떤 사람이오?"

"저기 독룡강 바로 앞에 고개가 셋이 있어 마을이 줄지어 있습니다. 그 가운데 마을이 축가장, 서쪽이 호가장, 동쪽이 이가장입니다. 이 세 마을에는 전부 만 명 정도의 사람이 살고 있는데, 그중에서 제일 사람이 많은 곳은 축가장이며, 가장 세력이 강하지요. 그 동쪽 마을인 이가장이 우리 주인의 마을입니다. 그분은 이응이라 하는데, 점강창도 잘 쓰지만 등 뒤에 꽂은 다섯 개의 비도로는 백 보나 떨어져 있는 사람을 쓰러뜨리는 신출귀몰한 솜씨를 지녔습니다. 이 세 마을은 모두 한마음으로 서로 돕고 살기로 맹세한 사이입니다. 양산박 도적들이 식량을 약탈해 갈까봐 항상 걱정하며 그에 대한 준비도 철저히 하고 있지요. 이제 제가 두 분을 대관인께 소개해 드릴 테니, 대관인의 편지를 받아 시천을 구출하러 갑시다."

두흥의 이야기를 다 듣고 석수가 놀라며 물었다.

"당신이 말하는 이 대관인이 혹시 '하늘을 치는 매'라고 소문난 박천조撲天雕 이응이오?"

"맞습니다. 그분입니다."

"독룡강에 박천조 이응이라는 호한이 계시다는 것은 풍문으로 들었소. 알고 보니 여기 계셨구먼."

술집을 나온 세 사람은 이내 이가장에 당도했다. 수백 그루의 아름드리 버드나무가 늘어진 대장원이었다. 문을 들어서자 좌우에 시렁이 매달려 있었고, 칼과 창이 서슬 퍼렇게 줄 지어 서 있었다.

"잠깐 이곳에서 기다리시면 대관인을 모셔 오도록 하겠습니다."

잠시 후 이응이 나왔다. 두흥이 양웅과 석수를 이끌고 청상에 올라가 소개하자, 이응이 술을 내오게 하여 그들을 대접했다. 양웅과 석수가 절을 하고 말했다.

"대관인께서 축가장에 글을 보내시어 시천을 구해 주신다면 그 은혜를 평생 잊지 않겠습니다."

이응은 문관 선생을 불러다 상의를 한 뒤 사람 하나를 불러 편지를 건네주었다. 그리고 말을 타고 축가장으로 가서 빨리 시천을 데려오라고 일렀다. 이를 본 양웅과 석수가 감사의 인사를 올렸다.

"제 편지를 갖고 갔으니 반드시 놓아줄 것입니다. 두 분은 마음을 놓으시오."

이응은 그들을 데리고 다시 후당으로 가서 창봉 쓰는 이야기로 즐거운 시간을 보냈다. 사시쯤 되었을 때 이응이 보낸 사람이 축가장에서 돌아왔다.

"왜 혼자 왔느냐?"

"축씨의 삼걸이 편지에 화답은커녕 도리어 화를 내는 통에 간신히 도망쳐 왔습니다."

이응이 놀라면서 말했다.

"우리가 서로 목숨을 걸고 맺은 친분이라® 편지를 받았으면 반드시 놓아 보낼 텐데, 네가 가서 말을 잘못하여 이렇게 된 것 같다. 두흥, 네가 다시 다녀오너라."

"소인이 가서 축조봉을 뵙고 자세한 연유를 말하겠습니다. 하지만 이번에는 나리의 친필로 편지를 써 주시면 어떨까요?"

이 말을 듣고 이응이 직접 편지에 사연을 적은 뒤 도장을 찍고 봉해 주었다. 두흥은 말 한 필을 골라 타고 축가장으로 갔다. 이응이 말했다.

"두 분은 마음을 놓으시오. 이번에는 나의 친필 편지가 갔으니 금방 시천을 데리고 올 겁니다."

고사성어 엿보기

® **문경지교** 刎頸之交

목을 베어 줄 수 있을 정도로 절친한 사이를 말하며, 우정이 깊어 생사를 같이하는 친구 또는 그 우정을 뜻한다.

또 다시 양웅과 석수가 깊이 감사를 전하고 후당에서 술을 먹으며 기다렸다. 그러나 날이 저물어도 두흥이 돌아오지 않자 이응이 이상히 여겨 다시 사람을 보내려 했다. 그때 하인이 들어오며 말했다.

"두 주관이 돌아옵니다."

"몇 사람이 오느냐?"

"두 주관 혼자 옵니다."

이응이 머리를 흔들며 말했다.

"이것 참 괴이한 일이구나! 평소 서로 어기는 일이 없더니 오늘은 무슨 일이란 말이냐?"

이윽고 두흥이 말에서 내려 장문으로 들어오는데, 기운이 없고 얼굴이 붉었다.

"자세히 말해 보아라. 무슨 일이냐?"

두흥이 간신히 정신을 차리고 말했다.

"소인이 나리의 편지를 가지고 축가 삼형제에게 공손히 인사를 드렸지요. 그런데 축표가 역정을 내며 또 무슨 일로 왔느냐고 묻기에 나리의 친필을 갖고 왔다고 대답하니, 축표가 '너의 주인은 어째 일을 모르느냐? 아까는 되지 못한 놈을 시켜 양산박의 도적인 시천을 보내라 하더니, 지금 관가로 그놈을 압송하여 가려던 차에 와서 또 놓아 보내라 하니, 이게 무슨 일이냐?'라고 했습니다. 그래서 제가 그 사람은 양산박 도적이 아니라 계주에서 온 행인인데, 실수로 술집을 불사른 것이며, 그것은 우리가 고쳐 줄 것이니 나리의 얼굴을 봐서 놓아달라고 했습니다. 그랬더니 축가 삼걸이 모두 그럴 수 없다고 우기며 당장 나가리고 소리를 쳐서 나리의 친필을 보여 주었는데, 축표가 편지를 빼앗아 그만 찢어 버렸습니다. 그러면서 '내 성질 건드리지 마라! 만일 내가 화가 나면 너의 주인도……' 하고 말했는데, 그 뒤의 말은 차마 못하겠습니다. 또한 축가놈들이 나리가 직접 오셔도 양산박 도적과 함께 관아로 넘기겠다는 말까지 하며 저부터 잡으라고 주위에 호령하기에 얼른 말을 타고 돌아왔습니다. 도중에 생각해 보니, 저런 의리 없는 놈들과 공연히 친분을 맺은 것이 얼마나 분한지……."

이야기를 다 듣고 난 이응은 장객에게 빨리 전마를 끌어 오라고 호령했다. 양웅과 석수가 극구 말렸다.

"대관인, 고정하십시오. 소인들의 일로 인하여 댁의 대의를 무너뜨리는 것은 옳지 않습니다."

그러나 이응은 듣지 않고 방으로 들어가서 옷차림을 수습하고 나오더니 사나운 장객 2백여 명을 불러 모았다. 두흥도 갑옷을 입고 말에 올랐고, 양웅과 석수도 박도를 끌고 이응의 말을 뒤따라 축가장으로 달려갔다. 이응이 말을 멈추고 축가의 집 앞에서 큰 소리로 외쳤다.

"축가의 세 아들들아, 무엇 때문에 나를 욕하였느냐?"

그러자 문이 열리고 수십 기의 기마가 뛰어나왔다. 그중의 한 기는 축조봉의 셋째 아들 축표였다. 이응은 삿대질하며 욕설을 퍼부었다.

"무고한 사람을 붙잡고 도둑 취급을 하다니, 그게 무슨 짓이냐?"

"도둑인 시천이 제 입으로 다 털어놨으니, 너는 변명하지 말고 돌아가거라. 사라지지 않으면 네놈도 끌고 갈 테다."

이응이 크게 노하여 말을 몰아 창을 겨누면서 축표를 향해 달려들었다. 축표도 말을 몰아 대적했다. 두 사람이 독룡강 가의 기슭에서 밀고 밀리며 창을 교환하기를 17여 합쯤 되었을까. 마침내 축표가 이응을 당해내지 못하고 말머리를 돌려 달아나며 활을 쏘았다. 이응은 몸을 피하려고 했으나 이미 화살을 팔꿈치에 맞고 말에서 떨어지고 말았다.

축표가 이내 말을 돌려 이응에게 덤벼들려고 했으나 양웅과 석수가 그것을 보고 크게 소리 지르며 박도를 들고 축표에게 뛰어드니, 축표가 대적하지 못하고 달아났다. 두 사람이 쫓아가려다 몸에 갑옷이 없어 감히 따르지 못하고, 두흥과 함께 이응을 구해 돌아와서 후당에 눕혔다. 이응, 양웅, 석수, 두흥이 모여 상의했다. 먼저 양웅이 말했다.

"대관인이 그놈의 화살에 맞아서 다시는 싸울 수 없게 되었고 시천을 구할 도리도 없으니, 이것은 모두 우리 때문에 이렇게 된 것입니다. 우리가 양산박으로 가서 송 두령에게 청하여 대관인의 원수를 갚고 시천을 구하겠습니다."

그리고 이응에게 작별을 했다.

"두 분께서는 너무 섭섭하게 생각하지 마시오. 나도 하는 데까지 했으나 어쩔 수가 없구려. 용서하시오."

이응이 이렇게 말하고 두흥을 불러 금은을 가져와 주라고 했으나 두 사람은 사양했다.

"사양하지 마시오. 이것은 강호의 호걸을 대접하는 예라오."

두 사람은 마지못해 금은을 받고는 이응과 작별했다. 두흥이 문 밖까지 나와서 양산박으로 가는 큰길을 가르쳐 주며 전송했다.

양웅과 석수가 양산박을 향해 가다 보니, 멀리 보이는 곳에 술집을 알리는 깃발이 휘날리고 있어서 그곳에 가서 술을 마시며 길을 물었다. 원래 이 술집은 양산박에서 이목을 넓히기 위해 새로 지은 술집으로, 석용이 맡아 운영하고 있었다. 두 사람이 술을 먹으면서 양산박으로 가는 길을 물으니, 석용이 두 사람의 용모가 비범함을 보고 물었다.

"두 손님은 어디서 오셨는데 양산박으로 가는 길을 물으십니까?"

"우리는 계주에서 왔소."

석용이 갑자기 무엇인가가 생각난 듯 물었다.

"당신은 석수가 아니시오?"

"나는 양웅이고 이 사람이 바로 석수인데, 주인장은 어떻게 아십니까?"

"소인이 몰라뵈었습니다. 전일에 대원장이 계주에서 돌아오셔서 손님의 존함을 말씀하시는 것을 들었습니다. 지금 이렇게 뵈니 참으로 다행입니다."

세 사람이 다시 인사를 나눈 뒤에 양웅과 석수가 자신들이 겪은 지난 일들을 이야기했다. 석용이 대단히 기뻐하며 술과 음식을 대접하고 나서 뒤편 정자로 올라가 화살을 쏘았다. 그러자 건너편 언덕의 갈대숲에서 한 사람이 배를 저어 왔.

석용과 두 사람은 함께 배에 올라 산채로 갔다. 모든 두령들이 나와 그들을 맞이했다. 양웅과 석수가 동지가 되고 싶다고 하자 크게 기뻐하기는 했으나, 함께 이곳으로 오던 시천이 도중에 축가장에서 잡히게 된 소동을 털어놓자 조개가 크게 노하며 호령했다.

"이 두 놈을 죽여 버려라!"

송강이 황급히 말렸다.

"형님, 고정하십시오. 두 호걸이 천 리도 멀다 않고 찾아와 마음을 하나로 합쳐 일하겠다는데, 왜 죽이려는 겁니까?"

그러자 조개가 말했다.

"양산박의 우리들은 왕륜을 없앤 후 줄곧 충과 의를 본분으로 하여 사람들에게 인과 덕을 베풀 수 있도록 마음을 다해 왔소. 동지들은 나이와 상관없이 각자 호걸다운 면모를 보여 왔는데, 이 두 놈은 양산박 호걸의 이름을 팔아 닭을 훔쳐 먹고 우리들의 이름을 욕되게 했소. 오늘은 우선 이 두 놈을 죽여서 산채의 모범을 보이고, 내가 친히 군사를 끌고 그 마을을 때려 부수어 양산박의 면모를 유지해야겠소. 어서 그놈들의 목을 베어라!"

송강이 권하며 말했다.

"그건 안 됩니다. 시천이란 자는 원래 그런 사람이어서 축가장놈들과 시비를 일으켰을 뿐입니다. 이 기회에 양산박을 업신여기는 놈들을 해치웁시다. 그러하면 4, 5년치의 양식은 충분히 마련될 겁니다. 미흡하지만 제가 군대를 이끌고 두령 몇 분의 도움을 받아 축가장을 해치우겠습니다. 첫째는 산채의 원수를 갚고, 둘째는 그따위 놈들에게 욕을 듣지 않으려 함이요, 셋째는 많은 전량을 얻어서 산채에 보탬이 되었으면 합니다. 그리고 박천조 이응을 청하여 산으로 데려오겠습니다."

그러자 오학구가 말했다.

"송공명 형님의 말이 옳습니다. 어찌 산채에서 수족과 같은 사람을 죽일 수 있겠습니까?"

대종 또한 말했다.

"차라리 소인의 머리가 베이더라도 호걸들이 오는 길은 막지 못하겠습니다."

이렇게 여러 두령들이 만류하자 조개는 노여움을 풀었다. 양웅과 석수가 깊은 감사의 뜻을 전하자 송강이 위로했다.

"두 아우님은 두려워 마시오. 이는 산채의 규칙이니 그리 알고, 만약 이 송강이 죄가 있으면 머리를 베이는 데는 사정이 없소. 두 분께서는 너무 언짢게 생각하지 마시오."

양웅과 석수가 절을 하며 다시 한 번 감사의 뜻을 전했다. 조개는 두 사람을 양림의 다음에 앉히고, 모든 졸개들을 불러서 새로 들어온 두 두령을 소개한 후 소와 말을 잡아서 큰 잔치를 베풀었다.

다음날 송강은 여러 두령들을 모아 놓고 함께 축가장을 소탕하기로 결정했다. 조개는 산채를 지키고, 그 밖에 각자 맡은 곳에서 움직이지 말고 자리를 지키게 했다. 그리고 맹강에게 마린을 대신하여 배를 짓게 하고 나서 끝으로 축가장을 함께 치러 갈 두령들을 정했다.

제1대인 송강, 화영, 이준, 목홍, 이규, 양웅, 석수, 황신, 구붕, 양림은 졸개 3천과 군마 3백을 데리고 축가장으로 출발했다. 그리고 제2대인 임충, 진명, 대종, 장횡, 장순, 마린, 등비, 백승도 졸개 3천과 전마 3백을 거느리고 그 뒤를 따랐고, 금사탄과 압치탄을 지키던 정천수가 군량을 조달하는 일을 맡았다. 조개 등 나머지 두령들은 그들을 전송하고 산채로 돌아갔다.

송강을 대장으로 한 제1대는 조금도 쉬지 않고 축가장으로 향했다. 송강은 독룡강에서 20리쯤 떨어진 곳에 말을 멈추고 두령들과 의논했다.

"들어 보니 축가장으로 가는 길은 매우 복잡하다고 하오. 먼저 두어 사람을 보내어 알아본 뒤에 군사를 나아가게 합시다."

이규가 말했다.

"형님, 그동안 내가 사람을 죽이지 못하였으니 내가 먼저 가겠습니다."

"적을 제거할 때는 너를 보내겠지만, 이번에는 비밀히 해야 하는 일이라 너를 보낼 수가 없다."

"아니, 저 조그만 마을 하나를 치는 데 형님은 왜 그렇게 마음을 쓰십니까? 제가 졸개 2백 명쯤 데리고 가서 개 잡듯 하면 될 것을 무슨 일로 겁을 먹고 길부터 탐지하시려고 합니까?"

송강이 큰 소리로 꾸짖었다.

"이놈아, 왜 이렇게 어리석은 말만 하느냐? 빨리 물러가거라!"

이규가 나가며 투덜거렸다.

"한낱 파리 같은 놈들인데, 뭐가 그렇게 주저할 것이 많을꼬?"

송강이 석수를 불러 말했다.

"아우님이 양림과 함께 한번 다녀오시오."

송강이 명하자 석수가 말했다.

"저놈들도 반드시 준비를 하고 있을 것입니다."

옆에서 양림도 말했다.

"내가 도인의 행색을 하고 병기를 감춘 채 손에 방울을 흔들며 갈 테니, 방울 소리를 들으며 내 근처를 떠나지 마시오."

"저는 계주에 있을 때 나무장수였으니, 나무 한 짐을 지고 들어가겠습니다. 무슨 일이 있거든 서로 구해 줍시다."

"알았소. 오늘 오경에 떠나기로 합시다."

석수가 먼저 나무를 지고 한 20리를 갔다. 둘러보니 길이 복잡하고 수목이 울창하여 길을 알아볼 수가 없었다. 나뭇짐을 내려놓고 잠시 쉬고 있는데 등 뒤에서 방울 소리가 났다. 양림이 머리에 헌 두건을 쓰고 낡은 옷을 입은 채 손에 방울을 흔들며 오고 있었다. 주위에 사람이 없는 것을 살핀 뒤 석수가 말했다.

"전날 이응을 따라서 올 때는 날도 어두웠고, 사람들을 피해 급히 달아나고 있던 터라 자세한 것은 살피지 않았습니다. 이렇게 복잡한 곳일 줄은 몰랐습니다."

"샛길로 가지 말고 큰길로 가는 것이 좋을 것 같소."

석수가 다시 나뭇짐을 지고 큰길로 걸어가자 얼마 후 마을이 나타났다. 주막에 나뭇짐을 내려놓고 살펴보니, 가게마다 창검이 꽂혀 있었고 사람마다 누런 적삼을 입고 있었는데 모두 등에 크게 '축祝' 자가 쓰여 있었다. 석수가 그것을 보고 어느 노인에게 공손히 물었다.

"하나만 여쭙겠습니다. 이곳은 무슨 연유로 집집마다 창과 칼을 꽂고, 사람마다 군복을 입고 있습니까?"

"당신은 타향에서 와서 이곳 일을 알지 못하는 모양이니 빨리 달아나시오."

"소인은 산동의 대추장수였는데 본전이 다 떨어져 고향에도 가지 못하고 나무를 지고 와 팔고 있습니다. 도대체 무슨 일입니까?"

"빨리 다른 곳으로 가시오. 이곳은 조만간 큰 전쟁터가 될 것이오."

"이렇게 좋은 곳이 어째서 전쟁터가 되겠습니까?"

"금시초문인 모양이군. 이곳은 축조봉의 아문이오. 양산박 호걸들이 군마를 이끌고 촌 어귀에 와 있답니다. 이곳의 길이 복잡해서 감히 들어오지 못하고 지체하고 있다는 것을 알고, 집집마다 장정들이 준비하고 있다가 명이 내려지는 대로 나가 싸우려는 것이오."

"이 마을에 인마가 얼마나 됩니까?"

"우리 축가에 있는 인마만 해도 약 2만이고, 동서에도 군사가 더 있소. 동촌에는 박천조 이응, 서촌에는 호 태공의 딸인 일장청一丈青 호삼랑이 있지요. 더구나 우리 마을의 길이 자고로 복잡하기로 유명하여 들어오기는 쉬워도 나가는 길은 찾지 못한다 했소."

석수가 다 듣고 나서 절을 하며 애원했다.

"소인은 강호에서 본전을 다 잃고 고향에도 못 가는 불쌍한 사람입니다. 만일 나무를 팔러 다니다가 저 사람들을 만나면 어떻게 살기를 바라겠습니까? 지고 온 나무는 모두 노인장께 드릴 테니 나가는 길이나 가르쳐 주십시오."

"내가 어찌 그것을 그냥 받겠소? 나무는 내가 살 것이니 그만 들어와서 요기나 하시오."

석수는 고맙다고 말하며 나무를 지고 노인을 따라 안으로 들어갔다. 노인이 청주를 걸러 주고 대추죽을 쑤어 주자, 석수가 받아먹고 다시 절을 하며 부탁했다.

"부디 나가는 길을 좀 알려 주십시오."

노인이 말했다.

"마을을 나가더라도 넓고 좁은 길을 가리지 말고 백양나무를 심은 곳으로 가시오. 백양나무가 있는 길이 사는 길이요, 없는 곳은 비록 넓은 길이라 해도 다 죽는 길이라오."

석수가 다시 물었다.

"어째서 죽는 길이라고 하십니까?"

"좌우로 길마다 철질려를 깔아 놓았으니 가다가 잡히기 십상이지."

"노인장의 존함을 알고 싶습니다."

노인이 웃으며 말했다.

"이곳 사람들이 종리거사 鍾離居士라고 부른다오."

"술과 밥을 많이 먹어 신세를 졌으니 후일에 반드시 갚겠습니다."

석수가 인사를 치르고 길을 떠나려 할 때 밖에서 떠들썩한 소리가 들려왔다. 석수가 조심스레 귀를 기울여 보니 첩자를 잡았다는 소리였다. 석수가 깜짝 놀라 노인과 함께 나가 보니 몇 명의 군졸들이 한 남자를 뒤로 묶어 끌고 오고 있었다. 바로 양림이었다.

한편 마을 입구에서 기다리던 송강은 양림과 석수가 돌아오지 않기에 구붕을 다시 마을로 보냈다. 구붕이 곧 돌아와 보고했다.

"저쪽에서는 첩자를 한 명 잡았다고 큰 소동이 났습니다."

송강은 그 말을 듣고 버럭 화를 냈다.

"필경 두 형제가 잡힌 모양이니 오늘밤에 쳐들어가서 두 형제를 구해야겠소. 두령들의 생각은 어떠시오?"

이규가 뛰어나오면서 말했다.

"형님, 내가 먼저 쳐들어가서 어떠한지 보고 오

중국 고대 무기

질려 蒺藜
네 개 이상의 뾰족한 날이 있는 철질려가 유명하다. 이것을 여러 개 연결하여 땅바닥에 놓아두면 적의 이동을 방해할 수 있다. 여기에 독을 발라 놓기도 한다.

겠습니다."

이번에는 송강이 받아들였다.

"너는 양웅과 함께 일대 군마를 거느리고 앞장서 가거라."

그리고 이준을 후군으로, 목홍을 좌군으로, 황신을 우군으로 삼고, 송강, 화영, 구붕 등이 중군이 되어 기를 펄럭이며 축가장으로 향했다. 독룡강에 이르렀을 때는 황혼이 물들고 있었다. 송강은 후군을 재촉하고 모든 군사에게 싸움터로 향할 것을 명령했다.

이규는 윗옷을 벗어젖히고 쌍도끼를 들고 축가장에 닿았다. 장문은 굳게 닫혀 있었으나 불빛 한 점 보이지 않았다. 이규가 물을 건너가려 하자 양웅이 말렸다.

"잠깐만 기다리시오. 이렇게 고요한 것을 보아 반드시 계책이 있을 듯하니, 형님이 오는 것을 기다려 상의하는 것이 좋을 것 같소."

그러나 이규는 듣지 않았다.

"이 좀 같은 늙은 도적 축 태공아! 어서 나오거라! 흑선풍이 이곳에 와 있다!"

이규가 쌍도끼를 쳐들고 아무리 소리를 질러도 응답이 없었다. 그때 송강의 인마가 닿았다.

"저쪽의 인마는 보이지도 않고 기척도 없습니다."

송강이 말에서 내려 장상을 살펴보았다. 그제야 자신이 조급했음을 깨달았다.

"내가 실수했구나. 천서天書에 이르기를 전쟁에 임했을 때는 조급히 굴지 말라 하였는데, 내가 두 형제를 급히 구하려고 신중히 생각하지 않아 적지에 들어오고 말았구나. 반드시 적의 계책이 있을 것이니 빨리 물러가야겠다."

그러자 이규가 나섰다.

349 • 송강, 축가장을 치다

"형장, 이미 군마가 도착했는데 왜 물러서라고 합니까? 내가 건너가서 놈의 무리를 다 죽이겠습니다."

이 말이 끝나기도 전에 포성이 일어나며 하늘이 진동하기 시작했다. 그리고 독룡강 앞에 횃불이 길게 비치며 성문 위에서 화살이 비 오듯 날아왔다. 송강이 급히 오던 길로 회군하자 후군 두령인 이준이 소리를 지르며 말했다.

"지금 온 길은 모두 막혔소이다!"

"어서 길을 찾아야 한다, 길을!"

송강이 다급하게 소리쳤다. 이규는 도끼를 휘두르며 죽일 상대를 찾고 있었으나 적군은 하나도 보이지 않았다. 그때 독룡강의 장상에서 또 한 발의 포성이 들렸고, 그 포성이 사라지기도 전에 사방에서 땅을 흔드는 함성이 터져 나왔다. 송강은 점점 더 당황하여 허둥지둥할 뿐이었다.

마침 목홍의 좌군 쪽이 소란스럽더니 부하 하나가 나와 아뢰었다.

"석수 두령이 돌아왔습니다."

석수가 박도를 들고 말 앞에 나와 말했다.

"형님, 걱정 마십시오. 길을 알았습니다. 길이 넓든 좁든 아무 생각하지 마시고, 백양나무를 심은 길로만 가도록 전군에게 비밀히 명령하십시오."

송강은 급히 인마를 이끌고 백양나무가 있는 길로 나아갔다. 5, 6리쯤 갔을까. 적과 인마의 수가 점점 더 늘고 있는 것 같았다. 송강이 수상이 여겨 물어보자 석수가 대답했다.

"놈들이 등불로 신호를 주고받고 있습니다. 저 나무 그늘에 등불이 보이지요? 우리가 동쪽으로 가면 등불이 동쪽으로 향하고, 서쪽으로 가면 서쪽으로 향하고

 351 • 송강, 축가장을 치다

있으니 확실합니다."

송강이 당황하여 물었다.

"그러면 어떻게 하면 좋겠는가?"

그때 화영이 웃으며 말했다.

"별것 아닙니다."

한나라 때의 명궁수 이광처럼 활을 무척 잘 쏜다고 하여 소이광小李廣이라고 불리는 화영이었다. 그가 등불을 향해 활시위를 당기자 당연히 명중이었다. 사면의 복병들은 등불이 떨어지는 것을 보고 일시에 소리를 지르며 달아났다.

송강은 석수를 보고 길을 안내하라 하고 촌 어귀까지 나왔다. 갑자기 산 앞에서 함성이 일어나며 한 줄기 횃불이 사방으로 어지럽게 흔들렸다. 이에 송강이 군마를 멈추고 석수에게 무슨 일인지 알아보라고 했다.

"제2대 군마가 도착해 복병들과 싸우고 있습니다."

송강이 크게 기뻐하며 촌 어귀에 나와 보니 축가장 쪽 사람들만 사방으로 달아나고 있었다. 임충, 진명 등 제2대 두령들이 모두 와서 합류했을 때는 동이 틀 무렵이었다. 송강은 높은 곳을 골라 진지를 구축하고 군사를 점검했다. 그런데 진삼산鎭三山 황신이 없었다.

"황 두령이 명령을 듣고 길을 탐지하러 나갔다가 숲 속에서 웬 요구창이 말 다리를 건드려서 말에서 떨어지는 바람에 복병에게 잡혀갔습니다."

"축가장을 쳐부수지도 못하고 형제마저 잃었으니 장차 어찌하면 좋겠소?"

양웅이 말했다.

"저 세 마을은 서로 사생지교死生之交(죽고 사는 것을 함께하기로 맹세한 사이)를 맺었으나 동촌의 이응은 한때 축표의 화살을 맞고 자리에 누워 있습니다. 형님은 왜 거기에 가서 의논하려 하지 않으십니까?"

"미처 생각지 못했구나. 내가 반드시 이곳의 지리를 알아 오겠소."

송강은 비단 한 필과 양고기와 술을 말에 싣고 나서면서 임충과 진명에게 진지를 지키라 했다. 그리고 화영, 석수, 양웅과 함께 졸개 3백 명을 거느리고 이응의 집 근처에 이르렀다. 문은 굳게 닫혀 있었고 담 안에 많은 병기가 꽂혀 있었다. 안에 있던 사람들이 송강 일행을 보고 북을 치자, 송강이 말했다.

"우리는 대관인을 뵈러 왔소. 다른 뜻이 있는 게 아니니 들어가게 해 주시오."

안에 있던 두흥이 양웅과 석수가 서 있는 것을 보고 황급히 문을 열어 주었다. 두흥이 예를 갖추자 송강이 황망히 말에서 내려 인사를 했다. 양웅과 석수가 가까이 와서 말했다.

"저 사람은 전에 우리 형제를 이 대관인에게 소개해 주었던 귀검아 두흥이라는 사람이옵니다."

송강이 말했다.

"그대가 나를 위해 이 대관인께 말씀 좀 전해 주시오. 양산박 송강의 무리가 대관인의 높은 명성을 전부터 들었으나 인연이 없어 일찍이 뵙지 못했다가 이제 축가장이 우리와 대항하려고 하여 이곳으로 왔으니, 한번 뵙기를 바랄 뿐이라고 말이오. 절대 다른 마음은 없다는 것도 함께 전해 주시오."

두흥이 이 말을 듣고 청상으로 와서 전하자 이응이 말했다.

"그 사람은 양산박 사람이라 서로 보면 곤란해지니, 가서 내가 병이 들어서 보지 못한다고 하고 예물은 이유가 없는 것이라 못 받겠다고 전하라."

두홍이 건너와서 송강에게 말했다.

"우리 주인께서 거듭 말씀하시기를, 몸에 병이 있어 만나지 못하니 죄송하고 주시는 예물은 받지 못하겠다고 하십니다."

송강이 말했다.

"주인의 뜻은 충분히 알고 있소. 우리가 축가장을 치려 하는 것을 꺼리는 것이겠지요."

"그게 아니라 정말 병이 들어 보지 못하시는 겁니다. 소인이 비록 중산부 사람이지만, 이곳의 허와 실을 잘 알고 있으니 몇 가지 말씀을 드리지요. 중간은 축가장, 동쪽은 우리 이가장이요, 서쪽은 호가장입니다. 세 마을이 결탁하여 서로 돕기로 했는데, 이번에는 우리 주인이 축가와 안 좋은 일이 있어 돕지 않았지요. 다만 두려운 것은 저 호가장입니다. 그곳의 호삼랑이라는 여인이 쌍일월도를 귀신같이 쓰는데, 축가의 셋째 아들 축표와 조만간에 혼인을 할 사이기도 하지요. 장군이 만일 축가장을 친다면 저희 이가장은 걱정 마시고, 서쪽의 호가장을 힘써 방비하십시오. 축가장에는 문이 앞뒤로 있는데, 하나는 독룡강 앞으로 나 있고 하나는 위에 나 있습니다. 앞문만 치면 이기지 못하고, 앞뒤로 모두 쳐야 성공할 수 있습니다. 길이 복잡하고 구불구불한 데가 많으니 만일 백양나무가 있으면 큰 길이요, 없는 곳은 길이 넓어도 다 죽는 길입니다."

석수가 말했다.

"아까 그놈들이 백양나무를 모두 다 베어 버리더이다. 이제 무엇을 표식으로 삼으면 좋겠소?"

"베었다 하나 뿌리는 있을 것이오. 또 낮에는 군사를 보낼 것이나 캄캄한 밤에는 어쩌지 못할 것이오."

송강이 다 듣고 나서 두흥과 작별한 뒤 진지로 돌아왔다. 그리고 두령들에게 이응과 만나지 못한 것과 두흥에게 전해 들은 것을 모두 말해 주었다. 여러 두령들이 미처 대답을 못하고 있는데, 이규가 웃으며 말했다.

"그놈이 우리 형님을 영접하지 않는 것이 괘씸하니, 내가 졸개들을 데리고 가서 그 집을 부수고 그놈을 형님에게 끌고 오겠습니다."

송강이 말했다.

"그 사람은 부귀한 양민이니 어찌 관아를 두려워하지 않겠느냐? 우리가 양산박에서 와서 만나지 않는 것이니 괘념치 마라."

"내 생각에는 그 사람이 어린아이 같아서 여러 사람을 보기가 부끄러워 만나지 않는 것 같습니다."

이규의 말에 사람들이 웃었다. 송강이 말했다.

"우리가 두 형제를 잃고도 생사를 알지 못하니 답답하오. 다시 힘을 합해 축가장을 칩시다."

모두 몸을 일으키며 말했다.

"형님의 명령에 따르겠습니다."

흑선풍 이규가 소리를 지르며 말했다.

"여러분은 모두 소인배를 두려워하니 내가 먼저 가겠습니다."

"이번에는 너를 선봉으로 못 쓰겠다."

송강의 말에 이규가 머리를 숙이고 물러났.

송강은 마린, 등비, 구붕, 왕영을 선봉으로 삼고, 대종, 진명, 양웅, 석수, 이준,

장횡, 장순, 백승을 제2대로 삼아 배를 준비하게 했다. 그리고 임충, 화영, 목홍, 이규를 제3대로 삼아 다른 군대를 도와 주라고 했다. 모두 배부르게 먹고 나서 갑옷을 입고 말에 오르자, 송강은 선봉에 서서 기를 앞세우고 두령 네 사람과 수천의 마군과 보군을 거느린 채 독룡강 앞에서 축가장을 바라보았다. 그런데 거기에 웬 흰 깃발이 펄럭이고 있는 것이 보였다.

〈양산박을 짓밟고 조개와 송강을 잡으리라!〉

송강이 말 위에서 그 깃발에 쓰여 있는 글을 보고 크게 노하여 다짐했다.

'축가장을 때려 부수기 전에는 절대로 양산박에 들어가지 않으리라!'

송강은 제2대에 축가장의 앞문을 치게 하고, 자신은 군사들과 함께 독룡강의 뒤쪽으로 갔다. 축가장 후면은 방비가 철저했다.

송강이 도착하자 갑자기 큰 함성과 함께 한 떼의 군마가 나타났다. 자세히 보니, 말로만 듣던 여장군 일장청 호삼랑이 갑옷을 걸치고 두 자루의 일월쌍도를 휘두르며 말을 타고 달려오고 있었다. 그 미모가 뛰어난 데다 위엄까지 갖춘 여걸이었다. 호삼랑은 축가장의 위험을 듣고 돕기 위해 온 것이었다. 송강이 외쳤다.

"누가 호가장의 여걸과 맞서겠느냐?"

말이 끝나기도 전에 왜각호 왕영이 달려 나갔다. 그러나 왕영은 상대가 여자인 것을 얕잡아 보다가 10여 합 만에 호삼랑의 쌍칼에 밀려 그만 사로잡히고 말았다. 구붕이 이에 화가 나서 나섰으나 역시 호삼랑에게는 뒤지는 실력이었다. 구붕의 창이 밀리는 것을 보던 등비가 쇠사슬을 휘두르며 호삼랑에게 돌진했다.

그때 축가장의 북소리와 함께 한 장수가 수백의 장객들을 거느리고 달려왔다. 축씨 삼걸 중 맏형인 축룡이었다. 축룡은 구붕과 등비 쪽은 보지도 않고 곧장 송강에게 달려들었다. 송강을 호위하고 있던 마린이 달려오는 축표와 맞서 싸웠다. 그러는 동안 등비 역시 호삼랑과 싸움을 멈추고 송강을 보호하기 위해 달려왔다. 마침 진명이 앞문에서 싸우다가 이쪽의 소식을 듣고 도우러 온 것을 보고, 마린은 진명에게 축표를 맡기고 사로잡힌 왕영을 구출하려고 말을 몰아 달려 나갔다. 그때 축가장 쪽에서는 축씨 삼걸의 무예 스승인 난정옥까지 철퇴를 들고 싸우러 나왔다.

난정옥은 진명과 몇 합을 싸우다가 패한 척하고 수풀로 유인했다. 미리 매복하고 있던 무리들이 밧줄로 진명의 말을 넘어뜨렸고, 뒤따르던 등비가 이것을 보고 놀라 피하려 했으나 또 다른 복병들이 한꺼번에 달려 나오는 바람에 그만 사로잡히고 말았다.

송강은 등비가 사로잡히는 것을 보고 남쪽으로 퇴각하라는 명령을 내렸다. 난정옥, 축룡, 호삼랑에게 쫓기면서 송강 일행이 바람처럼 달려가고 있는데, 남쪽에서 목홍이, 동남쪽에서 양웅과 석수가 각각 수백의 군사들을 거느리고 도우러 왔다.

이렇게 양산박의 두령들과 축가장, 호가장의 무리들이 맞서는 동안 벌써 날이 저물고 있었다. 송강은 날이 어두워지기 전에 이곳을 빠져나가려고 얼른 퇴각 명령을 내렸다.

그런데 뒤를 보니 호삼랑이 여전히 쫓아오고 있었다. 일월쌍도를 휘두르며 막 송강에게 다가섰을

표자두 임충
자신을 시기하는 왕륜을 죽이고, 조개를 양산박 최고 두령 자리에 앉혔다. 얼굴이 표범을 닮았다고 하여 '표자두'라고 불렸다.

때 이규가 쌍도끼를 휘두르며 호삼랑에게 달려들었다. 이규의 기세를 이기지 못한 호삼랑은 방향을 돌려 숲 속으로 달아났다. 마침 숲에서는 표자두 임충이 군사를 거느리고 기다리고 있었다. 임충은 한때 동경의 80만 금군 교두였던 실력을 한껏 발휘하며 싸우다가 호삼랑의 빈틈을 노려 단번에 그녀를 사로잡았다. 임충이 호삼랑을 묶어 송강에게 데리고 갔다.

그날 밤 송강은 다음 전투 때문에 고심하느라 잠을 이루지 못했다. 그런데 날이 밝자 한 졸개가 양산박에서 오용이 왔다고 알렸다.

"석용의 추천으로 산채에 들어오려는 사내가 하나 있는데, 그 자가 난정옥과 친한 사이랍니다. 양림과 등비하고도 아는 사이고요. 그 자가 축가장 공격에 필요한 계략 하나를 가르쳐 주며 산채에 들어오게 해 달라고 합니다. 한 닷새 안으로 그가 일러 준 계략을 실행에 옮기면 좋을 것 같은데, 어떻습니까?"

송강은 쾌히 승낙하며 오용의 이야기를 듣기 시작했다.

고사성어 엿보기

문경지교 刎頸之交

생사를 같이하는 사이

전국시대 때 조나라 혜문왕의 신하 중에 인상여와 염파라는 사람이 있었다. 어느 날 술자리에서 진나라의 소양왕이 혜문왕에게 모욕을 주려는 것을 보고 인상여가 오히려 소양왕에게 망신을 주었다. 인상여는 그 공으로 종1품의 상경이라는 높은 벼슬을 받게 되었다. 당시 명장으로 소문난 염파보다 지위가 높아진 것이다. 염파는 그의 출세에 분개하면서 만나면 망신을 주겠다고 단단히 벼르게 되었다.

그후 인상여는 병을 핑계로 조정에도 나가지 않았으며 길을 가다가 염파가 보이면 다른 길로 돌아갔다. 이러한 인상여의 행동에 실망한 부하들이 그에게 작별인사를 하러 왔다. 인상여가 그들을 만류하며 말했다.

"지금 강국인 진나라가 쳐들어오지 않는 것은 염파와 내가 버티고 있기 때문일세. 우리 둘이 싸우면 결국 모두 죽게 돼. 그래서 나라의 위기를 먼저 생각하고 염파를 피하는 것일세."

이 말을 전해 들은 염파는 몸 둘 바를 몰라 인상여를 찾아가 사과했다. 그리고 화해한 두 사람은 죽는 한이 있어도 변치 않는 우정을 맹세했다.

刎: 목찌를(문), **頸**: 목(경), **之**: 어조사(지), **交**: 사귈(교)

목을 베어 줄 수 있을 정도로 절친한 사이를 말하며, 우정이 깊어 생사를 같이하는 친구 또는 그 우정을 뜻한다. 같은 말로 '문경지계 刎頸之契'가 있다.

[출전] 《사기史記》〈염파인상여전廉頗藺相如傳〉

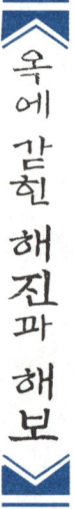

　　　　　　원래 이 일은 송공명이 축가장을 칠 때 등주에서
시작된 것이었다. 등주는 산동 해변의 한 고을인데, 이 등주성 밖에 있는 동주산
의 호랑이가 곧잘 사람을 해치고는 했다. 그러자 관가에서는 사냥꾼들을 불러 동
주산의 호랑이를 잡으라는 기한부 명령을 내렸다.

　사냥꾼 중에서도 제1인자는 양두사兩頭蛇 해진과 쌍미갈雙尾蝎 해보 형제였다.
이 형제는 관아에서 내린 기한부 명령서를 받고 집으로 돌아왔다. 그리고 호랑이
를 잡을 만반의 준비를 갖추어 동주산으로 올라가서 쇠뇌를 놓고 호랑이가 나타
나기를 기다렸다. 며칠 동안 호랑이는 그림자도 보이지 않았다.

　사흘째 되는 날 밤이었다. 졸고 있던 형제가 쇠뇌를 치는 소리에 놀라 일어나 보

니, 호랑이 한 마리가 독화살을 맞고 달아나고 있었다. 형제는 호랑이를 쫓기 시작했다. 호랑이는 얼마 가지 못해 온몸에 독이 퍼져서 굴러 떨어져 죽고 말았다.

"호랑이가 떨어진 곳은 모 태공의 집 뒤뜰이다. 가서 호랑이를 떠메고 오자."

둘은 강차를 든 채 산을 내려가서 모 태공의 저택을 찾아갔다. 그러나 모 태공은 호랑이를 잡은 공을 가로채기 위해 뒤뜰에 들어가지 못하게 하면서 오히려 호랑이가 굴러 떨어진 적이 없다고 시치미를 떼는 것이 아닌가. 한참 지난 후에 뒤뜰 문을 열었으나 이미 호랑이는 온데 간데 없었다.

"분명 이곳으로 굴러 떨어졌단 말인가? 아무것도 없지 않은가?"

"그럴 리가 없소. 분명 우리 두 눈으로 똑똑히 보았소."

그때였다. 해보가 손가락을 가리키는 곳을 보니, 풀들이 납작하게 눌려져 있었고 피까지 말라붙어 있었다. 형제는 분명 호랑이가 굴러 떨어진 흔적이 틀림없다고 말했다. 그러자 모 태공이 버럭 화를 냈다.

"우리 집 하인들이 호랑이를 감추기라도 했단 말인가? 자네들도 보지 않았나? 방금 눈앞에서 자물쇠를 때려 부수고 들어와 함께 찾았던 것을."

"제발 부탁이오. 호랑이를 돌려주시오. 관아에다 바쳐야 한단 말이오."

"두 놈 다 지독한 놈들이구나. 내가 그동안 술과 음식을 실컷 대접해 주었건만 난데없이 와서 호랑이를 내놓으라니. 네놈들이 매를 맞으려고 환장을 한 모양이구나. 놈들을 끌어내라!"

해진과 해보는 홧김에 의자며 탁자를 닥치는 대로 부숴 버렸다. 그리고 문 밖으로 쫓겨 나와서도 욕설을 퍼부었다.

"이놈, 내 호랑이를 가로챈 놈아! 우리가 이대로 가만히 있을 줄 아느냐!"

그때 한 떼의 말 탄 자들이 집 앞으로 달려왔다. 해진은 그 무리들 중에서 모 태공의 아들 모중의를 알아보고 얼른 그 앞으로 달려갔다.

"댁에서 우리 호랑이를 가로챘는데, 주인어른께서 돌려주지 않으시고 도리어 우리 형제를 치려고 했소."

"하인들이 무식해서 그런 실수를 저지른 모양이네. 아버님도 놈들한테 속아서 그러신 것 같군. 여기서 떠들 것 없이 나를 따라오게. 호랑이를 돌려줄 테니."

해진과 해보는 모중의에게 거듭 고마움을 표했다. 모중의는 대문을 열게 하고 두 형제를 안으로 들여보냈다. 그리고 이내 대문을 걸어 버렸다. 양쪽에서 수십 명의 장객들이 우르르 몰려나온 것도 순식간이었다. 형제는 미처 손 쓸 겨를도 없이 결박을 당하고 말았다.

"바로 내 집에서 호랑이를 잡았는데, 네놈들이 가로채려고 들어? 게다가 함부로 남의 세간까지 부수다니……. 이대로 내버려 두어서는 안 되겠구나. 관아로 압송해서 죗값을 톡톡히 받도록 해야겠다."

모중의는 이미 관아에 호랑이를 갖다 바친 후 포졸들을 데리고 해진과 해보를 붙잡으러 나타난 것이었다.

관아에는 왕정이라는 모 태공의 사위가 있었다. 그는 이미 지부에게 이 사건을 보고해 두었던 터라 해진과 해보의 진술도 듣지 않은 채 그들에게 곤장부터 치라고 명령했다. 결국 남의 호랑이를 가로채려고 모 태공의 집을 습격했다는 두 형제의 거짓 자백을 받아냈다.

"이 못된 놈들 같으니라고. 내 손에 걸린 이상 양두사는 일두사로, 쌍미갈은 단미갈로 만들어 줄 테다. 놈들을 옥 속에 처넣어라!"

절급이 호령하자 옥졸들이 그들을 옥에 가두었다. 그런데 한 옥졸이 낮은 목소리로 뜻밖의 말을 했다.

"날 모르겠소? 나는 당신들 형수의 동생이오."

"아, 그렇다면 혹시 악화가 아니시오?"

"맞소. 내가 바로 악화요. 내 누이가 시집을 가고 나서 여기서 옥지기를 하며 지내고 있습니다. 내가 노래를 잘한다고 사람들이 철규자鐵叫子 악화라고 부른다오. 또 무술을 좋아해서 매부의 도움으로 창술을 좀 익혔소."

이 악화라는 사람은 총명하고 재간꾼이어서 노래란 노래는 한 번만 들으면 그 자리에서 익혔다. 또 무슨 일이든 하나를 들으면 열을 아는 사람이었다. 해진과 해보가 말했다.

"우리 누이가 한 분 있는데, 손씨네 아우 되는 사람한테 시집을 가서 지금은 동문 밖 십리패에 살고 있소. 모대충母大蟲 고대수라는 별명으로 술집을 하는데, 소 도살장과 도박장도 겸하고 있지요. 힘이 무척 장사여서 남자 30명쯤은 거뜬히 해치우는 여장부라오. 게다가 매부인 손신도 무예가 뛰어나지요. 미안하지만, 은밀하게 가서 우리 소식을 좀 전해 주시오. 누이가 꼭 우릴 구하러 올 것이오."

악화 역시 해진과 해보가 호걸임을 알고 구출하고 싶었지만 혼자 힘으로는 엄두도 못 낼 일이라 겨우 말이나 전해 줄 뿐이었다.

"안심하시오. 그깟 일쯤이야 해낼 수 있으니까."

악화는 이내 고대수를 찾았다. 눈은 소의 눈처럼 생겼고, 몸집이 쇳덩어리 같이 무시무시한 여장부였다. 고대수는 악화의 이야기를 듣고 놀라 손신을 찾았다. 손신은 키가 크고 힘이 억세며, 수완이 좋은 형 손립과 함께 편과 창의 명수였다.

고대수가 악화의 말을 그대로 전하자 손신이 악화에게 말했다.

"먼저 가서 감옥에 있는 형제분들을 보살펴 주십시오. 나머지는 우리 부부가 잘 상의해서 처리를 할 테니."

약간의 은자를 주어 악화를 보내고 고대수와 손신은 상의했다.

"모 태공놈은 권세에다 돈도 많소. 아마 팔방으로 농간을 부려서 형제들을 아주 없애려고 할 것이오. 방법은 옥을 부수는 것밖에는 없소."

"그렇다면 오늘 둘이서 해치웁시다."

고대수의 말에 손신이 웃으며 말했다.

"성미도 급하시오. 옥을 부수려면 좀더 신중해야지. 아무래도 내 형님들의 손을 빌려야겠소. 추연과 추윤 말이오. 요즘 등운산에서 여러 놈을 데리고 노략질을 하는 모양이던데, 그 둘만 힘을 합쳐 주면 성사가 될 거요."

날이 저물 무렵, 손신이 두 호걸을 대동하고 돌아왔다. 두 호걸은 숙부와 조카 사이로, 숙부인 추연은 순진하고 무술 솜씨가 대단하였으며, 사납고 고집이 세어 사람들이 출림용出林龍이라고 불렀다. 그의 조카인 추윤은 숙부와 같은 연배로 얼굴 모습이 괴상하고 뒤통수에 큰 혹이 있어서 독각룡獨角龍이라고 불렀다. 이들이 고대수와 인사를 나누고 술상 앞에 둘러앉아 사정을 듣더니, 추연이 먼저 입을 열었다.

"내 밑에 80명이 넘는 졸개가 있지만 믿을 수 있는 놈은 고작 20명 정도요. 이 일을 해치우고 나면 다시는 이 고장에 발붙이고 살 수는 없을 것이오. 내가 진작부터 꼭 가려고 작정한 곳이 있는데, 두 분께서 승낙을 해 주실지……."

"내 동생들만 구해 주신다면 어디든 따라가겠어요."

"바로 양산박이오. 지금 그곳의 송공명이 유능한 인재를 불러 모으는 중이라더군요. 거기 가면 나와 친분이 있는 사람이 셋이나 있소. 바로 금표자 양림, 화안산예 등비, 석장군 석용이오. 해보 형제를 빼내서 모두 함께 양산박으로 갑시다."

"반대할 사람이 누가 있겠어요? 만일 안 가겠다는 놈이 있으면 내 창으로 찔러 죽일 거예요."

고대수가 결연한 표정으로 말했다. 이튿날 추연이 등운산 산채에서 심복 20명을 데리고 금은을 모두 실어 왔다. 손신도 집에서 장정 7, 8명을 데리고 왔고, 그의 형 손립도 10여 명의 병사를 거느리고 와서 전부 40여 명의 인원이 모였다.

치밀한 계획을 짠 후였다. 악화는 수화곤을 든 채 해진과 해보의 형구를 벗겨 주었다. 또 고대수는 품속에서 번쩍이는 두 자루의 비수를 뽑아 들고 관아로 달려 들어가 왕정의 목을 베어 버렸다. 모두 손립을 옹위하며 순식간에 성문을 빠져나와 십리패로 돌아왔다. 고대수도 말을 몰아 그 뒤를 따랐다.

"모 태공놈을 그대로 둘 수는 없소. 원수를 기어이 갚고야 말 테요."

"아무렴, 그놈을 쳐 죽여야지."

손신과 악화가 마차를 따라 출발하자, 손립은 해

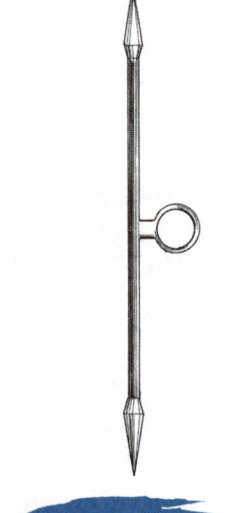

중국 고대 무기

아미자峨嵋刺
양끝이 화살처럼 뾰족하다. 중간에 있는 고리를 가운뎃손가락에 끼우고 품에 감추었다가 회전을 시켜 적을 찌른다. 보통 양손에 두 개를 들고 사용한다.

진, 해보, 추연 등과 함께 졸개들을 거느리고 단숨에 모 태공의 집으로 몰려갔다. 마침 모중의는 집에서 모 태공의 생일잔치를 벌이고 있던 참이었다. 손립 일행이 고함을 지르며 쳐들어가서 모 태공과 모중의, 그 일족까지 모조리 죽여 없앴다. 그런 다음 금은보화를 모아 말에 싣고 양산박을 향해 밤낮으로 달렸다. 이윽고 석용의 술집에 이르자 추연이 인사를 하고 양림과 등비에 대한 소식을 물었다. 석용이 대답했다.

"송공명님이 축가장을 공격했는데, 들리는 바에 의하면 양림과 등비도 적의 포로가 되어 생사를 모른다고 합니다. 축가장의 세 아들이 모두 무술에 능한 데다가 무술교사 난정옥이 이들과 협력해서 방비를 하니 공격이 쉽지 않은가 보오."

"마침 잘됐소. 우리가 양산박으로 들어가는데 아무 공도 세우지 않아서야 될 말이오? 축가장을 쳐부술 계략을 알려 주는 것으로 선물을 해야겠소."

손립의 말에 석용은 대단히 기뻐했다.

"나는 축가장의 난정옥과 같은 스승 밑에서 무술을 배운 사이요. 내가 배운 창봉술을 그도 알고 있고, 나도 그의 기술을 잘 압니다. 그를 찾아가서 이번에 등주에서 운주로 임지가 바뀌어 떠나는 길에 잠깐 들렀다고 하면 반가워할 겁니다. 내가 축가장에 가 있다가 바깥과 내통해서 일을 성사시키는 것이 어떻소?"

손립이 석용에게 이런 말을 하고 있을 때 오용이 술집으로 들어선 것이었.

오용이 전한 손립의 계략을 듣고 모두 다 기쁘기 그지없었다. 송강도 크게 기뻐하며 성대하게 잔치를 베풀었다.

무너지는 축가장

어느 날 호가장의 호성이 송강의 진지를 찾아와 송강에게 절을 하고 정중한 태도로 말했다.

"제 누이 일장청은 아직 나이도 어리고 철이 없는 탓에 버릇없는 짓을 저질렀사오니 제발 용서해 주십시오. 축가장과는 혼인을 약속한 사이라 어쩔 수 없는 처지였을 겁니다. 누이만 돌려주신다면 무슨 명령이든 분부대로 하겠습니다."

"축가장놈들이 까닭 없이 양산박을 모욕했기 때문이지 다른 원한은 없소이다. 댁의 누이동생을 붙잡은 것도 우리 측의 왜각호 왕영을 잡아가서 그런 것이니, 만일 왕영을 돌려주시면 나도 댁의 누이동생을 풀어 드리리다."

"하지만 왕영이라는 사람은 이미 축가장 패들이 끌고 가 버렸습니다."

"그렇다면 왕영을 구출해 주신다면 우리도 일장청을 돌려 드리리다."

송강이 말하자 오학구가 나섰다.

"형님, 그러실 것 없이 이러면 어떻겠습니까? 이후부터는 축가장에서 무슨 일이 일어나든 호가장 쪽에서는 원병을 보내지 않을 것, 또 축가장 쪽에서 호가장 쪽으로 도망 온 자가 있을 때는 당신들이 맡아 둘 것, 그리고 우리 측의 포로를 한 사람이라도 돌려보내 줄 것. 이것들을 지킨다면 댁의 동생을 풀어 드리겠소. 실은 일장청은 이곳에 둔 것이 아니고 어제 산채로 보냈소."

"그렇게 하지요. 이후 축가장과는 인연을 끊을 것이며, 말씀하신 사항들을 꼭 지킬 것을 맹세하겠습니다."

한편 손립은 축가장의 난정옥을 찾아갔다. 손립 일행이 말에서 내려 인사를 하자 난정옥이 반가워하며 물었다.

"등주 경비를 맡은 무술 군관인 자네가 여기까지 어쩐 일인가?"

"이번에 내가 운주 경비를 맡게 되어 그리로 가는 중이라네. 그런데 자네가 양산박 도적들과 싸우고 있다길래 도우러 왔지."

"이런 고마울 데가 있나!"

손립 일행은 축조봉과 그의 세 아들과도 인사를 나누었다. 원래 의심이 많은 사람들이었으나 무술교사인 난정옥의 의형제라는 말에 굳게 믿고 있는 눈치였다. 이튿날 망을 보고 있던 병사가 송강군이 쳐들어온다고 보고했다.

"송강군이 쳐들어옵니다."

축룡, 축호, 축표 삼형제가 성문 망루로 올라가서 적군을 바라보니 먼 곳에서 함성이 들리며 깃발이 몰려오고 있었다. 이윽고 임충이 큰 소리로 욕설을 퍼부었

371 • 무너지는 축가장

다. 축룡이 화가 나서 성문을 열고 임충에게 덤벼들었다. 임충과 축룡이 30여 합을 겨루었으나 승부가 나지 않자 양편에서 북을 울려 두 사람을 불러들였다.

다음에는 목홍과 축호가 맞붙어 싸웠고, 양웅과 축표도 서로 대적하여 싸웠으나 좀처럼 승부가 나지 않았다. 난정옥의 옆에서 양쪽 군사가 치열하게 싸우는 것을 보고 있던 손립이 답답하다는 듯 벌떡 일어났다.

"내가 적장 하나를 붙잡아 오겠소."

손립이 말에 채찍을 가하며 달려 나가자 송강의 진영에서도 석수가 말을 달려 나왔다. 서로 50여 합을 싸우다가 석수의 창이 비켜간 순간, 손립이 그의 몸을 번쩍 들어 올렸다. 석수의 무술이 결코 손립에 뒤떨어지지 않았지만 축가장 패들의 눈을 속이기 위해 짐짓 붙들렸던 것이다. 손립이 석수를 생포해 오자 축조봉이 그의 공을 높이 칭찬했다. 손립이 물었다.

"잡은 놈이 전부 몇입니까?"

"군관께서 잡으신 놈까지 모두 일곱입니다."

그러자 손립이 말했다.

"그놈들을 하나도 죽여서는 안 됩니다. 죄수를 호송하는 수레에 가두어 두었다가 동경으로 끌고 가서 축가장 삼형제의 이름을 천하에 떨쳐야지요."

"지당한 말씀이오."

이번 일로 손립에 대한 축가장 사람들의 신뢰는 더욱 확실해졌다. 손립은 몰래 추연, 추윤, 악화를 안으로 들여보내 축가장 안의 동정과 길목을 알아보게 했다. 양림과 등비는 전부터 잘 아는 사이인 추연과 추윤이 왔다갔다하는 것을 보고 상황을 대강 짐작했으나 시치미를 떼고 있었다. 추연과 추윤은 인기척이 없을 때마다 이들 두령에게 상황을 귀띔해 주고는 했다.

　5일째 되는 날, 송강의 군사가 네 군데 길로 나누어 공격해 온다는 보고가 들어왔다. 축조봉과 난정옥이 망루에 올라 바라보니 동쪽과 서쪽에서 북소리와 징소리가 울리며 함성이 천지를 뒤엎을 듯 요란했다. 난정옥이 그것을 보고 계략을 말했다.

　"나는 군사를 데리고 뒷문에서 뛰쳐나갈 테니, 축룡은 동쪽을 치시오. 또 축호는 남쪽을 맡고, 축표는 바깥문으로 나가 송강의 가운데 진영을 치도록 하시오."

　그리고 남은 사람들에게는 집을 지키면서 망루에서 함성을 지르도록 했다. 이때 추연과 추윤은 큰 도끼를 숨기고 성문 아래에서 서성거리고 있었으며, 해진과 해보도 무기를 감춘 채 뒷문 곁에 숨어 있었다. 손신과 악화는 이미 바깥문 근처에서 대기하고 있었다. 고대수도 두 자루의 칼을 들고 바깥채 대청으로 숨어들어 신호가 오면 즉시 손쓸 준비를 하고 있었다.

　마침내 축가장에서 세 번째 북소리가 울리고 대포가 요란히 터지자, 앞뒤의 문과 중앙의 성문이 활짝 열렸다. 축가장의 네 군사는 사방으로 나뉘어 적진 속으로 쳐들어갔다. 이와 때를 같이하여 망루 아래에 서 있던 손신이 준비해 둔 깃발을 망루 위에 꽂았고, 창을 쥔 악화가 휘파람을 불었다. 이에 추연과 추윤은 도끼를 휘둘러 순식간에 문지기 병사 10여 명을 죽이고, 수레에 갇혔던 일곱 호랑이들을 풀어놓았다. 고대수는 칼을 빼 들고 방 안으로 뛰어 들어가 병사들을 닥치는 대로 베었다. 이들의 행동을 본 축조봉이 달려들었으나 석수가 단칼에 목을 날려 버렸.

　뒷문 쪽에 있던 해진과 해보가 마른풀에 불을 당겼다. 검은 연기와 함께 불길이 치솟자 네 갈래의 송강군이 이 불길을 보고 합류하여 맹렬한 공격을 가해 왔다.

373 • 무너지는 축가장

집에 불이 난 것을 보고 축호가 다시 성 안으로 들어가려 하는데, 안에서도 적이 달려드는 것이 아닌가.

'속았구나!'

축호가 그제야 사태를 파악하고 말머리를 돌려 다시 적진 속으로 뛰어들었으나 여방과 곽성이 그의 목을 베어 버렸다. 축룡은 이규의 도끼에 머리가 박살이 났고, 축표도 임충의 칼에 목이 날아갔다. 축가장의 군사들이 뿔뿔이 흩어지자 손립은 송강을 집 안으로 모셨다.

송강은 각 두령들에게 결과를 보고받고, 모든 곡식과 보물을 수레에 실은 뒤 산채로 향했다. 양산박에 돌아온 송강은 조개와 상의하여 새로 온 호걸들에게 두령의 자리를 주고, 일장청 호삼랑은 왕영의 아내가 되도록 했다. 호삼랑은 축표와 약혼한 사이였으나 그가 죽은 것을 알고는 마음을 돌려 기꺼이 왕영의 아내가 되기로 했다. 산채는 축가장 전투에서 승리한 것과 두 사람의 혼인을 축하하는 성대한 연회로 며칠 동안 떠들썩했다.

한편 연회가 흥을 더해 갈 때 뜻밖에 운성현의 전 포도대장 뇌횡과 주동이 양산박을 찾았다. 송강은 그들 또한 반갑게 산채의 식구로 맞아들였다.

돌아온 도사 공손승

이제 양산박은 산채의 규모가 커지고 식구도 늘었다. 그만큼 산채의 두령들은 새로운 임무를 맡아 무기를 제작하고, 병사들에게도 무예를 가르치느라 바쁜 나날을 보내고 있었다. 그러던 중 소선풍 시진이 고구의 사촌인 고당주의 태수 고렴에게 잡혀 목숨이 위태롭다는 사실을 알게 되었다. 산채에서 소선풍 시진의 안부가 궁금하여 이규에게 편지를 써 보냈는데, 이규가 돌아와서 보고하는 것을 듣고 조개와 송강은 깜짝 놀라고 말았던 것이다.

"형님의 편지를 가지고 소선풍 시진님을 찾아갔는데, 그때 숙부 되시는 시 황성이라는 분이 보낸 한 통의 편지를 받으셨습니다. 고렴의 사촌인 은천석이 시 황성의 집을 내놓으라고 한 것 때문에 시 황성께서 화병이 났다는 내용이었어요. 시진님이 그 댁으로 찾아갔지만 이미 시 황성께서는 돌아가셨고, 장례를 치르는데 또 은천석이 나타나 집을 비우지 않는다고 괴롭히지 뭡니까? 그래서 제가 참을 수가 없어 이 도끼로 두 토막을 내 버렸습니다. 그러자 시진님은 저더러 양산박으로 돌아가라 했고, 지금은 어찌 되었는지 모를 일입니다."

"아무래도 시진의 목숨이 위태로운 듯합니다. 병력을 동원해서 구출해야 되지 않겠습니까?"

송강의 말에 오용이 심각한 표정을 지으며 말했다.

"고당주는 인구가 많은 큰 성입니다. 방비가 굳건할 테니 철저하게 대비하지 않으면 안 됩니다."

다음날 임충, 화영, 진명, 이준, 여방, 곽성, 손립, 구붕, 양림, 등비, 마린, 백승이 기병과 보병 5천을 거느리고, 중앙에서는 송강이 주동, 뇌횡, 대종, 이규, 장횡, 장순, 양웅, 석수와 함께 기병과 보병 3천을 이끌고 산채를 떠나며 조개에게 작별을 고했다.

양산박이 군사를 일으켰다는 소문을 듣자 태수 고렴은 직접 군사를 이끌고 성 밖으로 나갔다. 그는 도술을 부릴 줄 아는 인물이었다. 양쪽 군사가 대치하고 공격을 시작하자, 고렴은 등에 꽂은 보검을 빼 들고 주문을 외웠다. 갑자기 고렴의 진영에서 검은 구름이 일고 괴이한 바람이 불며 모래와 돌이 사방으로 날아들었다. 송강군은 정신을 차릴 수가 없었다. 세 차례의 공격을 시도했으나 번번이 실패할 뿐이었다.

"고렴의 도술을 상대할 분은 공손 선생뿐입니다. 대종을 시켜 하루 빨리 공손 선생을 모셔 오도록 합시다."

곧바로 대종은 이규와 함께 계주로 출발해 다시 공손승을 찾으러 나섰다. 그리고 우여곡절 끝에 공손승의 집을 찾았으나, 그는 노모를 홀로 두고 떠날 수가 없을뿐더러 스승도 극구 만류하고 있어 떠나기가 어렵다고 말했다. 대종과 공손승은 여러 차례 스승을 찾아가 겨우 허락을 받고 빠른 걸음으로 고당주를 향해 발길을 옮겼다. 오는 도중에 우연히 대장장이 탕륭을 만나기까지 하여 함께 돌아왔다.

3일 후 고당주에 도착한 공손승이 송강에게 허리를 굽혀 인사를 하고 물었다.

"지금 상황은 어떻습니까?"

"고렴이라는 놈이 화살을 맞아 그동안은 잠잠했었는데, 지금은 상처가 나아 다시 공격을 해 올 준비를 하고 있는 것 같습니다."

"제게 계략이 있으니 내일 일제히 공격을 하도록 명령을 내리시지요."

이튿날 두 진영이 싸울 준비를 마쳤다. 먼저 화영이 말을 달려 앞으로 나가자 고렴의 진영에서도 설원휘라는 장수가 쌍칼을 들고 춤을 추듯 화영에게 달려들었다. 화영은 몇 합을 겨루고 지는 척 도망치다가 갑자기 말을 돌려 화살을 날렸다. 설원휘가 가슴에 화살을 맞고 말에서 고꾸라졌다.

크게 노한 고렴은 구리 방패를 꺼내 칼로 세 번 내리쳤다. 그러자 누런 모래가 일더니 삽시간에 하늘도 땅도 캄캄해졌다. 이윽고 그 속에서 호랑이,

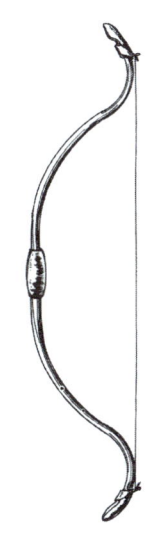

중국 고대 무기

궁弓
백 미터 이내에 있는 목표를 향해 쏠 수 있다. 짧은 시간 동안 많은 화살을 쏠 수 있다는 것이 장점이며, 사용하는 사람의 팔 힘과 기량에 따라 명중률이 달라진다.

늑대, 독충, 괴물 같은 온갖 것들이 어지럽게 달려 나왔다. 군사들이 놀라 달아나려 하자 공손승이 주문을 외우기 시작했다.

"쳐라!"

공손승의 기합 소리와 동시에 그의 칼 끝에서 한 줄기의 금빛이 뻗어 나와 적진으로 쏟아졌다. 모래 바람 속에서 춤추던 것들이 분분히 사그러들었다. 자세히 보니 모두 종이로 만든 것들이었다. 이에 힘을 얻은 송강은 진격하라는 명령을 내려 고렴의 군사들을 짓밟아 버렸다. 고렴은 아연실색하여 퇴로를 찾아 도망을 쳤으나 10리를 미처 못 가서 손립이 이끄는 군사들에게 막히고 말았다. 고렴이 놀라 다시 말머리를 돌렸지만 이번에는 주동이 호통을 치며 나서는 것이 아닌가. 고렴은 다시 주문을 외워 구름을 타고 올랐다. 이때 공손승이 달려 나오며 칼을 들어 주문을 외웠다. 그러자 고렴은 구름 위에서 거꾸로 떨어졌고 이내 손립의 칼에 두 동강이 나고 말았다.

고렴이 죽었다는 보고를 들은 송강은 곧 성내로 들어갔다. 그리고 시진을 구해 내려고 했으나 아무리 찾아도 없었다. 오용이 고당주의 여러 절급을 불러 시진의 행방을 물으니, 한 절급이 지난밤 우물 속에 숨어서 목숨을 건지라 하긴 했으나 그 생사를 알지 못한다는 것이었다. 이에 송강은 서둘러 사람들을 보내 우물에 있는 시진을 구해내라고 했다. 우물 속에서는 아무 소리도 들리지 않았다. 이규가 자신 때문에 벌어진 일이니 시진을 구하겠다고 스스로 우물 속으로 광주리를 타고 내려갔다.

우물 속에 들어간 이규는 손으로 주위를 더듬어 보았다. 그러나 손에 만져지는 것은 해골뿐이었다. 놀란 이규가 소리를 질러 시진을 부르자 꺼져 가는 듯한 사람

 돌아온 도사 공손승

의 숨소리가 들리는 듯했다. 마침내 이규는 시진을 발견하고 광주리에 단 방울을 흔들었다. 시진은 겨우 목숨은 붙어 있었으나 머리는 깨지고 이마는 찢어진 채 두 다리의 살마저 다 헤어져 차마 눈뜨고 볼 수 없을 지경이었다. 송강은 급히 의원을 불러 보이고 시진을 수레에 태웠다. 그리고 고렴이 소유했던 재물을 모두 싣고 양산박으로 향했다.

뜻을 함께한 호연작

호연작은 고 태위가 고렴의 원수를 갚기 위해 휘종 황제에게 천거한 장수였다. 그의 늠름한 모습에 기뻐한 휘종이 말 한 필을 선물했는데, 빛깔은 먹물을 칠한 듯 검고 네 발은 분을 바른 듯 하얀 천리마로, 척설오추마라 했다.

어느 날 호연작은 양산박 도적들을 토벌하라는 임무를 맡았는데, 송강군과의 싸움에서 끝내 패하여 겨우 목숨만을 건지게 되었다. 게다가 도화산 도적들에게 척설오추마까지 빼앗기고 말았다. 호연작은 청주성으로 찾아가 전부터 알고 지냈던 모용 태수에게 몸을 의탁했다.

"장군은 양산박으로 도적을 소탕하기 위해 가셨다고 들었는데, 어떻게 이곳까지 오셨습니까?"

호연작은 그간의 경위를 자세히 이야기했다. 영주의 장수 팽기가 포로로 잡히고, 화포의 명수인 능진마저 연환마의 전법으로 송강의 군사를 물리치고 대승을 이루었으나 끝내 적군에게 포로가 되어 그쪽 편으로 돌아섰다는 내용이었다. 그의 이야기를 듣고 난 모용 지부는 호연작에게 호의를 베풀었다.

"많은 군사들을 잃기는 했지만 최선을 다해 싸우다가 그렇게 되었으니 어쩔 도리가 없지 않습니까? 이곳에도 많은 도적떼가 들끓고 있습니다. 이제 여기까지 오셨으니 우선 도화산의 도적떼를 소탕하여 천자께서 하사하신 말을 다시 빼앗은 다음 이룡산과 백호산의 산적떼도 함께 토벌해 주시면, 제가 천자께 잘 아뢰어 장군이 다시 한 번 군사를 이끌고 가서 복수를 하시도록 도모하겠습니다."

"그처럼 배려해 주시니 감사하기 그지없습니다. 반드시 이 한 몸을 바쳐서 그 은혜에 보답하겠습니다."

모용지부는 곧 기병과 보병을 호연작에게 빌려 주고 다시 말 한 필을 그에게 주었다. 호연작은 깊이 고마움을 표시하고 황제에게 하사받은 천리마를 되찾기 위해 군마를 이끌고 도화산으로 길을 재촉했다.

한편 도화산의 도적인 이충과 주통은 조정에서 일하는 호연작이 청주의 관군을 이끌고 자신들을 토벌하러 온다는 소식을 듣고 보주사에 있는 노지심과 양지에게 구원을 요청하기로 했다.

"청주는 성이 튼튼하고 병력의 수도 많아 끄떡없습니다. 거기다가 호연작이라는 무관은 무예가 뛰어납니다. 청주성을 함락하자면 우리 병력으로는 부족하니, 양산박의 송공명님에게 응원을 청하는 것이 좋을 듯싶습니다."

양지가 의견을 내놓자, 노지심은 공량을 송강에게 보내기로 결정했다. 공량이라면 송강과 잘 아는 사이였기 때문이다. 보주사의 노지심 일행이 군사를 이끌고 청주성으로 가는 동안 공량은 양산박으로 말을 달렸다.

송강은 자초지종을 들은 후 조개에게 군사들의 출동을 허락해 달라고 간청했다. 이리하여 송강은 20명의 두령과 함께 기병과 보병 3천을 거느리고 청주로 출발했다.

송강의 군사가 닷새 만에 청주에 이르자 노지심 일행이 영접했다. 인사가 끝나고 술을 마시던 중에 송강은 청주성을 공략할 때 중요한 것이 무엇인지를 물었다. 그러자 양지가 대답했다.

"호연작은 노지심 형님과 50여 합을 싸웠는데도 승부를 가리지 못했습니다. 저와도 40여 합을 겨루었는데 마찬가지였습니다. 먼저 호연작을 생포하는 것이 급선무입니다. 그렇게 된다면 관군은 그대로 무너질 것입니다."

송강은 고개를 끄덕였다. 한편 호연작은 구원군을 요청하기 위해 모용 태수와 의논을 하고 있었다. 그때 한 군사가 와서 아뢰었다.

"북문 밖 언덕 위에서 기마병 셋이 몰래 성 안을 엿보고 있습니다. 오른쪽에 있는 사람은 소이광 화영으로 보이며, 가운데에 있는 자는 붉은 옷을 입고 백마를 타고 있었고, 왼쪽에 있는 사람은 도사 복장을 하고 있었습니다."

"붉은 옷을 입은 자는 송강이고, 도사 복장을 한 자는 오용이 틀림없다. 너희들은 못 본 체하고 있어라."

호연작은 곧 기마병을 데리고 말을 몰아 북문을 통해서 몰래 언덕으로 올라갔다. 세 사람은 일부러 모르는 척하며 계속 성 안을 보며 은밀한 이야기를 주고받

뜻을 함께한 호연작

고 있다가 호연작이 말을 몰아 가까이 이르자 그제야 말머리를 돌려 달아나기 시작했다. 호연작이 소리를 지르며 쫓아가자 달아나던 세 사람은 나무 몇 그루가 서 있는 곳에 이르러 갑자기 말을 멈추고 섰다. 힘차게 말을 몰아 내달리던 호연작은 한순간 아찔해지며 함정 속에 떨어지고 말았다. 호연작이 정신을 차려 보니 송강의 진지였다. 송강이 직접 밧줄을 풀어 주며 말했다.

"저희의 무례를 용서하십시오. 평소에 장군의 용맹을 존경하고 있었습니다."

호연작은 당당하게 말했다.

"사로잡혀 온 사람에게 무슨 예가 필요하오? 어서 내 목을 치시오!"

"하찮은 인물이 어찌 장군을 해치겠습니까? 천자께서도 이 마음을 알아주실 것입니다."

"그대가 나에게 동경에 가 천자께 고하고 죄를 용서받기를 권하는 것이오?"

"아니올시다. 장군께서는 돌아가실 수가 없소이다. 고 태위란 놈이 원래 사악한 놈이라 장군이 허다한 인마를 잃은 것을 알고 가만히 있겠습니까? 이제 한도, 팽기, 능진도 우리와 함께하기로 하였으니 장군도 우리와 의를 맺어 동지가 되어 주시기를 간절히 부탁드리고자 합니다. 때를 기다려 후일 나라에 충성하는 것도 늦지 않을 것입니다."

중국 고대 무기

낭아봉 狼牙棒
나무나 금속 덩어리에 날카로운 못을 가득 박고 긴 손잡이를 달았다. 맨 끝에 단 칼날로 적을 찌르기도 하고, 타격 효과가 커서 갑옷을 입은 적과도 싸울 수 있다. 진명이 잘 사용하는 무기이다.

호연작은 몹시 고민했다. 송강의 인품에도 끌렸지만 돌아간다고 해도 고 태위가 자신을 가만두지 않을 것이 뻔했다. 결국 그는 송강의 뜻을 받아들였다.

"본시부터 나라에 불충하려는 생각은 추호도 없었습니다만, 송 두령의 그 훌륭한 의기에 어찌 따르지 않겠습니까? 아무쪼록 곁에 두고 써 주십시오. 일단 결심한 이상 결코 딴 말은 하지 않으리다."

호연작이 송강 앞에 무릎 꿇고 말했다. 산채의 동지가 된 호연작은 양산박 두령 몇 명을 관군으로 변장시켜 함께 청주성으로 갔다.

"성문을 열어라! 나는 호연작이다!"

성을 지키던 군사들이 성루 위로 올라가 내려다보니, 10여 기의 인마가 있으나 원체 어두워 얼굴은 알아볼 수가 없었다. 그러나 목소리만은 틀림없는 호연작이었다. 모용 태수도 호연작을 잃고 상심했다가 그가 돌아왔다는 소식을 듣고 성문 앞으로 나갔다.

성문이 열리자 호연작의 졸개로 변장했던 진명이 먼저 모용 태수에게 달려들어 낭아곤으로 목을 날려 버렸다. 그리고 위장했던 나머지 병사들도 곳곳에 불을 지르며 성벽 위에 올라가 신호를 보냈다. 삽시간에 청주성은 함락되었다. 송강은 모든 군사에게 명령하여 백성들에게 피해를 주는 일이 없도록 하고, 창고에 있는 양식도 나누어 주었다.

청주 관가는 곧 도화산, 이룡산, 백호산의 두령들이 양산박의 식구가 되는 것을 축하하는 연회장이 되었다.

사진과 노지심을 구출하라

어느 날 노지심이 송강을 찾아와 말했다.

"내 친한 벗 중에 구문룡 사진이라는 사람이 있습니다. 그 사람은 지금 화주 화음현의 소화산에서 주무, 진달, 양춘의 무리들과 함께 의를 맺어 지내고 있습니다. 내가 한번 찾아가서 그 네 사람을 모두 동지로 불러오고자 하는데, 어떠하신지요?"

"나도 일찍이 소문을 들어 그 사람을 잘 아는 터요. 그렇지만 혼자 갈 수는 없으니 무송 형제와 함께 가시는 게 어떻겠소?"

노지심은 승려의 모습으로, 무송은 그를 따르는 행자의 모습으로 한 다음 여러 두령을 하직하고 산을 내려와 금사탄을 건넜다. 밤낮으로 걸음을 옮겨 화주 화음현에 이르자마자 그들은 소화산으로 향했다.

한편 송강은 노지심과 무송을 보낸 뒤에 마음이 놓이지 않아 신행태보 대종에게 그들의 뒤를 쫓아가서 소식을 알아보라고 했다. 노지심과 무송이 소화산으로 올라가는데, 갑자기 한 졸개가 쫓아 나와 길을 막았다.

"보아 하니 출가한 사람들 같은데, 어디를 가시오?"

무송이 나서며 말했다.

"산채에 사 대관인이 계신가?"

"사대왕을 찾아오셨다면 잠깐 기다리시오. 곧 두령들에게 알릴 테니."

"노지심과 무송이 찾아왔다고 그래라."

졸개가 산채로 올라간 지 얼마 안 되어 주무, 진달, 양춘이 산에서 내려와 그들을 영접했다. 그런데 사진은 보이지 않았다.

"사 대관인은 어째서 안 보입니까?"

노지심이 묻자 주무가 말했다.

"전번에 사 대관인이 산을 내려갔다가 그림을 그리는 어떤 사람과 만났습니다. 그 그림쟁이는 북경 대명부 사람으로 왕의라 하는데, 왕교지라는 딸을 데리고 서악화산의 금천성제묘金天聖帝廟에 그림을 그리러 오던 길이었습니다. 그런데 채 태사의 문하생으로 백성들을 못살게 구는 못된 탐관오리 중에 하 태수라는 놈이 있는데, 이놈이 묘에 참배를 하러 왔다가 우연히 왕교지의 고운 얼굴에 반해서 자기 첩으로 달라고 자꾸 졸랐지요. 이에 왕의가 따르지 않자 태수란 놈이 그 딸을 유괴해서 첩으로 삼고 왕의를 변방으로 귀양을 보냈습니다. 가는 도중에 마침 사 대관인과 만나 사정 이야기를 하게 되었지요. 사 대관인은 왕의를 구출하여 산

으로 올려 보내고, 관아로 가서 하 태수를 죽이려다가 발각이 나는 바람에 오히려 감옥에 갇히고 말았답니다. 또 하 태수가 군마를 일으켜 우리 산채를 소탕하려고 하고 있어 지금 우리의 처지가 무척 곤란하게 되었습니다."

노지심이 듣고 크게 노하여 소리쳤다.

"저 좀 같은 관원이 어찌 이리 무례하단 말인가? 내가 가서 놈을 죽이리라!"

노지심이 곧 떠나려 하는 것을 주무가 말렸다.

"성급하게 하실 일이 아니오니, 산채에 올라가서 의논부터 하시지요."

그러나 노지심은 그 자리에서 꿈쩍도 하지 않았다. 무송이 한 손으로 선장을 잡고 말했다.

"오늘은 벌써 해가 나무 끝에 걸렸나이다."

노지심이 억지로 분을 참고 산채에 올라가자 주무가 왕의를 불러냈다. 태수의 고약함에 관한 왕의의 사연을 듣는 동안에도 몇 번이나 노지심은 화가 치밀어 올랐다. 주무가 소와 말을 잡아 두 사람을 대접했다.

"사진 형제가 없으니 술이 어찌 목에 넘어가겠소?"

노지심은 술을 한 잔도 마시지 않은 채 내일 아침 일찍 가서 하 태수를 죽이겠다고 이를 갈았다. 무송이 나섰다.

"형님, 경솔하게 행동하지 말고 우선 양산박으로 돌아가 송공명 형님에게 말해서 군사를 이끌고 옵시다. 그래야 사 대관인을 구해낼 수 있을 것입니다."

"사진 형제의 목숨이 어찌 될지 모르는데, 언제 양산박에 가서 군사를 데리고 온단 말인가? 나는 결단코 내일 성내로 들어가서 하 태수를 죽이고 사진 형제를 구해 오겠네."

"태수를 죽인다 한들 사진 형제를 어찌 구하겠소? 이 무송은 형님을 못 가게 하리다."

"사형은 화를 잠깐 참으시오. 무 도두의 말이 옳습니다."

그러나 노지심은 이튿날 새벽에 자리를 빠져나와 선장과 계도를 챙겨 혼자 화주성을 향해 가 버렸다. 무송은 날이 밝은 후에야 노지심이 없어진 것을 알았다.

"내 말을 듣지 않고 기어코 가 버렸으니, 이 일을 대체 어떻게 합니까?"

한편 성 안에 들어간 노지심은 아무나 붙들고 물었다.

"태수의 아문이 어디에 있소?"

"저 다리를 건너 동쪽으로 가면 바로 있소."

노지심은 일러 준 대로 다리 위에 이르렀다. 그때 사람들이 분주히 길을 비키며 그를 보고 말했다.

"화상은 빨리 비켜 서시오. 태수 상공의 행차이시오."

'죽으려고 내 앞에 나타났구나!'

노지심은 눈에 불을 켜듯 하며 손에 무기를 바로잡았다. 그러나 잠깐 주저했다. 혹시 자신이 실수라도 한다면 남의 비웃음거리가 되고 말 것이었다. 또한 태수의 전후 좌우에 10여 명의 우후가 호위하고 있으니 더욱 나서지 못하고 있었다. 이때 교자를 탄 하 태수는 노지심이 하는 꼴이 심상치 않아 다리를 지나 관아에 이른 뒤 우후 두 사람을 불러 말했다.

"아까 다리 위에 서 있던 살찐 화상을 불러들여다 밥을 먹이도록 하여라."

두 우후가 분부를 받고 다리 위에 있는 노지심을 찾아가 말했다.

"태수 상공께서 청하시니 들어와 밥을 먹고 가도록 하시오."

'이놈이 과연 내 손에 죽으려고 이러는구나!'

노지심이 우후를 따라 관아에 이르자, 태수가 노지심에게 선장과 계도를 놓고 들어오라고 분부했다.

"아무리 출가한 자가 사리를 몰라도 분수가 있지, 태수께서 계신 곳에 어찌 병장기를 가지고 들어온단 말이오?"

'선장이나 계도가 없어도 저놈의 머리쯤이야 내 두 주먹으로도 때려 부술 수 있을 것이다.'

노지심은 곰곰이 생각한 후 선장과 계도를 끌러 놓고 우후를 따라 들어갔다. 갑자기 하 태수가 후당에 있다가 손을 들어 소리쳤다.

"저 중놈을 잡아 묶어라!"

그러자 양편에서 수십 명의 형리가 달려들어 노지심을 잡아 쓰러뜨리고 단단히 결박했다. 노지심은 꼼짝없이 묶일 수밖에 없었다. 하 태수가 노지심을 잡아들여 단 아래에 꿇게 하고 문초하려 하자, 노지심이 크게 노하여 소리를 질렀다.

"양민을 못살게 굴고 재물만 탐하며 어미를 팔 이 도적놈아! 나는 잡혀서 사진 형제와 같이 죽어도 그만이지만, 만약 내가 죽으면 우리 송공명 형님이 너를 가만두지 않을 것이다! 너는 귀와 눈도 없느냐? 양산박과 원수를 지고 멸망하지 않은 놈이 없다. 너는 얼른 사진 형제를 놓아주고, 왕교지를 풀어 주어 아비 왕의에게 보내라. 그리고 어서 태수 자리를 버리고 너희 집으로 돌아가라. 너 같은 놈이 어찌 관리가 되어 백성들의 것을 도적질하고 남의 재물을 탐하느냐? 만일 지금 내가 이른 세 가지 일을 따르면 용서해 주겠지만, 어기면 용서치 않으리라. 자, 먼저 사진 형제를 나에게 보내라!"

다 듣고 나서 하 태수가 말했다.

"이놈이 자객질하는 놈인가 하고 의심을 하였더니 원래 사진과 한통속이었구나. 더 물어서 무엇하겠는가? 저놈에게 큰 칼을 씌워 수족을 잠그고 단단히 가두어라. 조정에 알리고 목을 베어 주리라."

이 소식은 순식간에 화주 일대에 퍼졌다. 도화산 졸개가 이를 듣고 나는 듯이 가서 산채에 알리자, 무송이 듣고 깜짝 놀라며 말했다.

"일행을 잃었으니, 무슨 면목으로 돌아가 여러 두령을 대하노?"

무송이 장차 어찌할 바를 몰라 하는데, 산 아래에서 졸개가 들어와 아리었다.

"양산박에서 신행태보 대원장이 오셨습니다."

대종은 그간의 경위를 듣고 놀라 즉시 신행법을 써 양산박으로 되돌아갔다. 사흘 만에 양산박에 도착해 이 같은 사정을 말하자, 송강은 즉시 군사를 집합시켜 총 7천의 군사를 3대로 나누어 출발했다. 전군에서 진명, 임충, 양지, 호연작이 군마 1천과 보병 2천을 이끌었고, 중군에서 대장 송공명, 군사 오용이 주동, 서녕, 해진, 해보 등과 함께 기병과 보병 2천을 거느렸으며, 후군에서 이응, 양웅, 석수, 이준, 장순이 양식을 맡아 옮기며 기병 2천을 이끌고 화주로 향했다.

송강의 군대가 모두 소화산 기슭에 도착하자, 무송이 주무, 진달, 양춘을 데리고 영접해 연회를 베풀었다.

그날 해질 무렵을 기다려 송강, 오용, 화영, 진명, 주동의 다섯 두령은 말을 타고 산을 내려와 술시쯤 화주성 밖에 도달하여 언덕에 올라 성 안을 살펴보았다. 때는 2월 중순이었고, 구름 한 점 없는 하늘에는 대낮처럼 달빛이 밝았다. 화주성 둘레에는 몇 개의 성문이 있었고, 성벽은 높았다. 지형이 장대하고 넓고 깊은 경계가 있어 이를 공략할 방안이 서지 않으니, 송강은 눈살을 찌푸리며 얼굴에 근심하는 빛이 가득했다.

오용이 졸개 수십 명을 사방으로 보내 주변의 소식을 알아 오라 하니, 며칠 만에 졸개 하나가 돌아왔다.

"조정에서 전사 태위를 보내 어사금령조괘御賜金鈴弔卦를 가지고 서악화산에 참배하려고 지금 황하에서 위하로 오고 있답니다."

오용이 듣고 입가에 미소를 띠었다.

"형님, 근심하지 마십시오. 좋은 계교가 있소이다."

오용은 곧 이준과 장순을 불러 계책을 일러 주었다. 이준이 말했다.

"우리가 이곳의 지리에 밝지 못하니 길을 아는 사람이 같이 갔으면 합니다."

"이 양춘이 이곳 길이라면 눈을 감고도 알 수 있으니 같이 가겠습니다."

송강이 크게 기뻐하며 세 사람을 산에서 내려 보냈다.

다음날 오용, 이응, 주동, 호연작, 화영, 진명, 서녕 등 일곱 사람은 군사 5백 명을 데리고 소리 없이 산에서 내려와 위하수 나루터에 이르렀다. 그리고 큰 배 10여 척을 빼앗아 가지고 기다리다가 오용은 화영, 진명, 호연작, 서녕에게 명하

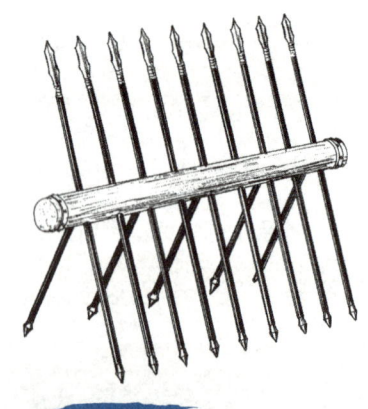

중국 고대 무기

거마창拒馬槍
말을 타고 공격해 오는 기병들을 막기 위해 통나무에 창을 여러 개 부착했다. 진지를 구축하거나 길을 막아설 때도 많이 사용한다.

여 언덕 위에 매복하게 하고, 이준, 장순, 양춘에게는 배를 저어 바위 뒤에 가 숨게 했다. 그리고 자신은 송강, 주동, 이응과 함께 선창 안으로 들어갔다. 그들은 모두 꼬박 하룻밤을 기다렸다.

다음날 새벽이 되니, 멀리서 북을 치며 관선 세 척이 내려오고 있었다. 선상에 황색기를 꽂은 것을 보니, 조정의 명을 받고 참배하러 오는 숙 태위의 배임을 알 수 있었다.

주동과 이응이 각각 손에 장창을 들고 송강의 뒤에 섰고, 오용은 뱃머리에 섰다. 이윽고 태위의 배가 가까이 오자 오용이 배를 몰아 막았다. 이를 보고 선창 안에서 우후 20여 명이 뛰어나오며 꾸짖었다.

"감히 배를 막는 게 누구더냐?"

송강은 몸을 굽혀 예를 갖추었다.

"양산박 의사 송강 등이 뵙고자 합니다."

이 말을 듣고 선상의 객장사가 나와 물었다.

"지금 조정의 태위께서 성지를 받들어 서악화산에 참배하러 가시는 길이다. 너희 양산박 도적들이 무슨 이유로 이 배를 막느냐?"

"저희 무리가 태위를 뵙고 급히 드릴 말씀이 있습니다."

"너희들이 무슨 이유로 감히 태위를 뵈려고 하느냐?"

객장사의 말이 떨어지자 양쪽에 서 있던 우후들이 소리 지르며 말했다.

"비켜서라!"

"태위께서 잠깐 언덕에 내리셨으면 합니다. 의논할 일이 있습니다."

"무슨 잔말이냐? 태위님은 조종의 명관이신데, 너희와 무슨 의논할 일이 있겠느냐?"

"태위께서 굳이 우리를 만나지 않으신다면 혹 제 부하들이 태위님을 놀라게 해 드릴까 걱정됩니다."

말이 끝나기도 전에 주동이 창 위에 매단 깃발을 한 번 휘두르니, 언덕 위에 매복하고 있던 화영, 진명, 서녕, 호연작이 말 위에서 활시위를 잡고 강가에서 일자로 벌려 섰다. 배 위에 있던 사공들이 놀라 안으로 들어가 숨고, 객장사가 급히 들어가 태위에게 알렸다. 그러자 태위가 마지못하여 뱃머리로 나와 자리를 잡고 앉았다. 송강이 정중히 예를 베풀고 말했다.

"송강이 인사드립니다."

숙 태위가 물었다.

"그대는 무슨 이유로 나의 길을 막느냐?"

"어찌 감히 막을 리가 있겠습니까? 다만 태위를 모시고 따로 아뢸 말씀이 있어 그러하옵니다."

"내가 너희와 무엇을 의논할 게 있단 말이냐?"

"태위께서 잠시 언덕에 내리시면 고하겠습니다."

태위가 이에 응하지 않자 이응이 다시 깃발을 흔들었다. 그러자 이준, 장순, 양춘이 배를 저어 가까이 오기 시작했고, 이에 태위는 크게 놀랐다. 이준과 장순이 날이 시퍼런 첨도를 손에 들고 관선으로 뛰어올라 우후 한 사람씩 잡아 물에 던지니, 송강이 크게 소리를 지르며 말했다.

"이게 무슨 짓이냐? 귀인께서 놀라시지 않느냐?"

이준과 장순이 다시 물로 들어가 두 우후를 건져 배에 올려놓고 다시 자신들의 배로 뛰어올랐다. 태위가 놀라 얼굴이 새파랗게 되니, 송강과 오용이 함께 소리를 질러 꾸짖었다.

"너희들은 썩 물러가고 다시는 귀인을 놀라시게 하지 마라. 내가 태위를 모시고 천천히 말씀을 아뢰겠다."

숙 태위가 당황하여 말했다.

"그대가 할 말이 있으면 어서 하시오."

"이곳은 귀인께 말씀을 올릴 장소가 아니오니, 잠깐 태위를 모시고 산채에 가서 아뢰겠습니다. 저희 무리는 태위를 해칠 마음이 추호도 없으니 부디 안심하시고, 만일 그러한 마음을 품었다면 서악의 신령께서 용서치 않을 것입니다."

어쩔 도리 없이 숙 태위는 언덕에 올랐다. 여러 사람이 태위를 옹위하여 말에 태우고 산채로 향했다. 송강과 오용이 먼저 화영, 진명에게 명하여 태위를 모셔 가라고 하고, 자신들도 말에 올라 산으로 갔다.

산채에 들어온 송강은 태위를 상석에 앉게 했다. 여러 장수가 칼을 빼어 손에 들고 양쪽에 섰다. 송강이 태위에게 절을 올리고 꿇어앉아 말했다.

"저는 원래 운성현의 한낱 작은 관원으로 관사의 핍박을 견디지 못하고 부득이 양산박으로 들어왔습니다. 이는 잠시 화를 피하고 뒤에 행여나 조정에서 부르시기를 기다려 나라를 위해 나아가고자 했기 때문입니다. 그러나 저희 두 형제가 아무 죄 없이 하 태수에게 잡혀 옥에 갇히는 바람에 두 형제를 구하고자 태위의 어사금령조괘를 잠시 빌리려 합니다. 일을 끝낸 후에는 곧 돌려드리겠습니다."

태위가 말했다.

"만일 나중에 일이 발각되면 나에게도 해가 될 터인데, 그때는 어찌하오?"

"태위께서는 모든 일을 이 송강에게 미루시면 무사하실 것입니다."

숙 태위가 상황을 보니 거절할 수 없어 이에 응낙했다. 송강이 친히 잔을 들어 태위를 대접하여 잔치를 베풀고, 졸개 중에 태위와 비슷한 사람을 뽑아 수염을 깎고 의복을 입혀 숙 태위처럼 꾸몄다.

그런 후 송강과 오용은 각각 객장사가 되고, 해진, 해보, 양웅, 석수는 각각 우후가 되고, 화영, 서녕, 주동, 이응은 병사가 되었다. 그리고 주무, 진달, 양춘은 산채에 남아 태위와 수하 관원을 대접했다. 한편 진명과 호연작, 임충과 양지에게 군사를 주어 두 갈래 길로 화주성을 향하게 하였고, 무송은 서악문 아래에 있다가 신호를 하면 출동하게 했다. 하구에 도착한 송강의 일행은 화주 태수에게는 알리지 않고 바로 서악묘로 향했다.

"태위께서 여기 오시는 길에 병환이 나셔서 거동하지 못하시니 빨리 교자를 대령하도록 하오."

좌우의 모든 사람들이 부축하여 가짜 태위를 교자에 태운 후 곧 서악묘에 이르러 관청 안에 이르니, 객장사 오용이 관주에게 말했다.

"이번에 태위께서 성지를 받들어 모처럼 공양하러 내려오셨는데, 본주 관원은 어찌하여 나와서 맞이하지 않는 거요?"

관주가 놀라며 대답했다.

"이미 사람을 시켜 기별하였으니 곧 올 것이오."

말이 끝나자마자 화주에서 추관 한 사람이 공인 수십 명과 함께 술과 과일을 가지고 먼저 태위를 뵈러 왔다. 원래 졸개가 태위로 변장은 했으나 말투는 서투른 터라 짐짓 병이 든 체하고 침상 위에 누워 있었다.

오용이 앞으로 나와서 추관을 꾸짖으며 말했다.

"태위는 천자의 측근으로 이곳에 오시다가 중도에 병환까지 나셔서 불편하신데, 어찌하여 이곳의 태수는 멀리 나와 영접해 받들지 않는 거요?"

추관이 대답했다.

"얼마 전에 공문이 왔으나 통보가 없어 나와 영접하지 못하였습니다. 또 최근 소화산 도적떼가 양산박 도적과 규합하여 화주성을 친다고 하여 매일같이 방비하느라 감히 자리를 떠나지 못하고 대신 소관을 보내셔서 먼저 예의를 갖춘 것이니, 태수도 곧 인사드리러 올 것입니다."

오용이 다시 말했다.

"태위께서는 아무것도 드시지 못하니 태수는 빨리 와서 문안을 드리라고 전하시오."

추관은 술을 갖다가 변장한 오용 일행을 대접했다. 오용이 다시 태위 앞으로 가서 금령조괘를 싼 것을 꺼내어 깃대에 꿰어 세우고 추관에게 보여 주자, 추관은 허다한 공문과 중서성 문서를 보고 객장사를 하직한 후 급히 태수에게 보고했다. 태수가 더는 지체할 수 없어 수하 3백 명을 거느리고 서악묘로 올라갔다.

하 태수가 많은 부하와 함께 병장기를 가지고 들어오는 것을 보고 객장사 오용과 송강이 소리 질러 꾸짖었다.

"조정의 귀인이 계신 곳에 어찌 싸움패의 무리가 들어오느냐? 어서 물러가라!"

그러자 사람들이 감히 들어오지 못하고 하 태수만 혼자 들어와 태위께 절을 올렸다. 객장사가 말했다.

"태위께서 태수를 부르시니 가까이 오시오."

태수가 가짜 태위에게 다시 절을 하자 객장사가 물었다.

"태수는 네 죄를 알겠느냐?"

"하관은 지은 죄를 모르겠습니다."

"태위의 행차가 어떠한 행차인데, 본주 태수가 영접하는 일을 잊었는가?"

"일찍이 통보를 듣지 못하여 맞이하는 예를 잊었습니다."

"여봐라, 태수를 잡아 내려라!"

해진, 해보 형제가 품에서 단도를 꺼내어 하 태수를 발로 차 쓰러뜨린 후 칼을 들어 머리를 베어 버렸다. 송강이 말했다.

"너희들은 무엇을 하고 있느냐?"

태수를 따라왔던 3백여 명의 군사가 이 말에 놀라 두려워서 꼼짝을 못하고 있었다. 그때 화영을 비롯한 여러 두령들이 달려 나와 그들을 땅에다 때려눕히자, 태반은 죽고 나머지 무리들은 묘문으로 도망쳤다. 그러나 무송이 칼을 들고 서 있다가 남김없이 다 죽였고, 그 와중에도 강변까지 도망쳐 나온 놈들은 이준과 장순의 손에 목숨을 잃고 말았다.

송강이 급히 금령조괘를 거두고 화주성으로 쳐들어가 갇혀 있는 사진과 노지심을 구하고, 창고를 열어 재물을 수레에 가득 실었다. 노지심은 후당에 들어가 자신의 선장과 계도를 챙겼고, 사진은 왕의

중국 고대 무기

분온차 轒轀車
성을 공격하기 위해 성에 접근할 때 병사들을 보호하기 위한 것이다. 안에 탄 병사들은 적의 화살, 돌, 쇳물과 같은 공격으로부터 보호받을 수 있다.

의 딸을 찾았으나 벌써 우물에 빠져 죽어 있었다.

송강 일행은 화주성을 떠나 배를 타고 소화산으로 돌아갔다. 그리고 숙 태위에게 인사를 하고 금령조괘를 비롯한 조정의 물품들을 돌려주었다.

송강은 전량을 수습하고 산채에 불을 지른 후 네 호걸들을 데리고 양산박으로 향했다. 조개를 비롯해 모든 두령들이 멀리까지 송강 일행을 영접하러 나왔다. 그들은 취의청으로 들어가 서로 인사를 한 후 잔치를 열었다.

다음날 사진, 주무, 진달, 양춘이 자신들의 재물을 들여 다시 잔치를 베풀며 조개, 송강 등 여러 두령에게 감사의 인사를 했다. 분위기가 무르익자 조개가 말했다.

"3일 전에 주귀가 산에 올라와서 하는 말이 서주 패현 망탕산에 한 떼의 무리가 인마 3천을 모아 도사리고 있는데, 그중 우두머리 되는 사람이 혼세마왕混世魔王 번서라 하오. 그는 바람을 일으키고 비를 내리게 하는데, 용병 솜씨 또한 귀신 같지요. 수하에 부장 둘이 있는데, 한 사람은 팔비나타八臂那咤 항충이라 하고, 한 사람은 비천대성飛天大聖 이곤이라 하오. 이 세 사람이 의형제를 맺어 망탕산을 점령하더니 요즘에는 천하에 저희들의 적수가 없다며 양산박까지 쳐부수겠노라는 호언을 하고 있다 하니, 어찌 분하지 않겠소?"

송강이 듣고 크게 노하여 말했다.

"그 도적놈들이 어찌 그렇게 무례할 수가 있을까……. 제가 또 한 번 다녀오겠습니다."

구문룡 사진이 몸을 일으키며 말했다.

"저희 네 사람이 양산박에 와서 아무것도 하지 못하였으니, 소인이 인마를 거느리고 내려가서 저 강적들을 생포해 오겠습니다."

송강이 크게 기뻐하며 이를 허락했다.

얼마 후 사진은 인마를 인솔하여 주무, 진달, 양춘과 함께 망탕산으로 갔으나 산세가 험한 것에 탄식했다.

'정말 알 수가 없구나. 어느 곳이 지난날 한 고조가 뱀을 죽이고 의를 일으키던 곳이란 말인고?'

일행이 산 아래에 이르렀을 때 매복하고 있던 졸개 하나가 산 위로 뛰어 올라가는 것이 보였다. 사진은 소화산에서 데리고 온 인마를 일자로 세운 다음 붉은 적토마를 타고 진두에 나섰다. 그러자 망탕산 위에서 한 떼의 인마가 나는 듯이 내려왔다. 선두의 두 호한 중 하나는 단패의 명수인 팔비나타라고 하는 항충이었다. 등 뒤에 스물네 자루의 비도를 꽂고 다니며 백 보 떨어진 곳에서도 명중시킬 수 있는 솜씨를 가진 인물이었다. 다른 호한은 이곤으로, 왼손에는 방패를 들고 오른손에는 칼을 들었으며 '비천대성'이라 쓰인 깃발을 세우고 있었다.

두 호한은 단패를 휘두르며 무섭게 쳐들어왔다. 사진 일행이 막아내지 못하자 우선 후군이 도망치기 시작했다. 사진의 전군은 항전했으나 주무가 이끌던 중군이 와르르 흩어져 30리 넘게 달아나고 말았다. 사진은 가까스로 항충의 비도를 피했으나 양춘은 말이 비도를 맞아 말을 버리고 겨우 목숨만 건져 도망쳤다. 사진이 병졸을 수습하여 보니 절반이나 잃고 말았다.

구문룡 사진
동경의 교두 왕진에게 무예를 전수받았다. 용맹하고 의리를 중요시하여 수배 중인 도적을 도와 함께 쫓기는 신세가 되었다.

주무, 양춘과 상의를 하여 양산박에 구원을 청하는 것에 대해 근심하고 있는데, 마침 소이광 화영과 금창수 서녕이 2천의 병졸을 이끌고 왔다. 그 다음날 새벽에는 송공명이 군사 오학구, 공손승, 시진, 주동, 호연작, 목홍, 손립, 황신, 여방, 곽성 등과 함께 친히 3천의 군사를 이끌고 왔다.

그날 밤 산 위에 파란 등불이 가득한 것을 보고 공손승이 말했다.

"적진에 모두 파란 등불이 달려 있는 것으로 보아 반드시 혼세마왕 번서가 도술을 부리고 있는 모양입니다. 내일 제가 진법을 써서 저놈들을 잡겠습니다."

　　　　　　　이튿날 공손승이 송강과 오용에게 말했다.

"이 진법은 한나라 말에 천하가 셋으로 분리되었을 때 제갈공명이 돌을 놓아 진을 친 것입니다. 사방에 팔팔육십사대八八六十四隊로 나누어 중간에는 대장이 있으니 그 형상이 사두팔미四頭八尾요, 이것을 좌우로 회전시키면 천지풍운天地風雲의 기틀과 용호조사龍虎鳥蛇의 형상을 감춘 것이지요. 이제 저놈들이 산을 내려오거든 양 진을 모두 열어 기다리는 척하고, 놈들이 진에 들어오면 칠성호기七星號旗를 들어 곧 진을 변화시켜 장사진長蛇陣이 되게 한 뒤 제가 도술을 부려 저들의 전후좌우에 길이 없도록 할 것입니다. 그 다음 함정을 파 놓고 저놈들을 몰아다가 빠뜨린 후 복병을 두어 사로잡고자 합니다. 제 계책이 어떠합니까?"

송강이 듣고 크게 기뻐하며 곧 모든 군사에게 이를 따르게 했다. 그리고 다시 주동, 화영, 서녕, 목홍, 손립, 사진, 황신, 호연작으로 여덟 대장을 뽑아 진을 지키게 했다. 여방, 곽성에게 명하여 중군을 맡긴 후 송강, 오용, 공손승은 진달을 데리고 군사들을 지휘했다. 주무에게는 군사 다섯을 데리고 가까운 산의 언덕에 올라가 적의 진중을 탐지하라 일렀다.

이날 사시에 모든 병사들은 산 가까이에 진세를 벌이고서 깃발을 흔들고 북을 치며 싸움을 돋우었다. 문득 망탕산 위에서 바라(타악기의 일종) 소리가 산천을 울리더니 세 명의 두령이 일제히 산 아래로 내려와 인마 3천을 좌우에 벌려 세웠다. 좌우는 항충과 이곤이요, 가운데는 혼세마왕 번서였다. 번서는 검은 말을 타고 진두에 섰으나 요술을 부릴 줄만 알았지, 진영의 형세는 알지 못했다. 이날 송강의 군마가 사면팔방으로 진세를 벌인 것을 보고 속으로 기뻐하며 항충과 이곤에게 분부했다.

"너희는 바람이 일면 곧 5백 명의 곤도수衮刀手를 몰고 적진 한복판으로 달려들어라."

그리고 왼손에 유성추를 들고, 오른손에 혼세마왕의 보검을 집어 든 채 입으로 주문을 외었다. 그러자 광풍이 불고 모래가 날리며 돌이 구르더니 천지가 어두워져 해를 가렸다. 항충과 이곤이 크게 고함을 지르며 5백 곤도수를 휘몰아 비바람처럼 쳐들

중국 고대 무기

유성추 流星錐
줄 끝에 금속으로 된 추를 묶었다. 손으로 줄을 돌릴 때 생기는 힘으로 추를 던져 공격한다. 줄의 길이는 다양하며 추의 무게는 최대 5킬로그램이나 된다. 굳이 방향을 바꾸지 않아도 뒤에 있는 적까지 노릴 수 있다.

어갔다. 송강의 군마는 기다렸다는 듯이 곧 양쪽으로 갈라섰다. 항충과 이곤이 그대로 일제히 진중으로 뛰어들자 좌우 양편에서 화살이 쏟아졌다. 항충과 이곤을 따라 진 속에 들어온 군사들은 50명도 채 남지 않았다.

두 장수가 진 속에 갇힌 것을 보고 진달이 칠성기를 한 번 휘두르자 진세가 변하며 장사진이 되었다. 항충과 이곤은 진중에서 우왕좌왕하며 빠져나갈 길을 찾았으나 길은 보이지 않았다. 더구나 사면에 벽력 같은 소리가 나서 더욱 급해진 마음에 앞으로 달려 나가려 하다가 헛곳을 디디며 함정에 빠지고 말았다. 송강의 병사들이 요구창으로 당겨서 밧줄로 잔뜩 결박을 지워 그들을 끌고 왔다.

송강이 채찍을 들어 가리키자 삼군이 일시에 번서를 향해 쳐들어갔다. 번서는 형세가 불리하고 당할 길이 없어 군마를 이끌고 산 위로 도망갔는데, 이미 3천의 인마를 절반이나 잃은 상태였다.

송강이 군사를 거둔 다음 여러 두령과 함께 장중에 앉았다. 졸개들이 항충과 이곤을 묶어서 도착하는 것을 보고, 송강이 급히 밧줄을 끄르고 친히 잔을 권하며 말했다.

"두 분은 부디 언짢게 생각지 마오. 내가 그대들의 높은 명성을 들은 지 오래인지라 예로써 청하여 함께 산에 올라 대의를 모으고 싶었소. 만일 외면하지 않고 함께 산채로 올라가신다면 천만다행이지 않겠소?"

두 사람이 이 말을 듣고 절을 하며 땅에 엎드려 말했다.

"급시우의 존함을 들은 지 오래이건만 인연이 없어 못 뵈었는데, 형님의 의기 또한 이러하시니 우리 두 사람이 일찍이 좋은 분을 알아보지 못했습니다. 우리들은 천지에 용납받지 못할 사람이고, 이미 사로잡힌 몸입니다. 그러나 형장께서 만일 죽이지 않으신다면 맹세코 은혜에 보답하리다. 또 두령께서 우리 둘 중 하나만 놓아주신다면 가서 번서를 데리고 와서 함께 항복을 할까 하는데, 두령의 뜻은 어떠하십니까?"

"저는 두 분이 함께 가셔서 내일 안으로 좋은 소식을 가지고 돌아오기만을 기다리겠소."

두 사람이 탄식하며 말했다.

"정말로 천하 대장부이올시다. 만약 번서가 듣지 않으면 우리가 사로잡아 휘하에 바치겠습니다."

송강이 듣고 크게 기뻐하며 술과 음식을 대접하고 새 옷을 주어 입게 했다. 또 손수 산 아래까지 내려가 배웅했다. 두 사람은 송강의 은혜에 감탄하며 망탕산 아래에 도착했다. 졸개가 이들을 보고 깜짝 놀라며 산 위에 올라가 알리자 번서가 크게 기뻐하며 말했다.

"어떻게 살아 온 것이오?"

"우리는 만 번 죽어도 마땅하오."

"그게 무슨 말씀이시오?"

항충과 이곤이 송강의 의기를 세세히 말해 주니 번서가 듣고 말했다.

"송공명이 그렇듯 어질고 의기를 중히 여긴다면 뜻을 거스를 수 없소. 내일 일찍이 내려가 항복을 하도록 하세."

날이 밝자 세 사람은 함께 송강을 찾아가 그 앞에 엎드렸다. 송강이 황망히 세 사람을 붙들어 장중에 들어와 앉힌 후 예를 갖추었다. 세 사람이 여러 두령을 청하여 망탕산의 산채로 올라가 접대를 하는 한편, 번서가 공손승에게 절을 하며 스승으로 섬기고자 했다. 공손승이 그에게 여러 도술을 전수해 주겠다고 하자 번서는 크게 기뻐했다. 번서, 황충, 이곤은 망탕산에 있는 곡식과 재물을 거두고 인마를 모은 뒤, 산채에 불을 지르고 송강을 따라 양산박으로 향했다.

일행이 금사탄을 건너려고 할 때였다. 큰길 위에서 웬 건장한 사나이가 송강을 보고 절을 했다. 송강이 말에서 내려와 물었다.

"그대는 이름은 무엇이며 어디 사람이오?"

"소인은 단경주라고 합니다. 머리털이 붉고 수염이 누런 것을 보고 남들이 금모견金毛犬이라고 부르지요. 탁주 태생으로 평소 북쪽 지방에 가서 말 도둑질을 하고 살아왔는데, 올봄 창간령 북쪽에서 훌륭한 말 한 필을 훔쳤습니다. 북쪽에서는 그 말이 아주 유명하여 조야옥사자照夜玉獅子라고 불리지요. 세간에서 급시우라는 인물의 명성을 듣고 그 말을 선물로 드리려고 했는데, 능주 서남쪽에 있는 중두시에서 증가의 오호라는 놈들에게 그만 빼앗겼습니다. 제가 그 말은 양산박의 송공명의 것이라고 하니, 그놈들이 더욱 노하여 입에 담지 못할 욕설을 퍼붓고는 소인마저 잡으려고 하기에 가까스로 도망하여 왔습니다."

"그렇다면 나와 함께 산채로 올라가 의논합시다."

송강은 단경주를 데리고 산채로 올라가 조개를 비롯한 여러 두령들과 함께 취의청에 앉았다. 그리고 번서, 항충, 이곤, 단경주를 두령들에게 소개했다. 조개가 잔치를 베풀어 반겼다.

송강은 나날이 산채에 인마가 늘어나고, 사방의 호걸들이 바람처럼 찾아드는 것에 마음이 흡족하여 이운과 도종왕을 시켜 숙소를 더 짓게 했다.

단경주가 중두시에서 있었던 일을 다시 이야기하자, 송강은 신행태보 대종에게 명하여 증두시에 가서 상황을 알아보라고 했다. 며칠 후에 대종이 돌아와서 여러 두령에게 말했다.

"증두시는 인가가 모두 3천여 호인데, 그중에 증가의 집이 제일갑니다. 주인은 원래 대금국 사람으로 이름은 증장자라고 하고, 아들 오형제가 있어 증가오호曾家五虎라 합니다. 큰 아들은 증도, 둘째는 증밀, 셋째는 증색, 넷째는 증괴, 다섯째는 증승이고, 사문공이라는 무예 스승이 있지요. 이들은 6천이 넘는 인마와 50여 대의 수레를 마련해 놓고는 맹세코 양산박의 두령들을 사로잡고야 말겠다고 말하고 다닌답니다. 그리고 조야옥사자라는 말은 지금 오호의 스승인 사문공이 타고 다니는데, 무엇보다도 화가 나는 일은 아이들에게 다음과 같은 노래를 가르친다는 것입니다."

> 쇠방울을 흔드니 신령 마귀 다 놀라네.
> 쇠수레가 있구나, 쇠사슬도 있구나.
> 양산을 무찌르자, 수박을 쳐부수자.
> 조개의 머리를 베어 동경으로 보내자.
> 급시우를 잡아서, 지다성을 잡아서
> 증가오호의 용맹을 세상에 널리 알리자.

조개가 듣더니 노하여 말했다.

"그 짐승 같은 놈들이 어찌 이리 무례한가! 이번에는 내가 친히 산을 내려가겠소. 그놈들을 못 잡는다면 맹세코 다시 돌아오지 않겠소이다!"

그리고 그날로 인마 5천을 데리고 20명의 두령과 함께 산을 내려갔다. 나머지 두령들은 송강과 함께 산채를 지켰다. 조개를 따라가는 두령은 임충, 호연작, 서녕, 목홍, 유당, 장횡, 원소이, 원소오, 원소칠, 양웅, 석수, 손립, 황신, 두천, 송만, 연순, 등비, 구붕, 양림, 백승 등이었다.

송강이 오용, 공손승 등의 여러 두령과 함께 금사탄에 내려와 조개와 함께 작별의 술을 나누고 있을 때였다. 홀연 일진광풍이 일어나며 조개의 군기가 뚝 부러졌다. 모든 사람들이 이를 보고 크게 놀랐고, 오학구 역시 조개에게 말했다.

"군기가 부러진 것은 불길한 징조이니 며칠 후에 다시 의논하는 것이 좋을 듯합니다."

조개가 말했다.

"한낱 바람을 이상하게 생각하다니요. 이 화창한 봄날에 저놈을 잡지 않으면 그들의 세력만 길러 주어 나중에는 더욱 잡기 어려울 것이오. 여러분들은 나를 막지 마시오. 더이상 지체할 수는 없소."

조개가 군사를 이끌고 금사탄을 건너가자 송강은 산채로 돌아와 은밀히 대종에게 소식을 알아 오라고 했다.

한편 조개는 함께 간 두령들과 인마 5천을 거느리고 증두시 근처에 진을 쳤다. 다음날 여러 두령과 말을 타고 나가 증두시를 살펴보는데, 한 떼의 군마가 나오는 것이 보였다. 어림잡아 8백 명 정도는 되어 보였고, 앞에 나온 호걸은 증가의 넷째 아들 증괴였다. 증괴가 소리를 지르며 말했다.

"너희들은 바로 양산박 도적들이 아니냐? 마침 내가 너희들을 잡아 관아에 바치려고 하던 터였는데, 이렇게 알아서 죽으러 왔으니 이는 곧 하늘이 도우시는 것이다. 빨리 말에서 내려와 밧줄을 받지 않고 어찌 우리 손이 먼저 움직이기를 바라느냐?"

조개가 크게 노하여 여러 두령을 둘러보자, 한 장수가 곧 말을 몰고 나아가 증괴를 무찌르려 했다. 바로 양산박에서 처음으로 조개와 의를 맺어 형제가 된 표자두 임충이었다. 두 장수가 서로 싸워 20여 합에 이르렀을 때 증괴가 당하지 못하고 달아났다. 임충은 뒤쫓지 않고 조개와 함께 진지로 돌아와 상의했다. 임충이 말했다.

"내일 증두시 어귀에 가서 한번 싸움을 걸어 저들의 허실을 보고, 그 뒤에 다시 의논하기로 하시지요."

다음날 새벽, 조개가 5천의 병졸을 이끌고 증두시의 앞쪽 평지에 진을 치자, 증두시에서도 포성이 터지며 대군이 몰려왔다. 맨앞에 호한들이 일자로 늘어섰다. 스승인 사문공을 중심으로 증가의 아들들과 증두시의 장수들이 일자로 서서 모두 다 같이 갑옷으로 몸을 무장하고 있었다. 특히 사문공은 조야옥사자를 타고 손에 방천화극을 들고 있었다. 북이 세 번 울리자 증가의 진지에서 죄인을 태우는 수레 수십 대를 밀고 와 진두에 배치했다. 증도가 삿대질을 하며 외쳤다.

"이 함거檻車들이 눈에 안 보이냐? 내가 너희들을 붙잡아 이것에 실어 도성으로 올려 보낼 생각이니 그리 알아라."

조개가 크게 노하여 창을 들고 달려드니, 여러 장수가 일시에 뛰쳐나가 양군의 접전이 시작되었다. 증가의 인마가 점점 촌으로 몰려갔다. 임충과 호연작은 조개를 좌우로 옹위하며 뒤를 급히 몰아치다가 길이 평탄치 않은 것을 보고 군사를 거두어 돌아갔다. 그날 싸움에서 양편 모두 많은 인마를 잃었다.

조개가 영채로 돌아와 노여워하며 3일 동안 나가 싸움을 청했으나 증가에서는 군사 한 명 얼씬하지 않았다. 4일째 되는 날이었다. 뜻밖에 승려 두 사람이 조개의 진지 앞에 이르러 무릎을 꿇으며 아뢰었다.

"소승은 증두시 동쪽에 있는 법화사의 주지승이온데, 저 증가오호가 번번이 저희 절에 와서 금은비단을 빼앗아 이제 아무것도 남아 있지 않습니다. 소승이 저놈들의 사정을 자세히 아오니, 두령님께서 저놈들을 모조리 잡아 주신다면 소승들로서는 고마울 따름입니다."

조개가 그 말을 듣고 크게 기뻐하며 두 승려를 가운데에 앉히고 술을 주어 먹게 하자 임충이 말했다.

"형님, 저 중들의 말을 믿지 마십시오. 혹시 증가놈들이 계교를 써서 저 중놈들을 보냈는지 누가 압니까?"

그러나 조개가 말했다.

"저들은 출가한 사람인데 거짓말을 할 까닭이 있겠소? 더구나 우리 양산박은 인의를 숭상하여 지나는 길마다 백성을 침략한 일이 없는데 그들이 나와 무슨 원수가 있어서 속이며, 더욱이 증가군이 패한 일이 없는데 어찌 간사한 계교를 내겠소? 아우는 의심하지 마시오. 자꾸 의심을 하게 되면 어떻게 큰일을 하겠소? 조금도 의심할 여지가 없을 줄 아오."

"형님께서 굳이 그들의 말을 믿으시겠다면 제가 앞서 가겠으니, 형님은 군사를 거느리시고 뒤에 계시다가 대응하도록 하십시오."

"아니오. 내가 몸소 가지 않으면 누가 기꺼이 앞에 나서려 하겠소? 아우가 인마 절반을 거느리고 뒤에 있도록 하시오."

"어느 두령을 데리고 가시겠습니까?"

"유당, 호연작, 구붕, 원소이, 원소칠, 원소오, 연순, 두천, 송만, 백승 두령과 2천5백 명의 인마를 데리고 가겠소."

그날 늦은 저녁, 조개는 두 승려가 일러 준 계교대로 말에 달린 방울을 떼고 소리 없이 그들을 따라 법화사에 이르렀다. 조개가 살펴보니 한낱 옛집이요, 도무지 인적이 없으므로 두 사람에게 물었다.

"어인 일로 이 큰 절에 인적이 없소?"

"중가의 축생들이 와서 늘 노략질하는 바람에 사람들이 다른 곳으로 가 버리고, 장로와 그를 모시는 시자가 사원에서 숨어 지내고 있습니다. 두령께서는 신경 쓰지 마시고 잠시 이곳에서 기다려 주시면 밤이 깊은 뒤에 소승이 인도하겠습니다."

"그러면 저놈들의 진지는 어디 있소?"

"북쪽으로 멀지 않은 곳에 있습니다. 그곳만 쳐부수면 다른 곳은 자연히 패할 것입니다."

"언제 가려고 하시오?"

"지금 이경이니 삼경쯤 가려고 합니다."

드디어 삼경을 알리는 종소리가 들렸다. 그러자 승려가 말했다.

"저놈들이 이제는 모두 잠이 들었을 테니 가 보시지요."

두 승려가 앞장을 섰다. 조개가 여러 장수와 함께 법화사를 떠나 5리쯤 가니 캄캄한 절벽이 나타났다. 그런데 앞서가던 두 사람이 간 곳이 없었다. 조개의 모든 군사들이 울창한 숲 속에 갇혀 버리고 만 것이다. 졸개가 와서 주위에 인가 하나 보이지 않는다고 조개에게 전하니, 그제야 조개는 계교에 속은 것을 깨닫고 호연작에게 영을 내려 급히 군사를 돌려 되돌아가려고 했다.

미처 백 보도 못 가서 사면에서 북소리가 분분하더니 함성이 천지를 울렸다. 왼쪽 골짜기에 불빛이 가득하여 조개가 여러 장수를 이끌고 길을 찾아 달아났다. 산모퉁이를 지나자 길을 막고 적들이 화살을 쏘아댔다. 이때 조개가 미처 피하지 못하고 얼굴에 화살을 맞고 말에서 떨어지고 말았다.

원씨 삼형제와 유당, 백승이 조개를 구하여 말에 태우고 숲을 나오자, 임충이 군사를 이끌고 대적했다. 양군은 한창 싸우다가 날이 밝을 때쯤 비로소 산채로 돌아왔다. 연순, 구붕, 송만, 두천이 겨우 목숨을 보존하여 돌아왔고, 겨우 1천여 명의 군사만이 남았다. 모두 정신을 가다듬어 조개를 살폈다. 화살에는 '사문공'이라는 석 자가 쓰여 있었다. 의원을 불러 바로 약을 처방하고 치료했으나 독화살이라 이미 독이 온몸에 퍼진 후였다.

여럿이 부축하여 조개를 수레에 실은 다음 원씨 삼형제와 두천, 송만을 수레와 함께 먼저 양산박으로 돌려보냈다. 나머지 두령들은 남아서 앞일을 상의했으나 뾰족한 수가 없었다.

"이번에 조천왕이 산을 내려왔다가 화를 당하셨는데, 떠날 때 군기가 바람에 부러진 것이 그 징조를 암시한 것이 아니겠소? 이제 군사를 거두어 돌아가야 할 것이나 먼저 송공명의 명령을 기다려야 합니다."

군사들은 사기가 크게 떨어져 돌아가고 싶은 마음뿐이었다. 이날 밤 이경이 가까워졌을 때 문득 파수를 보던 군사가 아뢰었다.

"앞에서 증가오호의 군사가 쳐들어오는데, 그 횃불과 인마의 수를 헤아릴 수가 없습니다."

임충을 비롯한 여러 두령들이 깜짝 놀라 나가 보니, 삼면의 산 위에서 횃불이 대낮과 같았고 고함 소리가 진동하고 있었다. 두령들은 대적도 하지 않고 진지를 빠져나와 달아났다. 그러자 중가군이 뒤에서 몰아쳐서 싸우고 달아나기를 수십 번. 결국 50리나 후퇴하여 군사를 점검해 보니 또 군사 6백여 명을 잃었다.

마침내 일행은 급히 양산박으로 돌아와 취의청에 이르러 조개의 병세를 살폈다. 조개는 음식과 물을 넘기지도 못했고, 온몸이 불덩이 같았다. 송강은 눈물이 마를 날이 없이 여러 두령들과 함께 취의청을 떠나지 못하고 있었다. 그날 밤 삼경에 조개가 조금 나은 듯 겨우 머리를 돌려 송강을 보고 말했다.

"아우는 내 말을 이상히 여기지 마시오. 누구든지 사문공을 잡아 원수를 갚는 자가 내 뒤를 이어 산채의 주인이 되게 해 주오."

이렇게 한 마디 당부하고 조개는 결국 숨을 거두었다. 여러 두령들도 옆에서 조개의 유언을 듣고 있었다.

송강이 조개의 임종을 보고 마치 부모의 죽음이나 다름없이 방성대곡하니, 다른 두령들이 송강을 부축해 데리고 나왔다. 오용과 공손승이 위로했다.

"형님은 너무 슬퍼하지 마십시오. 죽고 사는 일은 다 하늘이 정하는 일인데, 그렇듯 마음이 상할 것이 무엇입니까? 아직 큰일이 남아 있으니 그것부터 의논하시는 것이 옳습니다."

송강은 눈물을 거두고 향탕香湯(향을 넣어 달인 물로 염습하기 전에 시신을 닦는 데 쓴다)을 준비하여 시신을 씻기고 수의를 입혔다. 산채의 여러 두령들과 졸개들은 모두 상복을 입고 두건을 썼다. 임충은 화살을 신위神位 앞에 꽂아 놓고 산채에 흰 깃발을 세운 후 가까운 절의 승려를 데려와 의식을 갖추었다. 얼마 동안 송강은 슬퍼

하기만 하고 도무지 산채를 다스리는 데는 뜻이 없어 보였다. 공손승은 여러 두령들과 상의하고 송강을 산채의 주인으로 정했다. 다음날 이른 아침에 임충이 나서서 송강을 청하여 취의청에 앉힌 다음 말했다.

"나라에는 하루도 임금이 없으면 안 되고, 집에는 하루도 주인이 없으면 안 될 것입니다. 조 두령이 이미 하늘로 떠나셨는데, 산채의 일이 주인 없이 될 일이겠습니까? 천하가 모두 형님을 흠모하는 터이고 내일이 마침 길일이니, 형님이 산채의 주인이 되신다면 모든 사람이 다 믿고 따를 것입니다."

"조천왕이 유언하시기를, 사문공을 잡는 사람을 산채의 주인으로 삼으라고 하셨소. 그 말은 모두 다 듣지 않았소? 더구나 원수를 갚아 한을 풀지도 못했는데 어찌 그런 말씀을 하시오?"

오용이 듣고 말했다.

"조천왕께서 말씀은 그렇게 하셨지만, 그놈을 잡지 못했다 하여 어찌 한시라도 산채의 주인 자리를 비워 두겠습니까? 아무래도 형님이 이 자리에 앉으셔야지, 그렇지 않고는 산채 안의 많은 인마를 이끌 도리가 없습니다. 일단 형님이 임시로 이 자리에 계시다가 뒷날 다시 의논하여 정하도록 하지요."

"군사의 말도 옳은 듯하니, 그러면 오늘부터 내가 잠시 이 자리에 앉아 일을 보겠소. 뒷날 사문공을 잡아 원수를 갚는 사람이 누가 되든 산채의 주인으로 삼도록 합시다."

이규가 옆에 있다가 뛰어나오며 말했다.

"형님, 형님은 양산박 주인뿐 아니라 대송 황제

고사성어 엿보기

백아절현 伯牙絶絃
백아가 거문고의 줄을 끊었다는 뜻으로, 자기의 마음을 알아주는 절친한 벗의 죽음 또는 그런 벗을 잃은 슬픔을 말한다.

도 되실 것이오."

송강이 크게 노하여 꾸짖었다.

"저 시커먼 놈이 어찌 저런 쓸데없는 말을 할꼬? 다시 그런 말을 하면 네 혓바닥을 잘라 버릴 테니 그리 알아라."

"형님께서 황제가 되시라고 한 건데, 왜 혓바닥을 자르겠다고 화를 내고 그러시오?"

오용이 얼른 나서며 말했다.

"저 사람은 사리를 모르는 사람이니, 형님은 고정하시고 어서 대사를 관장하시지요."

송강이 그의 말을 따라 향을 피웠다. 임충이 송강을 붙들어 제1두령 자리에 앉히자, 다음에는 군사 오용, 그 다음에는 공손승이 앉았다. 그리고 왼쪽에는 임충, 오른쪽에는 호연작이 앉았다. 모든 사람이 절을 하고 난 다음 송강이 말했다.

"내가 오늘 이 자리를 맡게 된 것은 여러 형제의 도움에 힘입은 바이니, 마음을 같이하고 서로 협조하도록 합시다. 이제 산채의 인마가 많아져 예전과 같지 않소. 취의청은 오늘부터 충의당忠義堂이라 개칭할 것이고, 그 전후 좌우에 여섯 개의 진지를 구축하고……."

이리하여 송강은 임시 수령이 되었다. 취의청은 충의당이라 개명하고 진지를 여섯 개로 나누어 각기 그것을 분담하게 했다. 즉 충의당은 송강, 오용, 공손승, 화영, 진명, 여방, 곽성의 일곱 두령이, 좌군의 진지는 임충, 유당, 사진, 양웅, 석수, 두천, 송만의 일곱 두령이, 우군의 진지는 호연작, 주동, 대종, 목홍, 이규, 구붕, 목춘이, 전군의 진지는 이응, 서녕, 노지심, 무송, 양지, 마린, 시은이, 후군의 진지는 시진, 손립, 황신, 한도, 팽기, 등비, 설영이, 그리고 수군의 진지는 이준, 원소이, 원소오, 원소칠, 장횡, 장순, 동맹이 맡게 되었다.

이 외에 산채의 바깥쪽 제1관문에는 뇌횡과 번서, 제2관문에는 해진과 해보, 제3관문에는 항충과 이곤이 배치되었고, 금사탄의 소채에는 연순, 정천수, 공명, 공량이, 압취탄의 소채에는 이충, 주동, 추연, 추윤이, 산 뒤쪽의 소채에는 주무, 진달, 양춘이 배치되었다. 충의당의 왼쪽 방에는 문서를 맡은 소양과 상벌을 맡은 배선, 인감을 맡은 김대견, 그리고 금전과 양식 관리를 맡은 장경이 있게 되었고, 오른쪽 방에는 포를 맡은 능진과 선박 제조 담당인 맹강, 갑옷 제조를 맡은 후건, 성벽의 수리와 건축을 담당하는 도종왕이 있기로 했다.

또 충의당의 곁방에는 건축을 감독하는 이운, 대장간의 총감독 탕륭, 양조 감독인 주부, 연희와 접대 담당인 송청, 가구 관리를 맡은 두흥과 백승이 정해졌다. 산기슭에서 망을 보는 술집은 주귀, 악화, 시천, 이립, 손신, 고대수, 장청, 손이랑 등이 맡았고, 북방에 말을 파는 일은 양림, 석용, 단경주 등이 맡기로 했다. 이렇게 양산박의 두령들은 각자의 소임을 받았다.

이튿날 송강이 여러 두령들을 모으고 조천왕의 원수를 갚는 것에 대해 의논을 하려고 하자, 군사 오용이 말했다.

"보통 상복을 입고는 움직이지 않는다 했습니다. 백 일이나 지난 다음에 군사를 일으켜 원수를 갚아도 늦지 않을 것입니다."

송강이 그 말을 듣고 옳다고 여기고, 산채를 지키며 날마다 조천왕을 위해 명복을 빌었다.

고사성어 엿보기

백아절현 伯牙絶絃
백아가 거문고의 줄을 끊다

춘추시대 때 거문고의 달인으로 이름 높은 백아에게는 자신의 소리를 누구보다 잘 감상해 주는 친구 종자기가 있었다. 백아가 거문고를 타며 높은 산과 큰 강의 분위기를 그려내려고 시도하면 옆에서 귀를 기울이고 있던 종자기의 입에서는 이렇게 저절로 감탄이 터져 나왔다.

"멋지군. 하늘 높이 우뚝 솟는 그 느낌이 마치 태산을 연주하는 것 같네."

"음, 훌륭해. 넘칠 듯이 흘러가는 그 느낌이 마치 황하를 보는 것 같네."

두 사람은 그토록 마음이 통하는 연주자였고 청취자였으나 불행히도 종자기가 병으로 먼저 죽고 말았다. 그러자 백아는 무척 절망한 나머지 자신의 거문고 줄을 끊고 다시는 연주하지 않았다고 한다.

지기知己를 가리켜 '지음知音'이라고 일컫는 것은 바로 이 고사에서 나온 말이다.

伯: 맏(백), **牙**: 어금니(아), **絶**: 끊을(절), **絃**: 악기줄(현)
백아가 거문고의 줄을 끊었다는 뜻으로, 자기의 마음을 알아주는 절친한 벗의 죽음 또는 그런 벗을 잃은 슬픔을 말한다.

[출전]《열자列子》〈단궁편湯問篇〉

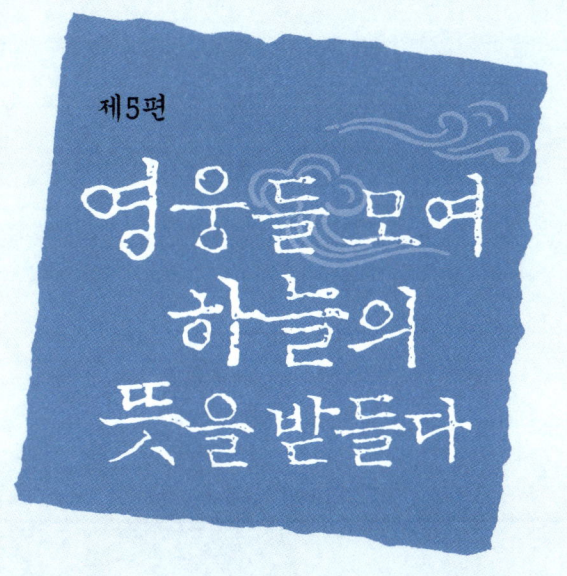

제5편
영웅들 모여 하늘의 뜻을 받들다

이날 밤 삼경에 공손승은 허황단 제1층에, 도사들은 제2층에, 송강 이하 여러 두령은 제3층에, 나머지 산채 사람들은 단 아래에서 하늘이 보응하기를 축원했다. 홀연 들으니 하늘에서 낭랑한 소리와 함께 하늘 문이 열렸다. 그 속으로 현란한 광채가 비치고, 보배로운 빛이 둘린 곳에서 한 덩어리의 불이 바로 허황단을 향해 쏜살같이 내려왔다. 그리고 단 위를 한 번 돌아 서남쪽 땅속으로 들어가니 다시 하늘 문이 닫혔다. 여러 도사들이 단에서 내려오고, 송강은 졸개를 시켜 땅을 파 불덩어리를 찾게 했다.

양산박에 속은 옥기린

송강이 양산박의 새 주인이 된 후 어느 날, 용화사의 한 승려가 문득 옥기린玉麒麟이라고 불리는 노준의라는 사람의 이름을 댔다. 노준의는 북경 대명부의 으뜸가는 부자인데, 무예가 뛰어날뿐더러 인품도 남달라 호걸 중에 호걸이라고 소문이 난 인물이었다. 두령들은 그를 양산박의 일원으로 끌어들이기로 결정했다. 오용이 말했다.

"당장 북경으로 가서 노준의를 설득하여 산채로 데리고 오는 것쯤은 문제가 아닙니다. 다만 만약을 대비해서 힘깨나 쓰는 자를 붙여 주셨으면 합니다."

그러자 이규가 나섰다. 오용은 이규에게 세 가지 약속을 지킨다는 조건으로 동행을 허락했다. 첫째는 술을 마시지 않는 것이요, 둘째는 머슴 행색을 하는 것이요, 셋째는 벙어리 행세를 해야 한다는 것이었다. 이규는 선뜻 받아들였다.

그들은 길을 떠난 지 닷새 만에 북경에 도착하여 행색을 갖추고 성으로 들어섰다. 오용은 떠돌이 도사처럼 차려입었고, 이규는 도사의 심부름꾼 모습으로 올이 거친 무명옷을 입었다. 그리고 큰 막대기를 어깨에 메었는데, 그 끝에는 '사람의 운명을 묻되 금자 한 냥을 아끼지 마라' 라고 쓴 종이가 너풀거렸다. 오용과 이규는 어슬렁거리며 성문 가까이 가서 거기 있는 수십 명의 군사 가운데 수문장으로 보이는 관원에게 공손히 절을 했다.

"너희는 뭐야?"

"저는 성을 장, 이름을 용이라 하는 자로, 점치는 것을 업으로 삼고 있습니다. 제 뒤를 따르는 도동은 성을 이라고 하옵지요. 천하를 두루 돌아다니다가 이번에 이곳을 지나게 되었습니다."

오용은 가짜 통행증을 내보였다. 군사들은 이규의 도동답지 못한 외모에 의심을 품고 있었다.

"저 도동의 눈이 마치 도적의 눈 같구나."

이규가 이 말을 듣고 발끈하려 하자 오용이 급히 머리를 저었다. 이규는 고개를 숙였다. 오용이 군사들을 향해 공손하게 말했다.

"소생이 저 도동의 말을 다 하기는 힘듭니다만, 저 도동이 듣지도 못하는 벙어리라 예의를 알지 못하니 용서하십시오. 다만 취할 것은 힘뿐이니 마지못해 데리고 다닙니다."

오용의 공손한 말에 그들은 겨우 성문을 통과했다. 오용은 점쟁이답게 방울을 흔들면서 외쳤다.

"세상만사, 운이고 명이라오. 모든 생사 귀천은 내가 점쳐 드리리다. 자, 장래를 알고 싶은 사람은 금자 한 냥만 갖고 날 따라오시오."

그러자 북경 성내의 아이들이 몰려와 그들의 뒤를 따라다니며 낄낄대며 웃었다. 오용과 이규는 이리저리 돌아다니다가 노준의의 집 앞에 이르러 더욱 큰 소리로 외쳤다. 밖이 소란스럽자 노준의가 하인을 불렀다.

"왜 이리 문 밖이 소란스러우냐?"

"뜨내기 점쟁이가 왔는데, 복채卜債가 금자 한 냥이라지 뭡니까? 누가 한 냥이나 주면서 점을 칠지……. 그런데 더 우스운 건 도동이라는 자입니다. 인상이 험상궂어 꼭 도둑놈처럼 생겼기에 아이들이 따라다니며 놀리는 것입니다."

"한 냥이라……. 그만큼 달라는 이유가 있겠지. 보통 점쟁이들과는 다를 게다. 가서 불러오너라."

오용과 이규가 노준의의 앞에 불려가 보니, 과연 그는 용모가 준수하고 키가 9척이나 되는 장신인 데다가 위풍당당한 인물이었다. 노준의는 자신의 화복禍福이 궁금하다고 했다. 그러자 오용은 쇠로 만든 산가지를 꺼내 책상 위에 올려놓고 한참 동안 괘를 뽑더니, 돌연 산가지로 책상을 치며 큰 소리를 질렀다.

"아니, 무슨 괘인데 그러시오? 나쁜 괘라도 나왔소? 어서 길흉을 말해 주시오."

"반드시 집안을 지키지 못하고 백 일 안에 칼날 아래 죽으리라."

그러자 노준의가 웃으면서 말했다.

"허허, 그것은 선생이 잘못 보셨구려. 우리 조상 중에는 죄를 지은 자도 없을뿐더러 친족 중에 재혼을 한 사람도 없소이다. 게다가 소생은 일찍부터 옳은 일을 좇아 일해 왔지, 도리에 어긋난 일은 한 적이 없소. 재산만 해도 도리에 어긋나게

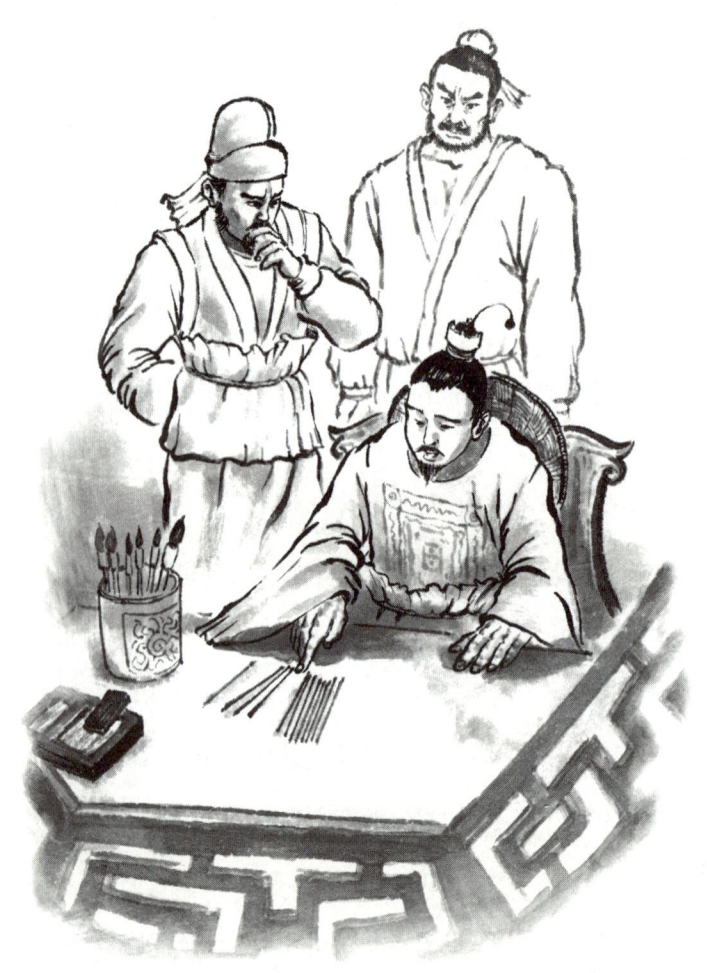

해서 모은 것이라고는 단 한 푼도 없으니, 왜 칼에 맞아 죽겠소? 그런 괘가 나올 리가 없소."

그러자 오용은 돈을 도로 돌려주며 자리에서 일어섰다.

"어허, 어딜 가나 아첨하고 추켜세워 주는 소리만 들으려는 인간들뿐이구나. 그렇다면 어쩔 수 없지. 충언을 악언으로 여기니 무슨 할 말이 있겠소?"

"아, 아니 고정하시오. 조금 전의 말은 그저 지나는 말로 해 본 소리요. 아무쪼록 피할 도리나 알려 주시구려."

오용은 마지못한 듯 다시 자리에 앉아 말했다.

"원외님의 운세는 대단히 좋습니다. 그러나 금년 운수가 유독 위험하여 백 일 안에 반드시 목과 몸뚱이가 이별하게 될 것이옵니다. 이건 타고난 팔자요, 운명이기 때문에 어찌할 도리가 없습니다. 하지만 동남방으로 천 리 가량 몸을 피하면 재난을 면할 수가 있습니다. 물론 거기에는 여러 가지 고난이 따르겠지요. 그러나 그 고난을 이겨내셔야 합니다."

오용이 돌아가자 노준의는 하루 종일 깊은 시름에 잠겼다. 왠지 불안한 마음을 떨쳐 버릴 수가 없었다. 그는 마음의 결정을 내리고 연청을 불렀다. 연청은 활을 잘 쏘는 자로 노준의의 집에서 잔뼈가 굵은 충직한 하인이었다.

"어제 어떤 점쟁이에게 점을 쳐 보았더니 백 일이 가기 전에 칼을 맞고 죽을 운이라는구나. 동남방 천 리 밖으로 피신을 하면 그 운을 면할 수 있다는데, 동남쪽이라면 태안주가 아니더냐? 태안주의 동악태산은 천하 만민의 생사 재액을 씻는 데 영험이 있다 하니, 거기 가서 공을 드려 볼까 한다. 재액에서 벗어나 볼까 하는 마음도 있고 장사도 할 겸해서 다녀오마."

"아무리 봐도 점쟁이의 말에 무슨 속임수가 있는 것 같습니다. 믿지 마십시오."
연청은 지혜로워서 노준의가 특히 아끼는 하인이었다. 그러나 노준의는 연청의 말이 귀에 들어오지 않았다. 결국 노준의는 연청에게 집안의 일을 잘 보살피라고 당부하고는 이고를 데리고 길을 떠나기로 했다.

사흘 후 노준의는 열 대의 수레를 몰고 집을 나섰다. 노준의의 아내는 스물다섯 살의 가씨였다. 가씨가 말렸지만 노준의는 흐느껴 우는 아내를 남겨 둔 채 길을 떠났다.

며칠이 지났다. 노준의는 객점에서 하룻밤을 쉬고 새벽에 길을 떠나려 했다. 그러자 객점의 주인이 노준의를 보고 넌지시 일러 주었다.

"여기에서 20리쯤 가시면 양산박 아래입니다. 거기서 봉변을 당하지 않도록 조심하셔야 할 겁니다."

"그 도적놈들을 잡아서 관아에 넘길 테다. 오히려 잘되었구나."

노준의는 코웃음을 치며 박도를 차고 수레를 달려 다음날 양산박으로 향했다. 그를 따르던 무리들은 험준한 산골에 들어서자 오금이 저려 잘 움직이지도 못했다. 그러자 노준의는 고함을 지르며 길을 재촉했다.

일행이 산 아래를 지날 때였다. 수풀이 우거져 주위가 어두컴컴한데, 돌연 휘파람 소리가 들려왔다. 그 순간 숲 속에서 백 명이 넘는 산적들이 몰려나왔고, 그 중 붉은 두건을 쓰고 양손에 도끼를 든 이규가 앞으로 나섰다.

"나리, 나를 모르시겠소?"

점쟁이와 함께 왔던 벙어리 도동이라는 것을 안 노준의는 칼을 쳐들고 이규를 향해 달려들었다. 이규가 쌍도끼로 상대했으나 3합도 겨루기 전에 잽싸게 몸을 날려 숲 속으로 달아나 버렸다. 노준의는 박도를 쳐들고 이규를 쫓았다. 이규는 잡힐 듯하면 달아나고 달아났다가는 다시 나타나서는 빽빽하게 우거진 나무들 사이로 숨었다. 노준의는 분통을 터뜨리며 그를 쫓았다.

"내가 너희들을 때려잡으려고 왔다! 송강놈에게 당장 산에서 내려와 투항하라고 일러라. 꾸물대다가는 단칼에 목을 날려 버릴 것이니라! 너희들의 뿌리를 뽑고야 말리라!"

언덕을 내려서자 저 멀리서 노란 깃발을 나부끼며 송강, 오용, 공손승이 나란히 선 채 그에게 정중하게 말했다.

"원외 나리, 노여워하지 마십시오. 일찍부터 나리의 높은 명성을 들어 왔는데, 천행으로 오늘 이렇게 뵙게 되니 비로소 소원을 이루었습니다. 오시는 동안 불쾌하셨다면 부디 용서하여 주십시오."

이번에는 오용이 나섰다.

"지난번 댁에 가서 나리를 이처럼 산속으로 오시게 한 것은 서로 도와 하늘을 대신해 도를 행하려는 까닭이옵니다."

노준의는 크게 화를 내며 꾸짖었다.

"도적놈들이 허락도 없이 나를 속여 산에 올라오게 하다니 원통하구나!"

그때 송강의 뒤에 있던 화영이 활시위를 당기며 노준의를 보고 말했다.

"노원외는 너무 착한 체하지 말고 내 재주를 한번 보아라."

화영이 이내 화살을 날리자 노준의의 투구 끈이

고사성어 엿보기

발본색원 拔本塞源

나무의 뿌리를 뽑아 물의 근원을 없앤다는 말로, 폐단의 근본적인 원인을 뿌리째 뽑아 버린다는 뜻이다.

툭 끊어졌다. 크게 놀란 노준의는 당황하여 달아나려 했으나, 산 위에서 큰 소리가 울리며 진명과 임충이 내려왔다. 또 산동 쪽으로 피하려 하니 호연작과 서녕이 짓쳐오고 있었다. 이제 날은 저물고 길은 분명치 못한데, 위는 하늘이고 아래는 땅일 뿐이었다. 노준의는 연청의 말을 듣지 않은 것을 탄식할 뿐이었다.

"이제 사로잡혔으니 죽기를 바라노라."

송강이 웃으며 말했다.

"교자에 오르소서."

그러자 노준의가 대답했다.

"왜 저를 놀리십니까?"

"제가 어찌 나리를 놀리겠습니까? 오래전부터 나리의 덕을 사모해 왔습니다. 부디 거절 마시고 산채의 주인이 되어 밤낮으로 명령을 받들게 해 주십시오."

"아니오. 차라리 죽음을 택할지언정 그 말씀은 따를 수가 없습니다."

오용이 다시 나섰다.

"이 일은 후에 천천히 의논하기로 하겠습니다."

양산박 두령들이 술과 음식을 베풀어 노준의를 환대했다. 그도 이제 더이상 어쩔 수가 없었다. 그런데 하루가 지나도 연회가 끝나지 않았다. 두령들이 서로 돌아가며 노준의에게 잔치를 베풀었던 것이다. 노준의는 가족들이 걱정할 것이라고 둘러대며 산채를 떠나려 했지만, 오용을 비롯한 두령들이 노준의를 놓아주지 않았다. 대신 이고를 시켜 수레를 가지고 먼저 집으로 돌아가 아내를 안심시키라고 일렀다. 송강은 커다란 은덩이 두 개를 가져다가 이고에게 주고, 작은 것들은 인부들에게 골고루 나누어 주어 북경으로 떠나게 했다. 오용이 따라나서며 이고를 가까이 불렀다.

"네 주인은 전부터 우리와 의논을 하고 산채에 온 것이며, 이번에 둘째 두령 자리에 앉게 됐다. 그래서 이리로 오시기 전에 반역시까지 집의 벽에다 적어 놓고 왔으니, 네 주인은 돌아갈 생각이 일찌감치 없었던 것이다. 너희들은 산채에 대해 알고 있으니 모두 죽여야 마땅하나, 이번만은 특별히 용서할 것이니 냉큼 돌아가거라. 주인 생각은 일찌감치 잊는 것이 좋을 것이다."

이고는 꽁지 빠지게 뒤도 돌아보지 않은 채 도망가기 시작했다.

어느덧 한달이 지났다. 송강과 오용은 더이상 노준의를 붙잡아 두지 못하고 떠나보내 주었다. 한 달 만에 겨우 빠져나온 노준의는 부리나케 길을 재촉하여 열흘 만에 집에 도착했다. 바로 그때였다. 한 떼의 군사들이 몰려들더니 노준의를 꽁꽁 묶어 버리는 것이 아닌가. 그것은 하인 이고가 노준의를 양산박과 한패라고 몰아붙여 관가에 고발했기 때문이다.

"네 이놈, 북경의 백성인 네가 무엇이 부족해서 양산박 도적들과 한패가 되어 두령이 되었단 말이냐? 이렇게 네 발로 기어든 것도 결국에는 이 북경을 치려는 수작이 아니더냐?"

"아니올시다. 제가 어리석어 변장한 도적들에게 속아 꼬임에 넘어간 것뿐이올시다. 그놈들에게 잡혀 있다가 이제 겨우 집으로 돌아왔습니다. 결코 다른 마음을 먹은 적이 없으니 아무쪼록 살펴 주시기 바랍니다."

그러나 아내 가씨와 이고가 그 사이에 서로 눈이 맞아 관가에 고발을 하고 금은보화로 뇌물을 준 후였으니, 유수사의 양중서는 노준의에게 혹독한 매질을 명령했다. 노준의는 사형수에게나 씌우는 백 근이나 되는 큰 칼을 쓰고 감옥에 갇히게 되었다.

한편 송강은 노준의의 소식을 알기 위해 양웅과 석수를 보냈다. 연청을 만난 그들은 노준의에 관한 사정을 듣게 되었다. 양웅이 석수에게 말했다.

"일이 이렇게 됐으니, 나는 연청과 함께 산채로 돌아가서 형님께 보고를 해야겠네. 자네는 북경에 가서 더 알아보고 오게나."

석수는 그들과 작별하고 북경에 이르렀다. 이튿날 아침을 먹기가 바쁘게 성으로 들어가 노준의의 소식을 물어보니, 오늘 낮에 형장에서 사형을 당한다는 것이었다. 석수는 급히 형장으로 가 보았다. 마침 형장이 마주 보이는 네거리에 술집이 있었다. 석수는 그 술집으로 가서 네거리가 잘 보이는 방에 자리를 잡고는 급하게 술을 마시면서 밖을 지켜보았다. 얼마쯤 시간이 지나자 네거리에는 형장을 둘러싸고 수많은 사람들이 섰고, 마침내 노준의가 묶인 채 앞으로 끌려 나와 무릎을 꿇었다.

"오시 삼각이오!"

집행관 공목이 소리 높여 죄상을 읽기 시작했을 때였다. 그때 이층에서 보고 있던 석수가 군중들 속으로 칼을 빼 들고 뛰어내리며 소리를 질렀다.

"여기 양산박 호걸이 모두 나와 있다!"

닥치는 대로 칼을 휘두르니 한꺼번에 수십 명의

중국 고대 무기

돌화창突火槍
굵은 대나무 통에 구멍을 내고 화약과 탄환을 넣어 점화한다. 통 끝에서 발사되는 탄환은 유효 사거리가 4~5미터밖에 되지 않는다. 화창을 발전시킨 것이며 총의 원조 격이다.

430

목이 떨어졌다. 석수는 손으로 칼을 휘두르며 다른 한 손으로 노준의를 껴안고 남쪽을 향해 줄달음쳤다. 그러나 본래 석수는 북경의 지리를 몰랐고 노준의도 까무라쳐 있어서 달아나다가 길을 잃고 말았다. 성내에서 퇴로를 잃은 노준의와 석수는 그만 군졸들에게 포위를 당한 후 마침내 밧줄로 묶이고 말았다. 이튿날 성 안팎에서 소란스럽게 신고가 들어왔다.

"양산박 놈들의 포고문입니다!"

양중서는 그것을 받아 들고 혼비백산했다. 그 포고문에는 이렇게 적혀 있었.

〈양산박 송강은 대명부와 천하에 포고하노라. 지금 이 나라는 탐관오리가 권세를 잡기 위해 양민을 학살하고 만백성을 도탄에 빠뜨리고 있도다. 북경의 노준의는 호걸 선비로서 내가 산으로 청하여 더불어 하늘을 대신해서 도를 행하려고 한 것인데, 어찌 관원이 뇌물을 먹고 선량한 백성을 죽이려 하느냐? 특별히 석수를 시켜 한 걸음 앞서 통지를 하려 했더니 도리어 그 무리에 사로잡히고 말았구나. 다행히 이 두 사람의 목숨을 살려 주고, 음부와 간부를 바친다면 내가 구태여 침공하지 않을 것이나, 반대로 일을 크게 벌여 우리를 해친다면 당장에 군사를 일으켜 이 한을 풀겠노라. 그리되면 우리 대병이 도처에서 옥석을 가리지 않고 불사를 것이며, 간악한 무리를 모조리 소탕하여 악의 뿌리를 멸하게 하리라.〉

고사성어 엿보기

발본색원 拔本塞源

뿌리를 뽑아 근원을 막다

주나라 왕이 말했다.

"백부에게 내가 있는 것은 옷에 갓이 있는 것과 같다. 나무에 뿌리가 있고 물에 근원이 있듯 백성에게는 임금이 있어야 한다. 백부께서 만약 갓을 찢어 버리고, 뿌리를 뽑아 근원을 막고, 집주인을 버린다면 오랑캐들이 나를 어떻게 볼 것인가?"

이 말은 나라의 근본인 군주의 지위를 위태롭게 하면 안 된다는 뜻이다.

또한 명나라의 학자 왕양명은 그의 저서 《전습록傳習錄》에서 발본색원론을 언급했다. 그는 이렇게 말했다.

"발본색원론이 세상에 밝혀지지 않으면 성인을 흉내 내는 무리들이 늘어나고 세상은 점점 어지러워져 사람들이 짐승이나 오랑캐같이 되어 성인의 학문을 닦으려 하지 않을 것이다."

즉 하늘의 이치를 지니고 욕심을 버리라는 뜻으로, 결국 사사로운 탐욕이 화를 일으킨다는 것이다.

拔: 뽑을(발), 本: 근본(본), 塞: 막을(색), 源: 근원(원)

나무의 뿌리를 뽑아 물의 근원을 없앤다는 말로, 폐단의 근본적인 원인을 뿌리째 뽑아 버린다는 뜻이다.

[출전] 《춘추좌씨전春秋左氏傳》〈소공昭公 9년〉

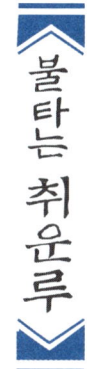

드디어 오용이 계교를 써서 대명부를 치기로 하여 상원일上元日(대보름날) 밤에 거사하기로 하고, 먼저 대명부 성내를 소상히 아는 시천을 정탐꾼으로 보냈다.

시천은 성을 넘어 들어가 객점을 찾아 묵고자 했으나 객점 주인이 혼자 온 사람을 재워 주지 않으려 한 탓에 밤이면 동악묘 신좌 아래에서 자고 낮이면 성 안을 돌아다니며 등과 등대를 구경했다. 해진, 해보 형제는 산짐승을 지고 지나갔고, 두천과 송만은 동불사로 나왔다.

그날 시천이 취운루 곁을 떠나지 않고 있는데, 헌 양피옷을 입은 공명이 머리를 헝클고 왼손에는 막대를, 오른손에는 깨진 사발 한 개를 들고 더러운 모양새로 구경하러 다니고 있었다. 시천이 좌우를 살핀 후에 불러서 말했다.

"걸인의 얼굴이 어찌 그리 살이 찌고 윤택하오? 눈이 밝은 공인이 보면 어떻게 하오? 빨리 숨고 돌아다니지 마시오."

말이 끝나기 전에 또 다른 걸인이 나오는 것이 보였는데, 이번에는 공량이었다. 시천이 말했다.

"너는 얼굴이 눈빛같이 희므로 얻어먹고 다니는 사람 같지 않으니 남의 눈에 띄기 쉬울 것이다."

그때 홀연 등 뒤에서 두 사람이 시천을 붙들고 말했다.

"참 좋은 일을 하고 있소."

시천이 고개를 돌리니 양웅과 유당이었다.

"깜짝 놀랐잖소!"

"나를 따라오시오."

양웅이 그들을 으슥한 곳에 데리고 가서 말했다.

"어찌 아무 곳에서나 말들을 하시오? 우리 두 사람이 들었으니까 다행이지, 만일 공인이 들었다면 어찌 될 뻔했소?"

공명이 말했다.

"어제는 추연과 추윤이 등을 팔러 다니고, 노지심과 무송이 절에 있는 것을 보았소. 약속한 날을 기다려 행동합시다."

다섯 사람이 큰길가로 나오다가 다시 웬 도사를 만났는데, 이는 공손승이었다. 능진은 도동의 차림으로 따라가다가 그들을 보고 눈인사만 나누었다.

상원일이 점점 다가오자 양중서는 먼저 문달에게 군마를 이끌고 비호곡에 나가 적을 막도록 했고, 14일에는 이성에게 철기 5백을 거느리고 성을 돌도록 했다. 내일이면 바로 정월 보름이었다.

다음날 날씨가 극히 맑아 양중서는 은근히 기분이 좋았다. 해가 지고 어스름해졌지만 사방이 유리를 깐 듯 훤히 보였고, 성내의 남녀들이 어깨를 나란히 하여 오고 갔다.

이날 저녁에 채복이 아우 채경에게 옥을 지키라 하고 자기는 집으로 돌아와 문을 들어서는데, 갑자기 두 사람이 뒤쫓아 들어왔다. 채복이 놀라 돌아보니 앞에는 시진이요, 뒤에는 악화였는데 두 사람은 관군 차림을 하고 있었다. 채복이 안으로 청하여 마련해 둔 음식을 내어 대접하려 했다. 그러나 시진이 손을 들어 멈추게 하고 말했다.

"술은 관두고 노원외와 석수를 잠깐 만나 보게 해 주시오."

채복은 공인이라 이미 어느 정도 눈치를 채고 있었다. 만일 그 말을 듣지 않으면 뒤가 좋지 못할 터였다. 그래서 헌 관복 두 벌을 내어 두 사람을 갈아입힌 다음 옥으로 데리고 가서 노준의와 석수를 만나게 했다.

그로부터 조금 지난 뒤에 왕영, 호삼랑, 손신, 고대수, 장청, 손이랑이 촌부 차림을 하고 사람들에 휩쓸려 동문으로 들어오고, 공손승은 능진을 데리고 성황묘를 찾아 들어가 때가 오기를 기다렸다. 또 추연과 추윤은 등을 들고 성 안을 이리저리 한가로이 돌아다녔고, 두천과 송만은 수레를 몰고 양중서의 아문 앞으로 가서 사람들 틈에 섞여 있었으며, 유당과 양웅은 각기 수화곤을 손에 들고 몸에는 병기를 감춘 채 다리 위에 앉아 있었다. 연청은 장순을 이끌고 수문을 통해 성내로 들어와 조용한 곳에 숨어 있었다.

이때 시천이 광주리 속에 화약을 감추고 그 위에 여러 가지 꽃을 꽂아 들고 취운루 누상으로 돌아왔다. 방마다 노래를 부르며 보름날을 즐기고 있었다.

시천은 꽃을 팔러 다니는 체하고 각처로 다니며 구경하다가 해진, 해보를 만났다. 그들은 손에 강차를 들고 사슴과 토끼 등을 메고 있었다. 시천이 보고 가만히 말했다.

"초경初更(저녁 7~9시)이 되도록 어찌 이리 조용하오?"

해진이 말했다.

"관군이 여러 번이나 들어왔으니 반드시 군사가 이르렀을 것이오. 빨리 시작하도록 하시오."

말이 끝나자 취운루 앞에서 함성이 일었다.

"양산박 군마가 서문 밖에 이르렀다!"

해보가 시천을 보고 분부했다.

"그대는 빨리 시작하게. 나는 유수사 앞에 가서 행동하리다."

그때 들리는 소리가 있었다.

"문달이 패하여 군사들을 잃고 성에 들어오고 있고, 양산박 적군이 성 앞에 이르렀소."

이성이 성 위에서 순찰하다가 이 말을 듣고 나는 듯이 유수사 앞에 이르러 군병에게 분부했다.

"성문을 닫아라."

이때 왕 태수가 수백 군사를 이끌고 큰 칼과 쇠밧줄을 가지고 길 어귀에 앉아서 백성들을 진압하다가 이 소식을 듣고는 급히 유수사를 찾았다. 양중서는 술이 거나하게 취하여 처음에는 이 소식을 듣고도 놀라지 않았으나, 반 시각이 못 되어 유성마가 패한 연유를 아뢰자 그제야 급히 말을 끌어 오라 했다. 그 말이 끝나기도 전에 취운루 위에 불길이 솟아 달을 가렸다. 양중서는 서둘러 말에 뛰어올라 삼문 밖을 향하여 말을 몰았다. 문득 두 명의 장정이 수레를 밀며 내달아 불을 지르니 불길이 하늘 높이 치솟았다. 양중서가 놀라 동문 길로 달아나려고 하는데, 두 장정이 소리쳤다.

"우리는 이응과 사진이다!"

그들이 박도를 들고 달려드니 문을 지키고 있던 군사가 혼비백산하여 달아났다. 뒤를 쫓아 수십 명을 죽이고, 마침 달려온 두천, 송만과 더불어 동문을 지켰다. 양중서는 형세가 불리한 것을 보고 남문을 향하여 말을 달리는데, 이번에는 철선장을 든 어떤 살찐 화상과 쌍계도를 든 범 같은 행자가 쳐들어온다고 했다. 양중서가 크게 놀라 말머리를 돌려 유수사 앞으로 도망치는데, 해진, 해보 형제가 각기 강차를 휘두르며 좌우를 치니, 양중서는 급히 관아로 되돌아갔다. 마침 저편에서 왕 태수가 군사를 몰고 달려왔다.

양중서가 그를 맞이하고 군사를 합하려고 할 때 유당과 양웅이 달려들며 수화곤을 들어 왕 태수의 머리를 내려 갈기자 두 눈이 뒤집히며 단번에 죽었다. 양중서가 다시 말머리를 돌려 이번에는 서문을 바라보고 달렸다. 성황묘 안에서 포성이 하늘을 흔들었고, 추연과 추윤이 장대 끝에 불을 붙여서 처마마다 불을 지르고 돌아다녔다. 남쪽 길로는 왕영과 호삼랑이 쳐들어왔고, 손신과 고대수가 각각 병장기를 휘둘러 위세를 돋우었으며, 동불사 앞에서는 장청과 손이랑이 오산에 불을 질렀다. 북경의 백성들은 뿔뿔이 도망쳤다.

양중서가 서문을 향해 달아나다가 이성을 만나 함께 남문의 문루 위로 올라가 바라보았다. 성 아래에 숱한 군마가 비바람처럼 몰려오는데, 가운데는 대도大刀 관승이 화광 중에서 정신을 가다듬어 짓쳐들어오고, 왼편은 학사문, 오른편은 선찬이요, 그 뒤를 다시 황신이 따라 인마를 거느려서 마치 기러기가 날개를 편 듯한 형세였다. 양중서는 감히 나갈 엄두를 내지 못하고 있었다.

　　이번에는 북문 아래에 가서 숨어 바라보았다. 불빛이 대낮처럼 밝은 가운데 표자두 임충이 앞에 서서 창을 비껴들고 뛰어오고, 왼쪽은 마린, 오른쪽은 등비요, 뒤에는 화영이 군마를 휘몰아 짓쳐 왔다. 동문 쪽에서는 일대 불꽃이 치솟는 가운데 목홍이 앞에 섰고, 왼편에는 정천수, 오른편에는 두홍이 각각 박도를 들고 짓쳐들어오니 양중서는 또다시 말머리를 돌려 남문으로 향했다. 가까스로 길을 헤치고 나갔으나 그곳에는 흑선풍 이규가 이립과 조정을 데리고 쫓아 들어오는데, 웃통을 발가벗고 손에 쌍도끼를 든 모습이 몹시 흉악했다.

　　이성이 내달아 포위망을 뚫고 양중서를 보호하며 달아나자 벽력화 진명과 쌍편 호연작이 쫓아와 길을 막았다. 이성이 쌍도를 휘두르며 싸웠으나 도무지 싸울 마음이 나지 않았다. 말을 돌려 다시 양중서를 보호하며 달아나는데, 왼쪽에는 한도가, 오른쪽에는 팽기가 군사들과 함께 내달았고, 뒤에서는 손립이 인마를 몰아왔다. 손립의 뒤에 있던 화영이 활을 당겨 쏘았다. 이성의 부장이 화살에 맞아 말에서 떨어지는 것을 보고 이성은 더욱 싸울 뜻이 없어 달아나기에 급급했다. 그때 오른편에서 북소리가 울리며 진명이 연순과 구붕을 데리고 달려들었다. 이성은 온몸에 피를 흘리며 죽기 살기로 양중서를 보호하며 달아났다.

　　이때 두천과 송만은 양중서의 일가를 다 죽이고, 유당과 양웅은 왕 태수의 일

439 • 불타는 취운루

가를 다 죽이러 갔다. 또 공명과 공량은 옥담을 넘어서 들어가고, 추연과 추윤은 왕래하는 사람을 막았다.

한편 시진과 악화는 채복에게 말했다.

"보시다시피 상황이 이렇게 되었는데 뭘 기다리시오? 빨리 우리 형제들을 내놓으시오."

채복이 미처 대답하기 전에 추연과 추윤이 옥문을 부수고 들어서며 큰 소리로 외쳤다.

"양산박 호걸들이 모두 여기 왔으니 빨리 노원외와 석수를 내놓아라!"

공명과 공량이 문을 깨고 노준의와 석수의 칼을 벗겨 데리고 나오자, 시진이 채복에게 말했다.

"그대는 빨리 나하고 집에 가서 가족을 보호합시다."

시진은 채복 형제와 함께 집으로 가서 가족을 보호하고, 노준의는 석수, 공명, 공량, 추연, 추윤을 데리고 자기 집으로 가서 자신을 모함한 이고와 가씨를 잡으려 했다.

이때 이고는 양산박 호걸들이 크게 군사를 이끌고 성내로 짓쳐들어왔다는 말을 듣고 그만 혼이 나가 어찌할 바를 몰랐다. 놀란 가슴을 진정하여 가씨와 함께

중국 고대 무기

운제 雲梯
수레에 긴 사다리를 부착해 놓아 성을 공격할 때 성벽을 쉽게 올라갈 수 있도록 한다. 수레는 안에 탄 사람이 움직인다.

금은보화를 수습하여 가지고 나와 도망치려는데, 문이 무너지는 것처럼 한 떼의 호걸들이 짓쳐들어왔다. 두 사람은 황급히 몸을 돌려 뒷문으로 나갔다. 뒷문은 곧 강가였다. 두 남녀가 길을 찾는 것을 보고 언덕 위에서 장순이 크게 외쳤다.

"어디로 달아나느냐?"

이고가 더욱 마음이 급하여 배로 뛰어내리자 누군가가 이고의 머리를 움켜쥐며 꾸짖었다.

"이놈, 이고야! 나를 모르겠느냐?"

이고가 들으니 연청의 음성이었다.

"연청아, 우리가 예전에 원수진 일이 없으니 나를 놓아주게."

연청은 대꾸도 않고 이고를 잡아끌었다. 언덕 위에서 장순이 소리를 지르며 내려와 가씨를 잡아 옆에 끼고 함께 동문을 향하여 갔다.

한편 노준의가 여러 사람과 같이 집으로 와 보니, 이고와 가씨가 보이지 않아 금은보화만 수습하여 산채로 올려 보냈다.

시진은 채복의 집에 가서 채복의 가족을 데리고 재물을 거두어 수레에 실었다. 채복이 말했다.

"대관인, 부디 성 안의 사람들을 해치지 않게 해 주십시오."

시진이 채복의 말을 군사 오용에게 전하자 오용이 급히 영을 내려 백성을 살해하지 말라고 했다. 그러나 이미 상한 사람이 널려 있었다.

드디어 동이 터 오자, 오용이 급히 징을 쳐 군사를 거두었다. 여러 두령들이 노준의를 맞아 유수사에 이르러 위로하자, 노준의가 옥중의 일을 말했다.

"채복, 채경 형제가 우리를 돌봐주어 목숨을 부지하였소."

441 • 불타는 취운루

오용이 듣고 채복 형제에게 고마움을 표했다.

그때 연청과 장순이 이고와 가씨를 잡아 왔다. 노준의가 그들을 보며 말했다.

"가두었다가 추후에 처리하리다."

한편 양중서는 이성과 함께 도망하다가 문달이 패잔병들을 이끌고 오자 군사를 합하여 남쪽으로 달아났다. 그런데 앞에서 함성이 진동하며 혼세마왕 번서가 군사를 몰아 짓쳐 나왔고, 왼편에는 항충, 오른쪽에는 이곤이 비도와 비창을 휘두르며 내달았다. 뒤에서는 뇌횡이 시은과 목춘을 데리고 길을 막았다.

이성과 문달이 죽기로 싸워 마침내 한편에 포위망을 뚫고 양중서를 보호하며 달아났다. 번서, 항충, 이곤은 쫓지 않고 뇌횡, 시은, 목춘과 함께 군사를 한곳에 모아 대명부로 들어가 영을 기다렸다.

오용은 대명부에 있으면서 영을 내려 백성을 편히 있게 하고, 양중서와 왕 태수의 가족들이 죽은 것은 물론 살아서 도망한 자는 더 묻지 않았다. 대명부 창고의 금은보화는 있는 대로 찾아내어 모조리 수레에 싣고, 군대를 셋으로 나누어 일행은 양산박으로 향했다. 먼저 대종을 시켜 송공명에게 아뢰니 송공명이 여러 두령을 데리고 산 아래로 내려와 충의당으로 맞이했다. 송강이 노준의에게 먼저 절하자 노준의가 황망히 답례했다. 송강이 말했다.

중국 고대 무기

유엽비도 柳葉飛刀
날이 버드나무 잎처럼 생긴 가늘고 얇은 칼이다. 던지기용이며 목표물에 날아가 잘 박히도록 칼 끝이 날카롭다. 다루기가 어려워 고도의 훈련이 필요하다. 항충이 잘 쓴다.

"함께 대의를 맺자고 해 놓고 도리어 사지에 빠뜨려 하마터면 목숨을 잃게 할 뻔했습니다. 다행히 하늘이 도우시어 다시 뵙게 되었습니다."

"위로 형님의 호위를 의지하고, 아래로 여러 형제분들의 의기로 힘을 합쳐 이 천한 몸을 구하여 주시니, 이 은혜는 다 갚지 못하겠습니다."

노준의는 채복과 채경을 이끌어 송강에게 절하고 말했다.

"이 두 사람이 없었다면 제가 어떻게 살아서 오늘 이 자리에 있겠습니까?"

송강이 두 사람을 칭찬한 후 노준의를 이끌어 첫 번째 교의에 앉게 했다. 노준의는 크게 놀라 뒤로 물러났다.

"제가 어찌 감히 산채의 주인이 된단 말입니까? 다만 형님을 위해 졸개가 되어 은혜를 갚는 것이 제 소원입니다."

송강이 다시 권하였으나 노준의는 끝내 듣지 않았다. 이를 보고 이규가 벌떡 일어나며 말했다.

"형님, 어찌 그러시오? 전날에 형님이 좋아서 앉은 자리를 왜 또 남에게 사양하시오? 대체 밤낮으로 이 사람 앉아라, 저 사람 앉아라 사양만 하니 더는 참지 못하겠소. 공연히 내 성질을 돋우지 마시오."

송강이 얼굴을 붉히며 꾸짖었다.

"네 이놈, 무슨 말을 그렇게 하느냐?"

노준의가 옆에서 말리며 말했다.

"만일 형님께서 이렇게 사양하신다면 저는 떠나야겠습니다."

이규가 다시 말했다.

"만일 형님이 황제가 된다면 노원외는 승상이 되고 우리는 다들 장군이 되겠지

만, 그것은 다 황실에서나 될 일이오. 여기는 양산박 강도나 앉는 자리이니, 사양하지 말고 그대로 전과 같이 지냅시다."

송강이 기가 막혀서 말을 못했다. 오용이 권했다.

"노원외를 임시 별당에 거처하게 했다가 다음에 공을 세우는 대로 다시 모셔 와도 좋을 것 같습니다."

송강이 그제야 사양하는 것을 멈추었다. 그리고 따로 방을 정하여 채복, 채경 형제도 가족과 쉬게 했다. 송강은 잔치를 베풀어 즐기며 마군, 보군, 수군에게 모두 상을 내렸다. 두령들은 물론이요, 졸개들까지 서로 술을 마시며 즐겼다. 충의당에도 큰 잔치를 열고 대소 두령이 서로 권하며 술을 먹는데, 노준의가 몸을 일으켜 말했다.

"음부와 간부를 잡아 왔으니 처리하시기 바랍니다."

송강이 말했다.

"내가 깜박 잊고 있었소."

송강은 좌우에 명하여 이고는 왼쪽 기둥에 매고, 가씨는 오른쪽 기둥에 맨 후 말했다.

"저들의 죄는 묻지 않아도 다 알 것이니 원외는 마음대로 하소서."

그러자 노준의가 손에 단도를 가지고 당 위에서 내려가 이고와 가씨를 크게 꾸짖은 후 배를 찔러 죽이고, 시체를 끌어다 내다 버렸다. 그리고 나서 다시 당 위에 올라가 여러 두령에게 고마움을 표했다.

한편 양중서는 성 밖에 피해 있다가 양산박 군사가 물러갔다는 소식을 듣고 이성, 문달과 함께 남은 군사들을 거느리고 성 안으로 들어와 가족들을 찾았다. 그러나 열에 아홉은 죽어 모두 통곡했다. 양중서의 부인은 화원 안에 숨어서 겨우 목숨을 잃지 않았다.

양중서는 곧 채 태사에게 글을 올려 한시바삐 군사를 내려 보내어 도적을 멸하고 원수를 갚게 해 달라고 간청했다. 성 안을 살펴보니 죽은 사람이 5천여 명이요, 상한 사람은 셀 수가 없었다.

양중서의 명을 받고 동경에 도착한 군사가 태사부에 들어가 밀서를 올렸다. 북경성이 침략을 받았는데, 적군의 세력이 너무나 커서 능히 당해내지 못한 사실까지 세세히 알렸다. 태사 채경은 부들부들 떨었다. 처음에는 양산박 도적을 쳐부수어 그 공을 사위 양중서에게 돌리고 자신도 명성을 떨치려 했는데, 모든 것이 물거품이 되어 버렸기 때문이다.

다음날 이 일을 고하니 황제가 듣고 크게 놀랐다. 간의대부諫議大夫 조정이 앞으로 나아가 아뢰었다.

"전번에 보낸 군사들도 번번이 패하고 말았습니다. 이것은 지형의 탓도 적지 않을 것이오니, 소신의 소견으로는 저 무리들에게 벼슬을 주시어 선량한 신하로 만든 다음 동경으로 불러 공을 세우게 하는 것이 좋을까 하옵니다."

채경이 크게 노하여 꾸짖었다.

"간의대부인 그대가 도리어 나라의 기강을 훼손하려 하시오? 창궐하는 도적들은 한 번 죽어도 마땅치 않거늘, 어떻게 벼슬을 주어 나라의 체면을 돌

옥기린 노준의
뛰어난 무예 솜씨에 재력까지 겸비한 보기 드문 호걸이다. 모든 면에서 송강보다 월등하지만 기꺼이 총두령의 자리를 양보했다.

보지 않는단 말이오?"

 황제는 채경의 말을 따라 조정의 벼슬을 빼앗고 서인으로 만들어 버렸다. 그리고 채경에게 물었다.

 "도적의 세력이 그토록 강하다면 누구를 보내야 한단 말인가?"

 "강하다고 하지만 기껏해야 오합지졸이니 대군은 필요 없습니다. 지금 능주에서 단련사로 있는 위정국과 단정규에게 명을 내리시어 그들을 토벌군으로 삼으십시오. 그러면 양산박은 무너질 것입니다."

 황제는 곧 칙서를 내렸고, 다음날 채경은 사자를 능주로 급파했다.

수화장군을 얻은 판승

양산박에 잔치가 한창이던 어느 날, 오용이 송강에게 말했다.

"이제 대명부를 함락하고 양중서를 성 밖으로 내쫓았으나, 양중서가 어찌 조정에 아뢰지 않았겠습니까? 채 태사는 그의 장인이요, 권신이니 필시 군사를 일으킬 것입니다."

"그대의 말이 맞소. 얼른 사람을 보내어 소식을 알아 오도록 합시다."

"제가 벌써 사람을 보내었으니 이제 곧 소식을 알아 가지고 올 것입니다."

오용이 말을 마치자마자 살피러 갔던 졸개가 돌아와 보고했다.

"간의대부 조정이 우리들을 조정으로 불러 벼슬을 주자고 주장하였으나 채경이 이를 꾸짖고 천자도 노하여 조정의 관직을 박탈했습니다. 양중서는 이제 능주에 사람을 보내어 단정규, 위정국이라는 두 단련사를 시켜 군마를 이끌고 쳐들어 오려 하옵니다."

송강이 듣고 여러 두령을 돌아보며 계교를 묻자, 대도 관승이 나섰다.

"제가 산에 올라온 뒤로 아무런 공이 없었습니다. 그 두 사람은 포동에 있을 때 많이 봐서 잘 압니다만, 단정규는 해전에 능하여 남들이 성수장군聖水將軍이라 부르고, 위정국은 화공에 능하여 신화장군神火將軍이라 합니다. 제가 비록 재주는 없으나 군마 5천만 내려 주시면 두 장수가 이곳까지 오기 전에 능주로 가서 좋은 말로 달래 보겠습니다. 그들이 항복을 하면 데리고 오고, 그렇지 않으면 사로잡아다가 형님의 휘하에 바치겠습니다. 여러 두령께서 수고롭게 싸우는 것을 덜어 드리고 싶습니다."

관승은 키가 8척이나 되고, 얼굴은 붉은 대춧빛을 띤 호걸이었다. 한나라 말에 유비와 함께 활약했던 관운장의 후손으로 무예가 출중했는데, 특히 청룡언월도를 다루는 솜씨가 무척 뛰어났다. 일찍이 관군의 신분으로 채 태사의 명을 받고 양산박을 토벌하러 나섰다가 송강 일행의 계교에 빠져 오히려 양산박의 두령이 된 인물이었다.

송강이 크게 기뻐하며 학사문, 선찬과 함께 5천의 정병을 이끌고 산을 내려가게 했다. 송강이 여러 두령과 함께 금사탄에 내려가 관승을 전송하고 오니, 오용이 말했다.

"관승이 이번에 자진하여 떠났으나 아무래도 그의 마음을 믿기가 어렵습니다. 다른 좋은 장수를 뒤쫓아 보내서 살피게 하고, 한편으로 지원군을 보내는 것이 어떨까 합니다."

"아니오. 내가 보기에 관승은 의기를 중히 여기는 사람이라 우리를 배반할 일은 없으니, 군사는 과히 염려 마시오."

"그러나 사람의 마음은 모르는 것입니다. 임충과 양지에게 인마 5천을 주어 산에서 내려가 돕도록 하소서."

이규가 나서며 한 마디 했다.

"나도 이번에 싸우러 가겠소."

"이번 일에 너는 필요가 없다."

"오랫동안 놀고먹으면 병이 날 것 같으니, 형님이 안 보내 준다면 나 혼자라도 가겠소."

"네가 만일 명령을 따르지 않으면 너의 머리를 벨 것이다."

이규는 송강의 꾸짖는 말을 듣고 풀이 죽어 당 아래로 내려갔다.

임충과 양지가 군사를 이끌고 관승을 도우러 내려갔다. 그런데 다음날 졸개가 와서 알리기를, 흑선풍 이규가 간밤에 도끼 두 자루를 들고 어디론지 가고 없다는 것이었다. 송강이 이 말을 듣고 안타까워하며 말했다.

"내가 어제 말을 심하게 했더니 떠난 모양이구나."

오용이 말했다.

"아닙니다. 사람이 비록 험상궂으나 의기는 있는 위인입니다. 다른 곳으로 갔을 리는 만무하니 며칠 후면 돌아올 것입니다."

송강은 혹시 이규가 무슨 일을 저지르지 않을까 염려하여 먼저 대종을 내려 보내 알아보게 하고 다시 시천, 이운, 악화를 보내어 사방으로 찾아보게 했다. 그날 밤 이규는 도끼 두 자루를 가지고 지름길로 능주를 향해 가고 있었다.

'그까짓 두 놈을 잡는데, 허다한 군마를 보낼 것이 뭐람? 혼자 성내로 뛰어들어가 한 도끼에 한 놈씩 찍어 죽여서 형님을 깜짝 놀라게 하고 여러 형제들에게 큰소리를 쳐 보아야지……'

얼마쯤 가니 배는 고픈데 수중에는 한 푼도 없었다. 급히 내려오느라고 노자를 잊고 왔던 것이다.

'전에 하던 짓을 오늘 다시 해 보아야겠다!'

이규는 이렇게 생각하고 바로 길가에 있는 주막을 찾아 들어가 죽을 실컷 먹고 그냥 도망가려 했다. 주인이 값을 내라 하며 길을 막았다.

"돌아오는 길에 내리다."

이규가 그렇게 말하고 급히 문을 나서려고 하는데, 마침 밖에서 범같이 큰 사나이가 들어오며 꾸짖었다.

"시커먼 놈이 참 담도 크구나! 이 술집이 누구 집인데 네가 술값을 감히 안 내고 가는 거냐?"

"나는 어디를 가든 으레 돈을 안 내고 먹고 다니는 사람이다!"

"내가 누구인지 알면 너는 똥오줌을 질질 쌀 게다!"

"상관없으니 어서 말을 해 봐라."

"나는 양산박 호걸 한백룡이고, 이 술집으로 말하면 송공명 형님이 밑천을 들여 장사하는 집이다."

이규가 속으로 가만히 생각하니 우습기만 했다. 그러나 원래 한백룡은 강호에서 강도짓을 하다가 양산박에 오르고자 하여 한지홀률 주귀에게 부탁을 했는데,

주귀는 허락했으나 마침 송강이 자리를 비웠던 때라 아직 이곳에 술집을 열고 있었던 것이다. 이규가 허리에서 도끼를 꺼내어 한백룡에게 주며 말했다.

"그럼 이 도끼를 맡아 두어라."

한백룡은 이규의 계교임을 모르고 아무 생각 없이 손을 내밀어 도끼를 받으려 했다. 그러자 이규는 그대로 도끼를 번쩍 들어 그의 얼굴을 내리쳤다. 한백룡은 미처 양산박에 올라가 보지도 못한 채 이규의 손에 죽고 말았다.

이규가 약간의 노자를 빼앗고 술집에 불을 지른 후 능주를 향해 가는데, 큰길 가에 한 사나이가 서 있다가 이규를 아래위로 훑어보았다.

"여보시오, 왜 쳐다보시오?"

"너는 누구냐?"

그 소리를 듣고 이규가 발끈하여 그 사나이를 잡으려고 하는데, 사나이가 번개 같은 주먹을 들어 치자 이규가 맞고 땅에 주저앉았다. 대단한 권법이었다. 이규가 쳐다보며 물었다.

"이름이 뭐요?"

"어르신네 함자는 알 필요 없고, 맞은 것이 분하면 자네도 한번 나를 쳐 보게."

이규가 크게 노하여 일어나려고 하니, 사나이는 다시 발을 들어 이규의 옆구리를 한 번 질렀다. 이규가 다시 땅에 가 엎어지며 말했다.

"당신을 당하지 못하겠소."

이규가 달아나려고 하자 사나이가 물었다.

"자네의 이름은 무엇이며 어디서 왔는가?"

이규가 돌아보며 말했다.

"나는 양산박의 흑선풍 이규일세."

"거짓말은 아니겠지?"

"못 믿겠다면 내 허리에 찬 쌍도끼를 보게."

"당신이 양산박 호걸이라면 홀로 어디로 가는 게요?"

"나는 송공명 형님과 다투고 능주로 단정규와 위정국을 잡으러 가는 길이네."

"소문을 들으니 양산박의 군마는 벌써 능주로 내려간 모양이던데, 그럼 그 두 령들을 다 아시오?"

"암, 앞에는 대도 관승이 갔고, 그 뒤로 표자두 임충과 청면수 양지가 지원하러 갔지."

사나이가 듣고 넙죽 절을 했다.

"나는 중산부 사람으로 삼대째 씨름으로 먹고사는데, 남에게 비법을 가르쳐 주지 않아 평생 남의 귀염은 못 받는 까닭에 산동 하북에서 나를 몰면목沒面目 초정이라고 부르오. 요즘 들으니 구주 땅 고수산에 철인이 있어 왕래하는 행인을 살해하는데, 사람들이 그를 상문신喪門神 포욱이라 한다오. 그 사람이 사람들을 모아 가지고 노략질을 한다기에 그곳에 들어갈까 하던 참이오."

"자네 같은 재주로 왜 우리 양산박에 들어올 생각은 하지 않는가?"

"생각은 있어도 인연은 없었는데, 이제 형님을 알았으니 이 길로 바로 양산박으로 쫓아가겠소."

"내가 지금 송공명 형님과 다투고 내려온 길이니 어찌 빈손으로 돌아가겠는가? 우리 고수산에 가서 포욱을 달래어 같이 능주로 가세. 그리고 단정규와 위정국을 죽인 다음에 함께 산채로 올라가면 좋을 것 같군."

"능주성에도 수많은 군마가 있으니, 형님과 내가 비록 힘이 있다 해도 당하지 못할 것이오. 우선 포욱이나 달래서 양산박으로 데리고 돌아가는 것이 상책일 것 같소."

두 사람이 이렇듯 한참 공론을 하고 섰는데, 등 뒤에서 시천이 달려와 말했다.

"형님 때문에 이게 무슨 고생이오? 빨리 산채로 돌아가 송공명 형님의 애를 그만 태우시오."

이규는 초정을 불러서 시천과 서로 인사하게 했다. 시천이 빨리 가자고 하니 이규가 말했다.

"자네는 이곳에서 잠시만 기다리게. 나는 초정과 함께 고수산에 가서 포욱을 좀 보고 오겠네."

"그렇게는 못하겠소. 송공명 형님이 몹시 기다리시오."

"만일 이곳에서 기다릴 수 없다면 먼저 돌아가 형님께 안부나 전해 주게."

시천은 본시 이규를 두려워하는 까닭에 더 말을 하지 못하고 양산박으로 돌아갔고, 이규는 초정과 함께 고수산으로 올라갔다.

한편 관승은 선찬, 학사문과 함께 5천의 인마를 거느리고 능주에 이르러 진을 쳤다. 능주부의 태수는 황제의 칙서와 채 태사의 글을 보고 병마단련사 단정규와 위정국을 불러 전했다. 두 장수가 영을 받

중국 고대 무기

언월도 偃月刀
베는 데 사용한다. 칼날과 손잡이가 길어 총 길이가 2~3미터나 되며, 무게도 50킬로그램에 달한다. 칼날에 장식이 있어 화려하다. 관승은 《삼국지》에 나오는 관우의 후예로 관우의 것과 똑같은 언월도를 휘두른다.

아 곧 군사들을 수습하여 성 밖으로 나오려 하는데, 홀연 염탐하던 자가 보고했다.

"대도 관승이 군사를 이끌고 경계 지역으로 쳐들어옵니다."

두 장수가 듣고 크게 노하여 바삐 성 밖으로 나와 적을 맞았다. 관승이 말에 올라 바라보니 능주진에서 북소리가 크게 울리며 대장 한 명이 나왔다. 그는 투구를 쓰고 털가죽으로 된 붉은 갑옷을 입었으며 푸른 가죽띠를 맸다. 그리고 활과 화살통을 메고 한 자루의 창을 들었는데, 붉은 기에 '신화장군 위정국'이라 쓰여 있었다. 말방울 소리가 울리는 곳에서 또 한 명의 대장이 나왔다. 역시 투구를 쓰고 검은 갑옷을 입고 검은 깃발을 들었는데, 성수장군 단정규였다.

범 같은 두 장수가 함께 앞에 나와 서자, 관승이 보고 말 위에서 인사를 했다.

"두 장군은 그동안 안녕하셨소?"

두 장수가 크게 비웃으며 꾸짖었다.

"이 미치고 얼빠진 녀석아! 네가 위로는 나라의 은혜를 저버리고 아래로는 조상을 욕되이 하더니, 염치도 없이 군사를 이끌고 와서 무슨 말을 하느냐?"

"두 분께서 잘못 생각하신 것이오. 천자께서는 사리에 어두워 간신의 농락에 당하며, 일가친척이 아니면 벼슬을 주지 아니하고, 원수가 있으면 갚지 않는 일이 없소. 우리 송공명 형님이 나에게 두 분을 모셔 오라 했으니, 만일 따르신다면 지금 양산박 산채로 올라가시는 것이 어떠하오?"

두 장수가 듣고 크게 노하여 말을 타고 달려드니, 한 사람은 검은 구름 같고 한 사람은 한 무더기의 불덩이와 같았다.

관승도 달려가 싸우려 하니 곁에 있던 부장인 선찬과 학사문도 함께 내달았다. 칼이 마주치자 불이 번쩍이며 찬 기운이 일어났고, 창이 부딪치니 살기가 등등했다. 한동안 싸우다가 성수장군과 신화장군이 일시에 말머리를 돌려 자신들의 진영으로 달아났다. 선찬과 학사문이 놓치지 않고 뒤를 쫓았으나 위정국은 왼편으로, 단정규는 오른편으로 피했다. 그때 왼편에서는 붉은 갑옷을 입은 병사 5백이 일자로 벌려 서며 갈고리를 던져 선찬을 얽어 잡아가고, 오른편에서는 검은 갑옷을 입은 병사 5백이 똑같이 일자로 벌려 서며 학사문을 사로잡아 능주성으로 들어갔다.

단정규와 위정국이 다시 군사 5백을 이끌고 관승을 잡으려고 달려드니 관승이 깜짝 놀라 당황하지 않을 수가 없었다. 미처 손도 못 쓰고 군사를 이끌고 달아나고 있는데, 위급한 중에 앞에서 두 장수가 군사를 몰아 달려왔다. 왼편은 임충이요, 오른편은 양지였다. 서로 힘을 합하여 능주 군마를 쳐부수니 관승이 비로소 인마를 수습하여 위기를 모면했다. 그 뒤로 손립과 황신이 또 군사를 거느리고 이르러서 다섯 장수가 한곳에 군사를 모아 진을 쳤다.

한편 단정규와 위정국이 선찬과 학사문을 잡아서 성 안으로 들어오니, 장 태수가 황망히 나와 두 장군을 영접했다. 그리고 함거를 만들어 선찬과 학사문을 가두고, 편장 한 사람을 택하여 보군 3백을 거느리고 동경으로 옮기라고 말했다.

호송 일을 맡은 편장이 영을 받고 함거를 호송하여 동경을 향해 가다가 어느 한 곳에 이르렀다. 고목이 가득한 산을 의심하며 지나는데, 홀연 바람 소리가 크게 일어나며 한 떼의 산적들이 함성을 지르며 내달았다. 이규가 손에 쌍도끼를 들고 소리를 벽력같이 지르며 내닫고, 뒤에서 몰면목 초정이 뒤따르고 있었다. 두 호걸이 졸개를 거느리고 길을 막으며 아무 말 없이 함거를 공격하자 편장은 형세가 불리한 것을 깨닫고 함거를 버린 채 도망갔다. 어디선가 또 다른 호걸 하나가 호통치며 나왔다. 얼굴은 시커멓고 두 눈은 서릿발같이 날카로운 상문신 포욱이었다. 포욱이 앞으로 달려들며 칼을 번쩍 들어 치니 편장의 머리가 말 아래로 굴러떨어졌다.

이규가 함거 안을 살펴보니, 뜻밖에 갇혀 있는 사람은 선천과 학사문이 아닌가. 깜짝 놀라 함거를 부수고 연유를 물으니, 두 사람은 싸움에 패하여 사로잡힌 일을 말했다.

"그대는 어찌하여 이곳에 이르렀소?"

"송공명 형님과 다투고 산에서 내려와서 몰면목 초정을 만나 함께 고수산 산채를 찾았지요. 그곳의 상문신 포욱과 하루 사이에 친해져서 함께 능주를 치려고 하던 차에 관군이 함거를 압송하여 온다기에 별 생각 없이 쳐부순 것인데, 의외로 두 분을 구하게 되었소."

포욱이 그들을 산채로 청하여 소와 양을 잡아 크게 잔치를 베풀었다. 학사문이 말했다.

"형제가 이미 우리와 함께 양산박으로 올라가 대의를 맺을 뜻이 있다면 먼저 능주성을 치는 것이 순서인 듯하오."

"마침 그 의논을 하려던 차입니다. 산채가 이래도 날쌔고 힘 좋은 말이 3백 필이나 있습니다."

다섯 호걸은 곧 수백 명의 부하를 이끌고 능주로 진격해 갔다. 한편 살아남은 군사들이 장 태수에게 보고했다.

"도적떼를 만나 함거를 빼앗겨 버렸습니다. 편장께서는 돌아가셨습니다."

단정규와 위정국은 몹시 화가 나서 소리쳤다.

"앞으로 잡는 놈은 다 그 자리에서 베어 버리겠다!"

두 사람이 고래고래 소리를 지르고 있자니 관승이 성 밖까지 진격해 싸움을 걸어온다는 소식이 들려왔다. 단정규는 검은 갑옷군을 이끌고 달려 나갔다.

"이 겁쟁이놈아, 어서 내 칼을 받아라!"

욕을 퍼부으며 서로 50합을 싸우다가 관승이 말머리를 돌려 도망갔다. 단정규가 쫓아 10여 리를 갔을 때 관승이 다시 말머리를 돌려 몇 합을 싸우다가 문득 크게 외치며 칼등으로 단정규의 손을 내리쳤다. 단정규가 창을 놓치고 말에서 떨어지자 관승은 그를 붙들어 일으키며 말했다.

"장군은 부디 나의 죄를 용서하시오."

단정규가 자신을 죽이지 않으려고 칼등으로 내리친 관승의 의기에 감동하여 황망히 땅에 엎드려 항복하니, 관승이 말했다.

"내가 송공명 형님에게 두 분을 천거하려고 특별히 나와 청한 것이오."

"하찮은 힘이나마 다하여 함께 뜻을 따르리다."

관승이 크게 기뻐하며 그와 같이 말머리를 나란히 하고 산을 내려갔다. 임충이 말을 달려 나와서 까닭을 물으니, 관승은 싸움에서 이겼다는 말은 하지 않고 다만 옛정으로 이렇듯 뜻이 맞아 함께 왔다고만 했다.

단정규가 진 앞으로 나가 한 번 크게 소리쳐 부르니, 검은 갑옷을 입은 군사 5백 명이 일시에 양산박의 진중으로 들어갔다. 성 위에서 이 광경을 바라본 한 군사가 나는 듯이 들어가 태수에게 알리자 위정국이 듣고 크게 노했다. 이튿날 군마를 일으켜 성에서 나와 보니 단정규와 관승이 앞에 나와 바라보고 있는 것이 보였다. 위정국은 단정규가 관승에게 항복하였음을 보고 크게 꾸짖었다.

"이 배은망덕한 소인배들아!"

관승이 입가에 웃음을 띠며 말을 달려 나아가 10여 합을 싸웠다. 위정국이 갑자기 자기 진영으로 달아나서 관승이 따르려고 하자 단정규가 크게 소리쳐 불렀다.

"장군은 따라가지 마시오!"

관승이 말을 멈추고 서서 바라보니 능주진에서 붉은 옷을 입은 화병 5백 명이 손에 화기를 들고 화차를 몰아 나오고 있었다. 수레 위에 화약 따위를 가득 실었고, 군사들은 저마다 등에 갈대를 지고 그 속에 유황을 감추었다가 일시에 불을 질러 말이나 사람을 상하게 했다. 관승의 군사는 혼비백산하여 40여 리를 달아났다.

위정국은 한바탕 싸움에 이기고 군사를 거두어 성으로 들어갔다. 그런데 성 안에 불길이 가득하고 검은 연기가 자욱한 것에 깜짝 놀랐다. 이는 원래 흑선풍 이규가 초정, 포욱과 함께 고수산 인마를 이끌고 능주성 뒤의 북문을 깨뜨린 후 성으로 들어와 도처에 불을 지른 것이었다. 위정국은 하는 수 없이 성을 버리고 근처에 있는 중능현으로 들어가 진을 칠 수밖에 없었다.

관승이 곧 군사를 이끌고 중능현의 사면을 에워쌌다. 위정국이 성문을 굳게 닫고 나오지 않자 단정규가 관승에게 말했다.

"저 사람은 고집쟁이인지라 만일 급히 공격한다면 차라리 죽을지언정 결코 굴하지 아니할 것입니다. 제가 찾아가서 좋은 말로 달래어 항복하게 하리다."

관승이 이 말을 듣고 크게 기뻐하며 허락하니, 단정규가 말을 재촉하여 중능현에 이르렀다. 위정국이 나와서 온 까닭을 물으니, 단정규가 말했다.

"지금은 조정이 부패하여 천하가 크게 어지럽고 간신배가 권세를 부리고 있소. 우리 함께 송공명에게 항복했다가 뒷날 천자께서 깨우치시면 그때 다시 돌아오는 것이 좋지 않겠소?"

위정국이 듣고 한동안 침묵하다가 말했다.

"관승이 친히 와서 청하면 모를까, 그 전에는 죽어도 아니 가겠소."

단정규가 즉시 돌아와 그대로 전하니, 관승이 듣고 말했다.

"내가 어찌 안 가겠소?"

관승이 한 자루의 칼만 지닌 채 여러 사람과 이별하고 곧 떠나려 할 때였다. 임충이 말했다.

"사람의 마음은 헤아리기 어려우니, 형님은 그리 쉽게 가지 마시오."

"위정국은 내 옛 친구인데, 무엇을 의심하겠소?"

관승이 중능현에 이르자 위정국이 크게 기뻐하며 투항하기를 원했다. 그리고 그날로 화병 5백을 이끌고 관승을 따라 진지로 와서 임충, 양지 등 여러 두령과 인사한 후에 곧 군사를 수습하여 양산박으로 가는 길을 재촉했다.

사문공을 사로잡은 노준의

관승 일행이 금사탄에 이르자 여러 두령이 산에서 내려와 맞이했다. 그들이 함께 산을 오르려는데, 문득 한 사람이 달려왔다. 여러 사람이 보니 금모견 단경주였다. 임충이 물었다.

"양림, 석영과 함께 북쪽 땅에 말을 사러 가더니 어찌하여 돌아왔느냐?"

단경주가 임충에게 대답했다.

"소제가 양림, 석용 두 두령과 함께 북쪽에 가서 힘 있고 빛깔 좋은 준마 2백여 필을 사 몰고 청주 지방까지 왔는데, 험도신險道神 욱보사라는 자가 수백 명의 도적을 몰고 와 말을 모조리 뺏어 가지고 중두시로 가 버렸습니다. 그 바람에 양림, 석용 두령도 어디로 갔는지 모르겠고, 저만 간신히 도망하여 오는 길입니다."

"뭣이라고? 얼른 산채로 올라가 형님과 의논하세."

여러 두령과 함께 산채로 올라와 충의당에 이르자, 단경주가 나와서 말을 뺏기고 온 사연을 이야기했다. 송강이 듣고 크게 노했다.

"예전에도 빼앗긴 말을 이제껏 찾지 못하였고 조천왕의 원수도 아직 갚지 못한 터인데, 이렇듯 놈들이 또 무례하게 구는구나. 만일 이번에도 저들을 치지 못하면 남들의 비웃음을 어찌 면하겠는가?"

오용이 나서서 말했다.

"이제 봄날이 온화하니 싸우기에는 좋으나, 지난 날 조천왕이 패한 것은 지리를 몰랐기 때문입니다. 먼저 시천을 보내어 소식을 알아본 뒤에 다시 의논합시다."

곧 시천을 증두시로 보내고 사흘이 지났다. 양림과 석용도 돌아와 증두시의 무술교사 사문공이 양산박을 물리치겠다고 큰소리치고 다닌다고 전하자, 송강이 듣고 크게 노하여 즉시 군사를 일으키려고 했다. 그러자 오용이 말했다.

"시천이 상황을 보고 올 때까지 기다려야 합니다."

송강이 노기가 가슴에 가득하여 말했다.

"원수를 갚고 싶은 마음이 급한데 어찌 참겠소?"

송강은 또 대종을 보내어 급히 알아 오라 했다. 수일이 지나서 대종이 먼저 돌아와 말했다.

"증두시가 능주를 대신하여 원수를 갚겠다며 군마를 일으켜 증두시 어귀에다 진지를 세웠습니다. 또 법화사 안에도 군사들을 두고, 수백 리에 두루 깃발들을 꽂아 놓아서 어느 곳으로 나올지 모르겠습니다."

얼마 지나지 않아 시천이 돌아와 고했다.

"증두시 안에 들어가 자세히 알아보았습니다. 지금 그놈들이 증두시 앞에다 군사 2천 명을 풀어 촌 입구를 지키고 있는데, 입구에는 교사 사문공이, 북쪽에는 부교사 소정이 증도와 함께 지키고, 서쪽에는 셋째 아들 증색, 동쪽에는 넷째 아들 증괴, 중앙에는 아비 증롱이 막내아들 증승과 함께 지키고 있습니다. 청주 욱보사는 키가 10척이 넘고 허리가 열 아름(두 팔을 둥글게 모아 만든 둘레)이나 되며, 작호는 험도신이라 하는데, 우리에게서 빼앗아 간 말을 모두 법화사에서 기르고 있습니다."

오용이 듣고 나서 여러 두령을 충의당에 불러 모았다.

"그들처럼 우리도 군사를 다섯으로 나누어 칩시다."

노준의가 몸을 일으켜 말했다.

"저는 산에 올라온 뒤로 아무런 공도 세우지 못했습니다. 이번에 증두시를 치게 해 주시면 목숨을 버려 은혜를 갚을까 합니다."

송강이 오용에게 물었다.

"노원외의 뜻이 저러하니 이번에 선봉으로 삼는 게 어떻겠소?"

오용이 대답했다.

"원외께서 처음으로 산에 올라와 싸움에 익숙지 못하신 터에 그곳의 길도 몹시 험하니 선봉은 어려우실 게고, 따로 군사를 거느리고 평천에 매복하고 계시다가 중군의 대포 소리가 들리면 나와서 싸우시는 것이 좋을 것 같습니다."

송강이 크게 기뻐하며 노준의에게 연청과 함께 보군 5백을 이끌고 매복하라 한 후 진명, 화영 노지심, 무송, 양지, 사진 등을 앞세워 곧 군사를 다섯으로 나누었다.

한편 증두시의 염탐꾼이 이 소식을 자세히 알리니, 증장자가 듣고 사문공과 소정을 청하여 의논했다. 사문공이 말했다.

"양산박 도적의 기세가 자못 강하니, 무엇보다도 함정을 많이 파서 계교로 잡는 것이 상책일 것입니다."

중장자는 곧 장객을 시켜 곳곳에 수십 군데의 함정을 파 놓고 양산박의 군마가 오기만을 기다렸다. 이때 오용은 시천을 시켜 미리 알고는 크게 웃으며 인마를 이끌고 증두시 가까이로 나아갔다.

다섯 부대에 명령하여 각각 증두시의 인마가 나오기만을 기다리는데, 사흘이 지나도록 도무지 소식이 없었다. 오용은 다시 시천을 보내어 함정의 수와 그 거리가 얼마나 되는지를 자세히 알아 오라고 했다. 시천은 간 지 하루 만에 돌아와 자세히 보고했다.

이튿날 오용은 모든 보군에게 제각기 괭이를 들고 두 대로 나누어 나아가게 하고, 수레 백 대에 마른 갈대와 염초 등을 실어 중군에 감추어 둔 후 각 대에 명을 내렸다. 내일 사시에 동서 양쪽으로 보군이 먼저 싸우는 것을 보고 적진을 습격하라는 것이었다. 그리고 증두시의 북쪽으로 향하는 양지와 사진에게는 기병을 일직선으로 벌려 세우고 깃발과 북소리와 고함 소리로 공격하는 척하되 결코 진격

중국 고대 무기

화창 火槍
나무로 된 손잡이에 화약 성분이 들어 있는 통을 부착했다. 적이 접근하면 통에 불을 붙여 화열을 방사하고, 방사 후에는 일반 창으로도 쓸 수 있다. 이 화창의 경우 유효 사거리는 약 3미터이다.

해 나아가서는 안 된다는 명령을 내렸다.

한편 증두시의 사문공은 어떻게든 송강군을 유인해내려고 애를 쓰며 함정에 처넣고 싶어 죽을 지경이었다. 진으로 가는 길은 좁으니까 공격해 들어가기만 하면 계획대로 함정에 빠뜨려 일망타진⁸⁸하리라 생각했다. 그러는 동안 대낮이 되었고, 포성이 울리며 남문 앞까지 대부대가 밀어닥쳤다는 소식이 들려왔다. 동문에서도 같은 전갈이 왔다.

"살찐 화상 하나가 철선장을 휘두르고, 그 옆에서 행자 녀석이 두 자루의 계도로 이리 뛰고 저리 뛰며 쳐들어옵니다."

그러자 사문공이 말했다.

"흠, 그놈들은 양산박의 노지심과 무송이다."

사문공은 동문에서 실수가 없도록 증괴 쪽으로 원군을 파견했다.

"수염이 긴 주동이라는 놈과 호랑이같이 생긴 뇌횡이라는 놈이 깃발을 세우고 어마어마한 기세로 쳐들어옵니다."

서쪽 진영에서 온 통지였다. 사문공은 그쪽으로도 군사를 보내어 증삭을 돕도록 했다.

앞의 진영에서도 포성이 진동함을 들었으나 사문공은 이번에는 군사를 보내지 않았다. 다만 저희가 짓쳐들어와 함정에 빠지기를 기다렸다가 복병을 시켜 잡을 생각이었다. 그런데 뜻밖에도 오용이 군마를 몰아 산 뒤에서 쳐들어오는 것이 아닌가. 앞에서는 진영을 지키느라 감히 움직이지 못하고,

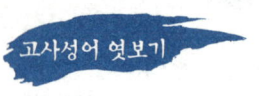

88 일망타진—網打盡
한 번의 그물질로 물고기를 다 잡는다는 말로, 범인이나 어떤 무리를 한꺼번에 모조리 잡는다는 뜻이다.

양편의 복병들은 갈 곳이 없어 그대로 모여 있었는데, 오용이 군사를 급히 몰아 등 뒤로 짓쳐 오는 통에 도리어 자신들이 파 놓은 함정에 빠지고 말았다.

사문공이 급히 군사를 내어 구하려 할 때 오용이 채찍을 들어 한 번 가리켰다. 그러자 중군에서 바라 소리가 천지를 흔들며 수레 백여 대가 일시에 내달으니, 수레마다 불덩이었고 화염이 가득했다. 군마는 불 붙은 수레에 막혀 나오지 못하고 퇴군하려 하는데, 공손승이 진중에 있다가 도술을 행하니 갑자기 일진광풍이 불길을 그대로 거두어 가 남문을 불태웠다.

송강이 크게 이기고 징을 쳐 군사를 거두자 사문공은 밤새 진영을 수습하고 군사를 단속하여 굳게 지키게 했다. 이튿날 중도가 사문공에게 말했다.

"만일 적장을 먼저 베지 못하면 토벌하기 어려울 것입니다."

그리고 증두시의 입구를 단단히 지키도록 사문공에게 부탁하고는 갑옷을 입고 말에 올라 상대에게 싸움을 재촉했다. 그러자 송강이 여방과 곽성을 데리고 나가 중도를 보고 노하여 말했다.

"누가 저 도적을 잡아 지난날의 원수를 갚을꼬?"

여방이 그 말을 듣고 곧 말을 달려 중도를 맞아 30여 합을 싸웠다. 그러나 여방의 무예가 중도만 못하여 점점 창법이 기울자 걱정이 된 곽성이 방천화극을 휘두르며 내달았다. 세 필의 말이 진 앞에서 한 뭉치가 되어 싸웠다. 원래 여방, 곽성 두 장수의 창에 금붙이를 달았는지라, 중도를 잡으려고 두 사람이 무기를 일시에 내리치니 중도는 눈이 부셔 창으로 막으려 했다. 그런데 무기가 한데 엉켜서 떨어지지 않으니, 중도가 있는 힘껏 창을 들어 여방의 목을 찌르려고 했다. 그때 진영에서 바라보고 있던 소이광 화영이 힘껏 활시위를 당겨 한 번 쏘니, 중도가 왼쪽

사문공을 사로잡은 노준의

팔을 맞고 몸을 솟구쳐 말에서 떨어졌다. 여방과 곽성의 쌍창이 일시에 내리꽂히며 중도는 비명에 죽고 말았다.

군사들이 황망히 돌아가 사문공에게 보고했다. 증장자가 듣고 크게 우는데, 곁에서 이 광경을 본 증승이 이를 갈며 자리를 박차고 일어섰다.

"어서 내 말을 가지고 오라. 형님의 원수를 갚고 오리라!"

증승이 말에 올라 나가려 하자 사문공이 말리며 말했다.

"장군은 적을 우습게 보지 마시오. 송강의 진에 지략과 용맹을 가진 장수가 많으니, 내 생각에는 가만히 성을 지키면서 사람을 능주에 보내어 조정에 알리고 군사를 데려오는 것이 좋겠소. 이렇게 해서 양산박을 치면 가히 증두시를 지킬 수 있을 것이요, 도적들이 달아나면 내가 비록 재주는 없으나 장군의 형제와 함께 쳐서 크게 이길 것이오."

말이 끝나기도 전에 북쪽 진영의 부교사 소정이 이르러 말했다.

"양산박의 오용 그놈이 극히 간계가 많으니 우습게 보지 마시오. 마땅히 원병을 기다리는 것이 상책일 것이오."

증승이 크게 소리를 지르며 말했다.

"나의 형을 죽였으니 이 원수를 갚지 못하면 억

― 중국 고대 무기 ―

방천극方天戟
창과 같은 뾰족한 강철 날은 뚫거나 찌르는 데 사용하고, 옆의 초승달 모양의 날은 내리찍거나 베기 위해 사용한다. 곽성이 잘 쓴다.

울해서 어찌 살겠소? 또 그동안 놈들이 힘을 키우면 더욱 무찌르기가 힘들 것이오."

사문공과 소정이 아무리 말려도 듣지 않은 채 증승은 말에 올라 수십 기를 거느리고 앞에 나와 싸움을 걸었다.

송강이 진명에게 나가서 싸우라고 할 때였다. 그보다 먼저 한 장수가 쌍도끼를 춤추며 내달았으니, 이규였다. 증승이 이규를 보고 즉시 궁수에게 명하여 일시에 쏘게 했다. 이규는 언제나 싸움에 나가면 항상 발가벗고 있어서 항충과 이곤이 가려 주었으나 오늘은 홀로 나왔다가 다리에 화살을 맞고 그대로 뒤로 자빠졌다. 이때 증승의 뒤에서 군사가 나와 이규를 사로잡으려고 했다. 송강의 진에서 화영과 진명이 달려 나와 황급히 이규를 구하고, 마린, 등비, 여방, 곽성 네 장수도 뒤쫓아 가서 지켜주었다. 증승은 송강의 진중에 인물이 많은 것을 보고 그대로 군사를 거두어 돌아갔다.

이튿날 사문공은 싸우지 않으려고 했으나 증승은 형의 원수를 갚기 위하여 싸움을 재촉했다. 사문공은 부득이 갑옷을 입고 지난번에 빼앗아 온 천리마인 조야옥사자를 타고 나섰다. 송강이 모든 장수를 이끌고 공격 태세를 갖추고 있다가 적진에서 조야옥사자를 탄 사문공을 보자 울화가 치밀어 올랐다. 그는 곧 진중에 영을 내렸다.

진명이 영을 듣고 나는 듯이 말을 몰아 바로 사문공에게 달려들었다. 싸운 지 20합에 이르러 진명의 낭아곤 쓰는 법이 예전 같지 못하자, 사문공이 문득 큰 소리를 외치며 창을 번개같이 내질렀다. 진명이 다리를 맞고 말에서 떨어지니 여방, 곽성, 마린, 등비가 내달아 간신히 구하여 돌아왔다.

1진이 또 패하고, 송강은 군사들을 정리하여 10리를 물러갔다. 영을 내려 진명을 함거에 실은 뒤 산채에 보내어 보살피게 하고, 가만히 오용과 상의하여 관승, 서녕, 단정규, 위정국 네 두령을 청하여 도우라 했다. 송강이 향을 피우고 절을 하여 한 점괘를 얻으니, 오용이 보고 말했다.

"오늘밤에 적군이 진중에 들어올 것입니다."

"그럼 미리 막아야 하오."

"이미 계교가 있으니 형님은 마음을 놓으십시오."

　오용은 곧 여러 두령에게 명하여 좌우에 매복하게 했다. 이날 밤에 사문공이 중승에게 말했다.

"이번 싸움에 적장이 둘이나 상하였으니 저들이 반드시 두려워할 것입니다. 이때를 타서 적진을 습격해야 합니다."

"그러면 부교사와 중삭을 청하여 같이 가기로 합시다."

　밤 이경이 되어서 그들은 말의 방울을 떼고 가만히 송강의 진중으로 들어갔다. 그런데 안이 텅 비어 한 사람도 볼 수 없었다. 계교에 빠진 것을 알고 급히 몸을 돌려 나오는데 왼편에서는 해보가, 오른편에서는 해진이, 뒤쪽에서는 화영이 갑자기 쫓아 나왔다. 중삭은 달아나다가 해진의 강차에 맞아 죽고 말았다.

　증장자가 이번 싸움에서 중삭의 죽음을 듣고 마음을 상해 하다가 다음날 사문공을 불러 항복서를 써 보내라 했다. 사문공이 마침내 항복서를 써서 송강의 진영으로 보냈다.

　〈우리 중두시는 머리를 숙이고 항복하오. 지난번에는 못난 자식이 작은 용맹을 믿고 말을 빼앗았고, 산에서 내려온 조천왕에게 화살을 쏘아 목숨을 앗았으니,

입이 열인들 무엇이라 변명하리오. 그러나 사실을 따지면 이는 본의가 아니었으며 이제 사람을 보내어 화친을 청하니, 만일 싸움을 그만두고 군사를 물리기로 한다면 뺏은 말을 모두 돌려보내고 금 백 냥을 보내어 위로할 터이니 삼가 살펴 주시오.〉

송강이 글을 보고 크게 노하여 꾸짖었다.

"너희가 우리 형님을 죽였는데 어찌 원수를 가만 놔두랴? 너희들의 고을을 쑥밭으로 만들겠다!"

글을 가지고 온 사람이 땅에 엎드려 온몸을 부들부들 떠니, 오용이 황망히 송강에게 권했다.

"형님, 그것은 잘못된 생각입니다. 우리가 서로 다투는 것이 모두 의기 때문인데, 이미 저들이 이렇듯 글을 보내 화친을 청하는 터에 어찌 한때의 분을 못 이겨 대의를 저버리겠습니까?"

송강이 곧 답장을 써서 은자 열 냥과 함께 주자, 편지를 가져온 졸개가 돌아가 증장자와 사문공에게 전했다.

〈양산박 두령 송강이 증두시에 답하노라. 자고로 믿음이 없는 나라는 망하고, 예의가 없는 자는 죽고, 의리가 없는 자는 패하는 것이 이치인지라, 양산박은 원래 한때의 악한 마음으로 인하여 오늘날 그대들과 원수를 맺은 것이다. 만일에 강화를 맺을 생각이 있으면 빼앗아 간 말과 도적 험도신 욱보사를 잡아 보내라. 만일 다시 일을 꾸민다면 각오하여라.〉

이튿날 중장자가 다시 사람을 보내어 말하기를, 만일 욱보사를 요구하면 송강 쪽에서도 사람을 보내기를 청한다고 했다. 오용이 즉시 응낙하고 시천, 이규, 번

서, 항충, 이곤 등 다섯 사람을 볼모로 보내기로 한 후 그들이 떠나기 전에 가만히 무엇인가를 당부했다.

시천의 무리가 볼모가 되어 증두시로 가자, 사문공은 다섯 사람이나 보낸 것에 은근히 의심이 들었다. 그러나 증장자는 강화 맺기에 급급하여 술과 음식을 내어 접대한 다음 법화사의 진중에서 편안히 쉬게 했다.

한편 막내아들 증승은 욱보사를 데리고 송강의 진영으로 갔다. 증승이 욱보사와 더불어 빼앗아 간 말과 금은 한 수레를 끌고 오자 송강이 불러들여 말했다.

"어찌하여 조야옥사자는 안 가지고 왔느냐?"

"그 말은 우리 사부인 사문공이 아끼는 까닭에 못 가지고 왔소이다."

"그게 무슨 말이냐? 빨리 돌아가서 그 말을 가져오도록 하라."

증승이 곧 글을 써 사문공에게 보냈더니 답장에는 이렇게 쓰여 있었다.

'만일 조야옥사자를 찾으려거든 증두시에서 곧 물러가시오. 그러면 돌려보내리다!'

송강이 오용과 더불어 상의하며 미처 결정하지 못하고 있을 때 졸개가 와서 청주와 능주에서 증두시의 원군이 온다고 보고했다. 송강이 말했다.

"증두시에서 이 소식을 들으면 일이 틀어지기 쉬울 것이오."

그리고 가만히 명하여 관승, 단정규, 위정국에게 청주군을 막으라고 하고 화영, 마린, 등비에게 능주군을 막게 했다. 그런 뒤 가만히 욱보사를 불러내어 좋은 말로 은근히 달랬다.

"내 말대로 하여 공을 세운다면 산채의 두령으로 삼을 것이고, 말을 빼앗은 일도 문책하지 않기로 하겠네. 자네의 의향은 어떠한가?"

욱보사가 듣고 나서 절하며 말했다.

"진심으로 항복하기를 청하니 부디 휘하에 두고 부려 주시오."

오용이 즉시 계교를 말해 주었다.

"그럼 자네는 혼자서 도망해 간 체하고 사문공에게 말하게. '내가 중승과 함께 송강의 진영에 가서 살펴보니, 송강은 사실 강화할 의사는 없고 우리를 속여 옥사자만 찾으면 다시 싸우러 올 것이오. 또 청주와 능주에서 구원병이 오는 것을 알고 당황해 하니, 이때를 틈 타 계교를 행하여 들이치면 염려 없이 이길 것이오' 하고 말하게."

욱보사는 응낙하고 그날 밤으로 사문공의 진영으로 가서 오용이 일러 준 대로 말했다. 듣고 나서 사문공은 그를 데리고 증장자를 찾았다.

"중승이 그곳에 있으니 어쩌겠소? 만일 이 일이 들키면 죽기가 쉬울 것이오."

"송강의 진영만 깨뜨리면 중승은 무사히 구해낼 것이니 아무 염려 마십시오."

"정 그렇다면 그대가 간계를 써서 그릇됨이 없게 하오."

사문공은 즉시 영을 내려 북쪽의 소정과 남쪽의 중괴에게 송강의 진영을 습격하게 했다. 욱보사는 법화사로 들어가 볼모로 있는 이규 등 다섯 사람에게 몰래 소식을 전했다.

한편 송강은 오용과 더불어 의논했다.

"그 계교가 어찌 되겠소?"

"욱보사가 돌아오지 않으면 계교가 들어맞아 반드시 오늘밤에 습격하러 올 것이니, 우리는 곧 이곳을 비우고 각각 매복해야 합니다."

송강은 곧 영을 내려 노지심과 무송에게 보군을 이끌고 가서 동쪽을 치라 하고,

주동과 뇌횡에게도 보군을 거느리고 서쪽을 치라 했다. 또 양지와 사진에게는 마군을 이끌고 북쪽을 치라 했다.

이날 사문공은 소정, 중밀, 증괴와 함께 군마를 거느리고 길을 떠났다. 달빛이 환했다. 사문공과 소정이 앞서고 중밀과 증괴는 뒤를 따르며 가만히 송강의 진 앞에 이르렀다. 그러나 사람의 기척이 없었다. 그제야 계교에 빠진 것을 알고 급히 군사를 돌리려 하자 중두시 안에서 포성이 울리며 법화사 누상에서 시천이 종과 북을 어지러이 쳤다. 동문과 서문 두 곳에서도 크게 불빛이 일며 함성이 천지를 울리니 군마의 많고 적음을 전혀 알 수가 없었다.

절 안에서 이규, 번서, 이곤, 항충의 무리가 일시에 짓쳐 나오니 사문공도 달아났다. 중장자는 양산박의 군마가 양쪽으로 쳐들어온다는 소식을 듣고 마침내 스스로 목매달아 죽었다. 중밀은 달아나다가 주동을 만나 단칼에 목숨을 잃었고, 증괴는 동쪽 진영으로 도망가다가 군사들에게 밟혀 죽었다. 소정은 죽기 살기로 북문을 빠져나갔으나 뒤에서 노지심과 무송이 쫓고 사진과 양지가 앞을 막아 어지럽게 치고 들어오는 통에 목숨을 잃었다. 따르던 군사들은 밀려 함정에 빠지니 죽은 자를 헤아릴 수가 없었다.

사문공은 천리마 조야옥사자를 타고 나는 듯이 서문으로 나가 급히 달아났다. 이때 검은 안개가 자욱이 끼어 남북을 분간할 수가 없었다. 겨우 10여 리를 달아났는데, 문득 바람이 어지러이 일어나며 뒤에서 군사 4백여 명이 짓쳐 나왔다. 앞에 선 장수가 손에 무기를 들고 쳐 오니, 사문공이 나는 듯이 말을 몰아가며 앞을 바라보았다. 검은 구름이 가득하고 냉기가 밀려왔는데, 허공에는 모두 조개의 혼이라 사문공이 깜짝 놀라 오던 길로 물러가려 했다. 그때 연청이 앞을 막고 노준의가 뒤를 쫓으며 크게 소리를 질렀다.

"네 이놈! 어디로 도망가느냐?"

노준의가 무기로 사문공의 다리를 찍어 내리친 후 단단히 결박하여 앞세우고, 연청과 함께 조야옥사자를 끌고 중두시로 왔다. 송강은 몹시 기뻐하면서도 한편으로는 노준의의 손에 사문공이 사로잡힌 것을 보고 놀랐다.

송강군은 증가의 가족들을 하나도 살려 두지 않았다. 금은보화나 군량은 모두 다 수레에 싣고 양산박으로 돌아와 군사들에게 상으로 주었다. 대도 관승이 군사를 거느리고 청주병을 짓쳐 물리치고 소이광 화영도 또한 능주병을 물리쳐 함께 돌아온 것도 이때였다.

송강 이하 여러 두령이 충의당에 모여 조천왕의 영정 앞에 섰다. 송강은 성수서생 소양에게 제문을 짓게 하고, 여러 두령에게 모두 상복을 입으라 한 후 사문공의 배를 가르고 간을 꺼내어 제를 지냈다. 그리고 여러 두령과 함께 양산박의 주인을 정하는 것을 상의하니, 먼저 군사 오용이 말했다.

"역시 형님께서 첫 번째 교의에 앉으시고, 노원외가 그 다음에, 다른 두령들은 예전 차례로 지내는 것이 좋을까 합니다."

송강이 말했다.

"전날에 조천왕이 유언하시기를, 누구를 막론하고 사문공을 잡는 사람에게 산채의 주인이 돼라 하였소. 오늘날 노원외가 원수를 잡아와 한을 풀었으니 당당히 첫 번째 교의에 앉아야 하오. 군사는 다시는 그런 말을 하지 마시오."

노준의가 듣고 말했다.

"저는 덕도 없고 재주도 없는데 어찌 그런 중임을 맡겠습니까? 맨 끝 자리에 앉

475 • 사문공을 사로잡은 노준의

는 것도 오히려 과분하옵니다."

송강이 여러 두령에게 다시 말했다.

"결코 겸양하는 것이 아니오. 나는 세 가지 일에 노원외만 못한 것이 있소. 첫째, 나는 키가 작고 인물이 형편없으나 원외는 생김새가 늠름하여 여러 사람이 미치지 못할 것이오. 둘째, 나는 아전 출신으로 죄를 짓고 도망했다가 여러 형제의 은혜를 입어 잠깐 이 자리에 앉았으나 원외는 부귀한 집에서 귀히 자라나 호걸의 풍채가 있으니, 이도 여러분이 미치지 못할 것이오. 셋째, 나는 문무를 막론하고 특별히 내세울 것이 없으나 원외는 힘이 만인을 대적할 만하고 학문도 꽤 닦았으니, 여러 형제가 더욱 따르지 못하오. 원외가 이렇듯 재주와 덕행이 있으니 산채의 주인으로 모시는 것은 마땅하지 않소? 내가 이미 마음을 정한 터이니 원외는 사양하지 마시오."

노준의가 곧 땅에 엎드려 말했다.

"형님은 다시는 그런 말씀을 하지 마십시오. 제가 비록 죽는 한이 있다 하더라도 명을 따르지 못하겠습니다."

오용이 다시 말했다.

"아까 말씀드린 대로 형님이 주인이 되시고 노원외가 둘째가 되면 여러 두령이 다 따르겠지만, 이렇듯 여러 번 사양하시면 여러 형제가 다들 마음이 불편할 것입니다."

원래 오용이 여러 사람에게 눈짓을 하고 이 말을 한 것이었다. 흑선풍 이규가 벌떡 일어나며 큰 소리로 말했다.

"내가 강주에서 죽음을 각오하고 형님을 구해내어 산에 올라와 형님을 산채의 주인으로 삼고 모셨는데, 오늘날 이렇게 다른 사람에게 사양할 것이 뭐 있소? 나는 하늘도 무섭지 않고 땅도 무섭지 않은 사람이오. 왜 공연히 거짓말로 사양하는 척하는 게요? 자꾸 그러면 우리는 모두 산을 내려가겠소."

행자 무송 또한 오용이 눈짓하는 것을 보고 나서서 말했다.

"형님 수하의 태반은 다 조정의 관리인데, 오늘날 어찌 신분의 귀천을 논하십니까?"

적발귀 유당도 큰 소리로 말했다.

"당초에 우리 일곱 사람이 산에 올라왔을 때부터 형님을 산채의 주인으로 모실 뜻이 있었습니다. 정해진 자리가 오고 가고 하면 여러 사람의 마음이 흩어질 것이니 차라리 지금 흩어짐이 좋을까 합니다."

그러자 송강이 말했다.

"여러 형제의 뜻이 그러하오면 이 일을 어떻게 정해야 옳은지 한번 하늘에 알아보도록 합시다."

"하늘에 알아보다니, 무슨 말씀이신지요?"

오용이 묻자 송강이 말했다.

"지금 산채에는 전량이 부족하오. 우리 양산박의 동쪽에 가까운 고을이 두 곳 있는데, 모두 전량이 풍족한 곳으로 한 곳은 동평부, 한 곳은 동창부요. 이제 그 두 고을에 가서 전량을 취하여 오기로 하되, 제비 두 개를 만들어서 나와 노원외가 뽑아 누구든지 먼저 공을 세우는 사람을 산채의 주인으로

지다성 오용
양산박의 세 번째 두령으로 지혜가 뛰어나 참모로 활약했다. 양산박의 제갈공명이라 할 만하다.

삼는 것이 좋을 듯하오. 여러 형제의 의향은 어떠하오?"

"그것 참 좋은 말씀이오."

노원외가 머리를 흔들며 말했다.

"그렇게 번거롭게 하지 마시고, 형님이 그대로 주인이 되시고 저는 명을 따르겠습니다."

그러나 송강은 노준의의 말을 듣지 않고 곧 배선을 불러 제비 두 개를 만들게 한 다음 노준의와 더불어 하나씩 집어서 펴 보았다.

고사성어 엿보기

일망타진 一網打盡
한 번 그물을 쳐 물고기를 모두 잡다

송나라 인종 때의 일이다. 청렴하고 강직하기로 이름난 두연이 재상이 되었다. 당시의 관행으로는 상신相臣들과 상의하지 않고 황제가 독단으로 조서를 내리는 일이 있었는데, 이것을 '내강內降'이라 했다. 그러나 두연은 이 같은 관행은 올바른 정도政道를 어지럽히는 것이라 하여 내강이 있어도 이를 묵살하거나 보류했다가 10여 통쯤 쌓이면 그대로 황제에게 돌려보냈다. 이러한 두연의 소행은 황제의 뜻을 함부로 굽히는 짓이라 하여 비난의 대상이 되었다.

이러한 때 공교롭게도 관직에 있는 두연의 사위인 소순흠이 공금을 횡령하는 부정을 저질렀다. 그러자 평소 두연에 대한 감정이 좋지 않던 어사御史 왕공진은 쾌재를 부르며 소순흠을 엄히 문초했다. 그리고 그와 가까이 지내는 사람들을 모두 공범으로 몰아 잡아 가둔 뒤 두연에게 이렇게 보고했다.

"한 그물로 모두 잡았습니다."

결국 조정의 기강을 세우려던 두연도 겨우 70일 만에 재상의 자리에서 물러나고 말았다.

一: 하나(일), 網: 그물(망), 打: 칠(타), 盡: 다할(진)
한 번의 그물질로 물고기를 다 잡는다는 말로, 범인이나 어떤 무리를 한꺼번에 모조리 잡는다는 뜻이다.

[출전] 《송사宋史》〈인종기仁宗紀〉

쌍창장 동평을 얻다

　　　　　　　　　　　제비를 뽑아 보니 송강은 동평부, 노준의는 동창
부였다. 두 사람은 술자리를 벌이고 말없이 술잔을 기울이다가 그 자리에서 인마
를 나누었다. 송강의 부하는 임충, 화영, 유당, 사진, 서녕, 연순, 여방, 곽성, 한
도, 팽기, 공명, 공량, 해진, 해보, 왕영, 호삼랑, 장청, 손이랑, 손신, 고대수, 석
용, 욱보사, 왕정륙, 단경주 등 두령 24명과 마보군 1만으로, 수군 두령은 원소
이, 원소오, 원소칠이었다.

　노준의의 부하는 오용, 공손승, 관승, 호연작, 주동, 뇌횡, 삭초, 양지, 단정규, 위
정국, 선찬, 학사문, 연청, 양림, 구붕, 능진, 마린, 등비, 시은, 번서, 항충, 이곤, 시
천, 백승 등 두령 24명과 마보군 1만으로, 수군 두령은 이준, 동위, 동맹이었다. 남

은 두령은 산채를 지키기로 했다.

때는 음력 3월 초하루라 꽃들이 만발하고 날씨가 화창했다. 장졸들이 싸우기에 좋은 계절이었다.

송강은 동평부에서 30리 떨어진 안사진에 진을 쳤다. 먼저 동평부에 격서를 전하러 갈 사람을 물으니, 욱보사와 왕정륙이 가겠다고 했다. 송강은 기뻐하며 만일에 항복을 하고 전량을 주겠다면 군사를 움직이지 않겠으나, 그렇지 않을 때는 쳐들어간다는 내용으로 격서를 꾸며 두 사람에게 주어 보냈다.

이때 동평부 태수 정만리는 송강이 군사를 일으켜 안사진에 이르렀다는 소식을 듣고, 병마도감을 불러 의논을 하고 있었다. 수하가 와서 보고했다.

"송강이 사람을 시켜 격서를 가져왔습니다."

욱보사와 왕정륙이 격서를 올리니 태수가 보고 병마도감에게 말했다.

"이놈이 우리에게 전량을 꾸어 달라고 하니 어찌할꼬?"

태수가 옆에 앉은 병마도감을 돌아다보았다. 이 병마도감은 본래 하동 상당 사람으로 성은 동이요, 이름은 평으로 쌍창을 잘 쓰므로 남들이 쌍창장雙槍將이라 불렀다. 그는 불의를 보고 참지 못하는 성격인지라 크게 노하여 말했다.

"격서를 가져온 저놈들을 빨리 끌어내어 베어라!"

정 태수가 급히 손을 들어 말했다.

"예부터 두 나라가 서로 다투어도 사자를 베는 법은 없으니, 곤장 20대씩 쳐서 돌려보내고 저들이 어찌하는지 두고 보기로 하세."

동평은 욱보사와 왕정륙을 땅에 엎어 놓고 큰 매로 20대를 친 후 살가죽이 찢어지고 살이 으스러져 피투성이가 된 그들을 끌어다 성 밖에 내쳤다. 두 사람이 돌아와 울며 송강에게 호소하니, 송강이 크게 화를 내면서도 바로 동평부를 치지 못함을 한탄하며 욱보사와 왕정륙을 산채에 보내어 간호하게 했다. 사진이 앞으로 나와 말했다.

"제가 전일에 동평부에 있을 때 이수란이라는 창기와 가까이 지낸 일이 있습니다. 많은 금은을 가지고 몰래 성 안으로 들어가 그 계집의 집에 숨어 있다가 형님이 밖에서 성을 치면 그때 성루에 올라가서 불을 놓아 대사를 이룰까 합니다."

송강이 듣고 말했다.

"참 좋은 계교구려."

사진은 그날로 금은을 수습하고 몸에 무기를 감춘 다음 성 안으로 들어갔다. 이수란의 집을 찾아가니 먼저 그녀의 할아버지가 나와 보고 깜짝 놀라며 안으로 청하여 손녀와 서로 보게 했다. 이수란이 물었다.

"소문을 들으니 양산박 송강의 무리가 성에 와서 전량을 꾸려고 한다던데, 여기는 어떻게 왔나요?"

사진이 대답했다.

"솔직히 말하리다. 나는 지금 양산박에 들어가 두령이 되었소. 일찍이 공을 세우지 못하여 이번에 송공명 형님이 이 고을을 치고 전량을 꾸겠다고 하기에 자원하여 특별히 온 것이니 소식을 누설치 마시오. 이 일이 성공하면 그대를 산채에 데려다 호강을 시켜 줄 테니."

이수란이 그 말을 듣고 놀라서 금은을 받아 가지고 안으로 들어가 가족들과 상의했다.

"전에 우리 집에 들나들 적에는 좋은 사람이었지만, 이제는 도적이잖아요. 만일 일이 발각되면 어쩌지요?"

할아버지가 옆에서 듣고 한 마디 했다.

"그도 그렇지만 양산박 호걸들이 여간 세력이 성하지 않으니, 만일 성이 무너지면 그들을 어찌 괄시한단 말이냐?"

할머니가 화를 버럭 내며 말했다.

"늙은이가 무얼 안다고 떠들어! 자고로 벌이 품에 들면 옷을 풀어헤치라고 했어. 먼저 고하는 자는 죄를 면할 것이니 한시바삐 관가에 알리면 나중에 누를 입지 않을 것이야. 빨리 가서 말해!"

할아버지가 다시 말했다.

"저 사람이 많은 금은을 우리에게 주었는데 해치는 것은 너무 인정이 박하지 않은가?"

"바보 같은 소리 좀 하지 마. 예부터 기생이 사내들을 천 명이고 만 명이고 함정에 빠뜨린 게 수를 헤아릴 수 없는데, 저 하나를 아껴? 당신이 정 안 가겠다면 내가 가서 고할 것이니 그리 알아!"

할아버지는 하는 수 없이 손녀를 보고 말했다.

"성급히 굴지 말고 그에게 편안히 대해 주어라. 옛말에 풀을 쳐서 뱀을 놀라게 한다[38]는 말이 있지 않느냐? 소란을 피워 그가 도망하기라도 하면 모든 일이 틀어진다. 신중히 행동한 후에 관가에 고발하자꾸나."

사진이 이수란과 술을 먹는데, 수란의 낯빛이 좋

> **고사성어 엿보기**
>
> [38] **타초경사** 打草驚巳
>
> 풀을 쳐서 뱀을 놀라게 한다는 말이다. 생각 없이 행동한 것이 의외의 결과를 낳는 것을 뜻한다. 어떤 사람을 훈계하여 다른 사람을 깨우치는 것을 이르기도 한다.

지 않았다.

"네 집에 무슨 일이 있느냐?"

"아니에요. 지금 누상으로 올라오다가 발을 헛디뎌 하마터면 떨어질 뻔해서 그래요."

사진이 다시 묻지 않고 술을 먹는데, 창 밖에서 함성이 일어나며 많은 공인들이 누로 올라와 사진을 잡아갔다. 사진이 동평부 관가에 이르러 무릎을 꿇자 태수가 보고 크게 꾸짖었다.

"네 이놈, 겁도 없구나! 감히 네가 혼자 여길 들어오다니. 만일 이수란의 조부가 고하지 않았다면 성 안의 백성들이 큰 화를 당할 뻔했다. 송강이 너를 왜 보냈으며 무슨 일을 꾸미려고 하는지 어서 사실대로 말해라!"

사진이 아무 말도 안 하자 동평이 말했다.

"저 도적놈이 아무래도 매를 좀 맞아야 말을 하려나 봅니다."

태수가 좌우에 호령하여 사진을 매우 치게 했다. 옥졸의 무리가 달려들어 먼저 두 다리에다 냉수를 뿜고 1백 대나 쳤는데도 사진은 입을 열지 않았다. 동평이 말했다.

"큰 칼을 씌워 저놈을 옥에 가두어라."

동평은 장차 송강을 잡아 함께 동경으로 올려 보내기로 태수와 의논을 정했다. 한편 송강이 사진을 보내 놓고 그 연유를 적어 노준의의 진중에 있는 오용에게 전하니, 오용이 보고 깜짝 놀라 말했다.

"어찌 창기를 끼고 대사를 이룬단 말이오?"

오용은 노준의에게 이 상황을 말하고 송강의 진영으로 달려와 자세한 사연을 듣고 말했다.

"이번 일은 형님이 잘못하셨습니다. 자고로 창기란 것은 마음이 물과 같아서 정해진 주관이 없고 포주의 손에서 벗어나지 못하니, 이번 일에 반드시 실수가 있을 것입니다."

송강이 계교를 물으니, 오용이 곧 고대수를 앞으로 불러 말했다.

"이번에 수고를 좀 해 주게. 걸인의 행세를 하고 가만히 성내로 들어가서 구걸하는 체하고 소식을 알아보되, 만일 사진이 옥에 갇혔으면 옥졸에게 간청하여 한 끼 밥을 먹이겠노라며 옥중에 들어가서 틈을 보아 전하시오. 우리가 그믐날 밤에 성을 칠 것이니 아무쪼록 옥문을 부수고 나와 성 안에 불을 놓으라고 말이오."

다음날 고대수가 찬밥 한 사발을 들고 옥 앞을 왔다갔다하고 있는데 마침 옥졸 하나가 나타났다. 고대수가 옥졸에게 절을 하고 슬피 우니 옥졸이 측은히 여기며 물었다.

"도대체 무슨 일로 울고 있소?"

"예, 다름아니라 옥에 갇힌 사진 어른은 소인의 옛 주인이올시다. 서로 헤어진 지가 10년이 넘는데, 여기저기 떠돌아다니면서 장사한다는 소문을 들었지 뭡니까? 무슨 죄로 옥에 갇혔는지 알 수는 없지만 밥 한 그릇 넣어 줄 사람이 아무도 없어서 제가 이 집 저 집 다니며 밥을 빌어서 드리려고 왔습니다. 그저 불쌍히 여겨 저를 옥 안으로 들어가게 해 주십시오. 그렇게만 해 주신다면 큰 은혜로 알고 평생 잊지 않겠습니다."

"그놈은 양산박 강도라 참형될 것이네."

"저야 그분이 무슨 죄를 졌는지 어떻게 압니까? 그러지 마시고 제발 저를 거기에 들여보내 주세요. 이 밥 한 그릇이라도 드시게 하고 싶어요. 예전에 입은 은혜를 차마 잊을 수가 없어서 그래요."

고대수는 그렇게 말하고 또 울었다. 옥졸이 가만히 생각했다.

'남자라면 몰라도 늙은 계집이니, 잠깐 만나 보게 해 주더라도 별일 없겠지……'

마침내 옥졸은 고대수를 데리고 옥에 들어가 사진을 만나 보게 해 주었다. 사진은 목에 큰 칼을 쓰고 허리에 사슬을 지고 앉아 있었다. 사진이 고대수를 보고 놀라며 뭔가 물으려 하자 고대수는 얼른 거짓으로 울며 밥을 먹였다. 그리고 약속을 전할 기회만 엿보고 있는데, 절급 하나가 지나가다 이것을 보고 소리를 버럭 지르며 말했다.

"옥에는 바람도 통하지 못한다 하였는데, 하물며 저놈은 죽을죄를 지은 죄인이 아니냐? 누가 이 계집을 데리고 들어왔단 말이더냐? 빨리 나가라! 지체하면 곤장을 쳐 쫓으리라."

고대수가 더 있지 못하고 옥 밖으로 끌려 나오게 되자, 자세한 말은 못하고 다만 이렇게 한 마디만 했을 뿐이다.

"월진야月盡夜(그믐날 밤) 석 자를 잊지 말아요."

사진이 속으로 생각했다.

'그믐날 밤을 잊지 말라니. 그게 무슨 말인가?'

그렇게 궁리하며 날을 보내니 어느덧 3월 29일이 다가왔다. 사진이 앞에 있는 옥졸에게 물었다.

"오늘이 대체 며칠이오?"

"오늘은 바로 그믐이야."

사진이 날이 저물기를 기다렸다가 문득 술에 취한 옥졸을 불렀다.

"당신 뒤에 서 있는 사람이 누구요?"

"내 뒤에……?"

옥졸이 돌아볼 사이에 사진은 옥졸의 칼을 빼앗아 칼머리로 쳐서 죽이고, 다시 칼로 옥문을 깨뜨려 버린 다음 정자 앞으로 나왔다. 옥졸 네댓 명이 모두 술에 취한 채 앉아 있어 먼저 앞에 있는 놈을 쳐 죽였다. 그러자 나머지 놈들이 놀라 모두 달아나 버려서 사진은 옥문을 열고 옥에 갇혀 있는 죄수를 다 풀어놓으니 모두 50명쯤 되었다.

이때 정만리는 옥 안에서 고함 소리가 나는 것을 듣고 급히 병마도감 동평을 불러 상의했다. 동평이 말했다.

"성 안에 필연 첩자가 있으니 마땅히 옥을 엄하게 지키고, 이 기회에 군사를 거느리고 성 밖에 나아가 도적을 잡을까 합니다."

태수가 이를 허락하니 동평은 공인 3백 명에게 옥문을 지키게 한 후 말을 타고 군사를 이끌며 성 밖으로 나아갔다. 태수는 관아의 모든 관리들에게 각기 창봉을 들게 하여 옥문 밖에서 소리를 질렀다. 옥졸이 일러 준 날은 29일이었으니, 이것은 송강이 말한 그믐이 아니었다. 이 일로 오히려 옥문의 경계만 더 엄해졌을 따름이었다.

사진은 밖의 동정이 없음을 보고 다시 옥으로 들어가서 감히 경솔히 나오지 못하고 있었고, 고대수 역시 옥으로 들어가지 못하는 상황이라 안타까워할 뿐이었다. 동평이 인마를 이끌고 송강의 진영을 향해 짓쳐 나오는데, 염탐꾼이 송강에게 알렸다.

"고대수가 성 안에서 맡은 일이 잘못되어 동평이 쳐 나오는 것입니다."

송강은 두령들에게 명하여 군사를 일으켜 나왔다.

어느덧 날이 밝았다. 양군이 서로 만나 공격 태세를 갖추었을 때 동평이 말을 타고 깃발 아래에 섰다. 원래 동평은 마음이 맑고 삼교三敎(유교, 도교, 불교) 구류九流(유가, 도가, 법가 등 중국 한나라 때의 아홉 가지 학파)에 통하지 않는 것이 없었으며, 풍류와 노래에 능한 까닭에 산동 하북에서 풍류 쌍창장이라 불렸다.

송강이 진중에서 동평의 모습을 보고 흐뭇해 하다가 한도에게 명을 내려 싸우라 하니, 한도가 창을 꼬나들고 말을 몰아 나갔다. 이때 동평의 창법이 신출귀몰한지라 한도가 당하지 못하는 것을 보고, 송강은 다시 서녕에게 가서 도와 주라고 하였다. 서녕이 구겸창을 들고 내닫자 한도는 곧 몸을 피해 돌아왔다.

동평이 서녕을 맞아 싸워 50합에 이르자 서녕 또한 당하지 못했다. 송강은 서녕이 실수할까 걱정하여 징을 쳐서 군사를 거두었다. 동평이 쌍창을 휘두르며 짓쳐들어오는 것을 보고 송강이 손을 들어 가리키니 사면에서 군마가 일어나 동평을 에워싸고 들어왔다.

중국 고대 무기

구겸창鉤鎌槍
보통 창의 형태에 안쪽으로 휘어진 칼날이 더 붙었다. 적을 찌를 뿐 아니라 갑옷에 걸어 적을 넘어뜨리는 데 사용한다. 서녕이 잘 쓴다.

송강이 높은 곳에 올라 지휘하여 동평을 진 속에 몰아넣고, 동쪽으로 달아나면 동쪽을, 서쪽으로 도망가면 서쪽을 가리켜서 군졸들이 첩첩이 에워싸게 했다. 그러나 동평은 조금도 두려워하지 않은 채 쌍창을 휘두르며 포위망을 뚫고 나가 군사를 거두어 성으로 들어갔다. 송강은 곧 군사를 몰아 성 아래에 진을 쳤다.

한편 정만리에게는 원래 딸이 하나 있는데, 동평이 아내가 없어 누누이 사람을 중간에 놓고 구혼을 하였으나 허락지 않아 항상 서로 사이가 좋지 않았다. 그날도 동평이 군사를 거두어 성으로 들어가 정 태수에게 혼인 얘기를 꺼냈다.

"나는 문관이요 자네는 무관이라 서로 혼인하는 것이 마땅하나, 지금 도적이 쳐들어와 버티고 있으니 혼인을 하면 도적의 비웃음을 받을 것이오. 우선 도적이나 물리치고 성 안을 편히 한 다음에 다시 의논합시다."

"그럼 그렇게 하지요."

동평이 생각하기에 태수가 입으로는 응낙했으나 다음에는 뜻을 바꾸지 않을까 싶었다. 한편 송강이 밤낮으로 성을 공격하자 정 태수가 동평에게 재촉하여 급히 나아가 싸우라 하였다. 동평이 노하여 갑옷을 입고 말 위에 올라 군사를 거느리고 성 밖으로 나와 맞서자 송강이 깃발 아래에 서서 큰 소리로 말했다.

"너희 같은 허접한 무리가 어찌 나의 맹장들을 당할 것이냐?"

"한낱 이름 없는 무장이 어찌 그리 무례한 말을 하느냐?"

동평이 곧 쌍창을 휘두르며 송강을 노리자 화영과 임충이 옆으로 달려들었다. 그러나 그를 맞아 싸운 지 3합도 못 되어 패하여 달아나니 송강도 역시 달아나고, 군사들도 사방으로 어지러이 흩어져 도망쳤다.

동평은 용맹을 자랑하며 말을 달려 송강의 뒤를 급히 쫓아 수춘현 근처의 한 촌

락에 당도했다. 양편이 모두 초가요, 중간에 길이 나 있어 동평이 계교를 모르고 말을 몰았다. 이미 송강은 어제 왕영, 호삼랑, 장청, 손이랑을 양편의 초가에 매복시키고, 길에는 반마삭絆馬索(말의 다리를 걸어서 넘어뜨리는 줄)을 깔아 그 위에 흙을 덮어 두었다. 그리고 동평이 오면 곧 바라를 쳐서 서로 응하고 반마삭을 일시에 들어 그를 사로잡기로 하였던 것이다.

동평이 송강의 뒤를 급히 쫓아 이곳에 이르자 일시에 양쪽 초가의 문들이 활짝 열리며 반마삭이 일어났다. 그러자 말이 놀라 뛰어오르며 동평은 땅에 떨어지고 말았다. 왼편에서 왕영과 호삼랑이 쫓아 나오고, 뒤편에서 장청과 손이랑이 내달아 동평의 갑옷과 투구와 쌍창을 모조리 빼앗고 단단히 결박을 한 다음 송강에게 데려갔다.

송강이 버드나무 아래에 말을 머무르고 있다가 동평을 잡아 가지고 오는 것을 보고 황급히 꾸짖었다.

"너희에게 동 장군을 모시고 오라 했지, 언제 예의 없이 묶어 오라 했느냐?"

송강은 황망히 말에서 내려와 묶은 것을 손수 풀어 주었다. 그리고 동평에게 절을 하니, 동평이 황급히 답례했다. 송강이 말했다.

"만일 장군께서 이 미천한 것을 버리지 않으시겠다면, 장군을 산채의 주인으로 삼으리다."

동평이 대답했다.

"소장은 사로잡힌 몸이라 만 번 죽어도 마땅한데, 산채의 주인이 돼라 하오면 저는 놀라 죽을 것입니다."

송강이 다시 말했다.

"저희 산채에 양식이 부족하여 동평부로 꾸러 온 것이지 다른 뜻은 없소이다."

동평이 말했다.

"정만리 그놈이 본시 벼슬아치에게 아부를 하여 저런 소임을 얻게 되었으니, 어찌 백성들을 못살게 굴지 않았겠소? 형장이 만일 의심하지 않고 저를 놔주신다면 성문을 열고 들어가 곡식을 얻어 오겠습니다."

송강은 기뻐하며 동평에게 빼앗았던 갑옷이며 투구며 말이며 군사들까지 다 돌려주었다. 동평이 앞서고 송강은 뒤에서 군사를 이끌며 가만히 동평부 성 아래에 가서 문을 열라고 소리를 쳤다. 성 위에 있는 군사가 불을 비쳐 보니, 과연 동 도감이라 아무 의심 없이 성문을 열었다. 동평이 말을 달려 들어가고, 송강도 그의 뒤를 따르며 백성들을 살해하지 말라 했다.

동평은 먼저 관아로 들어가 정 태수를 죽이고 그의 딸을 빼앗았다. 송강은 옥을 부수고 사진을 구해낸 다음 창고를 열어 금은보화와 쌀을 수레에 실었다. 사진은 사람을 데리고 이수란의 집에 가서 일가를 다 죽이고, 그 재산으로 가난한 백성을 돕겠다는 방을 붙여 사람들에게 알렸다.

고사성어 엿보기

타초경사 打草驚巳

풀을 쳐서 뱀을 놀라게 하다

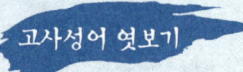

송강이 동평부를 공격하려고 할 때의 일이다. 함께 있던 사진이 자기가 잘 아는 기생의 집을 근거지로 삼고 성 안에 불을 질러 공격하자는 의견을 내놓았다. 송강은 이 말을 받아들였다.

자신의 신분을 들키지 않기 위해 사진은 변장을 하고 기생의 집을 찾았다. 그녀는 사진이 양산박에 몸담고 있는 사람이라는 것을 알게 되었고, 그녀의 할머니는 관가에 얼른 고발을 해야겠다며 펄쩍 뛰었다. 이때 곁에 있던 할아버지가 할머니를 말리며 말했다.

"그 사람한테 이미 돈을 많이 받았는데 어떻게 밀고를 하겠소?"

그러나 할머니는 당장 관가로 달려갈 기세였다. 할아버지는 할머니를 진정시키며 말했다.

"풀을 쳐서 뱀을 놀라게 한다는 옛말이 있지 않소? 우리가 소란을 피워 오히려 그 사람이 도망을 치기라도 하면 일을 그르치게 되오. 그를 체포할 수 있도록 한 후에 관가에 고발하겠소."

打: 칠(타), 草: 풀(초), 驚: 놀랄(경), 蛇: 뱀(사)

풀을 쳐서 뱀을 놀라게 한다는 말이다. 생각 없이 행동한 것이 의외의 결과를 낳는 것을 뜻한다. 어떤 사람을 훈계하여 다른 사람을 깨우치는 것을 이르기도 한다.

[출전] 《수호지》

돌팔매의 명수, 장청

"노원외가 동창부를 치다가 계속하여 두 번이나 패한 것은 성 안에 창덕부 기병 출신인 장청이 있기 때문입니다. 돌팔매의 명수로 백발백중을 자랑하여 몰우전沒羽箭이란 별명을 가졌다 합니다. 그 휘하에 두 부장이 있는데, 한 사람은 화항호花項虎 공왕으로 온몸에 호랑이 반점의 문신이 있고 목에는 호랑이 머리를 새겼으며 말 위에서 투창하는 솜씨가 뛰어나다고 합니다. 그리고 다른 사람은 중전호中箭虎 정득손이란 자입니다. 얼굴과 목이 온통 곰보이며 말 위에서 비차를 잘 쏜답니다. 노원외가 군사를 이끌고 싸움을 재촉해도 가만 있다가 비로소 성문을 열고 나와서 싸우는가 싶으면 장청이 달아나는 척 하다가 이마에 돌을 던진답니다. 그렇게 해서 학사문이 당했는데, 연청이 재빨리 화살을 쏘아 장청이 탄 말을 맞혀 겨우 학사문의 목숨을 구했습니다. 이튿날은 번서가 항충과 이곤을 데리고 나가 싸웠으나 또 패하여 오 군사가 저에게 형님께 가서 구원을 청해 오라 하여 이렇게 달려온 것입니다. 형님은 빨리 가서 지원해 주십시오."

송강이 듣고 나서 탄식하며 여러 두령에게 말했다.

"노원외가 어찌 이리 운이 나쁠까? 내가 특별히 오학구와 공손 선생을 달려 보낸 것도 아무쪼록 일찍 공을 이루도록 한 것이거늘……. 이미 일이 이러하니 형제들은 같이 가서 도웁시다."

송강은 곧 군사를 거느리고 동창부로 갔다. 노원외가 송강을 맞이하고 바로 동창부를 칠 일을 상의하는데, 몰우전 장청이 나와 또 싸움을 재촉한다는 보고가 들어왔다. 송강이 여러 두령을 데리고 진을 친 후 일시에 말에 올라 깃발 아래에 이르니, 장청이 송강을 가리키며 꾸짖었다.

"양산박의 좀도둑은 빨리 나와 승부를 겨루라!"

송강이 좌우를 돌아보고 물었다.

"누가 나가서 싸울꼬?"

금창수 서녕이 곧 말을 달려 장청과 싸우러 나갔다. 5, 6합에 장청이 갑자기 말머리를 돌려 달아나자 서녕이 구겸창을 들고 그 뒤를 쫓았다. 장청이

중국 고대 무기

비차 飛叉
던지기용이다. 칼 끝이 세 갈래로 나누어져 있는 것이 일반적이며, 고수는 160미터까지 던질 수 있다. 고기를 잡을 때 쓰는 작살에서 비롯된 것으로, 정득손이 잘 쓴다.

창을 왼손으로 바꾸어 들고 오른손으로 품에서 돌을 꺼내 서녕의 얼굴을 겨누고 한 번 던지니, 서녕이 미간에 돌을 맞고 말에서 떨어졌다. 공왕과 정득손이 나와서 잡으려고 하자 송강의 진에서 여방과 곽성이 급히 내달아 서녕을 구하여 돌아왔다. 송강도 놀라고 여러 두령의 기세도 크게 꺾였다. 송강이 다시 여러 두령에게 물었다.

"여러 형제 중에 또 누가 나가서 싸울꼬?"

이번에는 금모호錦毛虎 연순이 말을 내달았다. 그러나 장청에 맞서 6합을 이겨내지 못하고 말을 돌리자 장청이 따라오며 또 돌을 던졌다. 돌이 연순의 호심경護心鏡(갑옷의 가슴 쪽에 호신용으로 붙여 놓은 구리 조각)을 쨍강 하고 맞히니, 연순이 말 위에 엎드린 채 달아났다. 그러자 송강의 진에서 큰 소리를 지르며 한 장수가 창을 꼬나들고 내달았다. 백승장百勝將 한도였다. 그는 송강에게 제 재주를 보이기 위해 나섰으나 역시 장청이 던진 돌에 콧잔등을 맞고 피를 흘리며 돌아왔다. 그 광경을 보고 노한 천목장天目將 팽기가 영을 기다리지 않고 삼첨양인도를 들고 내달았다. 그러나 이번에도 장청의 돌은 정확하게 팽기를 맞혔다. 송강은 크게 놀라지 않을 수 없었다. 군사를 거두어 돌아가려고 하는데, 노준의의 등 뒤에 있던 한 장수가 크게 소리를 질렀다.

"오늘 이렇게 기세가 꺾이면 내일 어떻게 다시 싸운단 말입니까? 제가 나가서 저놈을 베고 말 것이니 두고 보십시오."

송강이 쳐다보니 추군마醜郡馬 선찬이었다. 선찬이 말을 타고 나서자 장청이 웃으며 말했다.

"한 놈이 오면 한 놈을 맞히고 두 놈이 오면 두 놈을 맞힐 것인데, 네가 어찌 나의 실력에 남아나겠느냐?"

선찬이 꾸짖었다.

"네가 다른 사람은 맞혔지만 내게는 감히 가까이 못 올 것이다."

말이 미처 끝나기 전에 장청이 손을 들어 돌로 선찬의 입술을 맞혔다. 선찬도 역시 말에서 떨어져 공왕과 정득손이 나와 잡으려고 하는데, 송강의 진에서 여러 장수가 나아가 또 간신히 구하여 돌아왔다.

여러 장수가 연달아 패하는 것을 보자, 송강은 크게 노하며 칼을 빼어 자신의 전포 자락을 찢고 맹세했다.

"내가 만일 저 도적을 잡지 못하면 맹세코 돌아가지 않으리라!"

호연작이 송강의 말을 듣고서 척설오추마를 타고 앞에 나와 외쳤다.

"장청아, 대장 호연작을 아느냐?"

"이 나라에 먹칠한 패장아, 네가 내 손아귀를 벗어날 성싶으냐?"

장청이 또 돌을 던지자 호연작이 강편을 들어 막다가 팔을 맞고 돌아왔다. 송강이 여러 두령에게 말했다.

"마군 두령들이 모두 패하였으니, 보군 두령들 중에서 누가 나가 싸우겠소?"

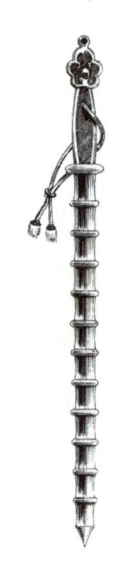

중국 고대 무기

편鞭

모양이 검과 비슷한데, 타격 부분에 마디가 있는 것이 특징이다. 금속으로 되어 있어서 적의 무기와 부딪쳐도 쉽게 부러지지 않는다. 편의 명수로 호연작과 손립, 손신 형제가 있다.

적발귀 유당이 박도를 들고 나섰다. 장청이 보고 크게 웃었다.

"마군도 다 패하여 쫓겨 갔는데, 보군이 무얼 믿고 내닫느냐?"

유당이 크게 노하여 달려들자 장청은 싸우지 않고 자기 진영으로 돌아갔다. 유당이 급히 그 뒤를 쫓아 장청의 말을 찍으려 했으나 말이 뒷발을 들어 유당을 차고 꼬리로 얼굴을 후려치니, 유당이 놀라 뒤로 물러나려 했다. 그러나 어느새 돌이 날아들어 유당을 땅에 쓰러뜨리니, 장청의 군사들이 내달아 유당을 사로잡고는 진중으로 들어가 버렸다. 송강이 이를 보고 외쳤다.

"누가 나가서 유당을 구할꼬!"

청면수 양지가 곧 말을 달려 나왔다. 이번에도 장청이 가짜로 싸우는 체하고 돌을 던져 맞히려고 했으나, 양지가 이를 눈치 채고 몸을 기울여 피했다. 장청이 다시 한 번 돌을 던져 이번에는 양지의 투구를 맞히니, 양지가 놀라 그대로 돌아왔다. 송강은 탄식했다.

"이렇게 기가 꺾여서야 어찌 양산박으로 돌아가겠소?"

좌우에서 주동과 뇌횡이 듣고 곧 짓쳐 나오니, 장청이 껄껄 웃었다.

"한 놈으로는 못 당하니 두 놈이 한꺼번에 나오는구나! 그러나 열 놈이 온들 무슨 걱정이랴?"

장청은 두려워하는 빛이 없이 두 개의 돌을 손에 감추어 들고 나왔다. 그리고 먼저 뇌횡의 이마를 맞히고, 다음에 주동의 목을 맞혀서 모두 땅에 떨어뜨렸다. 관승이 크게 노하여 청룡도를 들고 적토마를 달려 주동과 뇌횡을 구하여 본진으로 돌아오려 했다. 그런데 장청이 또 돌로 관승을 치니 관승이 청룡도로 막으면서도 몹시 놀란지라 싸울 마음이 없어 그대로 돌아왔다. 쌍창장 동평이 이것을 보고 속으로 생각했다.

'내가 항복한 처지이나, 만일 여기서 솜씨를 보이지 못하면 산에 올라가도 면목이 없을 것이다.'

동평이 쌍창을 비껴들고 나는 듯이 나오자 장청이 보고 크게 꾸짖었다.

"가까운 고을에서 서로 병마를 통솔하여 온 처지에 조정을 배반하고 스스로 도적이 되니 부끄럽지도 않느냐?"

동평이 그 말에 아무 소리도 않고 장청과 6합이 넘게 싸웠다. 결국 장청이 말을 돌려 달아나자 동평이 말했다.

"다른 사람은 맞혔으나 나는 맞히지 못할 것이다."

동평이 급히 뒤를 쫓는데 장청이 다시 돌을 들어 동평의 낯을 향해 던졌다. 동평이 눈이 밝고 손이 빠른지라 창으로 막아서 피하니, 장청이 또다시 돌을 던졌다. 그러나 동평은 몸을 굽혀 날아드는 돌을 또 한 번 피했다. 장청이 조급해 하고 있는데, 동평의 말이 바람같이 짓쳐들어오며 쌍창이 일시에 장청의 배를 찌르려 했다. 장청은 몸을 굽혀 피하며 창을 버리고 두 손으로 동평의 어깨를 잡아 그대로 말 아래로 던지려 했으나, 동평 또한 장청의 팔을 잡으니 서로 한 뭉치가 되어 떨어지지 않았다.

송강의 진영에서 급선봉 삭초가 이 광경을 보고 도끼를 들고 나가 동평을 구하려고 하니, 공왕과 정득손이 나와 맞섰는데 좀처럼 승부가 나지 않았다. 이때 임충, 화영, 여방, 곽성까지 가세하여 일시에 공격하자 장청이 형세가 불리한 것을 알고 동평을 버리고 진영으로 돌아갔다. 동평은 그를 잡지 못한 것을 분해 하며 뒤를 쫓았다. 그때 장청이 큰 소리로 외쳤다.

"받아라!"

동평이 급히 피하려 하였으나 장청이 던진 돌에 귓전을 맞고 그대로 말을 돌려 본진으로 돌아왔다. 삭초가 이를 보고 공왕과 정득손을 버리고 장청을 향해 적진으로 뛰어들었다. 장청이 다시 돌을 들어 삭초에게 던지자 삭초가 피하다가 마침내 뺨을 맞고 피를 흘리며 본진으로 돌아왔다.

이때 임충과 화영은 공왕을 포위하여 사로잡아 오고, 여방과 곽성도 정득손을 포위하여 사로잡아 돌아왔다.

장청이 깃발 아래에서 두 장수가 사로잡혀 들어가는 것을 보고 구하려 하였으나 어쩔 수가 없었다. 다만 유당을 잡아 묶어 가지고 동창부로 돌아오니, 태수가 성 위에서 보고 크게 기뻐하며 술을 내다 베풀었다. 장청의 돌에 적장 15명이 상하였으니, 비록 공왕과 정득손을 잃었어도 애석하지 않았다. 잡아 온 유당은 큰 칼을 씌워 옥에 가두었다.

이때 송강은 군사를 거두어 돌아오자마자 사로잡은 공왕과 정득손을 산채로 보내고, 노준의와 오용에게 말했다.

"예전에 후량後梁(당나라가 멸망한 후 세워진 5대 10국 중 한 나라)의 무장이었던 왕언장은 해 그림자가 미처 움직이기 전에 당나라 장수 36명을 쳤다고 하더이다. 오늘 장청이 우리 두령들을 15명이나 상하게 했으니, 그 실력이 왕언장보다 못하다 말 못하겠소. 이제는 좋은 계교를 써 그를 잡아야겠으니 군사가 좀 생각을 해 보오."

"형님은 마음 놓으십시오. 소생이 이미 정해 놓은 방법이 있소이다."

오용은 돌에 상한 두령들을 곧 산채로 올려 보내서 보살피게 하고, 송강에게 자신의 계교를 일러 주었다.

한편 장청은 성 안에서 태수와 의논했다.

"우리가 이번에는 비록 이겼으나 저들의 병력이 별로 상하지 않았으니, 바삐 사람을 보내서 소식을 알아본 뒤 무슨 방법을 꾸밉시다."

말이 끝나자마자 군사가 들어와 보고했다.

"어디서 오는 군량인지는 모르오나 서북쪽에서 백여 수레가 들어오고, 강에도 양식을 실은 배가 5백여 척이나 들어오고 있습니다."

태수가 말했다.

"저놈의 무리가 혹시 간사한 계교를 쓰는 것은 아닐는지요? 다시 사람을 시켜 자세한 것을 알아본 뒤에 의논합시다."

이튿날 부하가 돌아와 보고했다.

"수레에 실은 것은 분명 모두 양식입니다. 배 또한 위를 덮었으나 속은 다 군량인 듯싶습니다."

장청은 별로 의심하지 않고, 군사들을 배불리 먹인 다음 돌을 챙기고 긴 창을 들고서 군사 1천 명을 거느리고 가만히 성문 밖으로 나갔다. 이날 밤은 달빛과 별빛이 하늘에 가득했다.

10리를 못 가서 앞을 바라보니, 한 떼의 수레 위에 기가 꽂혀 있었는데 양산박의 군량이라고 쓰여 있었다. 노지심이 철선장을 메고 검은 옷을 입고 앞서 가니, 장청이 보고 말했다.

"저 머리 민 나귀놈도 돌멩이 맛을 면치 못할 것이다."

장청이 돌을 꺼내서 던지자 노지심이 외마디 비명을 지르며 그대로 쓰러졌다. 장청의 수하 군사가 내달아 사로잡으려고 하자 무송이 계도를 들고 죽기 살기로 노지심을 구하여 군량을 실은 수레를 버린 채 달아났다. 장청은 수많은 군량을 얻은 것에 크게 기뻐하며 그대로 수레를 거느리고 성 안으로 들어왔다. 태수는 기뻐하며 군량을 받아 창고에 넣었다. 장청은 다시 배에 있는 양식까지 빼앗으러 나가려 했다. 태수가 부탁했다.

"장군, 부디 조심하시오."

장청이 말을 타고 남문으로 나와 바라보니, 강 위에 양식을 실은 배가 셀 수 없이 많았다. 크게 기뻐하며 군사를 몰아 물가로 짓쳐 나갔다. 그때였다. 난데없는 검은 안개가 자욱하게 끼어 부하들이 가까이 있어도 볼 수가 없을 지경이 되었다. 공손승이 도술을 부린 것이었다. 장청은 마음이 급하였으나 앞으로도 뒤로도 나아갈 수 없었다. 그때 사면에서 함성이 진동하며 임충이 군사를 이끌고 바람같이 이르러 장청의 군사를 모조리 물속에다 집어넣었다. 강 위에는 수군 두령인 이준, 장횡, 장순, 원씨 삼형제, 동위, 동맹이 일자로 벌려 섰으니, 장청이 아무리 용맹무쌍해도 벗어날 도리 없이 잡혀 수채로 끌려갔다.

오용이 군사를 재촉하여 밤낮으로 성을 치니, 마침내 성문이 열려 양산박 군사들이 순식간에 몰려들어 갔다. 먼저 유당부터 구해낸 다음 창고의 전량을 풀어 반은 산채로 올려 보내고, 반은 백성들에게 나누어 주었다. 태수는 청렴한 사람으로 평소 백성을 못살게 한 일이 추호도 없었기 때문에 해치지 않았다.

수군 두령들이 장청을 잡아 왔다. 두령 가운데 그에게 돌로 맞아 상한 무리들이 저마다 분해 하며 죽이려 했으나, 송강은 친히 묶은 것을 풀어 주고 청상으로 이끌어 사죄했다.

"장군, 내가 무례한 짓을 저질렀소이다. 부디 용서해 주시오."

돌팔매의 명수, 장청

말이 끝나기 전에 노지심이 수건으로 머리를 묶고 철선장으로 장청을 치려고 올라오니, 송강이 가로막으며 꾸짖어 물리쳤다. 장청이 송강의 이러한 의기에 감동받아 머리를 숙여 절을 하고 항복하기를 청했다. 송강은 술을 땅에 뿌리며 화살을 꺾어 맹세하고 말했다.

"피차 적으로 다툴 때에는 어떤 어려움이 없으리오? 이제 한 형제가 되었으니, 다시 옛 원수를 갚으려 드는 사람이 있다면 반드시 하늘이 도우시지 않을 거요."

여러 두령이 듣고 아무 말도 없었다. 송강이 군마를 수습하여 산채로 돌아가려 할 때 장청이 한 사람을 천거했다.

"이 고을에 황보단이란 사람이 있는데, 말을 잘 알아보고 온갖 짐승의 병도 잘 고쳐 침과 약을 쓰면 낫지 않는 짐승이 없습니다. 원래 유주 사람으로 눈이 푸르고 머리가 붉어 사람들이 자염백紫髥伯이라 부르지요. 아마 산채에서 쓸 곳이 있을 것입니다. 그 사람을 불러 식솔을 데리고 함께 산에 올라가는 것이 어떠합니까?"

송강이 장청을 시켜 황보단을 불러 보니, 과연 늠름하며 수염이 가슴까지 덮고 있었다. 송강이 크게 기뻐하며 칭찬하니, 황보단 또한 송강의 의기를 보고 기뻐하며 부하가 되기를 원했다. 송강이 명을 내려 여러 두령에게 양식과 금은을 수습하여 떠나게 하고, 동평부와 동창부의 전량을 산채로 옮기도록 했다. 그리고 공왕과 정득손을 불러내어 좋은 말로 위로하니, 두 사람 또한 고개를 숙여 절을 하고 기꺼이 형제가 되었다.

양산박 영웅들, 자리를 정하다

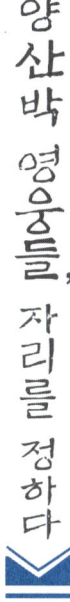

송강이 황보단을 불러 산채의 모든 인마를 살피게 하고, 장청이 산채의 두령이 되었음을 축하하는 잔치를 베풀었다. 그리고 각각 차례대로 앉은 뒤에 모든 두령을 헤아려 보니 108명이었다. 송강이 말했다.

"우리 형제가 산에 올라온 뒤로 도처에서 패함이 없으니, 이는 하늘이 도와 주신 것이지, 사람이 능해서가 아니오. 또 이제 나를 붙들어 산채의 주인으로 삼으니, 이는 다 여러 형제의 용맹한 덕이오. 지금 내가 하는 말을 여러 형제는 즐기며 들으시오. 강주에서 죄를 짓고 산에 올라온 나를 여러 형제가 우두머리로 삼고, 이렇게 108명이 만났으니 참으로 다행한 일이오. 조천왕께서 돌아가신 후에도 병마를 이끌고 산에서 내려가면 반드시 승리하니, 이는 어찌 하늘이 도우심이 아니겠소?"

송강은 주위를 돌아보며 말했다.

"사로잡혀도 나중에는 무사히 돌아오니 실로 사람이 능하여 그런 일이 아니오. 다쳤던 사람도 무사히 나아 이제 108명이 서로 모였으니 예부터 지금까지 이는 드문 일이오. 전날에 군사를 이끌고 도처에서 생명을 살해하였으니 우리의 죄를 면치 못할 것이나, 이제 하늘에 제사를 지내 천지신명께서 도와 주신 은혜에 보답해야겠소. 여러 형제의 뜻은 어떠하오?"

오용이 나서서 말했다.

"먼저 일청선생이 제사를 주관하기로 한 다음 사람을 내려 보내어 널리 득도한 도사들을 청하여 오고, 또 한편으로 제사에 필요한 음식과 의복 등을 구해 오게 하십시오."

모든 두령이 의논을 하고 4월 15일을 정하여 7일 밤낮 동안 계속 제를 올렸다. 충의당 앞에 큰 깃발 네 개를 세우고 공손승이 도사 48명과 함께 축원하여 일주일이 되니, 송강이 단상에 엎드려 하늘에 보응報應을 구했다. 특히 공손승은 정성껏 제를 지냈다. 이날 밤 삼경에 공손승은 허황단 제1층에, 도사들은 제2층에, 송강 이하 여러 두령은 제3층에, 나머지 산채 사람들은 단 아래에서 하늘이 보응하기를 축원했다.

홀연 들으니 하늘에서 낭랑한 소리와 함께 하늘 문이 열렸다. 그 속으로 현란한 광채가 비치고, 보배로운 빛이 둘린 곳에서 한 덩어리의 불이 바로 허황단을 향해 쏜살같이 내려왔다. 그리고 단 위를 한 번 돌아 서남쪽 땅속으로 들어가니 다시 하늘 문이 닫혔다. 여러 도사들이 단에서 내려오고, 송강은 졸개를 시켜 땅을 파

불덩어리를 찾게 했다.

석 자 깊이를 다 못 파서 돌비석이 보였는데, 꺼내어 살펴보니 위에는 '용장봉전과두서龍章鳳篆科斗書'라 쓰여 있었다. 아무도 뜻을 알아보는 이가 없는데, 여러 도사 중에 성은 하이고, 법명은 현통이라 하는 사람이 송강에게 말했다.

"저희 집에 조상 때부터 전해 오는 책이 한 권 있는데, 이런 글을 보는 책입니다. 제가 가서 보고 오겠습니다."

잠시 후 하 도사가 돌아와 송강에게 말했다.

"돌비석에 쓰인 것은 의사들의 이름이고, 한편에는 체천행도替天行道 넉 자, 다른 편에는 충의쌍전忠義雙全 넉 자입니다. 만일 책망하지 않으시면 낱낱이 풀이하겠습니다."

송강이 곧 성수서생 소양을 불러 황색 종이를 펴고 한 자도 빠짐없이 쓰라 했다. 소양이 하 도사가 부르는 대로 적으니, 앞의 천서 36행은 하늘의 별 이름인 천강성天罡星이요, 뒷면의 천서 72행은 땅의 별 이름인 지살성地煞星으로 그 아래에는 여러 사람의 이름이 적혀 있었다. 하 도사가 읽기를 마치자 엄숙한 침묵만이 흘렀다. 송강은 나직이 말했다.

"이 미천한 사람이 하늘의 뜻에 따라 우두머리가 되고, 형제들도 모두 한 자리에 있을 줄은 몰랐소. 하늘이 우리에게 충의로 뭉칠 것을 가르치셨으니, 이제는 하늘이 정해 주신 천강지살의 순위에 따라 각자의 본분을 지킬 것이며, 서로 불화를 일으키거나 하늘의 뜻을 거슬러서는 아니 될 것이오."

"천지의 뜻에 의해 자리가 정해진 이상 누가 거역하겠습니까?"

모두 한 뜻으로 대답했다. 송강은 황금 50냥을 하 도사에게 사례하고, 그 밖의

여러 도사들에게도 후히 상을 주어 보냈다.

송강은 군사 오학구, 주무 등과 상의하여 당상에 '충의당'이라 새긴 현판을 걸고 산 앞에 세 개의 관문을 만들었으며, 충의당 뒤뜰에는 암자를 지었다. 그리고 산정 정면과 그 동서에 두 채씩 건물을 세웠다. 정전에는 조천왕의 위패를 모시고, 동쪽 산채에는 송강, 오용, 여방, 곽성이, 서쪽 산채에는 대종, 연청, 장청, 안도전, 황보단이 들었다. 충의당 좌측에는 곡식과 재물 창고를 맡은 시진, 이응, 장경, 능진이 들었고, 오른쪽에는 화영, 번서, 항충, 이곤이 들었다. 또 산채의 남쪽에 있는 제1관문은 해진과 해보가, 제2관문은 노지심과 무송이, 제3관문은 주동과 뇌횡이 지키고, 동쪽 관문은 사진과 유당이, 서쪽 관문은 양웅과 석수가, 북쪽 관문은 목홍과 이규가 지키기로 했다. 이 여섯 관문 외에 여덟 군데의 요새를 더 만들었다.

이렇게 모든 것이 정리되자 길일을 택하여 소와 말을 잡아 천지신명께 제를 올리고, 충의당과 단금정에 현판을 걸고 체천행도替天行道(하늘을 대신하여 바른 일을 행한다)라고 쓰인 황색 깃발을 세웠다.

송강은 향을 피우고 북을 울려 모두 당상에 모이게 했다.

"지금은 사정이 전과 같지 않소. 이렇게 우리가 천강지살이 된 이상 죽으나 사나 함께하고 환난을 서로 나누어 나라와 민심을 안정시키는 일에 힘쓸 것을 맹세합시다."

일동은 크게 기뻐하며 각기 향을 사르고 무릎을 꿇었다. 송강이 다시 일동을 대표해서 하늘에 고했다.

"저는 한낱 미천한 몸으로 무식하고 재주도 없사오나 천지신명의 은총을 입어 이렇게 형제들과 양산박에서 만났으니, 모두 합해서 108명이옵니다."

송강은 엄숙함을 더하여 고했다.

"그 수는 하늘이 정하신 것이오며, 아래로는 민심에 맞춘 것이옵니다. 저희들이 원하는 것은 다만 서로가 충의를 중히 여기며 서로 도와 나라에 공을 세우고, 하늘을 대신해서 도를 행하며, 민심을 돌보아 편히 하는 것뿐이옵니다. 천지신명께서 부디 살피어서 보답과 응징을 내려 주시옵소서!"

송강이 맹세를 마치자 일동도 일제히 일어나서 같은 맹세를 나누었다. 그리고 모두 마음껏 술을 마신 후에 헤어졌다. 이날 밤 노준의가 방에 돌아와서 꿈을 꾸었는데, 키가 크고 몸집이 우람한 어떤 사람이 손에 보궁을 들고 스스로 혜강이라고 하며 말했다.

"대송 황제를 위하여 도적을 잡으려고 내가 왔다. 너희들은 스스로 밧줄로 묶어 내 손을 움직이지 말게 하라."

노준의는 꿈에서도 크게 노하여 박도를 끌고 내달아 찍으려고 했으나 마음대로 되지 않았다. 칼머리가 먼저 부러졌기 때문이다. 노준의는 마음이 급해져 부러진 칼을 버리고 다시 칼을 꽂아 둔 시렁으로 가 보았으나, 칼과 창이 모두 이지러지거나 부러진 것뿐 하나도 쓸 것이 없었다.

그 사람이 쫓아오니 노준의는 어떻게 할 수가 없어 주먹으로 내려쳤다. 그러나 그 사람이 먼저 활로 노준의의 팔을 쳐서 땅에 거꾸러뜨렸다.

그 사람이 허리에서 밧줄을 내어 노준의를 결박하고 한 곳에 이르렀다. 남쪽을 향해 앉아서 노준의를 무릎 꿇게 하고 심문하려는 모양이었다. 그때 문 밖에서 많은 사람의 곡성이 들렸다. 그 사람이 밖에다 대고 말했다.

"할 말이 있거든 들어오시오."

노준의가 가만히 보니 수많은 사람들이 울며 무릎으로 기어 들어오는데, 보니 모두 결박당한 양산박의 107명이었다. 노준의가 꿈 속에도 크게 놀라 단경주를 보고 물었다.

"이게 웬일이오? 어인 연고로 잡혀 왔소?"

단경주가 가만히 알려 주었다.

"원외가 잡혀 온 것을 알았으나 구할 수가 없어서 군사 오용과 상의하고 이 계교를 썼소. 조정에 귀순하면 원외의 생명을 보전할 수 있을까 해서 말이오."

말이 끝나기가 무섭게 그 사람이 책상을 치며 꾸짖었다.

"만 번 죽어도 마땅치 않은 미친 도적놈들아, 너희들이 하늘에 가득히 죄를 지어 조정에서 여러 번 잡으려 했다. 그동안 관군을 모두 살육해 놓고 지금은 살기를 애걸하여 죽는 것을 벗어나려고 하느냐? 내가 만약 오늘 너희들을 놔주면 뒷날 무슨 법으로 천하를 다스리겠는가? 하물며 잘못을 비는 너희들의 마음도 믿을 수 없다!"

그가 회자수를 부르니, 벽 속에서 회자수 216인이 벌떼같이 나와 두 사람이 한 사람씩 잡았다. 노준의가 깜짝 놀라 깨어 보니, 혼이 몸에 붙지 않은 듯하였다. 간신히 눈을 뜨고 처마를 보니 '천하태평天下泰平'이라고 쓰인 현판이 보였고, 양산박은 모두 힘찬 모습 그대로였다.

청소년을 위한 수호지

시내암 지음 · 이상인 편역 · 최정주 그림

발 행 일 초판 1쇄 2007년 8월 31일
　　　　 초판 4쇄 2015년 5월 17일
발 행 처 평단문화사
발 행 인 최석두

등록번호 제1-765호 / 등록일 1988년 7월 6일
주　　소 서울시 마포구 서교동 480-9 에이스빌딩 3층
전화번호 (02)325-8144(代) FAX (02)325-8143
이메일 pyongdan@hanmail.net
ISBN 978-89-7343-255-4 03820

ⓒ 평단문화사, 2007

*잘못된 책은 바꾸어 드립니다.

이 도서의 국립중앙도서관 출판시도서목록(CIP)은 e-CIP 홈페이지
(http://www.nl.go.kr/cip.php)에서 이용하실 수 있습니다.
(CIP제어번호: CIP2007002385)

저희는 매출액의 2%를 불우이웃돕기에 사용하고 있습니다.